«Mit seinem Roman erweist sich Shakar als genau beobachtender Zeuge der jüngsten Vergangenheit. Und mit der Schärfe seines satirischen Blickes dringt er in die Zukunft vor.» *New York Times*

Alex Shakar

DER LETZTE SCHREI

Roman

Deutsch von Johannes Sabinski

Rowohlt Taschenbuch Verlag

Die Originalausgabe erschien 2001 unter dem Titel
«The Savage Girl» bei HarperCollins Publishers Inc., New York

Deutsche Erstausgabe
Veröffentlicht im Rowohlt Taschenbuch Verlag GmbH,
Reinbek bei Hamburg, September 2002

Das Zitat auf Seite 5 ist entnommen aus:
Charles Baudelaire, Der schlechte Glaser
(Sämtliche Werke, Bd. 8, Carl Hanser Verlag 1985 –
Übersetzung von Friedhelm Kemp)
Umschlaggestaltung Cordula Schmidt/Notburga Stelzer (Foto: ZEFA)
Autorenfoto Copyright © Rembert Block
Innengestaltung Daniel Sauthoff, Hamburg
Satz ITCCentury (PageMaker)
bei Pinkuin Satz und Datentechnik, Berlin
Druck und Bindung Clausen & Bosse, Leck
Printed in Germany
ISBN 3 499 23175 1

Die Schreibweise entspricht den Regeln
der neuen Rechtschreibung.

… neugierig musterte ich sämtliche seiner Scheiben, und ich sagte zu ihm: «Was? Sie haben kein buntes Glas, rosa Glas, rotes, blaues, magisches, paradiesisches Glas? Sie Unverschämter! Sie wagen es, in einem Armenviertel herumzulaufen, und Sie haben nicht einmal Scheiben, durch die man das Leben in Schönheit sieht!» Und mit einem heftigen Stoß beförderte ich ihn zur Treppe, die er brummend hinabstolperte.

Ich trat auf den Balkon und ergriff dort einen kleinen Blumentopf, und als der Mann unten aus der Haustür trat, ließ ich mein Kriegsgerät lotrecht auf den hinteren Rand seiner Traglade fallen; der Aufprall riss ihn zu Boden, und unter seinem Rücken zerschellte der ganze Kram seiner ärmlichen Habe, mit einem Geprassel, als hätte der Blitz in einen Kristallpalast eingeschlagen.

Und trunken vor Narrheit, rief ich ihm wütend zu: «Das Leben in Schönheit! Das Leben in Schönheit!»

Charles Baudelaire, aus: Der schlechte Glaser

DAS GROSSE GRINSEN

NÄHARBEIT

Die junge Wilde kniet im Banister-Park auf den Pflastersteinen und näht mit elliptischen Bewegungen ihres bloßen Arms Streifen aus braunem und grauem Fell zusammen.

Die Ärmel und Seiten ihres trist olivgrünen T-Shirts sind ausgeschnitten, man kann ihre Flanken sehen und zwei Halbmonde sonnengebräunten Rückens, die Flügelstümpfen ähneln. Eine echte Rothaut ist sie, mehr als je ein Indianer eine war; die Haut, die irgendwann einmal blass gewesen sein muss, mehr rot als braun. Dazu die hellblonde Irokesenmähne und blaue oder vielleicht auch grüne Augen.

Ihre Hose stammt von irgendeiner aufgelösten osteuropäischen Armee, sie ist überall voller Taschen und an den Knien abgeschnitten. Die Schienbeine sind mit Streifen aus kurzem braunem Pelz umwickelt. An den Füßen trägt sie Mokassins.

Im Ohrläppchen steckt ein Stachel aus Metall von der Größe einer Häkelnadel, und eine lange dünne Kette ringelt sich, an vier Stellen mit vereinzelten Haarsträhnen verknüpft, über ihre Kopfhaut.

Beugt sich das Mädchen vor, um einen Stich zu machen, legt sich jedes Mal das zerschlissene T-Shirt in Falten und enthüllt ihre vollen, pendelnden Brüste, während ihr Körper insgesamt schmal und hart ist. Am Ende der Bank beobachten der Mann mit Pomadenfrisur, Schnauzer und großer Büchse Bier und sein Freund, der Mann mit Afro, Schnauzer und großer Büchse Bier, Ebbe und Flut ihres Fleisches mit schläfrigem Lächeln, eingelullt von der geheimnisvollen, dem Auge eines Orkans gleichenden Ruhe der jungen Wilden, während der Park ringsum wogt und widerhallt von Fahrradakrobaten, mexikanischen Huttänzern, Calypsotrommlern, Chinchillas, Ratten, Betrunkenen, Kendo-Kämpfern, Schattenboxern, einem Paar Kartenzinkern und natürlich einem Trendscout, Ursula van Urden, die schon den ganzen Morgen Kreise um die junge Wilde gezogen hat, von Bank zu Bank gewandert ist, um einen besseren Blick auf sie zu erlangen, die ihren Mut zusammenzunehmen versucht hat, um das Mädchen anzusprechen, aber irgendwie die lächerliche Vorstellung nicht loswurde, dass es sie einfach nicht verstehen würde, sich allein mittels Pfeiftönen, Zungenschnalzen, rhythmischem Füßestampfen auf dem Kopfsteinpflaster mitteile und dass es selbst diese verkümmerte Sprache ausschließlich dem Austausch mit den Geistern vorbehalte, die in den aufsteigenden Dämpfen über Hotdog- und Brezelkarren wabern.

SUPERHELDEN Der Spielplatz von Grundschule Nr. 179. Kinder stürzen und purzeln durcheinander, ein wildes Meer aus Geschrei und Gliedmaßen, in dessen erhabener, trockener Mitte Chas Lacouture thront, Ursulas Chef. Rücklings auf einem Delphin aus Zement. Eine gute Wahl, der Delphin, denkt sie. Besser als der Löwe, die Schildkröte, der Orang-Utan. Passt zu dem Anzug aus glattem, zu kalter Vollkommenheit geplättetem Kammgarn unter seinem Trenchcoat. Hier wirkt er natürlicher als in seinem natürlichen Lebensraum, den sich verjüngenden Klippen der Bürogebäude hoch oben am Hang, den bläulich beleuchteten Korridoren und schiefergrauen Konferenzräumen des Black Tower. Dort ist er einfach zu vollkommen, ein verwittertes Meisterwerk aus pomadisiertem grauem Haar, schwungvoller Kinnlade und gegerbter Haut. Nicht wie andere Männer sieht er aus, sondern wie deren unerreichbares Selbstbild. Hier dagegen ist er bloß ein weiteres unwirkliches Detail der Anlage. Beinahe wartet man darauf, dass die Gummibälle der Kinder an ihm abprallen und die Tauben sich auf seinen breiten Schultern niederlassen.

Während Ursula näher kommt, segelt ihr Agenturkollege Javier Delreal auf Rollerblades die Hauptrampe des Schulhofs hinunter und winkt ihr zu, als er sich durch den Eingang zum Spielplatz schlängelt. Er ist unwahrscheinlich groß und schlank. Er schneidet ihren Weg und kurvt mit flatterndem Trenchcoat im Slalom um die spielenden Kinder. Dann legt er eine gekonnte Pirouette hin, hüpft auf den Rücken des Delphins und setzt sich neben Chas, der, ohne ihn anzusehen, zu sprechen beginnt.

«Ich hab gesehen, wie ein Typ mit Bart unterm Kinn in einem Cybercafé masturbierte», sagt er knapp.

Ursula zieht sich ebenfalls hoch, wobei sie durch die Krümmung im Rücken des Delphins dichter an Chas heranrutscht, als ihr lieb ist. Ihre Finger stoßen zwischen den Beinen auf das glatte Spritzloch. Es fühlt sich unanständig an, und sie verbirgt es ein wenig neurotisch unter der Handfläche.

«Ich hab eine Verbindungsstudentin gesehen, die ein Buch mit dem Titel ‹Subkulturen› las», antwortet Javier. Selbst sein Kopf ist groß und schmal, eingefasst von einer hohen knochigen Stirn und einem langen, spitz zulaufenden Unterkiefer, als sei sein Gesicht eine Streckbank, um die lang gezogene, gebrochen anmutende Nase zu martern. Er hat olivfarbene Haut, dunkles Kraushaar und nussbraune Augen. Seine ethnische Herkunft ist ihr ein völliges Rätsel.

«Ich hab zwei fette Männer in schwarzen Anzügen in einen rosa Cadillac steigen sehen», sagt Chas.

Javier blättert die Seiten eines Notizbuchs durch.

«In den vergangenen sieben Tagen hab ich neunundzwanzig Leute gesehen, die Hemden mit Bildern anthropomorpher Sonnen trugen, und nur zwei mit anthropomorphen Monden.»

«*Astrologische* Ikonografie ...», murmelt Chas und schüttelt den massigen Quadratschädel, «... diese *Einfaltspinsel* ...»

Er verfällt in Schweigen, zieht sich hinter die Runen und Schlingen seines verkniffenen Blinzelns zurück. Unterdessen beobachtet Javier gebannt die Kinder, eine Hieroglyphe aus großer Nase und großen, aufgesperrten Augen. Ursula hat das Gefühl, sollte sie jemals in der Lage sein, die Gedanken dieser beiden Männer zu entziffern, dann würde sie vielleicht auch verstehen können, was es mit all den anderen Dingen auf sich hat, die sie derzeit verwirren: Was ihre schizophrene Schwester damit meint, dass Modetrends Botschaften aus der Zukunft seien. Wieso eine hübsche Halbwüchsige im Park lebt, primitive Klamotten trägt und nie mit irgendwem redet. Wie man sich kleidet, um Erfolg zu haben. Wie man Freunde gewinnt und Leute beeinflusst. Wie man das System in die Knie zwingt …

Chas schnalzt fünfmal mit der Zunge und holt tief Luft.

«Kyle Dice von Nestlé rief heute Morgen an. Hat 'n Riesenaufriss gemacht wegen der Johannisbrot-Ei-Frühstückskuchen.»

Javier blickt sorgenvoll hoch. «Verkaufen sich nicht, hm?»

«Das war dein Ding, Javier. Kuchen zum Frühstück, da haben sie auf dich gehört.»

Javiers Finger wühlen sich durch den widerspenstigen Schopf. «Verflucht. Sind sie doch selbst schuld dran. Die sind das völlig falsch angegangen, Chas. Der Teig ist zu dunkel. Helle Speisen wollen die Leute morgens. Früchte, Saft, Eier, Hüttenkäse, Joghurt.» Er hält inne und denkt konzentriert nach. Die Zunge wandert unter der Unterlippe, von links nach rechts und wieder zurück. Er streckt die Hände aus, die Handflächen parallel, und starrt in den Raum dazwischen. «Schwachfarbige Frühstücksspeisen brauchen Aufheller», formuliert er.

Chas schließt die Augen und drückt sich mit zwei gespreizten Fingerspitzen die Stirn. «Frühstücksflocken mit Milch», sagt er. «Bagel mit Streichkäse. Toast mit Marmelade.»

«Donuts mit Zuckerguss oder Puderzucker.»

«Haben wir denen das gesagt? Stand es im Bericht?»

Javier bleibt die Antwort einen Moment schuldig. «Es scheint so selbstverständlich», weicht er aus.

Chas schüttelt den Kopf. «Diese Leute wohnen in einer mit Blei verkleideten Kiste. Ihre Fenster sind mit Plastikfolie verdunkelt. Sie atmen umgewälzte Luft. Die können doch einen Falken nicht von einem geflügelten Toaster unterscheiden.»

Ein kleiner Dämon in einem Superman-Shirt wackelt herbei, klammert sich an Chas' baumelnde Beine und greift mit kleinen, verschmierten Fäusten nach den Bügelfalten seiner Freizeithose. Chas kneift die Augen zusammen und zielt mit einer Pistole aus Daumen und Zeigefinger auf die Nasenwurzel des Rackers.

«Peng», sagt er bedächtig.

Auch der Junge verengt die Augen zu Schlitzen und erwidert trotzig den stechenden Blick, bis ihn zwei kleine Mädchen in 'N-Sync- und Ricky-Martin-Shirts einfangen und fortzerren. Er windet sich zwischen ihnen, während sie seine roten Pausbacken ausführlich abknutschen.

«Nicht viel übrig für Kinder, was, Chas?», fragt Javier.

«Na und?»

Javier zückt ein aquamarinblaues Seidentaschentuch aus seinem Trenchcoat, schnäuzt sich geräuschvoll die Nase und blinzelt dann ganz benommen von der Strapaze. «Ich hab total viel für Kinder übrig», verkündet er.

«Einen Dreck hast du», sagt Chas.

«Hab ich *doch*. Kinder sind das Größte. Kinder können einfach alles.»

«Zum Beispiel?»

«Die können Wolkenkratzer wie Strohhalme verknoten. Die können Meer und Himmel zu Seven Up aufmischen.» Seine langen, ruhelosen Finger knoten und schütteln die Luft vor Chas' Augen. «Bei Kindern handelt alles von *Möglichkeiten*», fährt er erregt fort. «Unbegrenzten Möglichkeiten. Verstehst du, wie ich das meine?»

Chas nickt. «Sind schon echte Dumpfbacken, hast Recht.»

Ursula ist vom eingespielten verbalen Schlagabtausch der beiden ein wenig überfordert, sie starrt in den Schwarm der Kinder und lässt den Blick verschwimmen. Das Gehirn beginnt, ihr Streiche zu spielen, so wie es das tut, wenn sie auf der Mattscheibe in weißes Rauschen stiert, und löst das sinnlose Tohuwabohu der Kinder zu hübschen Spiralen, Ringen und Achterschlaufen auf. Das menschliche Gehirn ist von vornherein für eine Ordnungsmanie verdrahtet, und Javier und Chas haben offenbar diesen unwillkürlichen inneren Zwang zur Weltanschauung kultiviert, zu Metaphysik, zu einem unendlich verworrenen und dicht gedrängten Straßenverzeichnis der menschlichen Befindlichkeit. Sie haben für alles Theorien, von Kinderspielen über Frühstückskost bis hin zu den Mustern auf Turnschuhsohlen. Ursula hat den Job noch keine Woche lang, und bislang hat sie bloß eine Theorie entwickelt: Sie glaubt, dass Chas eines Tages beim Experimentieren im gemeinsamen Geheimlabor seine Haut durch eine Schicht Steineffektlack ersetzt und Javier sich die Arme und Beine abgehackt und an deren Stelle ein Dutzend feste Gummibänder angebracht hat, und beide seither nur noch dem Namen nach menschlich gewesen sind. Granitmann und sein Gehilfe Gummimann – Superhelden, Superschurken, Superfreaks: Zwei grinsende, lebensgroße Actionfiguren ihrer selbst liegen hier auf der Lauer.

«Hör zu», sagt Chas. «Ich will's bei Kyle mit einem heißen Tipp für Kinderkost ausbügeln.»

«Kinderkost», wiederholt Javier.

«Ich denke da an Drops aus der Pistole.» Die leise Andeutung eines Lächelns klammert seine blutleeren Lippen mit Dehnungsfalten ein.

«Drops aus der Pistole», spricht Javier die Worte feierlich nach.

«Sie können sie sich gegenseitig in den Mund schießen, so in der Art. Nachgefüllt wird per Ladestreifen.»

Er lächelt weiter sein tiefgekühltes Lächeln. Ursula hat sich schon jetzt eine gesunde Angst vor dem Mann erworben. Seine Logik ist derart effizient, dass sie etwas Instinktives, Reptilienhaftes an sich hat. Ursula widersteht dem Drang, aufzuspringen und die Kinder zu warnen, sie einzusammeln und in einem Naturschutzgebiet zu verstecken.

«Ich weiß, woran du denkst», meint Chas zu Javier. «Verletzungen. Prozesse um Schadenersatz. Aber man könnte die Drops richtig leicht machen. Kleine Waffelbällchen. Ich wette, sie könnten sogar etwas von der Cremefüllung hineinkriegen.»

«Leicht bleiben», nickt Javier.

Chas nickt. «Seit jeher meine Rede.»

Ein Donnerschlag zieht ihre Blicke den Südhang von Middle City hinauf zum Gipfel des Vulkans, wo sich über dem gezackten Metall und Glas der Marketing-Büros Gewitterwolken mit der Kraterasche vermengen. Die Zinnen am Dach des Black Tower übersteigen alles, jedenfalls aus diesem Augenwinkel, und kratzen an den dunklen Wunden des Himmels. Chas betrachtet die Wolken mit Zufriedenheit, und Ursula überlegt, dass er sie vielleicht herbestellt hat. Er schlägt den Kragen seines Trenchcoats hoch, einen besonders hohen Kragen. Zweifellos wird die halbe Stadt binnen einiger Monate diesen Kragen tragen. Seine Träger werden sich durch ihn dramatischer vorkommen, faszinierender, weil sie zu der Sorte Leute geworden sind, die hohe Kragen tragen. Ursula selbst wird sich keinen besorgen. Aber nur aus Widerspenstigkeit. Sie wird einen haben wollen.

Chas unterbricht die allgemeine Tagträumerei mit einem Schnippen und ausgestrecktem Zeigefinger. «Okay, Ursula, was hast du zu bieten?»

Sie holt ihr Skizzenbuch aus der Tasche und zögert.

«Ich bin nicht sicher, ob das die Sachen sind, die Sie haben wollen.»

Er antwortet mit ungeduldig ausgestreckter Hand. Sie lässt das Buch los und fragt sich, ob ihre erste Woche als Trendscout auch ihre letzte sein wird. Es wäre eine gewaltige Enttäuschung, aber auch keine große Überraschung. Sie hat sich in den Job hineingelogen, hat wie nie zuvor gelogen mit der ganzen todesverachtenden Gewandtheit eines Stierkämpfers, hat alle möglichen Erfahrungen mit Werbung und Marktforschung erfunden und ihre Sprache mit Jargon gewürzt, den sie sich aus einem Stapel veralteter Bibliotheksbücher angelesen hatte. Die ersten paar Minuten ihrer Selbstanpreisung über saß Chas da und betrachtete sie voller Misstrauen. Offensichtlich war er nicht darauf vorbereitet gewesen, dass man ihn um einen Job anging. Er hatte mit ihrer Schwester Ivy monatelang, bis zu Ivys Zusammenbruch, verkehrt und diesem Treffen wahrscheinlich nur aus Neugier zugestimmt, nicht ahnend, dass es in ein Stellengesuch umschlagen würde. Aber sie hatte ihn in die Ecke gedrängt und ihren Vorteil ausgemolken –, sie war die ganze Nacht aufgeblieben, um diesen Auftritt einzustudieren, und sie war entschlossen, bis zum bitteren Ende zu gehen. Etwas zynisch hatte sie von vornherein vermutet, dass jeder Job, der etwas mit Marketing zu tun hat, zuallererst das Talent erfordert, schamlos und unablässig zu bescheißen, und sie war entschlossen, ihr Durchhaltevermögen an den Tag zu legen. *Meine Erfahrungen in der Marktforschung,* hatte sie gesagt, *sind, wie Sie aus meinem Lebenslauf ersehen können, ziemlich umfangreich, zieht man meinen Job bei Tolston in Betracht, der nicht allein auf Telefonmarketing beruhte, wenn das auch einen beträchtlichen Anteil darstellte* … Als Chas sah, dass sie so bald nicht wieder aufhören würde, änderte sich der Ausdruck in seinem Gesicht. Es war die Miene, die eine Katze aufsetzen würde, sähe sie die zur unverzüglichen Verspeisung ausersehene Maus auf einmal mit einem Stepptanz loslegen. Er lehnte sich in seinem Sessel zurück, unterbrach sie nicht und forderte sie schweigend auf weiterzureden. Je mehr sie redete, desto einfältiger und lachhafter klang sie. Aber sie blieb eisern und schwärmte unbewegten Gesichts von Moden, die sie nie gesehen hatte, in Ländern, in denen sie nie gewesen war, und sie prahlte mit ihrer scharfen Beobachtungsgabe, die sie fein geschliffen habe, als sie zu malen lernte. Sie pries, was sie ihre zwischenmenschlichen Fertigkeiten nannte – *wenn Sie meinem Lebenslauf entnehmen möchten, dass meine Erfahrung bei Tolston eigentlich auch eine hervorragende Ausbildung darin war, die Fähigkeit zur Kommunikation mit Konsumenten verschiedensten Alters und Hintergrunds hinsichtlich Ausbildung, Ethnie und Einkommen zu erlernen ...*

Zu ihrer bleibenden Scham erklärte sie sich sogar zum «Kommunikationstalent», an welcher Stelle Chas die Hände hob und sie zum Schweigen brachte. Eine volle, nervenzermürbende Minute verstrich, in der er sie einfach beobachtete, die Augen einmal mehr verengt, kalt, abschätzig, weiß der Himmel, was er dachte. War er mit ihrer Schwester auf dieselbe Weise umgegangen? Kein Wunder, dass Ivy ausgetickt war. Wahrscheinlich benahm er sich im Bett wie so eine Art Faschist, die Sorte, die gern im Sessel sitzt, sich die Krawatte löst und Befehle an ein zwanzigjähriges aufstrebendes Model herausbellt – *zieh deine Klamotten aus, zieh mir die Schuhe aus* und so weiter. Auf jeden Fall hatte er sich nicht genug aus Ivy gemacht, um sie im Krankenhaus zu besuchen. Genauso wenig machte er sich jetzt die Mühe, Ursula auch nur die geringste Geste des Bedauerns über Ivys Zusammenbruch zuteil werden zu lassen. Er saß einfach in seinem großen Sessel mit der weit geschwungenen Lehne und musterte sie, als hätte er sie nicht über den Schreibtisch hinweg vor sich, sondern auf der anderen Seite eines Einwegspiegels. Schließlich ließ sie alle Hoffnung auf einen Job fahren und funkelte zornig zurück.

Darauf wandelte sich seine Miene aufs Neue; er zollte ihr mit einem Ausdruck von Verwunderung und einem trägen Nicken Respekt. Er drückte den Summer für seine Sekretärin. Ein paar Minuten später füllte sie das Formular W-4 aus, und er gab ihr die einzigen drei Anweisungen, die sie bislang erhalten hat:

Geh raus. Finde die Zukunft. Bring sie mir.

Und jetzt sitzt er zwischen ihr und Javier auf dem Delphin aus Zement und blättert ohne einen Funken Interesse ihre Mutmaßungen über die Zukunft durch. Er schüttelt den Kopf, schlägt rüde die Seiten um, verwirft Skizze auf Skizze von Halbwüchsigen mit übergroßen Hosen, Clownsschuhen, Schlabberhüten, aufgerollten Aufschlägen. Als er auf die erste Skizze der jungen Wilden stößt, hält er inne. Der Mund bleibt zu einem Strich geformt, doch die Augen verbergen seine Überraschung nicht ganz.

«Was ist das?», brummelt er. «So 'ne Art Punk-Hippie?»

«Eine urbane Wilde», sagt Ursula.

«Ich sag ihr, sie soll die Zukunft bringen, und sie bringt mir ein Höhlenweib», murmelt er. «Sieh dir das an, Javier.»

Er und Javier vertiefen sich in die Seiten und amüsieren sich auf eine Weise, die nach Ursulas Dafürhalten nur auf ihre Kosten gehen kann.

«Is' sie wirklich so dreckig?», fragt Chas.

«Sie lebt im Park.»

«Was sind das für Dinger an ihren Füßen? Papiertüten?»

«Mokassins.»

«Aha.» Chas schüttelt den Kopf.

«Ich bin ziemlich sicher, dass sie die selbst gemacht hat», bringt Ursula vor.

«Klar», sagt Javier, während sein Blick noch immer über die Zeichnung wandert. «Das ist … nicht zu übersehen.»

Die beiden Männer verfallen in Schweigen. Ursula überlegt, ob es klug wäre, sie zurück zu den anderen Skizzen zu lotsen, aber das sähe verzweifelt aus, und sie gönnt ihnen nicht die Befriedigung, sie vor Pein sich winden zu sehen.

«Tja, das wär's dann wohl», sagt Javier, dehnt seine überlangen Finger und bringt sie zum Knacken, «meinst du nicht?»

Chas denkt einen Augenblick nach und nickt dann.

«Was?», fragt Ursula. «Wollen Sie mich feuern? Sie haben mir gesagt, Sie würden mich ausbilden. ‹Finde die Zukunft.› Nennen Sie das eine Berufsausbildung?»

«Nein, tue ich nicht», sagt Chas. «Die Ausbildung fängt morgen an.»

Javier beugt sich vor, um wieder in Ursulas Gesichtsfeld zu gelangen, und weicht damit zufällig einer Schaumgummirakete aus, die von hinten über seinen Kopf gesegelt kommt. «Deine junge Wilde ist *postironisch.*» Aus seinem Tonfall leitet sie ab, dass es sich dabei um eine gute Sache handelt.

Chas grunzt Zustimmung, prüft den Glanz auf seinen rechtwinklig geschnittenen Fingernägeln und pocht mit ihnen auf das Skizzenbuch.

«Du bist eine gute Grafikerin, Ursula», sagt er.

«Danke», gibt sie zurück.

«Nein. Du bist zu gut. Da ist zu viel Dreck drin. Du musst das aufpolieren. Wir brauchen es farbenfroh, leicht, gesprayt. Kannst du mit Airbrush umgehen?»

Sie braucht einen Moment, um zu begreifen, was er meint. Er will keine gute Grafikerin. Er will eine schlechte Grafikerin. Sie redet sich ein, dies werde eine neue Art von Herausforderung sein, die einer neuen Gewandtheit bedarf.

«Was ist das für Schmuck, den sie trägt?», fragt Chas. «Woraus ist der gemacht?»

«Aus kleinen Knochen», erläutert sie. Er scheint beeindruckt, und sie verspürt eine Welle der Erregung. «Eigentlich», fährt sie fort und gibt die Prahlerei als bescheidenes Eingeständnis aus, «hab ich den Schmuck einfach erfunden. In Wirklichkeit trug sie ihn gar nicht.»

«Wo ist dann die Kriegsbemalung?», fragt er. «Warum hast du ihr nicht auch Kriegsbemalung verpasst?»

«An ... an Kriegsbemalung hab ich nicht gedacht.»

«Hast du nicht?», fragt er in ungläubigem Ton. Er starrt sie an, als hätte sie behauptet, die Erde sei eine Scheibe, oder Außerirdische hätten sie entführt.

«Großartiger Einfall, Chas», flüstert Javier.

Schließlich entlässt Chas sie aus seinem kalten Blick und wendet sich Javier zu.

«Nicht von mir», sagt er. «Ist bei Avon im Anrollen.»

«Echt? Noch besser. Bringt uns Synergieeffekte.»

Chas nickt.

«Couch wird allerdings über diesen Pelz- und Fellkram unglücklich sein», fährt Javier fort. «Sein letzter Bericht hob voll auf tierfreundliche Bekleidung ab, Ledererersatz aus Pflanzenfasern, weißt du noch?»

James T. Couch ist das letzte Mitglied des Teams. Ursulas Begegnung mit ihm steht noch aus. Sie hatte gehofft, er werde heute dabei sein, und sich überlegt, er könne unmöglich so seltsam ausfallen wie die beiden anderen.

Chas zuckt die Achseln, klappt das Skizzenbuch zu und reicht es ihr zurück. «Bleib dran an dieser Sache mit der Wilden.»

«Chas», sagt Ursula. Sie hatte vorgehabt, eine vollkommen skrupellose Show abzuziehen, die Verkaufskanone unter Verkaufskanonen zu sein, aber das hier geht ihr zu schnell. «Ich bin mir wirklich nicht so sicher. Ich meine, ich hab das beinahe willkürlich aufgelesen.»

Chas beobachtet mit teilnahmslosem Gesicht die Gewitterwolken, die den Hang hinunter seinem Delphin-Thron entgegenkriechen. «Das ist nicht willkürlich», sagt er. «Du hast das mit Grund aufgelesen. Und aus demselben Grund hab ich dich aufgelesen.»

Eine Lehrerin mit Zornesfalten rings um den Mund und einem Haarschnitt wie vom Metzger tritt aus der Schulkantine und wird ihrer Anwesenheit auf dem Delphin gewahr. Ihr Kinn richtet sich entrüstet auf, als sie voller Bürgersinn durch das Gatter auf sie zusteuert, und die messerscharfen Plisseefalten ihres schweren Wollrocks bauschen sich wie ein Nonnenschleier. Chas und Javier drehen sich um und räumen in einer einzigen flüssigen Bewegung das Feld, hüpfen durch ein Loch im Zaun und kratzen die Kurve, die Trenchcoats knattern wie im donnernden Rückstrahl eines Düsenjets. Ein letzter, verlegener Blick auf die nahende Lehrerin, und Ursula verschreibt ihr Geschick dem Absurden, gleitet vom Delphin hinunter und hechtet ihren Kollegen hinterher.

SCHLECKERLAND

Ivy sitzt am Fenster, das sich nicht öffnen lässt, auf einem Holzstuhl, dessen sensenförmige Armlehnen sich wie die Beißzangen eines riesigen Käfers um sie biegen. Aber sie ist eine zu schmächtige Beute, um irgendwelchen Schaden zu nehmen: Der Stuhl scheint für jemand doppelt so Großen wie sie gemacht zu sein, die Zangen bekommen sie nicht zu fassen, sie lässt die knochigen Ellbogen darauf ruhen und krümmt die Schultern zu einem Nichts zusammen. Sie hat etwas zugenommen in den drei Wochen, seit sie ins Marienhospital eingewiesen wurde, wegen der Medikamente. Man hatte es Ursula gesagt; ihr Gesicht ist ein wenig voller geworden, was seinem von Natur aus schmollenden, gereizten Ausdruck noch kindlichere Züge verleiht; aber sie ist noch immer zu mager, oder eben vielleicht beneidenswert mager: Sobald es um Ivy geht, misstraut Ursula ihrem eigenen Urteil. Ihre Schlankheit wird noch betont von den übergroßen Kleidern, die sie trägt – Abgelegtes von ihrem Vater: ein schlichtes weißes geknöpftes Hemd, eine Khakihose, die sie am Herunterrutschen hindert, indem sie den Bund ein paar Mal umgeschlagen hat. Sie trägt jetzt nur noch Männerkleider, und dann auch nur die unförmigsten und unscheinbarsten. Ihr Haar ist noch immer lang, auch wenn sie seit dem letzten Mal, dass Ursula sie gesehen hat, für ihre unwahrscheinlich weit auseinander stehenden Augen ein zackiges Fenster in die Ponyfrisur gesägt hat. Das Ganze sieht derart verpfuscht aus, dass sie es einfach selbst gemacht haben muss. Sie werden ihr sicher auch keine Schere gegeben haben. Vielleicht hat sie ein Plastikmesser benutzt.

Sie beäugt die Einkaufstüte in Ursulas Hand mit unverhohlener Hoffnung, und Ursula hält sie hoch. Ivy gleitet aus der Umklammerung des Stuhls, die beiden verlassen das Zimmer und gehen durch das Labyrinth der Flure. Ivy hält dabei die Augen auf den Regenbogen aus aufgemalten Linien geheftet, tritt nur auf das Orange und meidet sorgfältig das Grün zur einen und das Purpurrot zur anderen Seite. Die Terrasse draußen vor der Cafeteria ist leer, es nieselt schwach, und der spätnachmittägliche Himmel ist dunkel genug, dass der Metallkäfig rings um die Terrasse den bläulichen Schimmer annimmt, den die über ihnen an der Außenmauer des Hospitals angebrachte, drei Stockwerke hohe Marienstatue verbreitet. Ivy wählt einen Tisch am Rand der Terrasse, zieht mit einem Ruck ihre Hose hoch und hockt sich affenartig in einen der Metallstühle. Sie ist nur Haut und Knochen, und dennoch mangelt es ihr an deutlichem Körperbau. Das Kinn auf die Knie gestützt, greift sie nach der Tüte, die Ursula auf den Tisch gelegt hat, holt den Inhalt heraus und ordnet ihn vor beider Augen an – zwei Stangen «Sobranie», ein Feuerzeug, zwei Plastiklöffel, ein Paar Servietten und ein Zweiliterkarton Eiscreme, Ivys Lieblingssorte, Vanille, Schokolade und Erdbeere in drei breiten Streifen.

«Also, wie läuft's so?», fragt Ursula und versucht locker zu klingen.

Ivy scheint die Frage zu verwirren, und um einer Antwort auszuweichen, konzentriert sie sich darauf, mit ihren schmutzigen, abgekauten Fingernägeln die Verpackung der Zigaretten aufzupulen. Sie zieht eine grüne Zigarette hervor, steckt sie zurück und fängt lieber mit einer rosafarbenen an. Sie raucht rhythmisch, führt zu Anfang jeden Zugs den Goldfilter in die Mitte ihrer vollen Lippen und bläst dann den Rauch nach rechts. Inzwischen schafft sie eine Schachtel in anderthalb Stunden.

«Hast du hier noch immer Angst?», fragt Ursula.

«Es hält sie manchmal ab», antwortet sie mit ihrer dünnen Flüsterstimme. Diese seltsam halbe Stimme hat sie schon, solange Ursula denken kann. Als Ivy noch ein Kind war, klang ihre Stimme bloß furchtsam und zaghaft, mit zunehmendem Alter nahm sie jedoch einen Unterton paradoxer Zuversicht an, die atemlose Theatralik eines Filmsternchens, das weiß, wie sich die ganze Welt danach verzehrt, ihr nahe zu kommen, und sich stets ein klein wenig weiter vorbeugen wird, um zu verstehen, was es zu sagen hat. Die Stimme ist seit kurzem besonders angebracht, denn Ivy glaubt sich jetzt unter dauernder Beobachtung, von außen fotografiert und von innen überwacht. Sie ist das Huhn, das goldene Eier in den Mittelpunkt des Universums legt. Ihr Menstruationszyklus macht die Weltbank wieder flüssig. Ihr Atem lässt die Luft ein kostbares Gut werden. In ihren mitteilsameren Momenten hat sie Ursula das alles erzählt. Häufiger, vielleicht in der Annahme, dass alle ihre Gedanken ohnehin allgemein bekannt seien, spricht sie in einer Art Steno, die Ursula erst Wort für Wort gewissenhaft entflechten muss.

«Was hält wen ab?»

Ivy schüttelt den Kopf und starrt auf die Tischplatte.

«Du kannst es mir erzählen», sagt Ursula. «Ich werde nichts verraten.»

Dies Rezept hat früher schon gewirkt. Ivy öffnet sich niemandem sonst, nicht einmal der Psychiaterin.

«Der Rauchvorhang», antwortet sie, nimmt rasch einen weiteren Zug und bläst den Rauch aus. «Ist eine List. Ganz alter Hut.»

Gequält runzelt sie die Brauen und späht irgendeinen sich verzweigenden inwendigen Pfad hinunter.

«Schwanz in alter Fut», fügt sie hinzu.

Ursula hat schon oft genug mit Ivy geredet, um zu wissen, dass allem, was sie tut, komplizierteste Gedankengänge zugrunde liegen. Auch das Rauchen, erkennt sie jetzt, ist mit einem verwickelten inneren Ritual verbunden.

«Die Imagineers können ihn nicht ausstehen», sagt Ivy und verwedelt den Rauch. «Sie wenden sich ab.»

«Warum wenden sie sich ab?»

«Er reflektiert schlecht. Das Bild wird trübe. Die Trübnis vermasselt die Reflexion. Sie wenden sich ab.»

Die Ärztin hatte sie angewiesen, nicht auf die Wahnideen ihrer Schwester einzugehen. Sie soll sie Ivy umgehend ausreden, sobald welche auftreten. Doch Ivy wirkt derart mutterseelenallein, so verzweifelt einsam in ihrer Welt, dass Ursula sich manchmal nicht anders zu helfen weiß, als ihr mitfühlend Gehör zu schenken. Außerdem ist sie neugierig. Ivys Welt ist ein interessanter Ort, ein schwieriger Ort, der sich einzig begreifen lässt, wenn man sie wo immer möglich aushorcht. Bis jetzt war Ursula in der Lage zusammenzustückeln, dass Ivy sich für eine steinzeitliche Hohepriesterin hält, die aus ihrer Epoche von den so genannten Imagineers entführt wurde. Bei diesen handelt es sich, soweit ihre Schwester das ausmachen kann, nicht um die Leute, die unter diesem Namen für Disney neue Erlebnisparks konzipieren, sondern um eine Gruppe bösartiger Geschäftsleute aus der Zukunft. Diese Imagineers haben sie entführt, mit ihrem ruchlosen Tun durchdrungen und sie in die glücklose Gegenwart geschickt, damit sie dort für ihre Produkte werbe. Auf welche Weise genau sie ihre Produkte an Leute aus anderen Zeitaltern verkaufen, gehört zu jenen kniffligen Fragen, die Ivy nicht zu interessieren scheinen. Vielleicht, mutmaßt Ursula, verfügen diese Zukunftsfirmen über rudimentäre Tochterfirmen in der Gegenwart. Auf jeden Fall füttern die Imagineers Ivy unablässig mit Regieanweisungen –, mal soll sie die Beine übereinander schlagen, dann wieder nicht, das Haar zurückwerfen, den Blick auf bestimmte Farben oder Formen oder Teile der menschlichen Anatomie richten. Soweit Ursula es bislang versteht, scheinen sich die Produkte, für die Ivy Reklame machen muss, nicht auf materielle Objekte zu beschränken, sondern schließen alle möglichen weniger greifbaren Sachen ein – Gebärden, Meinungen, Wünsche, Orte im Raum und Tageszeiten. Anscheinend kann Ivy so gut wie alles verkaufen, und sie ist eine weltweit furchtbar einflussreiche Macht. Was immer sie tut, strahlt als umwälzende Botschaft nach außen und führt zu gewaltigen Verschiebungen in den weltumspannenden Herstellungs- und Konsumverhältnissen und dementsprechend in den Mustern privater Gedanken, Phantasien und Bedürfnisse der Leute.

In einem flachen Bürogebäude auf der anderen Straßenseite und in einem hohen, schmalen Bau weit oben an der Bergflanke erlischt hinter waagerechten Fensterbändern gleichzeitig das Licht. Ivy schüttelt hastig den Kopf, als reagierte sie irgendwie darauf, und bringt ihre Zigarette mit einem so kräftigen Zug zum Glühen, dass sie für einen Moment ganz hohle Wangen bekommt. Das alte Hemd ihres Vaters ist an den Manschetten aufgeknöpft, die ihr um die Handgelenke flattern und die Bandagen an den Unterarmen enthüllen, wo Ivy sich nebst anderen Körperstellen in der Nacht ihres Zusammenbruchs Schnittwunden zufügte. Ironie des Schicksals, dass sie erst mit ihrem Abstieg in den Irrsinn etwas erlangte, was ihrer eingebildeten Berühmtheit nahe kam. Sie hatte sich für eine ausgesprochen öffentliche Vorgehensweise entschlossen, als sie sich überall aufschlitzte und nackt und blutend durch den Banister Park lief. Am nächsten Tag war ihr Bild in den Lokalzeitungen. Als Ursula in der Stadt eintraf, hatten außerdem zwei Boulevardsendungen im Fernsehen die Geschichte aufgegriffen.

«Sie wollen, dass ich gerade sitze und die Brust rausdrücke», flüstert Ivy und macht einen umso krummeren Buckel. «Sie wollen, dass ich für die Körper werbe. Aber in Wirklichkeit geht es um die Antikörper. Mein Bauchnabel liegt auf der *i*-Achse. Ich bin der Ableitungsmagnet im Glamourkontinuum.»

Sie schaut verständnisheischend zu Ursula hoch. Da sie keines findet, schweifen ihre seltsamen Augen wieder ab. Ursulas Augen liegen schon ein wenig weiter auseinander als üblich, Ivys aber noch mehr. Als Kind ließen diese Augen, der kleine Mund und die blasse, gewölbte Stirn ihr Gesicht so aussehen, wie man sich üblicherweise Außerirdische vorstellt. Als ihr Vater beide einmal für ein Wochenende bei sich hatte, alberte er mit Ivy herum und erzählte ihr, dass ihre Augen bei der Geburt Stiele gehabt hätten und unabhängig voneinander umhergeschwenkt seien, um alles rundherum wahrzunehmen: und dass ihre Mutter eine Operation vorgenommen habe, um die Augen wieder zurück in den Kopf zu bekommen, wo sie hingehörten, was ja auch annähernd geglückt sei. Später fragte Ivy ihre Schwester, ob das stimme. Ihre Mutter war schließlich plastische Chirurgin, und die beiden Töchter hatten sich heimlich Videobänder angesehen, die weitaus unwahrscheinlicher anmutende Eingriffe dokumentierten. Aus einer Mischung von Boshaftigkeit ihrer Schwester und Loyalität ihrem Dad gegenüber schwor Ursula, es sei wahr, und noch Wochen später trug Ivy eine tief ins Gesicht gezogene Baseballmütze, um ihre alienhafte Missbildung zu verbergen.

Sie tritt die Zigarette aus und zündet sich eine weitere an, diesmal eine pastellblaue, und ihre weit auseinander stehenden Augen schielen etwas, als sie die Flamme ans Ende der Zigarette führt.

«Die Imagineers drängen mit aller Macht in Richtung Vollkontrolle», flüstert sie und starrt die Plastiklöffel auf der Tischplatte misstrauisch an. «Sie haben das Lager interfiltriert. Sie überwachen alle Bedürfnisstränge. Nur das Orange nicht.»

«Das klingt ernst.»

«Ich halte das Orange für die Trendscouts offen», sagt sie. «Mein letzter *Hoffnungsstrahl.*» Sie hält inne, ihr Verstand arbeitet. «Mein *Jammertal.* Trumpf-in-meiner-Hand. Loch-in-ihrer-Wand.»

Seit ihrer Einweisung hat Ivy fast durchgehend die Miene zur Schau gestellt, die sie mit vier Jahren aufsetzte, in den Monaten nach der Scheidung der Eltern, als sie Tag für Tag im Garten saß und auf die Insekten zwischen den riesigen Grashalmen starrte, den Hals verdreht, die Unterlippe vorgestülpt und die Augen unerbittlich hervorquellend. Jetzt aber, während sie spricht, erscheint dieser andere, weitaus seltenere Ausdruck auf ihrem Gesicht. Es spielt sich so wie immer ab, alles passiert auf einmal und nur für ein paar Augenblicke. Ihr blasses, zierliches Gesicht entspannt sich. Ihre Stirn wird glatt. Ihr Schmollmund schwindet. Ihre Lippen kräuseln sich zu einem zaghaften, verstohlenen Lächeln. Dies Gesicht macht sie immer, wenn sie über die Trendscouts redet. Das erste Mal war es vor zwei Wochen so. Sie meinte, die Trendscouts seien bei ihr, verborgen zwar, doch stets in der Nähe. Niemals würden sie sie verlassen. Sie würden ihr helfen, ihren Auftrag durchzuführen und die Menschheit zu retten.

Zu dem Zeitpunkt wusste Ursula schon, dass es Chas gab, nicht von Ivy, sondern von ihrer Freundin und etwas erfolgreicheren Modelkollegin Sonja Niellsen, die ihn ihr außer durch Nennung seines Berufs nur noch als «älteren Kerl» beschrieben hatte. Ursula hatte ihn bereits angerufen, um ein Treffen zu vereinbaren, und dabei nichts weiter im Sinn gehabt, als mit seiner Hilfe einen Eindruck davon zu gewinnen, was Ivy in der Zeitspanne vor ihrem Zusammenbruch durchgemacht hatte. Doch nachdem Ivy anfing, von Trendscouts zu erzählen, und dabei so hoffnungsvoll und getröstet aussah wie ein von imaginären Freunden besuchtes Kind, begann Ursulas eigene, nach Hoffnung dürstende Vorstellungsgabe, Trost aus dem Gedanken an sie zu schöpfen. Sie malte sich die Trendscouts als in pure Innovation gewandete Geschöpfe aus, stets auf dem Laufenden, ihrer Kultur immer einen Schritt voraus, und ihr Leben als eines auf ewig am äußersten, schillernden Rand der Gegenwart, wo es frisch aus den Zukunftsschmieden sprüht und glüht. So fingen sie an, für all das zu stehen, wodurch sich Ivys Leben von ihrem abgesetzt hatte, die Gedanken, Träume und Hoffnungen, die zu Ivys glanzvollem Dasein als Model in Middle City gehörten, alles, was die Schwestern trennte und wohl auch wieder zusammenführen könnte, wäre Ursula nur eingeweiht.

Ursula hatte die letzten vier Jahre am Rand einer kleinen Universitätsstadt gewohnt und ohne großen Erfolg versucht, eine Künstlerin zu sein, sie war gelegentliche Freundschaften und Verhältnisse mit Studenten eingegangen, die nicht lange dort wohnen blieben, sie war häufig niedergeschlagen und fast pleite gewesen. In vielerlei Hinsicht war eine ihrer wichtigsten Lebensmaximen gewesen, Glamour zu misstrauen. Aber die Krankheit ihrer Schwester trat etwas in ihr los. Während sie nach den Besuchszeiten das endlose Gewirr der Straßen von Middle City durchwanderte, fühlte sie sich vollkommen losgelöst von ihrer Vergangenheit, als sei sie gerade aus einem langen Schlummer erwacht, dem Traum von einem Leben, das sie erleichtert als ein fremdes erkannte –, zumindest war es nicht zwangsläufig ihr eigenes, dachte sie. So musste es nicht sein. Sie konnte alles ändern und gleich hier und jetzt damit anfangen. Sie konnte in die Stadt ziehen. Sie konnte eine Laufbahn einschlagen, die glanzvoll wäre und bedeutsam und aufregend und einträglich. Sie konnte erfolgreich sein, gefestigt und selbstsicher, die Sorte Schwester, die aufgrund ihrer Position Ivy Gutes tun könnte, die Sorte, die eine wohl tuende Kraft in Ivys Leben abgeben, sich um sie kümmern, sie wieder gesund pflegen könnte.

Sie beugt sich dichter an Ivy heran und sonnt sich im unvermittelten Leuchten ihrer Augen.

«*Wieso* sind die Trendscouts deine letzte Hoffnung?», fragt sie, unfähig, ihre Erregung zu verbergen. «Wie sollen sie dir helfen?»

Ivy deutet mit der Zigarette in alle Richtungen. «Die Trendscouts *sehen*. Sie haben Kodier-Empfänger.» Sie hält einen kleinen Finger an die rechte Schläfe. Dann zuckt sie zusammen, presst die Hände an den Kopf und stöhnt unkontrollierbar. Ursula springt hoch und eilt um den Tisch, bückt sich und nimmt sie in den Arm, fragt sie, was los sei, ob sie Schmerzen habe, einen Arzt brauche, aber das Stöhnen ist bereits zu einem sehr leisen, hellen Geräusch verebbt, das sich anhört wie ein Schrei aus großer Entfernung. Ursula drückt ihre Schwester an sich, schaukelt sie und fühlt sich schuldig, weil sie die Unterhaltung wieder so weit getrieben hat. Fast wünscht sie sich, Ivy von ihrem neuen Job erzählen zu können, sie wissen zu lassen, dass sie die Trendscouts an der Hand hat und jegliche Hilfe, die sie Ivy überhaupt leisten könnten, eigenhändig erlangen wird. Aber das würde natürlich Ivys Wahn nur umso fester zementieren.

Allmählich beruhigt sich Ivy, und Ursula zieht einen Stuhl herum und setzt sich neben sie. Nachdem Ivy den Karton mit der Eiscreme eine Minute lang betrachtet hat, greift sie danach und reißt den perforierten Falz ab, klappt den Deckel auf und starrt auf die jungfräulichen, fetten Streifen aus Rosa, Weiß und Braun. Vor Jahren hatte Ivy verkündet, dass die drei auf diese Weise in der Schachtel angeordneten Farben wie die Flagge von Schleckerland aussähen.

«Das ist Eiscreme aus der Zukunft», flüstert sie. «Ist es doch, oder?»

«Ich weiß nicht. Wo liegt der Unterschied?»

«Squibb-Bryers macht den Unterschied. Sie verwenden die idealen Zutaten.»

«Und die wären?»

«Muttermilch und Sperma. Leckerig schleckerig schmeckerig.»

Sie greift, der Hebelkraft wegen am Stielansatz, nach einem Löffel. Das Eis ist noch hart und löst sich in kleinen Flocken. Angespannt arbeitet sie daran, höhlt den Schokoladenblock aus und gibt dabei Acht, die anderen Geschmacksrichtungen nicht anzurühren. Ursula sieht eine winzige grüblerische Falte auf der riesigen milchigen Fläche zwischen Ivys Augen und erinnert sich an ein Spiel, bei dem beide sich wie Roboter zu verhalten und gegenseitig zu einem Lächeln zu bringen versuchten, indem sie mit unbewegter Miene und ausdrucksloser Stimme absurdes Zeug von sich gaben. Ursula war achteinhalb Jahre älter und gewann meist, doch Ivy war dennoch außergewöhnlich gut; manchmal hielt sie den ganzen Tag durch, selbst wenn Ursula verloren hatte, selbst wenn Ursula nicht länger spielen wollte. Ursula erwartet noch immer, dass sie jetzt aus der Rolle fällt und ihre Seele hinter jenen verlorenen Augen zum Vorschein kommen lässt. Doch es kommen nur kleine Bruchstücke der früheren Ivy zum Vorschein, hier eine gerunzelte Stirn, dort eine zwischen verkniffenen Lippen hervorlugende Zungenspitze, gelegentlich lässt sogar ein zittriges Lächeln kurz die Zähne aufblitzen, kurzlebige, wie in unruhigem Wasser vage erkannte Formen, die Ursulas Hoffnungen fortwährend Auftrieb geben und wieder zunichte machen. Die Ärztin meinte zu ihr, dass Ivy wahrscheinlich phasenweise auftauchen würde, vielleicht sogar auf längere Dauer, sie aber selbst zu solchen Zeiten nie wieder die sein werde, die sie einmal war. Ihr Verstand werde eher einem Wettersystem als einem Verkehrssystem gleichen und das Leben mit ihr weniger die Frage eines geordneten Fahrplans sein als von ständig sich ändernden Vorhersagen. Es sei an Ursula, einen Weg zu finden, wie sie dieser Anhäufung von Wolken, die einst ihre Schwester gewesen war, den Anschein eines die Mühe werten Daseins verlieh.

Ursula nimmt den anderen Löffel, beteiligt sich an den Grabungsarbeiten ihrer Schwester und unternimmt ein paar kleine Beutezüge ins Erdbeergebiet. Ivy verdoppelt ihre Anstrengungen, verschlingt einen gehäuften Mund voll, pafft ihre Zigarette und stößt wieder hinein in die Schokolade. Sie beugt sich beim Graben über den Karton, und ihr Haar gerät zwischen Löffel und Eis. Zu Ende des Besuchs wird ihr schönes, honigfarbenes Haar eine widerwärtige Masse aus Schokolade und Tabakqualm sein. Ursula hat Ivy noch nie mit solcher Entschlossenheit essen sehen, und tatsächlich findet sie daran ein klein wenig Gefallen. Wenigstens in dieser einen begrenzten Hinsicht kann Ivy mehr Genuss empfinden als je zuvor. Es war immer schwer gewesen, Ivy zum Essen zu bewegen. Im Kindergarten, als sie ein pausbäckiges Kind voller Geheimnisse und dummer Ideen war, versteckte sie sich gern in der Garderobe, um dem Mittagsimbiss zu entgehen. Die Erzieherin machte das ganz verrückt. Ivy konnte dieses Verhalten nie zufriedenstellend erklären. Es hatte irgendetwas zu tun mit dem stechenden Geruch des Apfelsafts, dem Geräusch der zwischen Fingern und Zähnen zerbrechenden Grahamcracker.

«Die Vanille wollen wir heute nicht antasten», flüstert Ivy mit einer Stimme, die so trocken zwischen ihren Lippen hervorströmt wie der Rauch.

«Wieso nicht?», fragt Ursula.

«Sieht sauberer aus, als sie ist.»

Ihre Augen werden leer. Sie legt den Löffel ab, schmiegt das Kinn an die Knie und wackelt mit dem Kopf hin und her. Ein gefrorenes fleischiges Stück Erdbeere, das Ursula nicht hinunterschlucken kann, lässt Kälte in ihre Zungenmitte sickern, während Ivys ferner Blick hinüberschweift in jene andere Dimension, jene kalte, sich zusammenballende Zukunft, aus der der ganze Ärger kommt.

AUSBILDUNG Klar wird von Trendscouts erwartet, dass sie sich anpassen – erklärt Javier, während sie sich an die Haltestange des rüttelnden U-Bahn-Waggons klammern, der Ursula den Boden unter den Rollerblades an ihren Füßen wegzieht – wir sind Chamäleons im Großstadtdschungel, tragen im Bankenviertel graue Anzüge, unten auf dem Bissel Boulevard grüne Zahnfarbe, hautfarbene Lederhosen in den Galerien und so weiter, sicher, man möchte beobachten, ohne Einfluss zu nehmen, aber er hat nun einmal keine Zeit mehr dafür, *keine Zeit*, es ändert sich alles zu schnell, neue Arten unter den Trends entwickeln sich, schlüpfen durchs Unterholz, schwingen sich empor, bilden schillernde Formen, heulen den Mond an, einige gehen sogar wieder ein, bevor sie überhaupt gesichtet worden sind, man über sie gerätselt, von ihnen gelernt, sie wertgeschätzt und, na klar, *geliebt* hat, bevor sie geliebt wurden von jemandem, der sie als das versteht, was sie wirklich sind, diese plissierten Ausschnitte und Pumps aus Hanffaser und Zydeco-Rap-Melodien und Opiumparfums und Gingko-Colas, nämlich die unverfälschten Mundarten der menschlichen Sehnsucht, die ungehemmten Ausdrucksformen des kulturellen Unbewussten, Zeichen und Sinnbilder aus einer idealen Welt, in der wir eines Tages zu leben hoffen.

Manchmal kommt er gern schnell vorwärts, erläutert er im U-Bahnhof, als sie sich eine Hand über der anderen am Handlauf hochziehen und ihre Rollerblades spreizbeinig treppauf wuchten. Er schüttelt die Dinge gern mal durch, um sie neu zu sehen. Eine Zeit lang war er auf Tretroller umgestiegen wie alle anderen auch, aber mit den Rollschuhen kommt man fast überall hin, und er ist zuversichtlich, dass alle anderen auch bald wieder zurückrudern. Er fährt gern mal mit der U-Bahn bis zum Gipfel von Middle City und rollt dann die ganze Strecke den Berg hinunter. An manchen Tagen kurvt er die Straßen am Westhang herab, durch das Theaterviertel und vorbei an den pompösen Anwesen rings um den Richard-W.-Held-Park; oder er fährt im Bogen herum zum Südhang und dann die breiten Einkaufsstraßen hinunter, die Hull Avenue etwa oder den Kline Boulevard. An manchen Tagen gleitet er bis ganz nach unten, vorbei an den alten Minen und der Mündung des Shakley und weiter hinaus aufs Flachland, rauscht durch die Disney-Mustersiedlungen, durch Heartland USA, durch Bogart City und Hipsterville.

Heute soll es der Osthang sein. Von einem Heiligenschein aus Sonnenlicht umgeben, streckt er beide Hände aus und zieht sie die letzten paar Stufen hoch; seine langen Finger winden sich um ihre Gelenke, sein dürrer Körper greift ihr mit unvermuteter Leichtigkeit unter die Arme, was ihr ein eigenartig gewichtsloses Gefühl verschafft. Zum ersten Mal, seit sie beide vorne auf ihrer Türschwelle hockten, während sie in die Rollerblades schlüpfte und er einen Beutel Vitamine und andere, geheimnisvollere, rezeptpflichtige Pillen mit seinem XXL-Becher Frozen-Coffee hinunterstürzte, hält Javier den Mund, und die daraus erwachsende Leere in Ursulas Gehirn ist ein bisschen erschreckend. Seine Stimme war eine Konstante, es gab vor ihr kein Entrinnen, sie kann sich nicht einmal die Ohren zustöpseln, sind sie doch schon von Kopfhörern besetzt, die ihr sein aufgekratztes Geflüster stereo in beide Ohren einflößen. Es gibt kein Mikro an ihrem Headset, nur an seinem. Gehirnwäschemethoden.

Er zieht sie aus dem Strom der Fußgänger, und sie stehen Auge in Auge auf der zementierten Plaza des Angleton-Bankenzentrums, dann gibt er ihre Hände frei und lässt sie taumelnd ihren Schwerpunkt finden, während er um sie herum vollendet Kreise zieht und dabei vorwärts und rückwärts rotiert. Ihr Zutrauen zu den Blades wurde bereits auf den U-Bahnsteigen heftig erschüttert, wo sie herumgestoßen wurde und Arme und Beine um urinzerfressene Eisenstützen schlingen musste, damit sie nicht auf die Gleise fiel. Hätte sie doch bloß ein paar normale Schuhe mitgebracht, aber zu den zehntausend Sachen, die Javier für erwähnenswert hielt, gehörte natürlich nicht der Umstand, dass sie eine U-Bahn besteigen und den Hang bis ganz nach oben fahren würden.

Er beginnt, rückwärts davonzugleiten, und macht ihr Zeichen zu folgen. Ein glatzköpfiger Mann in pastellgelbem Anzug tappt dazwischen. Sie beißt die Zähne zusammen und schwingt die Beine über die Plaza, ihm nach. Er umrundet im Slalom die Säulen des Angleton-Gebäudes, segelt über die Colby Street hinweg und wirbelt durch eine Drehtür ins regenbogenfarben schillernde Glasatrium des Hilton. Es kostet Ursulas ganze Aufmerksamkeit, mitzuhalten und dabei nicht zu stürzen; Javier wiederum scheint überallhin zu schauen, nur nicht in die eigene Fahrtrichtung, und sondert die ganze Zeit unablässig seine Küchendialektik der Stile ins Mikro ab, erhebt diesen rustikalen braunen Schlips zum Maßstab, schüttelt den Kopf über jenen schiefergrauen Schlips mit Elfenbeinspange, bemerkt jenen vielleicht – ja, eindeutig – purpurroten Schlips, umbrafarbenen Schlips, Schlips mit Tüpfeln in Jade und Saphir …

Sie skaten über den Maheu Square und am Museum für Postmoderne Kunst vorbei, Plastiken von Zweifarbigen Eichen, Schierlingstannen und Amerikanischen Magnolien entlang des Bordsteins. Er sagt Bolerojäckchen, Tunika, wespengestreifter Rock, Kind mit Seifenblasenpfeife, der Ausdruck in den Augen dieses Chauffeurs, funkelnd, wehmütiger Anflug einer Träne, – ausschneiden, drucken, und schon hast du eine Anzeige für undurchsichtige Zwecke – Kunststoffe, Investmentfonds, Gesundheitsfürsorge und die himmelblaue Pfeife, muss zu Mutters Bluse passen, kein Sepia dran, muss grell lebendig sein, der Trend geht ins Farbenfrohe, nicht einfach irgendwelche Farben, changierend und doch arglos, oh, die Sorte Farben, wie man sie im Himmel trägt.

«Die Lichten Zeiten», flüstert er verzückt, als sie über die Snepp-Überführung schweben. Er presst die Handflächen zusammen wie ein Papst auf Rädern und segnet das Gedränge der Flohmarktbesucher unter sich. «Es passt eins zum anderen.»

«Die Lichten Zeiten?», ruft sie. Aufgeschreckt schnellt sein Kopf zu ihr herum, er verliert das Gleichgewicht und wedelt wie verrückt mit den Armen, um nicht alle viere von sich zu strecken. Anscheinend hat er vergessen, dass sie ihn reden hören kann. Womöglich hat er gar vergessen, dass sie überhaupt da ist. Die Rückwand eines Briefkastens bringt ihn unsanft zum Stehen, und er bedeutet ihr herzukommen. Dankbar dafür, sich an etwas festhalten zu können, gesellt sie sich zu ihm.

«Das ist der Megatrend, dem Chas und ich auf der Spur sind», sagt er. Auf diese Entfernung erzeugt seine verstärkte Stimme Rückkopplungen und versengt ihr das Trommelfell. Fluchend reißt sie sich das Headset vom Kopf.

«Oh. Sorry», schnappt er nach Luft und setzt ebenfalls seine Kopfhörer ab. «Chas kann das besser erklären.» Er flüstert jetzt, als wollte er die vorherige Lautstärke ausgleichen, und zwingt sie somit, sich noch dichter zu seinem ungewöhnlichen Gesicht vorzubeugen. «Chas ist ein echter Philosoph, er hat früher an der Universität von Middle City gelehrt und all so was. Aber wenn du Geduld hast, versuche ich mein Bestes.»

Chas? Ein Professor der Philosophie? Sie versucht, sich Chas vorzustellen, wie er in einer Tweedjacke über Transzendentalismus spricht. Es geht einfach nicht. Der Mann spricht so gut wie gar nicht: *er grunzt.* Ein Umstand, der Javiers Ehrfurcht vor ihm ein wenig absurd erscheinen lässt und in gewisser Weise auch ein wenig rührend.

«Ich bin ganz Ohr», sagt sie.

«Okay.» Er hält inne, um sich die Nase zu schnäuzen. Der blaugrüne Seidenfetzen verschwindet ebenso schnell in seinem Trenchcoat, wie er aufgetaucht ist. Er räuspert sich und fängt an:

«Weißt du, das Nischenmarketing wird jetzt langsam richtig ausgefeilt. Das ist das eine. Wir können immer individueller zugeschnittene Zeitungen, Zeitschriften, Satellitenkanäle, Bekleidungskataloge abonnieren. Wir können eine CD-ROM einlegen und lernen, wie man Sufi wird, Swedenborg-Jünger oder Anhänger der kubanischen Santería. Wir können heutzutage aus Dutzenden verschiedener Antidepressiva und Angst hemmender Pillen auswählen und damit selbst unsere Stimmungen und Wahrnehmungen nach Geschmack zuschneiden. Mit dem Internet können wir noch die Gemeinschaften auswählen, denen wir angehören wollen. Kannst du mir so weit folgen?»

Von den Anstrengungen des Skatens und gleichzeitigen Erklärens ist er rot geworden, und seine Augen leuchten. Sie meint geradezu die pulsierende Hitze seines Gesichts spüren zu können. Er schnieft ab und zu und hat dunkle Ringe unter den Augen. Sie fragt sich, ob es etwas Ansteckendes ist. Aber so nahe ist sein Gesicht irgendwie faszinierend. Sie weicht nicht zurück.

«So wie Chas und ich das sehen», fährt er fort, «stehen wir an der Schwelle zu einer wirklich wunderbaren Sache. Vor der Wiedergeburt unserer Selbsterschaffung. In den Lichten Zeiten werden wir imstande sein, unser Leben vollkommen individuell zu entwerfen – unseren Glauben, unsere Rituale, unsere Stammesverbände, unsere ganze private Mythologie – alles, was uns ausmacht, suchen wir uns aus einem riesigen Sortiment von Wahlmöglichkeiten zusammen. Die letzte Hürde ist unsere unausrottbare Ironie, die uns mit Zweifeln an der Gültigkeit unserer bedingten Wahrheiten erfüllt.»

«Unsere Ironie?», fragt sie.

Er nickt, und sein Männergesicht ist so offen und ernsthaft wie das eines Kindes. Er selbst hat anscheinend diese letzte Hürde überwunden, von der er redet. Sie kann nicht anders, als über den Gedanken zu schmunzeln, und im Gegenzug nimmt sein Gesicht einen Ausdruck von Verwirrung und vielleicht sogar Gekränktheit an.

«Was ist?», fragt er.

Sie setzt zu einer Entschuldigung an, aber plötzlich ist seine Aufmerksamkeit abgelenkt. Sie folgt seinem Blick und entdeckt einen halben Block weiter eine dunkelhaarige Frau, die vor einem Lüftungsrost der U-Bahn hockt und hineinspäht. Die Frau trägt ein gebrochen weißes Baumwolloberteil und schwarze Jeans. Als sie sich tiefer über den Gehsteig beugt, bildet sich ein Spalt, und zwei Wirbel ihrer blassen unteren Rückenpartie werden sichtbar. Unterdessen tritt ein Fahrradkurier mit Dreitagebart und schwerem Rucksack energisch in die Pedale und kommt ihr die Straße hoch entgegen. Er wird langsamer, als die Frau den Hals reckt und ihn traurig anschaut, fährt aber ohne anzuhalten an ihr vorbei. Die Frau sieht zu, wie er vorbeizieht, richtet sich dann auf und geht mit untröstlichen Blicken in die Schlucht aus Glas und Stahl davon.

Als die Frau außer Sicht ist, rollt Javier zum Rost hinüber und geht in die Knie. Ursula folgt ihm nach und stützt sich an seiner Schulter ab, als sie sich bückt, um mit ihm zusammen in Augenschein zu nehmen, was die Frau verloren hat: einen Ohrring mit Perle, der auf einem Sims knapp zwei Meter tief unter ihnen in einem Nest aus Staub und Zigarettenstummeln liegt. Wortlos richtet Javier sich auf, kurvt hinüber zum nächsten Treppenabsatz, setzt sich und holt ein Skizzenbuch und einen Kasten Buntstifte aus seinem Ranzen.

«Das cremefarbene Oberteil war völlig daneben», murmelt er, als Ursula sich an seiner Seite niederlässt. «Mit den Jeans zusammen ließ es sie so nackt und erbärmlich aussehen.»

Er scheint ehrlich verstimmt zu sein und fängt an, sich in den Entwurf einer neuen Garderobe für die Frau zu vertiefen, wobei er erklärt, wie sie dem dramatischen urbanen Sonnenlicht und dem grell leuchtenden Bürgersteig standhalten würde. Er verpasst der Frau eine purpurfarbene indisch bedruckte Seidentunika mit Goldstickerei um Ausschnitt und Ärmel. Er versieht sie mit einer roten Caprihose. Er stattet sie mit einem chinesischen Hüftbeutel an einer Zugschnur, roten Schuhen mit flachen Absätzen und einem verspielten silbernen Glücksbringer-Armreifen aus, dessen winzige Herzen, Hörner und Hufeisen gefunkelt hätten, als sie Hilfe herbeiwinkte. Seine Zeichenhand ist ein wenig zittrig, doch er nutzt das zu seinem Vorteil und verleiht den Strichen eine vibrierende Kraft. Er ist ein guter Zeichner, und er erläutert die Garderobe beim Zeichnen wohltuend ruhig, und nicht zum ersten Mal an diesem Tag kommt es Ursula so vor, als sei der Mann trotz seiner Schrullen nicht gänzlich unsympathisch. Um den Look zu vervollständigen, glättet er ihr Haar und bindet es hinten kurzerhand mit einem roten Band zusammen, was ihren Nacken freigelegt hätte, als sie sich Hilfe suchend zum Fahrradkurier umwandte.

«Hätte sie das getragen», sagt er und klopft dabei mit dem roten Buntstift auf die Skizze, «dann wäre er stehen geblieben. Jeder wäre stehen geblieben. Einen Auflauf hätte es gegeben.»

Sie malt sich die Menschenmenge aus, wie sie alle zögerlich in die Tiefe linsen, ein merkwürdiger Augenblick, da man auf einmal dem Boden unter den Füßen nicht mehr recht traut.

«Und dann hätte eine alte Frau eine Garnrolle aus ihrer Handtasche geholt», begeistert er sich. «Und ein Jugendlicher hätte sich den Kaugummi aus dem Mund geklaubt. Und alle zusammen hätten sie ihr die Perle geangelt.»

Ursula sieht die Szene, während er sie beschreibt. Das dauert ungefähr eine halbe Minute, die Länge eines Werbespots. Halb ist sie versucht, aufzubrechen und eine purpurfarbene indisch bedruckte Seidentunika oder ein Päckchen Kaugummi zu kaufen. Ihre andere Hälfte ist über die erste verärgert, die sich so leicht hat einwickeln lassen.

«Das ist die Welt, wie die Leute sie verdienen», sinniert er.

«Die Leute verdienen eine Welt, in der es egal gewesen wäre, was die Frau anhatte», erwidert sie. «In der die Leute trotzdem angehalten und geholfen hätten.»

«Aber Schönheit kann die Leute dazu anregen, bessere Menschen zu sein. Schönheit ...» Er unterbricht sich, um das Umfeld der Frauengestalt zu schattieren, neigt beim Zeichnen den Kopf, denkt nach, nickt dann vor sich hin. «Schönheit ist PR für die menschliche Seele.»

Er lächelt weiter, während er ein paar aufsteigende Schnörkel zeichnet, durch die sich die Gebäude hinter der langbeinigen hockenden Frau in ein drolliges Stoffmuster verwandeln. Einen Augenblick lang wird Ursula von der beruhigenden Geometrie seiner Skizze gefangen genommen, und dann ist sie zurück in ihrem eigenen Körper, wird sich wieder ihrer eigenen Erscheinung bewusst, ihres geröteten Gesichts, ihres Schweißgeruchs. Wie leicht es doch Männern fällt, von Schönheit zu reden, wie unmerklich einschüchternd es doch ist, wenn sie es tun.

«An diesem Punkt treten *wir* auf den Plan», fährt er fort und schraffiert dabei die Luft. «Das ist unser Job, Ursula. Den Leuten die Schönheit zu verleihen, die sie verdienen. Und aus der Schönheit, die sie verdienen, wird die Liebe erwachsen, die sie verdienen. Und aus der Liebe wird die Wahrheit folgen.»

«Das glaubst du doch nicht wirklich, oder?», fragt sie und blinzelt in die Nachmittagssonne, die hinter ihm steht.

«Sicher. Wahrscheinlich. Jedenfalls vielleicht.» Sein übergroßer ungepflegter Kopf verdeckt die Sonne, als er sich ihr zuwendet und sein trauriges verzogenes Lächeln sehen lässt. «Bis dahin muss die Schönheit für sich allein reichen, stimmt's?»

Die Frage hängt zwischen ihnen. Sie möchte sie verneinen. Aber sie sieht seine zärtlichen Augen und schiefen Zähne, und sie denkt, vielleicht ja doch. Sie lacht, Javier zuckt die Achseln und schaut, gleichfalls belustigt, wieder auf seine Zeichnung.

POSTIRONIE ... *finde die Zukunft*, hatte Chas Lacouture gesagt und sich in seinen Sessel zurückgelehnt, was Ursula den Ausblick auf die wolkenbemützten Zinnen und nebelbestrumpften Zacken von Middle City gewährte, die sich in atemberaubender Unordnung den ganzen Berghang hinunterzogen, sich krümmten, Bögen schlugen und auf Zehenspitzen standen, eine Truppe riesengroßer Ballettroboter bei den Proben für die Abendvorstellung. Und in dem Augenblick fühlte sie sich, als könnte sie genau das tun, sich hinaus auf die Straßen ihrer neuen Heimatstadt wagen und die Zukunft finden, die dort auf sie wartete wie eine in einem Schaufenster ausgestellte Garderobe, und es wäre nichts leichter als das: neue Garderobe, neue Karriere, neues Leben. Als sie herzog, hatte sie nicht geahnt, dass sie es aufgeben würde, eine Künstlerin sein zu wollen – und darunter verstand sie eine *echte* Künstlerin (ob aus Idealismus oder Dünkel, da ist sie sich nicht mehr sicher), nicht bloß eine Werbegrafikerin –, aber insgeheim hatte sie wohl gehofft, sie würde, sie *könnte* aufgeben. Würde sie denn sonst so wenig Bedauern und so viel Erleichterung empfinden? Ihr Ausflug in die Welt der Kunst war ein großer Irrtum gewesen, ja ein Firlefanz, ihr persönliches Somalia, die Anwandlung, eine brodelnde Menschheit mit Kompass und Bowiemesser zu retten. Erst jetzt, wo es vorbei ist, erkennt sie, wie heftig und bedenkenlos sie sich wünscht, nie wieder zurückzukehren.

Rückblickend hatte den letzten vier Jahren ihres Lebens mehr als nur ein wenig Monomanie angehaftet, da sie dasselbe Thema in Dutzenden von Variationen immer wieder neu malte: Allesamt waren es Triptychen, einige tatsächlich mit drei einzelnen Tafeln, einige auf raffiniertere Weise unterteilt, aber alle mit drei unterschiedlichen Ansichten eines jeweils gleichen Themas; in jedem Gemälde gab es eine verherrlichte Welt, eine höllische Welt und dazwischen die alltägliche Welt, drei Aufnahmen derselben Gegenstände oder Leute oder Landschaften oder auch abstrakten Formen. Es war krauses Zeug, scheint es ihr jetzt, aber sie hatte es hinaus in die Welt gesandt, erfüllt von der Hoffnung auf Verständnis und dem Streben nach Anerkennung. Sie hatte sich die Einbildung erlaubt, dass ihre Gemälde den Menschen zugänglich seien, gar tiefen Widerhall in ihnen fänden, doch aus irgendeinem Grund weckten ihre Arbeiten nie größere Aufmerksamkeit als die einer Hand voll kleinerer Galerien, und nur ein paar Bilder wurden jemals verkauft. Und ihre kleine Schwester zog unterdessen nach Middle City und fing an, mit ihrem eigenen kleinen Triptychon hausieren zu gehen – mit weit auseinander stehenden Augen, niedlichen Titten und langen schlanken Beinen. Das war die Sorte bildende Kunst, schien es, mit der die Welt etwas anzufangen wusste. In den wenigen kurzen Telefonaten, die sie das vergangene Jahr über geführt hatten, erzählte ihr Ivy alles über die Arbeit, die sie bekam – für jeden Laufsteg und jede erdenkliche Zeitschrift war sie gebucht, sie gab unheimlich an damit. Diese Aufschneiderei, das war neu, aber Ursula versank zu sehr in Ablehnung und Selbsthass, um Fragen zu stellen, und als Ivys Anrufe ausblieben, nährte das Ursulas Bitterkeit noch mehr, sodass sie selbst keinen Anlauf unternahm, die Verbindung wieder aufzunehmen. Hätte sie gewusst, dass Ivy während ihrer ganzen Zeit in Middle City bloß eine einzige große Zeitschriftenannonce ergattert hatte und ansonsten lediglich eine lockere Reihe weniger traumhafter Jobs, zumeist für ausländische Bekleidungskataloge, und dass sie dabei außerdem langsam in geistiger Zerrüttung versank, dann hätte sich Ursula natürlich anders verhalten. Aber deswegen ist ihr jetzt auch nicht besser zumute. Sie hatte gewusst, dass auf der Welt niemand sonst da war, der sich um Ivy kümmerte, ihre Eltern jedenfalls bestimmt nicht, und das hätte Grund genug sein müssen, die Verbindung zu ihrer Schwester nicht abreißen zu lassen.

Sich um Ivy zu kümmern war schon so ziemlich immer Ursulas Aufgabe gewesen. Selbst vor der Scheidung hatte der Vater nie wirklich zur Familie gehört, und was die verschiedenen anspruchsvollen Interessen der Mutter anlangte, so zählte Mutterschaft einfach nie dazu. Also blieb Ivy zumeist in Ursulas Obhut, und trotz ihres beträchtlichen Altersunterschieds unternahmen sie so viel sie konnten zusammen. Gemeinsam gingen sie zur Schule und von der Schule nach Hause. Sie unterhielten sich gegenseitig mit Geschichtenerzählen und So-tun-als-ob-Spielen, für die Ursula ein bisschen zu alt und Ivy ein bisschen zu jung war. Sie saßen im Garten unter einem Baum und legten Marathonstrecken für Käfer an. Zum gegebenen Zeitpunkt fiel es Ursula zu, alle Fragen über den Körper zu beantworten, wann und wo man sich rasierte, wie man mit der Menstruation umging. Ursula nahm ihren Job als Ersatzmutter ernst, so wie sie alles ernst nahm. Sie war fleißig in der Schule, beim Sport und bei ihren Hobbys, fast übertrieben gewissenhaft, und unterwarf sich selbst aufgestellten Regeln und Richtwerten, an denen sie verbissen festhielt, um das Chaos ihrer weitgehend elternlosen Kindheit aufzuwiegen. Ebenso unnachgiebig waren ihre in Ivy gesetzten Erwartungen und entsprechend groß die Enttäuschung, wurde Ivy diesen nicht gerecht. So saß Ivy zu einem Zeitpunkt, da Ursula Zeichenkurse belegt hatte und hinterher täglich zwei Stunden an ihren Skizzen arbeitete, in einer ungenutzten Ecke des Zimmers für sich und fertigte gleichfalls Zeichnungen an. Doch zu Ursulas Bestürzung handelte es sich bei Ivys Zeichnungen stets um ein und dasselbe, wieder und wieder um genau dieselbe Mäusekarikatur. Kladde auf Kladde füllte sie mit dieser Maus oder vielmehr lediglich bruchstückhaften Ansätzen zu dieser Maus, manchmal bloß ein oder zwei Strichen, dem Schwung der Wange, ein paar Wimpern, einem einzelnen Schnurrbarthaar, und dann gab sie die Zeichnung auf, weil irgendetwas daran nicht stimmte, und musste auf einer neuen Seite von vorn anfangen. Eines Tages schließlich legte sie ihr Skizzenbuch weg und nahm es nie wieder in die Hand. Daraus sollte sich dann ein Muster entwickeln. Ivy gab sich irgendeiner Sache in jeder wachen Minute über Wochen oder gar Monate wie besessen hin, um sie dann auf einmal fallen zu lassen und vollkommen zu vergessen.

Schon in jungen Jahren hatte Ivy den Ruf der Abgehobenen von den beiden weg. Die anderen Kinder machten sich über sie lustig, weil sie ihren Spielen und ihrer Gesellschaft gleichgültig gegenüberstand, und Ursula warf sich immer wieder wutentbrannt für sie in die Bresche, aber Ivy selbst kümmerte sich nie darum. Sie wurde nie sauer, verteidigte sich nie, schien sich aus nichts groß etwas zu machen. Sie trieb keinen Sport, schloss keine Freundschaften, war keine Leuchte im Unterricht. Damals ärgerte sich Ursula über Ivys Verhalten, aber über die Jahre erkannte sie als dessen Ursache Ivys tief verwurzelten Glauben, dass nichts, was sie täte, irgendetwas bedeuten könnte. Ihre Selbstachtung war derart gering, dass sie für sich selbst und ihre Umgebung weniger ein Kind war als ein blasser, verhuschter Geist.

Als Ursula von der High School abging, beschloss sie, ein College vor Ort zu besuchen und weiter daheim zu wohnen, um für Ivy da sein zu können, doch die folgenden vier Jahre über hielt sich Ivy selbst immer seltener zu Hause auf. Sie fand zwei Freundinnen, geziert altkluge und emotional gestörte Mädchen aus dem Viertel, und verbrachte ihre ganze Zeit im Elternhaus der einen oder der anderen. Während jener Zeit verwandelte sich ihr dürrer Körper in einen geschmeidigen; ihre weit auseinander stehenden Augen verloren das Bizarre und gewannen etwas Exotisches; und auf einmal war sie das hübscheste Mädchen der ganzen Schule. Wohin sie auch ging, verfolgten die Jungs ihre Bewegungen mit Begierde und die Mädchen mit Eifersucht. Einmal besuchte sie Ursula auf dem Campus, und selbst die Typen im Collegealter mussten sie anstarren, und das Verlangen schlug sich mit bemitleidenswerter Deutlichkeit in ihren erröteten und verstörten Gesichtern nieder. Ivy spornte sie zu Ursulas Zorn und Verblüffung auch noch an, indem sie mit bestürzender Routine flirtete. Ihr Aussehen hatte ihr, wenn schon nicht eigentliches Selbstvertrauen, so doch wenigstens etwas entfernt Ähnliches verliehen. Sie konnte nun irgendeine Rolle spielen, und immer gingen die Leute mehr oder weniger darauf ein. Sie wurde schon fast autistisch, ihre eigene beste Freundin, die tat und sagte, wonach ihr gerade war, ohne über die Folgen nachzudenken. Im Viertel entfaltete sich eine geheimnisvolle Aura um sie herum. Die Kinder erzählten sich Geschichten von ihr, die zumeist etwas mit Drogen zu tun hatten, und nach einer Weile hörte Ursula auf, sie zu bestreiten. Sie glaubte nicht daran, war sich dabei aber nicht mehr vollkommen sicher. Ivy entglitt immer mehr Ursulas Kontrolle, und Ursula kam sich, ob zu Recht oder nicht, missachtet und in gewisser Weise sogar betrogen vor. Schließlich nahm sie völligen Abstand von ihrer Schwester und zog zum Hauptstudium in einen anderen Bundesstaat.

Seither sollte sie Ivy nur noch im Zeitraffer der Semesterferien zu Gesicht bekommen und das Bild mit Geschichten vervollständigen, die sie von Freunden zu hören bekam: dass Ivy monatelang die Schule schwänzte, in diversen Fächern durchfiel, ihre Wahl zur «Homecoming Queen» beim Jahrestreffen der Ehemaligen und anschließende Abwesenheit bei der Feier. Als Ivy ihr mitteilte, alle meinten, sie solle Model werden, und sie habe das auch vor, unternahm Ursula einen letzten Versuch, ihr klar zu machen, dass sie das nicht tun müsse und im Leben noch zu anderem fähig sei. Da war Ursula aber bereits über ihr eigenes Leben und ihren vollkommenen Mangel an Erfolg verbittert, und ihre Bitterkeit schlug in Eifersucht um, als sie Ivys Hugo-Banzer-Anzeige in der Zeitschrift *Glamour* entdeckte, eine hinreißende und supercoole Ivy in seidenem Stretchkleid und mit achtlos gespreizten Knien, hingefläzt in einem U-Bahn-Waggon von Mid City neben einem wie mit dem Meißel gehauenen Kerl in T-Shirt und Schlangenlederhose. In diesem Moment kam sie zu dem Schluss, Ivy stehe für alles in dieser Zivilisation, was sich verschworen hatte, um die Menschen unglücklich zu machen, alles Blendwerk, die Seichtheit, der Materialismus und oberflächliche Schönheitskult. Auf einer persönlicheren Ebene verbarg sich darunter der Zorn darüber, dass Ivy offenbar ohne die leiseste Anstrengung durchs Leben gerauscht war und jetzt Erfolg hatte, während sie selbst sich stets wie ein Ochse abgerackert hatte und noch immer keine Belohnung in Aussicht stand. Es bedurfte Ivys Zusammenbruch, dass Ursulas Bitterkeit all den alten Gefühlen wich, Pflicht, Reue, Schuld und herzzerreißender hoffnungsloser Liebe.

Also hat Ursula einmal mehr die alte Aufgabe auf sich genommen, ihre Schwester zu retten. Sie weiß nicht, ob es ihr am Ende tieferen Zugang zu Ivys innerer Welt verschafft, wenn sie etwas über die Trendscouts erfährt, aber wenigstens könnte es Ursula den Zugang zu einer Außenwelt gewähren, zu einer Welt jenseits ihres stetig schrumpfenden Gefühls von den Möglichkeiten im

Leben. Chas und Javier werden ihr beibringen, die Zukunft aus den Farben von Krawatten, den Geschmacksnoten von Snacks und den Texten von Popsongs zu lesen, und vielleicht wird diese Zukunft wirklich anders sein als alles, was sie zuvor für möglich hielt, vielleicht wird sie wirklich mehr sein als ein bloßes Märchen, mehr als ein sinnloses Verlangen, eine törichte Verklärung, eine Geschichte, die sie sich erzählt, wenn das Leben zu drückend auf ihr lastet, wenn sie eine stark befahrene Straße entlanggeht, die mehr oder minder beständigen Autoabgase nicht einzuatmen versucht und neben ihr ein Obdachloser schlurft, der ihr erzählt, sein Wagen habe eine Panne und er brauche jetzt Kleingeld für die U-Bahn, oder wenn sie im Zug sitzt, gerade bevor es derart laut in eine Kurve geht, dass sie schreien möchte, um den Druck im Kopf auszugleichen, oder in der traurigen Stille, wenn sie den Fernseher abstellt, nachdem sie eine Stunde ihres Lebens damit vergeudet hat, Prominenten beim Vermarkten ihrer neuesten Frisuren und Persönlichkeiten zuzuschauen, oder wenn sie wie jetzt nachts im Bett liegt und es eigentlich wirklich nötig hätte, sich den Gedanken an Geld aus dem Kopf zu schlagen und den an Ruhm und an Achtung und andere Dinge, die sie nicht genießt und nie genießen wird und die sie bei allem Selbsthass nicht aufhören wird, genießen zu wollen. Sie holt tief Luft und gleich noch einmal, liegt auf dem Rücken, über den Augen die weiche Schwere des Kissens, und versucht sich die Zukunft vorzustellen, die postironische Zukunft, die Zukunft aus den Träumen der jungen Wilden. Wie sähe sie aus, diese Zukunft? Es gäbe schon mal kein Middle City mehr. Es gäbe kein Marienhospital, keine stickigen, fensterlosen Irrenabteilungen mit dem Geruch von gekochten Eiern und Antiseptika, keine oben in der Ecke angeschraubten Fernseher, die vor windigen, selbstzufriedenen Autohändlern und Models starren, keine Models, Punkt fertig, weder selbstzufriedene noch von Selbsthass erfüllte noch schizophrene noch sonst welche.

Sie holt langsam und tief Luft und gleich noch einmal, atmet die Gegenwart aus, atmet ihre Angst aus, ihre Einsamkeit, atmet die abgestandene Luft ihrer noch kalt anmutenden, unvertrauten Wohnung aus, atmet die Zukunft ein. Sie beginnt mit einer warmen Kraft wie Sonnenschein in der Lunge und massiert sanft ihre Muskeln. Die Wärme fließt in ihre Nerven, ihre Adern, bis sie spürt, wie ihr Herz zu glühen anfängt. Sie schließt die Augen. Es ist ein warmer, luftiger, strahlender Tag in den Lichten Zeiten, die Bäume sind drei Meter dick und dreißig Meter hoch, und sie liegt in einem Kanu, schaut hinauf in das glimmende, flackernde, schuppige Geflecht der Blätter am Bauch des Himmels, und der Duft von Wildrosen reinigt sie von innen. An den Flussufern stehen jetzt die Blumen in verschwenderischer Blüte und verströmen köstliche Wellen sommerlichen Wohlgeruchs über das strudelnde Wasser. Die Bäume sind kräftig, haben ausladende Wurzeln, und der Wald zieht sich unendlich weit hin, es gibt alle Arten von Bäumen – Kiefern, Hickorybäume, Kastanien, Eichen, Weiden und dazwischen Wiesen und Teiche. Eine nachhaltige Nutzung hat aus dem Wald einen üppigen Garten voll Obst, Gewürzen und Heilkräutern gemacht, der von Rotwild und Elchen, Füchsen und Waldhühnern wimmelt. Es gibt keinen Hunger, keinen Mangel: Armut erwies sich als etwas, das vom Geld geschaffen wurde, und hier gibt es kein Geld, keine Massenherstellung, keine Reklame, keine Unterhaltungsindustrie. Arbeit ist eine Gelegenheit, die eigene Muskelkraft und geistige Gesundheit zu spüren, und das Spiel hat Bedeutung, setzt sich aus Riten zusammen, die den eigenen Geist an den Geist der Natur rückbinden. Auf Arbeit und Spiel kann man sich gleichermaßen freuen, doch im Augenblick gibt es nichts weiter zu tun, als das sanfte Schaukeln des Bootes zu genießen, das anheimelnde Plätschern und Glucksen des Wassers an seinen Flanken, die Wärme der zukünftigen Sonne auf den Lidern, die zukünftige Brise um die Nasenspitze, während Ursulas Boot mit ihr friedlich, liebevoll, ja beinahe sogar unironisch dümpelnd dahintreibt in den Schlaf.

KRIEGSBEMALUNG Ursula war schon mal als Jugendliche hier, sie war eine von den Tausenden, aus denen sich das nächtliche Spektakel zusammensetzte, das man als Harvey Street kannte und kennt, eine berauschte Mischung aus Touristen und Vorstädten, die busladungsweise die Wallfahrt unternahmen, um sich in systemzersetzend billige Secondhand-Klamotten oder den grauenhaft teuren Designer-Abklatsch davon zu werfen und diese mehr oder weniger weltberühmte Meile auf und ab zu promenieren, um die übrigen aufgebrezelten oder abgetakelten Touristen und Vorstädter, die herumglotzen und lästern, anzuglotzen und über sie abzulästern.

Es ist alles noch so wie in ihrer Erinnerung, aber ein paar Sachen haben sich schon verändert. Das herkömmliche «Ich scheiße auf Mid City»-T-Shirt hat mehrere hartgesottenere, bösartigere Ableger ausgebildet wie das «Ich blechte den Monatslohn eines malaysischen Textilarbeiters für ein Middle-City-T-Shirt»-T-Shirt und das noch stärker die Augen reizende «Ich wurde in Mid beleidigt, ausgeraubt, vergewaltigt, verhaftet, cracksüchtig und gleich noch *mehrmals* vergewaltigt»-T-Shirt. Der Begegnungsraum der Anonymen Drogensüchtigen und das Rekrutierungsbüro von Scientology wurden von zwei Themenrestaurants verdrängt – «Medea», wo man eine Mahlzeit zu sich nehmen kann, die entfernt an den eigenen gemeuchelten Nachwuchs erinnert, und «Igitt!», wo es sich inmitten plakatgroßer Fotos von seltenen Hautkrankheiten speisen lässt, außerdem solchen von siamesischen Zwillingen, Strahlenopfern, Flammenwerferopfern, Kannibalen, die an gerösteten Händen knabbern, Frauen, die Kot aus Männeraftern oder Menstruationsblut aus den Scheiden anderer Frauen verzehren, Weckgläsern mit mutierten Föten, Querschnitten durch Köpfe, und von Maden, die sich an Katzenkadavern gütlich tun. Und der alte Penner, dessen Schild besagt, er versuche 1 000 000,25 Dollar für Weinforschung zu sammeln, ist mitsamt seiner Nummer von einer Schwemme gerissenerer Performer vertrieben worden: dem Pantomimen, der Passanten anbrüllt, dem Pantomimen, der unterschiedliche Leute mit immer denselben gekünstelten Gebärden nachäfft, dem Pantomimen, der nach dem Ausweg aus einem echten Glaswürfel tastet.

Es ist nie wirklich ein kulturelles Mekka gewesen, und doch kann sich Ursula nicht des Eindruckes erwehren, dass die Veränderungen hier etwas Heimtückisches an sich haben. Das eine, was sie auf der High School in Erdkunde gelernt hat, war, dass die Planeten Erde und Venus gleichzeitig entstanden seien; der einzige Unterschied habe in einer Temperaturabweichung von etwa vier Grad bestanden, aber diese winzige Differenz habe ein klein wenig mehr Wasser aus den Ozeanen verdunsten lassen, was ein bisschen mehr Kohlendioxid in der Atmosphäre und in der Folge ein wenig mehr Hitze gebunden habe, worauf die Temperatur noch ein paar Grad weiter angestiegen und mehr Wasser verdunstet sei und so fort, bis der Planet ein weit über dreihundert Grad heißer Höllenpfuhl aus ätzenden Gasen war. Die Unterrichtsstunde behandelte eine ganz neue, die so genannte Chaos-Theorie, die sie nie vergaß: In chaotischen Systemen können geringfügig voneinander abweichende Ausgangsbedingungen mit der Zeit grundverschiedene Endergebnisse hervorrufen.

Ursula hat das unheimliche Gefühl, Zeugin der Anfangsstadien eines ähnlichen Experiments zu sein. Etwas hier ist aus dem Gleichgewicht geraten, und dieses gewisse Etwas – beinahe ist sie darauf gefasst, es sich einzugestehen – könnte durchaus die

Ironie sein. Ein Übermaß davon ist in die Atmosphäre entwichen. Die Stadt ist bereits cooler, als ihr gut täte, und die Temperatur fällt weiter. Bald wird sie supercool sein, zu cool für lebendes Gewebe. Die einzigen Überlebenden werden einem Stamm emotionsloser, sich in Lounges produzierender, werbetextender, programmkinobesuchender Androiden angehören.

Der Herd der bevorstehenden Katastrophe könnte eben dieser Treppenabsatz sein – mit Überblick zur einen Seite auf eine Cappuccinobar mit angeschlossenem Tattoostudio und zur anderen auf einen Laden, der kirchliche Devotionalien und Sexspielzeug anbietet –, auf den ihr unermüdlicher Ausbilder Javier Delreal sie zielsicher geführt hat. Hier zu hocken und Leute zu beobachten ist anscheinend einer seiner Riten, und dieser erfordert nicht nur Platznahme auf der Treppe, sondern auch Biertrinken. Platz auf der Treppe haben sie, aber kein Bier, was ihn unruhig macht.

«Weißt du», sagt er, «es geht nicht nur um das Bier. Es geht um die Halbliterdosen. In Papiertüten, den kleinen, eigens für Halbliterdosen bestimmten Papiertüten.»

Sie tut, als würde sie nicht zuhören, weil ihr inzwischen klar ist, dass sie damit ihren Job nicht gefährdet. Er scheint keinen Anstoß daran zu nehmen. Sie beugt sich über die Kladde in ihrem Schoß, skizziert die verschiedenen neuen Frisuren, die vorbeiwallen, und gibt ihnen ausgefallene Namen: Der Strudel. Der Frittenteller. Das Stachelschwein. Der Wackelpeter. Der Tag war lang. Ihre Beine schmerzen, die Füße sind wund von zwei Tagen auf Rollerblades, und Javier hat ihr nur eine Stunde zum Duschen, Umziehen und Essen eingeräumt, bevor sie sich für diesen nächtlichen Ausgang wieder mit ihm treffen musste. In ihrem Skizzenbuch gräbt sich der Zeichenstift tief und schartig ein, treten die Gesichter vulgär und unbeherrscht hervor, die Rümpfe wie Faustkeile, ohne Arme und Beine. Die Figuren wirken derart gemein und verstört, dass sie still vor sich hinlachen muss. Sie wird sie schließlich mit Airbrush zu weich gezeichnetem Marketingfutter verarbeiten müssen, und es ist weniger ein ästhetisches Aufbegehren als ein perverser moralischer Impuls, sich diese Arbeit so schwierig wie möglich machen zu wollen.

«Die Bierdose muss in der Papiertüte sein. Bis über den Rand», fährt er fort. «Damit die Unterlippe das Papier berührt und nicht die Dose, wenn man einen Schluck nimmt. Und das kleine Stück Papier tränkt sich mit Bier. Und man schmeckt die braune Papiertüte zusammen mit dem Bier.»

Nicht weil sie kein Bier will, sträubt sie sich. Sie mag Bier, und so wie er es beschreibt, bekommt sie vor lauter Vorfreude einen trockenen Hals. Doch aus irgendeinem Grund hegt sie den Verdacht, dass Javier Bier *nicht* mag, dass er nie auch nur daran denken würde, eines haben zu wollen, säße er nicht samstagnachts in der Harvey Street auf einem Treppenabsatz, ebenso wie seine Wahl beim Urlaub in den Tropen wahrscheinlich auf eine Piña Colada fiele und in der Bar des Flughafens Charles de Gaulle auf einen Pernod.

«Ist keine gute Ausgangslage, die Halbliterdosen wegzulassen», erläutert er. «So was hat Folgen. Mit Leuten, die ohne Halbliterdosen auf Treppenabsätzen hocken, nimmt es ein böses Ende.»

«Zum Beispiel?», fragt sie.

«Die enden damit, dass sie ihre Niere spenden. Auf dem Platzdeckchen das aufgedruckte Kreuzworträtsel ausfüllen. Zu Hahnenkämpfen gehen.»

«Dann hol dir jetzt dein Bier. Ich halte dich nicht auf.»

«Nein. Du musst auch eins trinken. Wenn ich ein Bier hätte, würde es nicht stimmen. Wir müssen hier sitzen wie zwei Kolben an einer Welle. Wie in Zeitlupe. Ich trinke, du pausierst. Du trinkst, ich pausiere. So geht das nun mal mit diesen Sachen.»

Sie klappt ihr Skizzenbuch zu. «He, Javier, wie wär's, wir holen uns jeder 'n Bier?»

«Korrekt.»

Sie stehen auf und gehen zum Laden an der Ecke, den Javier mit gebührender Ehrerbietung als Bodega bezeichnet. Anscheinend ist diese Bodega auch Teil von Javiers Ritus. Er redet davon, was eine gute Bodega ausmacht, dass diese eine der letzten ihrer Art ist, gut ausgeleuchtet, aber nicht übermäßig, dass die schmalen Gänge fast ganz bis unter die niedrige Decke mit Waren vollgestapelt sind und ein privates, ja sogar intimes Einkaufsgefühl erlauben.

«Die kleinen Keksbeutel da haben sie hinauf auf das oberste Regal gestellt», sagt er und zeigt es ihr. «Man sieht sie höchstens zufällig. Sie sind fast schon außer Griffweite. Das ist toll, einfach toll.»

«Warum?»

«Es ist so unschuldig. Jeder weiß, dass man die Impulswaren gleich bei der Kasse aufbaut. So was bringen sie einem heutzutage auf der Grundschule bei. Aber hier funktioniert es, nicht wahr? Man fühlt sich dadurch sicher. Genau dort, wo unsere Eltern die Kekse hinstellen würden, in einem Krug hoch hinauf auf das oberste Regal hinter die Mehltüte und den Karton mit Haferflocken.»

Javier starrt verträumt auf die leuchtenden Packungen.

«Dort haben deine Eltern die Kekse hingestellt?», erkundigt sie sich.

«Meine Eltern? Nein. Bei uns gab's keine Kekse.»

Einen Moment lang erschlafft sein Gesicht, verliert seinen Ausdruckszwang, wird so, denkt sie, wie es eigentlich aussehen muss. Es ist ein seltsames Gesicht, traurig und sogar ein wenig schön, jedes Merkmal – Augen, Nase, Backenknochen, Lippen, Kinn – ein bisschen zu groß oder zu lang, wie bei einem Heiligen der orthodoxen Kirche. Doch dann grinst er und wirft ihr einen schelmischen Blick zu.

«Ich wurde von Zigeunern großgezogen.»

Er holt eine Dose Katzenfutter aus dem Regal.

«Filet-Mignon-Geschmack. Sieh dir das an.»

Die Katze auf dem Etikett trägt eine Miniaturrobe, eine aufgetürmte graue Perücke und eine Kronc im Stil Katharinas der Großen.

«Da ist echtes Filet Mignon drin», sagt er.

«Das ist irgendwie krank.»

«Katzen sind dazu da, verhätschelt zu werden. Das ist ihre Aufgabe. Die Liebe und Hingabe zu empfangen, die wir unseren Eltern nie richtig gönnten. Anders als Hunde. Hunde sind dazu da, uns die Liebe und Hingabe zu schenken, die unsere Kinder uns nie richtig geben. Einen Hund mit Diadem auf einer Dose Hundefutter hast du noch nie gesehen, oder?»

«Nicht dass ich wüsste», gibt sie zu.

«Na, jetzt weißt du, warum. Was ist mit dir?»

«Was soll mit mir sein?»

«Hattet ihr Kekse im Küchenregal?»

«Glaub schon.»

«Liebevolle Eltern? Glückliche Kindheit?»

«Also, das ist so eine Art Reizthema», sagt sie.

Er sieht sie erwartungsvoll an. Sie lenkt ein.

«Sie ließen sich scheiden, als ich dreizehn war», fängt sie an. «Die übliche Geschichte. Mein Dad ließ meine Mom einer etwas jüngeren Frau wegen im Stich und gründete eine etwas jüngere Familie. Nicht sehr einfallsreich, aber andererseits ist er auch keine richtig interessante Nummer. Das ist eher der Job meiner Mutter Gwennan. So ziemlich ihr Vollzeitjob, seit sie ihren richtigen verloren hat.»

«Was für einen Job hatte sie?»

«Sie war eine plastische Chirurgin, bis sie ein paar Operationen an einer Frau vornahm, die aussehen wollte wie Betty Boop.»

«Betty Boop», wiederholt Javier. «Klar, ziemlich steiler Zahn für eine Zeichentrickfigur.»

«Vermutlich drücke ich mich noch nicht deutlich genug aus. Die Frau wollte ihr nicht bloß irgendwie ähneln, sie wollte genau dieselben Proportionen wie die Cartoonfigur, ihr Gesicht, ihren Körper, alles. Sie war Performancekünstlerin oder wollte zumindest eine werden. Die Operationen sollten die Werbetrommel für die postfeministische Bewegung rühren. Ihre Kunstfigur sollte als Boopelgängerin bekannt werden, und sie hatte vor, große Medienereignisse aufzumischen.»

Javier nickt mit düsterer Miene und beult dabei mit der Zunge die Wange von innen aus. «Und … deine Mutter hat operiert.»

«Meine Mutter ist eine Freundin der Kunst. So hat sie sich mehr oder weniger vor den Geschworenen ausgedrückt, als die Frau vor Gericht zog.»

«Sie hat keine gute Arbeit geleistet?»

«Nein, sie hat sehr gute Arbeit geleistet. Sie war richtig besessen von diesem Auftrag. Im Lauf von vier Jahren nahm sie elf Operationen an der Frau vor. Jede einzelne plante sie über Monate im Voraus. Andere Patienten nahm sie überhaupt nicht mehr an. Ständig war sie in ihrem Arbeitszimmer in medizinische Bücher vertieft, machte sich Notizen und Skizzen, warf mit einem alten Projektor Betty-Boop-Trickfilme aufs Rollo. Was bei dem Ganzen herauskam – ich meine die Boopelgängerin –, war, na ja, zu wenig Mensch und zu viel Cartoon.»

«Zu wenig Mensch?»

«Es ist nicht leicht zu beschreiben. Ihre Nase war nicht mehr als ein fleischiger Stups. Ihre Lippen waren gewissermaßen unterteilt und jeweils in der Mitte mit Collagen aufgepumpt. Ihre Backenknochen sahen aus wie der Kiefer eines Nashorns. Ich bin ziemlich sicher, dass nichts in der Geschichte ihren Brüsten nahe kam außer vielleicht die eine oder andere indische Fruchtbarkeitsgöttin.»

«Wow», murmelt Javier. «Und ist sie bei Performances aufgetreten? Ich hab nie was darüber gehört.»

«Nein. Die meiste Zeit blieb sie drinnen. Zuerst wollte sie alles fertig haben, bevor sie ihren Auftritt hätte. Und dann … wollte sie einfach nicht mehr vor die Tür. Bei der letzten Operation sollten ihre Augenhöhlen dran sein, die meine Mutter erweitern wollte, damit sie Kunststoffnachbildungen von Bettys riesigen Kulleraugen aufnehmen konnten. Die sollten herausnehmbar sein und von der Boopelgängerin vorwiegend bei Performances eingesetzt werden. Vor Gericht argumentierte der Anwalt der Boopelgängerin, ein ethisch verantwortungsvoller plastischer Chirurg hätte niemals das Vorhaben einer so eindeutig geistig verwirrten Frau unterstützt, was die Boopelgängerin nach eigenem Bekunden die ganze Zeit über gewesen war.»

«Und dann … ähem … hörte sie auf, verwirrt zu sein?»

«Sie sagte aus, sie habe plötzlich eines Tages ihre Gesundheit wiedererlangt und begriffen, wie entsetzlich entstellt sie war. Zwei Psychiater erläuterten ihren Zustand. Eigentlich war keine dieser Aussagen wirklich nötig. Ihr Anblick allein hätte wahrscheinlich jede Jury überzeugt. Der Knackpunkt aber war Gwennans Geständnis im Kreuzverhör, sie habe der Boopelgängerin zu weiteren Operationen geraten, als diese schon erste Zweifel äußerte. Im Grunde gestand Gwennan, dass sie sich selbst in das Vorhaben verstiegen hatte.»

«Kann ich mir denken, dass das nicht allzu gut ausgesehen hat.»

«Meine Mutter war ein postmoderner Doktor Frankenstein

und die Boopelgängerin ihre Schöpfung, ihre Tochter, ein Ungeheuer, das zurückkehrte, um sie zu vernichten. Die Leitartikel in den Zeitungen nannten es eine Lehre für jeden und alle, die die natürlichen Grenzen des guten Geschmacks überschreiten wollten.»

Javier schaut sie an, ein wenig furchtsam, wie sie findet.

«Was geschah danach mit deiner Mutter?», fragt er.

«Sie wurde Buddhistin, trat einem Bridgeklub bei und widmete sich in den wöchentlich ein, zwei verbleibenden Stunden der Erziehung ihrer Kinder.»

Er lächelt matt. «Gut für Bridge und Buddhismus, hm?»

Sie lacht, und sie wechseln einen Blick, der irgendwo zwischen Verständnis und Verbundenheit liegt. Ursula ist erfreut darüber; sie hat schon eine Weile lang niemanden mehr gehabt, der ihr das Gefühl gab, sie könne mit ihm reden, aber ihr stilles Einvernehmen wird von zwei Frauen in Partykleidern und mit toupiertem Haar unterbrochen, die sich auf ihrem Weg zu den Kühlregalen mit Bier zwischen ihnen hindurchfädeln. Ein kurzer Angebotsvergleich, und sie ziehen zwei Sechserpackungen Corona heraus.

Javier beugt sich vor und flüstert ihr ins Ohr.

«Wir wär's, wenn ich dir einen alten Trick zeige, den Chas mir beigebracht hat?»

Er zwinkert ihr zu und tritt dann ans Kühlregal.

«Hey. Wollt ihr beiden auch zur Party?», fragt er und greift nach einer Sechserpackung Dos Equis. Die eine Frau zögert, aber die andere sagt ja.

«Wir auch. Ich bin Javier, und das ist Ursula.»

Sie stellen sich gleichfalls vor. Die im Stretchkleid mit Skunk-Print heißt Bettina. Die mit der pointillistischen Landschaft auf dem Bauch ist Tammy.

«Wen kennt ihr beiden da?», wird Ursula auf dem Weg zur Kasse von Bettina gefragt.

«Wir gehören zu Johns Kontingent», erläutert Javier.

«John?», fragt Bettina. «Welcher John?»

«John Hayden.»

«Oh. Den John kenn ich nicht.»

«Er ist im Vertrieb.»

«Wir sind selbst im Vertrieb», sagt Tammy.

«Wirklich? Reden wir von derselben Firma?»

«General Foods?», fragt sie.

«Genau. Na ja, heutzutage ist er meistens unterwegs vor Ort.» Er wirft einen Payday-Riegel neben seine Sechserpackung auf die Kassentheke. «Wahrscheinlich bekommt ihr ihn nicht oft zu sehen. He, Santos.»

Er schüttelt dem müden Latino hinter der Theke die Hand, bittet ihn, einen Hunderter klein zu machen, und erzählt was von Falschgeldbanden aus dem Nahen Osten, während Santos die Banknote unter eine ultraviolette Lampe hält. Als das Grüppchen schließlich hinaus auf die Straße tritt, hat Javier – mit etwas Schützenhilfe von den Zeitungsschlagzeilen gleich neben der Tür – bereits mehrere Male das Thema gewechselt. Während er in seinen Schokoriegel beißt, bringt er einen mysteriösen Mordfall zur Sprache, der sich kürzlich im Richard-W.-Held-Park zutrug. Die beiden Frauen bekunden Furcht und lassen auch eine gewisse Erregung erkennen. Er versucht es mit der Gefangennahme eines Guerillaführers neulich in Zentralafrika, aber auf Politik fahren sie nicht so ab, also schaltet er wieder zum Gewohnten um – zur britischen königlichen Familie, zum neuesten Kumpelstreifen über gut gelaunte Auftragskiller.

Sie biegen bergauf in die Singlaub ein und sehen den Vollmond, wie er sich an eine tief über der Vulkanmündung hängende Wolke aus Kraterasche schmiegt, deren daunenweiche Unterseite von den funkelnden Lichtern der Stadt beleuchtet wird.

Tammy und Bettina betrachten die Szenerie.

«Vollmond», sagt Tammy leise. «Alles könnte heute Nacht geschehen.» Bettina nickt, die Augen verschleiert, das Antlitz voll frischer Heiterkeit und Hoffnung. Als hätte man die beiden mit Feenstaub besprenkelt. Javier schenkt Ursula einen Blick, der *das ist bedeutsam* besagt.

«Und was bedeutet das jetzt für euch», fragt Javier die beiden Frauen, «dieser helle fette Mond da oben?»

Tammy und Bettina tauschen einen belustigten, fragenden Blick aus, als erörterten sie wortlos, ob dieser Typ nun schräger als süß oder süßer als schräg sei. Zumindest vorläufig scheinen sie Letzterem zuzuneigen und sie versuchen sich an einer Antwort auf seine Frage. Javier mustert weiterhin Ursula, während die Frauen vom Reisen berichten, von Abenteuern und Liebschaften. Er fängt an, sie abzufragen. Bedeutet das etwas Neues oder etwas Altes? Sie erzählen aus ihrer Kindheit vom Camping unter Sternen und von uralten Mysterien und stellen fest, dass es beides bedeutet. Bedeutet es Zugehörigkeit oder Trennung? Wieder kommen sie zum Schluss, dass beides zutrifft. Ganzheit oder Leere? Eindeutig Ganzheit. Er fragt sie, ob sie abergläubisch seien, und anfangs meinen sie, eher nicht, bis Tammy dann zugibt, dass ihre Horoskope oft ziemlich zutreffend ausfielen, und dann schildert Bettina ihre regelmäßigen Déjà-vu-Erlebnisse und den Traum vom Fliegen, den sie gehabt hatte und der der Fallschirmsprung-Szene in dem Fernsehfilm so geähnelt habe, den sie sich am folgenden Abend anschaute, und dann erzählt Tammy von einem neulich geträumten Besuch im Schuhgeschäft, wo sie ein Paar Schuhe anprobiert habe, die derart weich gewesen seien, dass sie nicht einmal den Erdboden spürte. Sie glaubt, es könne etwas bedeuten, ist sich aber nicht sicher.

Für Javier hat es selbstverständlich etwas zu bedeuten.

«Aberglaube ist im Kommen», flüstert er Ursula zu.

Sie biegen in die Auffahrt zu einem luxuriösen Hochhaus ein und fahren mit dem Lift in die siebenundsiebzigste Etage. Sie fragt sich, wie Javier so überzeugt sein kann, dass sie nicht in irgendwas hineinstapfen, bei dem sie sich unmöglich durchlavieren können – ein Diner, eine Brautfeier, ein Wohnzimmer mit vier Leuten, die Scrabble spielen –, aber es stellt sich heraus, dass er die Frauen richtig eingeschätzt hat: die Party ist groß und schon voll in Gang, ein zweigeschossiges Apartment mit rund siebzig Leuten, die durch die Haupträume im unteren Stockwerk wogen, und einem weiteren Dutzend draußen auf der rückwärtigen Terrasse. Die Altersspanne reicht von Mitte zwanzig bis in die Dreißiger, Geschäftstypen in vorschriftsmäßig saloppen Khakihosen für Freitagabende und waghalsig weit geschnittenen Sportsakkos, die Frauen im Allgemeinen lässiger gekleidet als Tammy und Bettina. Der vordere Raum ist mit Standfotos aus Zeichentrickfilmen, der hintere mit historischen Annoncen für Spirituosen und Zigaretten geschmückt.

Ein stämmiger Mann in schwarzem Satinhemd und schwarzer Jeans kommt herüber, um Tammy und Bettina ein Hallo entgegenzubrüllen und eine Hand in Javiers Richtung auszustrecken.

«Ed Cabaj», verkündet er.

«Javier Delreal. Und das ist –»

«Ursula», wirft Ursula ein.

Cabaj taxiert sie, runzelt buschige Brauen unter der breiten, geröteten Stirn seines spärlich behaarten Schädels. «Sie kommen mir bekannt vor», sagt er. «Sind wir uns schon mal begegnet?»

«Wahrscheinlich schon mal auf einer anderen Party», entgegnet sie und schaut abwesend durch die Terrassentür. «Oktoberfest? Mardi Gras? Totengedenktag?»

«Es sind Freunde von John …» Bettina zögert. «Wie habt ihr gesagt, war sein Name?»

«Hammond», sagt Javier, gleichzeitig sagt Tammy: «Hayden». «Hammond», berichtigt er sie.

«Und der hat sie hierher eingeladen?», fragt er.

Javier erwidert Cabajs Blick voller Unschuld und öffnet die Hände.

«Na, schließlich wohnt er doch hier, oder?»

«Nein», sagt Cabaj. «Ich wohne hier.»

«Sie machen Witze!»

Ursula sucht bereits unauffällig nach dem Ausgang. Javier wendet sich ihr zu.

«Weißt du was, Ursula? Ich glaube, wir sind auf der falschen Party gelandet. Ist das hier nicht 484 West McCone?»

«Nein. Es ist 484 West Wisner», sagt Cabaj

«Aha! Ist ja irre! Die werden sich nicht mehr einkriegen bei John, wenn ich ihnen das erzähle. Allen werd ich sagen, was für eine großartige Party Sie hier schmeißen. Sagen Sie mir, Ed, was machen Sie so beruflich?»

Cabaj ziert sich kurz und verrät dann, dass er Marketingleiter in der Abteilung Neue Getränke bei General Foods ist. Ein sehr fordernder Job offenbar. Der Markt für neue Getränke sei momentan sehr spannend. Heutzutage müsse man sehr kreativ sein im Marketing. Javier füttert ihn fortwährend mit neuen Fragen; er und Ursula tun sehr interessiert, die Augen um vierzehn Prozent geweitet, ein Nicken alle drei Komma sieben Sekunden. Schließlich ergreift Cabaj die Gelegenheit beim Schopf, den Ball zurück auf Javiers Spielfeldhälfte zu schicken.

«Und jetzt sagen Sie *mir* mal, was *Sie* so machen!»

Javiers Antwort besteht aus einem Wort und ist natürlich unbefriedigend. Da sie kein Ende der Unterhaltung zu erahnen vermag, entschuldigt sich Ursula, um einen Drink zu besorgen. Sie findet die Schnapsbatterie in der Küche, mixt sich in einem hohen Glas einen Wodka Tonic und ist froh, endlich eine Minute für sich zu haben, unsinnig froh, tatsächlich ist ihr geradezu albern zumute. Sie kann noch immer nicht glauben, dass Javier sie beide hier so einfach reingemogelt hat, kann nicht glauben, dass er damit davongekommen ist. Der Drink ist genau so, wie er sein sollte – das hohe Glas, die grob gespaltenen Eiswürfel, der Anflug einer Lichtbrechung, Glanzpunkt im schwach zischelnden Sprudeldunst des Tonicwassers. Sie geht zu den Schüsseln mit den Sachen zum Garnieren der Cocktails hinüber und hat auf einmal Bettina und Tammy hinter sich stehen. Sie hält den Drink hoch, damit sie ihn in Augenschein nehmen können.

«Habt ihr je einen Wodka Tonic gesehen, der so nach einem Wodka Tonic aussah?», fragt sie.

Bettina und Tammy tauschen einen vieldeutigen Blick aus. Ursula fährt fort.

«Könnte glatt eine Anzeige für Wodka sein oder Tonicwasser oder Gläser oder Finanzdienstleistungen. Dieser Wodka Tonic hat Starqualitäten.» Sie wendet sich an den Drink. «Halt dich an mich, Bursche. Wir bringen's noch weit!»

Sie lächeln. Und schneiden sie, richten das Wort an einen Mann, der gerade dazugetreten ist, einen kraftlos wirkenden Kerl mit achteckiger Brille und Kraushaar in Form einer gestutzten Hecke. Auftrag erledigt. Sie wendet sich wieder ihrem bevorzugten Begleiter zu, dem Drink. Zitronenschnitz oder Zitronenschale? Der Schnitz würde besser schmecken, die Schale aber besser aussehen. Früher wäre ihr die Wahl ganz selbstverständlich erschienen, aber das ist nicht länger so. Äußerlichkeiten bedeuten irgendwie *doch* etwas. Sie bieten ein ganz eigenes Vergnügen. Schließlich kommt ihr die Lösung in den Sinn, den Schnitz über dem Drink auszuquetschen, wegzuwerfen, und dann hinein mit der Schale. Wer sagt denn, man könne nicht alles haben?

Doch die Ausführung dauerte zu lange. Cabaj und Javier sind aufgetaucht. Cabaj drängt sich an Javier heran und bittet ihn, etwas eben Gesagtes zu erläutern. Javier zögert und tritt dann an die Bar.

«Okay, ich meine das ungefähr so», sagt er. «Das hier ist die Welt.» Seine Hände wandern über die glitzernde Skyline aus Flaschen, huschen darauf über ein silbernes Serviertablett und räumen es ab. Er hebt das Tablett hoch und balanciert es auf den Flaschenverschlüssen aus. Dann fängt er an, das Tablett mit Gegenständen zu beschweren – mit der Schüssel mit Brezeln, dem Martinishaker, dem Teller mit Limonen. Cabaj lacht nervös.

«Sie spielen da mit Schnaps für mehrere hundert Dollar.»

«Ganz genau», pflichtet Javier bei. «Und das», sagt er mit einer raschen Geste zur oberen Ebene hin, «ist die Welt über der Welt.»

Rings um die Schüssel mit Brezeln ordnet er vier weitere Flaschen an und balanciert dann das Käsetablett obenauf. Das Ganze erledigt er rasch und unbekümmert, aber das Gleichgewicht ist perfekt. Gebannt von den Bewegungen seiner Hände schaut Cabaj zu.

«Sehen Sie? Die Welt über der Welt», sagt Javier. «Unsere Welt besteht allein, um diese andere Welt, diese vollkommene Welt zu stützen. Es ist die Welt unserer Träume und Sehnsüchte. Sie ist komplex und gewichtig, und wir tragen sie überall mit uns herum. Aber das macht uns nichts aus. Je mehr da oben ist, desto besser. Denn da oben bewahren wir nur das Beste in uns auf. Je mehr da oben ist, desto fruchtbarer wird unsere Phantasie.»

Hinter Ursula hat sich eine kleine Ansammlung gebildet. Die

Leute sehen erwartungsvoll zu, nuscheln und kichern, warten auf das hereinbrechende Unheil.

«Die Limonen nun», sagt er, beugt sich vor und zeigt darauf, «die Brezeln, die Schüssel und der Teller, das sind alles *Produkte*. Produkte sind der Stoff, aus dem wir unsere Welt über der Welt errichten.»

Cabaj nickt, und Javier fährt sich mit der Hand durchs wirre schwarze Haar, während die beiden ergriffen ihre Augen über die Wälle und Zinnen der Metropole aus scharfen Sachen wandern lassen.

«Es ist schön, jemanden mal zur Abwechslung etwas Gutes über das Marketing sagen zu hören», äußert Cabaj, greift im sicheren Abseits nach einer Flasche und schenkt zwei anständige Glas Scotch ein. «Sehr erfrischend. In diesem Geschäft vergisst man so leicht den größeren Rahmen.»

Javier lässt sich ein Glas geben. «Marktforscher sind Anwälte der Öffentlichkeit», sagt er. «Wir bringen den Unternehmen die Wünsche der Verbraucher zur Kenntnis. Wir sind wie Abgeordnete. Wir vertreten die Öffentlichkeit.»

Cabaj nickt gedankenvoll und schaut dann zu Ursula.

«Sehen Sie sich auch so?»

«Nicht so sehr als Abgeordnete», entgegnet sie. «Eher als ... Missionarin. Oder vielleicht als Heilige. Wie Mutter Teresa sozusagen, aber mit Spesenkonto.»

Cabaj setzt zu einem Lächeln an, aber sie wahrt ein ernstes Gesicht, und ihm entgleisen die Züge zu halb geöffnetem Mund und halb angehobenen Brauen.

Javier hält sein Glas hoch.

«Also. Auf das Marketing», sagt er fröhlich. Das Glas zittert schwach in seiner Hand, und er führt es eilig an den Mund. Ihr fallen der Beutel Pillen und das Schnupftuch in seiner Tasche ein, und sie fragt sich, was ihm fehlt. Die Vorstellung, er könne irgendeine tödliche Krankheit haben, nimmt unvermittelt und beängstigend Besitz von ihr. Während sie zusieht, wie er den Drink hinunterstürzt und sich mit dem Ärmel die Stirn abwischt, gewinnt die Vorstellung zusehends an Gewicht: Sein rasendes Tempo, sein beinahe spirituelles Bedürfnis, überall Bedeutung zu finden, sein völliger Mangel an Zynismus – das alles könnten sehr wohl die Eigenschaften eines Mannes sein, der weiß, dass er nur noch kurze Zeit zu leben hat, eines Mannes, der fest entschlossen ist, in der verbleibenden Zeit so viel Liebe aufzusaugen wie er kann.

Javier und Cabaj sehen sie an. Sie begreift, dass sie ihr Glas nicht zum Toast auf das Marketing erhoben hat. Sie tut es, trinkt und lacht innerlich über sich selbst. Der Umstand, dass sie Optimismus nur als verzweifelte Antwort auf eine tödliche Erkrankung deuten kann, sagt zweifellos mehr über ihren eigenen Zynismus aus als über Javier.

«Also, Ed», sagt Javier. «Was ist das für ein umwälzendes neues Produkt, das Sie erwähnten?»

Cabaj zaudert, sein Blick schnellt zwischen beiden hin und her und streift dann durch die Küche, um sicherzustellen, dass sonst keiner zuhört.

«Na schön, Kinder. Ich denke, ich kann euch mit ins Boot nehmen.»

Er schaut noch einmal prüfend umher und beugt sich dann vor.

«Diätwasser», flüstert er.

«Diätwasser», wiederholt Javier verstehend, und beide nicken.

Ursula studiert Cabajs Gesicht sorgfältig. Seine geröteten Wangen und das feine Gewirr aus Äderchen auf der Nasenspitze lassen vermuten, dass er trinkt. Sie findet Anzeichen für nachlässige

Körperpflege in Form einiger kürzlich gekappter Nasenhaare, die auf dem Riff seiner Oberlippe gestrandet sind. Sie nimmt keinerlei Spur von Ironie wahr. Sie fühlt, wie der Wodka anfängt, ein Loch in ihren Magen zu brennen.

Javier setzt sein verstehendes Nicken noch einen Augenblick lang fort und schüttelt dann den Kopf. «Versteh ich nicht», gibt er zu.

Cabaj lächelt. «Okay. Denken Sie drüber nach. Wasser macht fett. Ich meine das natürlich nicht wörtlich. Ich meine, natürlich enthält es kein Fett und erzeugt keins. Aber wie Sie wissen, hält es die Leute davon ab, bei ihren Diäten so viel Gewicht zu verlieren, wie sie könnten, richtig? Weil das Wasser *aufgespeichert* wird. Ich meine, wie oft haben Sie schon Frauen über Wasseraufspeicherung klagen gehört? Wie viel schwerer es sie macht. Wie aufgedunsen sie sich davon fühlen.»

«Diätwasser», wiederholt Javier, während seine gerunzelte Stirn die Anstrengung verrät, beide Begriffsteile zu einer einzigen Idee zu verschmelzen. Er wendet sich mit Sorgenfalten im Gesicht an Ursula. «Ist das wahr, Ursula? Fühlst du dich von Wasser aufgedunsen?»

«Klar. Jedes Mal, wenn ich aus einem Feuerwehrschlauch trinke.» Zur Bekräftigung stürzt sie ihren Wodka hinunter.

Cabaj zollt ihr mit einem Lachen und einer heißen Hand auf ihrem Rücken Achtung.

«Wir sind zu einer künstlichen Form von Wasser gelangt», sagt er mit heißer Glut in den Augen. «Es durchläuft den Körper, ohne im Geringsten aufgenommen zu werden. Es ist chemisch inaktiv und völlig harmlos. Es ist äußerst leicht herzustellen, und wir sind dabei, das Genehmigungsverfahren für sämtliche Inhaltsstoffe im Schnellgang zu erledigen. Aber mit einem derart … wie ich schon sagte, *revolutionären* Produkt kann natürlich ein völlig … ein vorhersehbares Maß an Zurückhaltung seitens des Verbrauchers einhergehen. Also muss ich genau die richtige Verkaufe ausfrickeln. Ich meine, die Sache erfordert einiges Feingefühl, klaro?»

Cabaj steht jetzt so dicht vorgebeugt, dass die Ausdünstungen seines Rasierwassers ihre Gesichtshaut kitzeln.

«Aber …», wirft Javier ein, «werden die Leute denn nicht durstig bleiben?»

Cabaj bricht in derart schallendes Gelächter aus, dass seine Körpermasse unter dem Satinhemd Wellen wirft. «Das geht in Ordnung, dann kaufen sie mehr. Trinken können sie, so viel sie wollen, und ganz ohne Schuldgefühl.»

Cabaj ist in Hochstimmung. Javier lächelt jetzt matter.

«Na dann …», lacht Javier auf und kratzt sich den Kopf, «… na dann, Ursula, Diätwasser. Was hältst du davon?»

Ursula sieht ihn an, sein angestrengtes, leicht schiefes Lächeln, seine feuchten, verschreckt dreinblickenden Augen. Ihr kommt der Gedanke, dass er dasselbe Loch im Magen spüren könnte wie sie.

«Irgendwann musste es ja mal so kommen, nehme ich an.»

Ihre Antwort scheint ihn aufzumuntern.

«Das stimmt», sagt er und lächelt nun ein wenig glaubwürdiger. «Komisch, dass ich selbst noch nie daran gedacht habe.»

«Hättest du's, wärst du jetzt schweinereich», sagt Cabaj. «Oder derjenige wär's, für den du gearbeitet hättest.»

Javier nickt. «Unsere Agentur kann euch dabei helfen», sagt er.

Cabaj grinst verschlagen. «Glaubst du?»

«Wir liefern euch genau die richtige Verkaufe, die bei den Leuten ankommt. Wie gesagt, haben wir Verbindungen in jede größere Stadt und eine Forschungsabteilung, die euch alles verraten kann, was es über euren Zielmarkt zu wissen gibt.»

Er reicht Cabaj seine Karte. «Ruf uns mal an. Wir führen euer Getränk so geschmiert ein, dass die Leute sich fragen werden, wie sie je ohne zurechtgekommen sind.»

Javiers scheeles Lächeln lungert auf seinem Gesicht herum wie ein Landstreicher, dem es dort nicht unbedingt gefällt, der aber auch keinen besseren Fleck zur Wahl hat. Er wirft Ursula einen Blick zu und schaut rasch weg, verkriecht sich in den tröstlichen Anblick der Landschaft aus Schnapsflaschen. Jetzt nimmt sie wahr, dass Cabaj sie anstarrt.

«Verzeihen Sie – Ursula sagten Sie, war Ihr Name?»

Sie nickt.

«Sie sind Model, nicht wahr?»

«Nein, sorry, bin ich nie gewesen.»

«Oh. Ich war mir fast sicher. Aber ich hab jetzt auch zwei Wochen am Stück Porträts gesichtet. Wohin ich schau, ich sehe nichts als Porträts. Ich hätte aber trotzdem schwören können …» Er stockt mit leicht hängendem Unterkiefer. Ohne den Blick von ihr abzuwenden, hält er einen Finger hoch und ruft nach dem Kerl mit der Heckenfrisur, der noch immer in der Nähe bei Tammy und Bettina steht.

«He, Lucien.»

Der Mann sieht hoch und gleitet herbei, die Frauen im Schlepp. Sein Gang ist so geschmeidig, als bewegten ihn kleine, unter den Schuhsohlen angebrachte Schlangen vorwärts.

«Könnten wir nicht jemand wie sie bekommen?», fragt Cabaj.

Lucien schiebt seine achteckige Brille die Nase hoch, und er und Cabaj nehmen Ursula in Augenschein, den Kopf dabei mal auf die eine, mal die andere Seite gelegt. Bettina und Tammy tun es ihnen gleich und betrachten sie mit neuem Interesse, und auch Javier fängt zu glotzen an.

Unterdessen lächelt Ursula, als hätte sie keinen blassen

Schimmer, als wüsste sie nicht ganz genau, was als Nächstes kommen wird.

«Sie sieht wie Ivy van Urden aus», sagt Lucien schließlich.

Cabaj runzelt die Brauen und versucht, den Namen unterzubringen.

«Das tut sie, nicht wahr?», bestätigt Bettina.

«Der Name kommt mir bekannt vor», sagt Cabaj.

«Du weißt schon, Ed», meint Bettina und lächelt, «das Möchtegern-Model, das letzten Monat ausgeklinkt ist?»

Cabaj lacht. «O ja doch. Sie war ’ne Art Flitzer oder so was, stimmt's?»

Javier wirft Ursula einen besorgten Blick zu.

«Sie lief splitternackt durch den …» Bettina zögert. «Welcher Park war das?»

«Ray-E.-Davis-Park», sagt Tammy.

«Richard-W.-Held-Park», sagt Lucien.

«Banister-Park», berichtigt Ursula die beiden.

«Richtig!», ruft Bettina aufgekratzt.

«Natürlich!», sagt Cabaj dankbar. «Und sie hat sich auch noch Schnittwunden zugefügt, stimmt's?»

«Hat an sich rumgeschnitzt wie an einem Kürbis», sagt Ursula. Die anderen lachen, bis auf Javier, der sich mit der Hand nervös durchs Haar fährt.

«Und …», sagt Javier, «trug sie nicht auch … Kriegsbemalung?»

Ursula erstarrt. Sie erinnert sich, wie Chas im Gespräch mit ihr auf Kriegsbemalung angespielt hat. Und an die Art, wie er sie anstarrte, als er davon sprach. Sie hat die Anspielung damals nicht verstanden. Sie hat dabei nie an Kriegsbemalung gedacht.

«Sie hatte ihren Körper angemalt», bestätigt Tammy.

Ich hab dich aus einem Grund eingestellt, hatte Chas gesagt. Welcher Grund? Der Umstand, dass sie Ivys Schwester ist? Warum sollte er daraus irgendwelches Vertrauen in ihre Fähigkeiten schöpfen?

Lucien greift den Gesprächsfaden auf, den Ursula fallen ließ, und ein gelassenes Lächeln verbreitet sich über sein Gesicht. «Die Körperstellen, an denen sie sich schneiden wollte, hatte sie mit roter Farbe markiert und dann mit einem Rasiermesser aufgeschlitzt. Ausgenommen die Zeichen auf ihren Backen.»

«Ihren Backen?», grinst Cabaj. «Welchen Backen?»

Tammy lacht. «Ihren Gesichtsbacken.»

«Warum hat sie sich nicht in die Gesichtsbacken geschnitten?»

Tammy macht große Augen. «Das weiß keiner.»

«Hat sie wahrscheinlich vergessen», sagt Ursula. «Scheint 'ne ziemliche Knalltüte gewesen zu sein.»

Alle lachen und verfallen wieder in Schweigen, während die Aufmerksamkeit sich auf Ursula konzentriert, die steif und mit angespannten Schultern dasteht, Wurzeln im Fußboden schlägt.

«Bekommen Sie von vielen Leuten gesagt, dass Sie ihr ähnlich sehen?», fragt Cabaj.

Sie holt Luft und sieht ihn an, ruhig, wie sie hofft. «Ja. Das hab ich in letzter Zeit öfter gehört.»

«Zu dumm, dass Sie nicht mehr alle beisammen hat», sagt Cabaj. «Für diese Nummer wäre sie ideal gewesen.»

«Warum dann nicht Ursula nehmen?», fragt Javier.

Arschloch. Sie straft ihn mit einem Blick, der ihm offensichtlich Angst einjagt.

«Oh», sagt Lucien. «Nein, sie sieht ein bisschen zu schlau aus. Zu, ähem, weise.»

«Sie meinen zu alt», sagt sie.

Lucien kichert schuldbewusst.

«Aber ich bin sicher, dass Ihnen die Leute ständig sagen, Sie sollen Model werden», beharrt Cabaj.

Ursula nickt. «Ist nicht so mein Stil. Obwohl Ivy van Urden den Beruf schon ganz schön glamourös aussehen lässt.»

Sie lachen alle.

«Entschuldigen Sie mich», sagt sie. «Ich muss mich mal auf die Suche nach der Toilette machen.»

«Die obere gleich hinter der Treppe dürfte weniger stark belagert sein», rät ihr Cabaj.

Sie dankt ihm für den Hinweis und steuert auf die Treppe zu. Es wartet keine Schlange vor dem Badezimmer, und zwei Männer mit ziemlich kleinen Augen kommen gerade heraus. Sie tritt ein, sperrt hinter sich ab und beginnt ihr Ritual der Selbstuntersuchung, prüft das Spiegelbild auf die jüngsten Abstrafungen, die in Form winziger Fältchen ausgeteilt werden, von Sommersprossen, die zusehends Altersflecken gleichen, bereits erschlaffenden Wangen und fahlem Teint. Es bleiben die Glanzlichter, das dunkelblonde Haar, die breiten Backenknochen – jene Merkmale, die Mutter Natur auf Anhieb gelungen waren, bevor sie ans Zeichenbrett zurückkehrte, um achteinhalb Jahre später den Guss in Form Ivys zu vervollkommnen. Aus Ursulas blassblauen Augen leuchtet es, klar und zielgerichtet, der Blick ein wenig zu scharfsinnig, Stirn und Unterkiefer ein wenig zu kantig. Im Gegensatz dazu sind Ivys Züge gerundet und zart, ist die Stirn hoch und ebenmäßig, liegen die Augen weiter auseinander, was sie größer und glasiger erscheinen lässt und ihnen den begehrten verletzlichen Blick verleiht. Es geht weiter mit den Unterschieden. Ursula ist in den Schultern breiter, kräftiger in den Armen, kurvenreicher um Hüfte, Hinterbacken und Brüste. Wenn sie sich auf Fotos Seite an Seite neben Ivy sah, kam ihr eigener Körper Ursula stets unmäßig vor. Ivy ist derart gerade, zierlich, auf das Notwendige beschränkt, dass einfach weniger von ihr da ist und das Vorhandene umso kostbarer gerät.

Vor dem Spiegel versucht sie das Lächeln zu wiederholen, das sie Cabaj und seinem Tross zuwarf, als sie unten diese Sachen über Ivy sagte. Das Lächeln sieht genauso falsch aus, wie es ist, und lässt ihr Antlitz insgesamt beliebig und lieblos zusammengeschustert erscheinen. Sie denkt an Ivys Gesicht, das neue, verrückte Gesicht, eine Palette, auf der sich alle Farben vermischen, ineinander fließen. Bruchstücke eines Lächelns, eines Stirnrunzelns, eines Schmollens, finsteren Blicks, die flüchtig aus einer Augenbraue oder aufgeworfenen Lippe oder einem sich leicht anspannenden Nasenflügel hervortreten, um sogleich wieder in unterschiedslose Wirrnis zurückzusinken wie bei einem Tumor, in dem völlig durcheinander Zahn, Hirn, Leber, Haar und Haut zusammenwachsen. Was denken diese Teile des Gehirns? Was fühlen diese Teile der Haut? Wenn sie Ivy im Hospital besucht, muss sie jedes Mal dem Drang widerstehen, die Finger an Ivys Gesicht zu legen, ihr gewaltsam die Lippen zum gewohnten sanften Schmollmund und ihre Backen zu den hinreißenden Kugeln umzuformen, die sich einst beim Lächeln zu bilden pflegten.

Welche Backen?

Sie klappt den Spiegelschrank auf. Cabajs Glasborde sind vollgepackt mit einer Auswahl Duftwässer, einer Flasche Magentabletten, Pillen gegen Durchfall, einem elektrischen Nasenhaarentferner, einem elektrischen Rasierapparat, einer elektrischen Zahnbürste, einer Schachtel verschiedenfarbiger Kondome. Sie nimmt die Zahnbürste heraus und schrubbt damit unterm Rand der Kloschüssel herum. Dann schraubt sie ein Flakon Drakkar Noir auf, tränkt die Borsten und stellt alles wieder an seinen Platz.

Noch immer nicht in Stimmung, zurück nach unten zu gehen, läuft sie den Flur entlang und öffnet aufs Geratewohl eine der Türen einen Spalt breit. Cabajs Arbeitszimmer. Auf Bücherregalen ordentlich aufgereiht gebundene Geschäftsberichte und säuberlich etikettierte Videokassetten. Eine Kuschelecke mit Cocktailsofa aus hellgrünem Vinyl vor Riesenfernseher und Stereoschrank. Ein silbern schimmernder Fiberglasschreibtisch vor einem Fenster. Sie tritt ein, schließt die Tür und geht zum Schreibtisch. Sein Computer vertreibt sich mit einem Bildschirmschoner die Zeit – Godzilla und King Kong trampeln eine Zeichentrickausgabe von Middle City platt. Sie rückt den Monitor zur Seite, klettert dann auf den Tisch, stellt sich aufrecht hin und drückt die Stirn an die Glasscheibe.

Aus irgendeinem Grund macht der zusätzliche knappe Meter einen entscheidenden Unterschied aus. Die Höhe wird zu etwas Fühlbarem. Die Stadt hört auf, eine harmlose Anordnung von Nippes zu sein und gewinnt Tiefe: ein stacheliger glitzernder Abgrund. Es hat damit zu tun, dass sich das Fenster jetzt von Kopf bis Fuß erstreckt und die Wand verschwindet. Sollte die Scheibe aus dem Rahmen springen oder entlang eines unsichtbaren Haarrisses zerbersten, würde sie im Schwalbensprung zweihundertfünfzig Meter tief hinein in eine Pfütze auf dem Gehsteig stürzen, denkt sie.

Natürlich gibt es Leute, die tiefer stürzen, die sogar aus Flugzeugen fallen und überleben.

Andererseits fallen andere Leute keine zwei Meter tief, rutschen auf einer Treppenstufe aus, auf einem benutzten Kondom, und spalten sich den Schädel wie eine Wassermelone.

So viel Glas, so viele Fenster. Sie malt sich aus, dass hinter jedem genauso ein Verlierer wie sie steht, der mit stummer Wut aus dem Fenster starrt, den vielen Begabungen nachsinnt, über die er verfügt, seiner ganzen Liebesfähigkeit und seinem Vermögen, mit überragenden wie dem Gemeinwohl dienlichen Taten zu glänzen, der nachdenkt darüber, wie solche persönlichen Begabungen und Fähigkeiten in dieser Welt immer wieder vergeudet werden und ungenutzt bleiben. Ursula sieht es lebhaft vor sich, sieht sie alle, die Millionen, abgesondert, brütende Einzelwesen, in Büros, wie sie auf Schreibtischen stehen, Stirn an das Fensterglas gedrückt, wie sie ihr ganzes enttäuschtes, unnützes Gewicht dagegen stemmen, nur darauf warten, dass es herausbricht, darauf warten, in den Abgrund zu stürzen, und statistisch gesehen werden das auch einige tun, sie werden stürzen, und sie werden denken, dies ist mein letzter Augenblick, ich sollte ihn in vollen Zügen genießen, den Wind im Haar spüren, aber den Wind werden sie nicht spüren, weil sie selbst im Fall noch immer die unter ihnen fallende Scheibe vor sich haben, sie werden mit Händen und Füßen und Stirn noch immer dagegendrücken und sich damit trösten, dass die Scheibe zerschmettern wird, bevor sie zerschmettern, und vielleicht diese Lücke, dieser Augenblick sie in irgendeinen größeren Zusammenhang, irgendeinen höheren Sinn befreien wird, obwohl die Lücke beinahe unermesslich winzig sein wird und sie wohl noch am ehesten auf die flüchtige Befriedigung, das Zerbersten zu sehen, hoffen sollten.

Verlierer.

Sie hört ein Geräusch und dreht sich um. Javier steht in der Tür.

«Hi, Ursula.»

Auf dem Bildschirm zu ihren Füßen wird Middle City wieder aufgebaut und dann unter einer Pilzwolke eingeebnet.

«Ich dachte, du bist schon lange fort», sagt er. «Nur gut, dass ich auch ein Schnüffler bin.»

Sie wendet sich wieder dem Fenster zu, hört ihn um den Schreibtisch herumgehen, sieht aus dem Augenwinkel, wie er sich auf die Kante setzt und zu ihrem Gesicht aufschaut. Er streckt den Arm aus und nimmt ihre Hand.

«Tut mir Leid wegen vorhin, Ursula. Tut mir Leid, wenn ich was Falsches gesagt habe.»

Seine Hand fühlt sich überraschend zart und weich an. Die Art, wie er ihre hält, teilt ihr etwas Unerwartetes mit, ein grundlegendes Mitgefühl, das sein hektisches Verhalten Lügen straft. Auf einmal fühlt sie eine Welle der Sympathie für ihn, und sie geniert sich für das Aussehen ihrer Hand, die vermutlich keine einer Geschäftsfrau angemessene ist mit ihren schartigen, fast bis auf die Oberhaut abgeknabberten Nägeln. Ihr kommt die militärische Exaktheit der eckig manikürten Finger von Chas in den Sinn, wie sie, zum Bug eines Kriegsschiffs geformt, an der Nasenwurzel aufeinander treffen. Sie stellt sie sich auf Ivys Gesicht vor, rechts und links, wie die Klemmen eines Schraubstocks, und verspürt ein Frösteln.

«Hast du meine Schwester je mit Chas zusammen gesehen?», fragt sie.

«Nur zwei Mal. Beide Male nur kurz.»

Auf dem Bildschirm wird Middle City wieder aufgebaut und wieder zerstört, diesmal gleichzeitig von einem Vulkanausbruch, einem Erdbeben, einer Springflut und einem Wirbelsturm.

«Er war verrückt nach ihr», fügt Javier hinzu. «Liebte sie von ganzem Herzen. Bis heute.»

«Was?» Sie sucht in seinen Augen nach Doppelzüngigkeit, Falschheit oder bloßer Idiotie, sieht aber nichts anderes als aufrichtigen Ernst. «Hat er dir das gesagt?»

«Nein. Es war offensichtlich.»

Er starrt sie traumverloren an, so wie er die Kekse im Kaufladen anschaute. Sie glaubt ihm.

«Warum hat er sie nicht besucht?»

«Hat er einmal versucht. Gleich an ihrem ersten Tag dort. Bevor du hingekommen bist. Sie schrie wie am Spieß.»

Auf dem Bildschirm wird Middle City wieder aufgebaut und dann von Gottes sandalenbewehrtem Fuß planiert. Sie verschränkt die Arme und drückt die Stirn an die kühle Scheibe, fragt sich, was Chas und Ivy für ein Paar waren, fragt sich, ob er etwas hätte tun können, um sie davon abzuhalten, sich aufzuschlitzen und durch den Park zu rennen. Doch es spielt eigentlich keine Rolle. Sie weiß, dass man keinem Liebhaber die Schuld an Ivys Schizophrenie geben könnte. Alles ist in den Genen angelegt. Wahrscheinlich neigt Ursula selbst dazu. Auch sie könnte eines Tages aufwachen im Glauben, die ganze Welt sei eine große Lüge, um damit eine noch größere Verschwörung zu maskieren.

Sie wendet sich wieder der Stadt zu.

«Sieht hübsch aus von so weit oben», sagt sie. «Als wäre sie ganz aus Licht. Als könnte sie einem nichts zuleide tun, selbst wenn sie wollte.»

Javier streckt die Hand aus und schließt sie fest um ihren Arm, dann zieht er sie ein paar Zentimeter weit vom Glas fort.

«Ursula», fragt er. «Was siehst du?»

«Ich sehe die Welt *unter* der Welt», lacht sie, den Tränen nahe. «Ich sehe einen Albtraum aus massivem Stahl. Ich sehe hundert Quadratmeilen Zwanghaftigkeit, Verblendung und Verderben. Wie passt das in deine Philosophie der Vermarktung?»

«Nein», sagt er, «starr nicht in die Tiefe. Was siehst du jetzt?»

Sie sieht sich selbst im Scheinraum der spiegelnden Scheibe.

«Oh», seufzt sie. «Bloß irgendeine Verliererin, die aus einem Fenster schaut.»

«Ich sehe eine wunderschöne Frau, die alles sein kann, was sie will», sagt er. «Die keine Erdschwere nötig hat. Die sich emporschwingen und schweben kann. Und die Stadt wird so schön sein, wie du sie dir wünschst, so schön wie du selbst. Mein Wort drauf.»

Sie sieht ihn an, misstraut wie stets Komplimenten zu ihrem Aussehen, aber sein Gesicht ist rot angelaufen vor Verlegenheit und seine ganze Haltung derart aufrichtig, dass sie nach ihm treten könnte, und sie fühlt, wie sich auf ihrem Gesicht ein albernes, unsicheres, unangebrachtes Lächeln ausbreitet – er findet sie schön, dieser seltsame und nicht völlig unschöne Mann –, und er lächelt gleichfalls. Er streckt die Hand aus, und sie lässt sich vom Schreibtisch hinunterhelfen, während auf dem Bildschirm die Schwerkraft ein frisch wieder aufgebautes Middle City im Stich lässt, das sich vom Erdboden löst und verloren ins All entschwindet.

KONTINUUM

Ein Streifenwagen schleicht über die Wege im Banister-Park, seine Scheinwerfer tasten langsam die Gegend ab und flackern an den Gitterstangen entlang. Die Polizei sperrt jetzt um Mitternacht die Tore zu, ein Pyrrhussieg für die Besitzer der angrenzenden Grundstücke, die wohl gehofft hatten, dass sich die Obdachlosen mit einem Schlag in Luft auflösen würden, anstatt lediglich durchs Portal zu schlurfen und sich mitsamt ihren Deckenbündeln, Mänteln, Mülltüten und sorgfältig ausgelegten Zeitungen ringsum auf den Bürgersteigen niederzulassen. Ursula macht behutsame Schritte und atmet äußerst verhalten, wie das Leute gemeinhin beim Gang über einen Friedhof tun.

Es fällt ihr immer schwerer, Ivy zu besuchen; es dauert jedes Mal länger, bis die wirbelnden Nebel des Ivydenkens sich auflösen. Sie wandert schon seit Stunden umher, und ihre Gedanken sind immer noch wirr, ungewohnt, halb beängstigend, halb komisch. Einer ihrer Lieblingsbegriffe aus Ivys Welt – *das Glamourkontinuum* – geht ihr die ganze Zeit schon unablässig durch den Kopf. So gut ist der Begriff getroffen, dass sie den leisen Verdacht hegt, Ivy habe ihn sich einfallen lassen, bevor sie überhaupt die Definition hatte, wie auch immer die nun aussieht. Möglicherweise ist dieser Glamour ein Nullsummenspiel, benötigt die Erschaffung eines einzigen Hollywoodstars die Verwahrlosung Hunderter, ja Tausender Menschen in den Städten – tausend Warzen auf tausend Nasen, tausend schlecht sitzende Ramschjeans, zehntausend beklagenswerte Haarschnitte, Mahlzeiten bei McDonald's, Probleme mit fettiger Haut, zehntausend Pfund Körperfett. Womit sich die Schwierigkeiten dieser Obdachlosen nicht auf die Armut an sich eingrenzen ließen, sondern grundlegender auf einen hoffnungslosen, unheilbaren Mangel an Glamour. Vielleicht denkt Ivy an die Einrichtung von Benefizveranstaltungen, damit dieses Gut mehr Verbreitung findet. Prominente könnten Designerkleider und Einladungen zu Preisverleihungen stiften. Damen der Gesellschaft könnten Geld für die Obdachlosen stiften, damit sie an Spendenveranstaltungen teilnehmen und selbst einmal für wohltätige Zwecke stiften können – die Oper, den Botanischen Garten, die Lacrosse-Mannschaft von Exeter.

Ursula bleibt stehen, sie hat das Häuflein gefunden, nach dem sie gesucht hat, die junge Wilde, eingewickelt in einen aus alten Glatt- und Wildledermänteln zusammengenähten Schlafsack. Sie ist aufgerollt wie ein Fragezeichen, und Ursulas Füße bilden den Punkt. Der steife platinblonde Irokese lässt ihren Kopf wie eine Mondfinsternis hervortreten – dunkle Scheibe, fransiger Kranz aus Licht. Sie wirkt so friedlich im Schlaf, dass der glitzernde Granit unter ihr aus einer Wolke gemeißelt sein könnte. Ursula fühlt sich selbst ein bisschen schläfrig. Sie könnte sich neben ihr zusammenrollen. Es wäre gar nicht so viel unbequemer als der klumpige Futon in ihrer beengten Wohnung. Natürlich wäre es das doch, weist sie sich zurecht – ein Reflex, ob aus Schuld oder schlichtem Selbsthass, darüber ist sie sich nicht mehr im Klaren. Natürlich ist sie glücklich dran, diesen Futon und diese Wohnung und diesen gemütlichen Job zu haben und all die anderen Vergünstigungen, die ihr allzu oft als bloße Bürden erscheinen. Auf halbem Weg zwischen Futon und Gehsteig kommt sie mit sich ins Reine, sie geht über die Straße und setzt sich in einen Hauseingang, schlägt den nicht so hohen Kragen ihres Trenchcoats hoch und beobachtet durch eine Lücke zwischen den Autos die junge Wilde.

Sie schlägt ihre Kladde auf und fängt zu zeichnen an, versucht sich an den Ausdruck ruhiger Entschlossenheit im Gesicht des Mädchens zu erinnern an dem Tag, als sie ihr beim Vernähen von Fellstücken zusah. Es ist eine schwer fassbare Miene, und bald skizziert Ursula stattdessen ihre Schwester, wie sie nachmittags aussieht, zusammengekauert, knochendürr der Rücken, das ovale Gesicht der kreisrunden Tischplatte zugekehrt und deren Leere wiederholend. Im Hintergrund schwebt das körperlose unfertige Antlitz der jungen Wilden wie schon vor Ursulas geistigem Auge, wie der fallen gelassene Ansatz zu einem Einfall. In die leere Fläche über Ivys rechter Schulter beginnt Ursula, ihr eigenes Gesicht zu stricheln. Sie betont und überzeichnet dabei die Merkmale, deren sie sich als Jugendliche schämte und auf die stolz zu sein sie inzwischen Wert legt – der Vorsprung, auf dem die Brauen ruhen, der muskulöse Unterkiefer, das lang gezogene Gefälle zwischen Nase und Oberlippe. Diese Merkmale zu haben, ist aus demselben Grund wichtig, wie in einer beengten Wohnung mit klumpigem Futon zu hausen. Mit so einem Gesicht, in so einer Wohnung läuft sie niemals Gefahr, sich glamourös vorzukommen. Sie kann auf einem Haufen muffiger Kissen sitzen, auf dem Fußboden ihres fensterlosen, derart dunklen Wohnzimmers, dass die Deckenlampe mitten am Tag brennen muss, und kann den Saum ihres Nachthemds hochziehen, wie sie es heute Nachmittag getan hat, und an ihren Schenkeln hinunterschauen und sich nicht sexy fühlen, überhaupt nicht anziehend, vielmehr ziemlich abstoßend. Hätte sie hingegen auf einem weißen Sofa gesessen, in einem weitläufigen Raum mit übergroßen Fenstern und Sonnenschein, der ihre Schenkel wärmt, wer weiß? Sie hätte vielleicht jene Beine angesehen, die Beine wären ihr betrachtenswert und sie wäre sich selbst als sexy und sogar noch glamourös vorgekommen. Denn Glamour ist eine Sache der Umgebung. Und weißer leerer Raum ist, wie sie aus ihren veralteten Bibliotheksbüchern gelernt hat, das Glamoursignal erster Güte in der Werbung. Alles vor einem weißen, leeren Hintergrund Platzierte wird umgehend glamourös, sei es ein Fläschchen Parfüm, eine Armbanduhr, ein Haarpflegemittel, eine Marken-Zahnpasta oder der Körper einer Frau. Das ist es, was Ivy gewollt hatte, weißer Raum, nichts als Weiß und Raum. Ursula hatte staunen müssen über all den weißen Raum, als sie den Mietvertrag für Ivys Apartment kündigen ging, das zu weiß und geräumig war, als dass Ursula es sich hätte leisten können. Ein weißes Sofa, ein Bett mit weißen Laken, ein kleiner weißer Tisch und weiße Stühle, alles symmetrisch angeordnet zwischen vier weißen Wänden. Ivy strebte den absoluten Nullpunkt von Glamour an. Keinerlei Umgebung mehr zu haben, gewichtslos ein Bad in der Menge zu nehmen, die Wellen eines endlosen Meeres fremder Menschen zu reiten, die jede Facette ihres glamourösen Daseins emporhalten, umschmeicheln und weiterreichen würden. Eine Form vollkommen untätiger Unsterblichkeit.

Die Bar an der Ecke macht zu.

Geräusche von Flaschen, die in Müllsäcken zersplittern, von Stühlen, die auf Tische rumpeln.

Ursula überlegt wieder, sich auf die Beine zu machen, doch als würde ihr Gehirn den falschen Körper lenken, schnellt der Kopf der jungen Wilden hoch, die Anstalten macht, sich aus ihrem Schlafsack zu winden. Sie trägt noch immer das zerlumpte T-Shirt, aber die abgeschnittene Armeehose ist ersetzt durch einen offensichtlich selbst gefertigten Rock aus ungleichmäßigen Pelzlappen. Sie macht sich leise fertig, schlüpft in ihre unförmigen behelfsmäßigen Mokassins, knotet sich die zerschlissenen losen Enden um die Fußgelenke, bündelt ihr Bettzeug und schnallt es unter ihren Fellsack. Dann schultert sie den Sack und bricht in westliche Richtung auf.

Ursula folgt ihr. Die Straßen sind leer, und sie muss viel Abstand halten und sich eng an die Gebäude schmiegen, um nicht gesehen zu werden. Vorne bewegt sich die junge Wilde wachsam, katzenhaft, sie reagiert mit ihrem ganzen geschmeidigen Körper auf jede Veränderung – eine auf Grün umschaltende Ampel, ein erlöschendes Licht in einem Fenster im dritten Stock. Sie setzt ihre Schritte, als sei die Stadt von Geistern bevölkert, die aus Gullys gurgeln, in verwehten Zeitungsseiten rascheln, sie vor Gefahren warnen und auf ihrer Mission durch die Nacht lotsen. Sie wird von ihrer Welt geliebt, die alles für sie tun, ohne Ende Sinn hervorbringen, sich bis auf den letzten Zentimeter mit Bedeutung laden würde. Und auch Ivys Welt, denkt Ursula, bewirkt allen bereiteten Schmerzen zum Trotz im Wesentlichen dasselbe: Je mehr sie Ivy zusetzt, desto mehr Bedeutung schreibt sie ihr zu. Nachdem sie so viel Zeit mit diesen beiden selbst ernannten Steinzeitfrauen verbracht hat, bekommt Ursula allmählich das Gefühl, selbst diejenige zu sein, die nicht ganz normal ist. Mehr und mehr verspürt sie in sich etwas unnatürlich wachsen, etwas, das sich krankhaft noch gegen das spärlichste Einfließen von Religiosität, Nationalgefühl, Rassenstolz, Humanismus wehrt. Das Ausmaß, in dem die Leute ihr Leben als bedeutsam empfinden, steht in unmittelbarem Verhältnis zu ihrer Fähigkeit, sich derartige Täuschungen zu gestatten, aber dieses sperrige Ding in ihr drinnen, dieses aus dem Ruder gelaufene, auf Geschwätz heftig reagierende Immunsystem lässt überhaupt keine Sinnstiftung mehr zu. Tag für Tag fühlt sie es an genau den Organen knabbern, die es schützen sollte: das Organ, das die Leute als Teil einer bestimmten Sippe oder Gruppe oder Unternehmung leben lässt, das Organ, das ihre Überzeugungen in einer bestimmten Art und Weise ordnet, das Organ, das sie an Ziele glauben lässt. Ursula fehlen diese normalen, gesunden Funktionen immer mehr, ihr Leben ist entsprechend bedeutungslos geworden, und sie fühlt sich derart einsam auf Erden, dass sie sterben könnte.

Am Ende des Blocks bleibt die junge Wilde stehen. Die Schultern hochgezogen, die Hände handlungsbereit geöffnet, folgt sie mit den Augen einer metallenen Außentreppe, die im Zickzack an der Fassade eines fensterlosen Ziegelbaus emporläuft. Ein Kraftwerk möglicherweise. Ursula schiebt sich näher heran, bewegt sich gebückt von Auto zu Auto. Die junge Wilde dreht sich um und schaut auf der Straße umher. Ursula erstarrt, zu verschreckt, um sich auch nur zu ducken. Aber die Wilde scheint sie nicht wahrzunehmen, sie lässt sich jedenfalls nicht stören, setzt ihren Rucksack ab und hockt sich darüber, ihre Hand nestelt etwas hervor, das wie das abgesägte Oberteil eines Kleiderständers aussieht und an einer Rolle Seil befestigt ist. Den Arm seitlich ausgestreckt, schwingt sie die Mantelhaken im Kreis, in immer größerem Bogen und gibt schließlich das Seil frei, worauf die Kralle übers Geländer auf die Treppe saust. Sie zieht vorsichtig am Seil, bis die Haken sich im Geländer verfangen, zerrt ein paar Mal daran und fängt an zu klettern, windet die nackten Beine ums Seil und zieht sich mit den Armen hoch. Sie schwingt sich übers Geländer und läuft die Stufen ganz hinauf.

Ganz oben auf der Außentreppe hüpft sie wieder aufs Geländer, und einen Augenblick lang glaubt Ursula, sie wolle springen, doch sie wickelt sich um eine Stützstange und schiebt sich zentimeterweise hoch, bis sie mit froschartig zappelnden Beinen das Blechdach der Treppe erklimmen kann. Das Blech gibt ein dumpfes Scheppern von sich, es klingt wie ein gesprungener Gong, und die schläfrigen Tauben im Mauerwerk am Giebel glucken und flattern.

Sie bückt sich. Dann ein Sprung. Die Vögel lärmen aufgeregt und stieben wild auseinander, aber sie hat es fertig gebracht, mit jeder Hand eine Taube in ihrer Nische einzuklemmen. Sie zieht sie heraus und schlägt ihnen an der Wand den Schädel ein, schnell, wieder und wieder, bis sie zu flattern aufhören. Das Blechdach beginnt aufs Neue zu dröhnen, als sie sich hinkniet und den Vögeln die Hälse umdreht, als wären es Schraubverschlüsse.

Auf einem dunklen, verkrauteten, müllübersäten Grundstück verstreicht der Rest der Nacht als versetzte, zerstückelte Zeit, während Ursula sich zwischen zwei parkenden Lieferwagen versteckt und gebannt, entsetzt und berauscht zuschaut: Sie sieht die junge Wilde beim Rupfen der Vögel, deren dunkle Köpfe an der Haut über dem gebrochenen Genick baumeln; die junge Wilde beim Braten der blassgrauen, auf eine Schirmstange gespießten Leiber über einem Mülltonnenfeuer; die junge Wilde, wie sie mit Händen und Zähnen am dampfenden Fleisch reißt, das Gesicht im Glutschein wild und orangefarben, das Weiße der Augen hinter den Buckeln der irrlichternden Iris lohend wie bei einer Kürbislaterne, den Mund mit Asche und Taubenfett verschmiert; die junge Wilde in eine Ecke des Grundstücks gehockt, das Gesicht von stolzer Unbewegtheit, während sie einen lockeren Kotstrang ausscheidet.

OBERFLÄCHEN Chas rollt die Airbrushgrafik auf seinem Schreibtisch auseinander und beschwert die Ecken mit seinem Telefon, seinem Handy, seinem Palm Pilot und einer Flasche Magentabletten. Er beugt sich darüber und bildet einen Bogen aus gebräunten Unterarmen, gebügelten Ärmeln, muskulösen Schultern und gegeltem grauem Haar. Eine senkrechte Falte teilt die waagerechten Falten auf seiner Stirn in zwei Spalten und verstärkt den Eindruck körperlicher Anspannung. Es wirkt, als würde er jeden Augenblick die Füße auf den Sessel schwingen und über der Grafik Liegestütz auf Fäusten machen.

Stattdessen senkt er schlicht den Kopf, worauf sich zwei dicke, feucht glänzende Strähnen lösen, die auf sie zeigen wie die Hörner eines Stiers.

«Ach Scheiße», murmelt er. «Du hast es noch immer nicht verstanden.»

Um ihre Beklemmung zu mildern, sucht sie an ihm nach etwas, über das sie lachen könnte: Sie studiert seinen Scheitel, forscht nach einer überkämmten kahlen Stelle und dann etwas hoffnungsloser nach Indizien für eine Haar-Implantation. Doch sein Haar geht auf ganz und gar würdevolle Weise zurück.

«Und was stimmt daran nicht?» Das hat nach aufgesetzter Betroffenheit klingen sollen, so als sei sie sich bei der Grafik eigentlich ganz sicher. Aber sie klingt einfach nur verletzt.

«Das Gesicht», murmelt er. «Nur eine Mutter könnte dieses Gesicht lieben.» Er stockt. «Eine Wombatmutter.»

«Sie finden sie hässlich?»

Ihre Stimme hebt sich. Jetzt ist sie wirklich verletzt. Nicht allein, weil es ihre Arbeit ist, sondern weil es das Gesicht der jungen Wilden ist, und sie ist sich nicht sicher, ob sie dieses Gesicht liebt, aber sie verspürt tatsächlich ein wenig Muttergefühle.

«Ihre Miene», sagt er. «Und wie sie so hinkauert. Ist doch eklig.»

«Das ist nicht eklig. Es ist tough.»

«Tough ist schon okay», gibt er zu. «Aber wo ist das Weiche? Sie muss auch weich sein. Und dieser Dreck. Was soll dieser Dreck?»

«Sie ist eine *Wilde,* Chas. Das ist doch der Witz dabei. Wollen Sie, dass sie lächelt und glasig und benommen glotzt wie ein Pinup-Girl?»

«Nein», sagt er und fügt dann tonlos hinzu, «nicht ganz.»

«Nicht ganz», schnaubt sie angriffslustig.

Chas schüttelt den Kopf, dreht sich um und schaut aus dem Fenster. Ein einzelner Streifen Sonnenschein lässt die Gebäude den ganzen Westhang hinunter hell und gefährlich blitzen. Seine Trendagentur, «Tomorrow Ltd.», belegt eine kleine, aber prestigeträchtige Büroflucht. Die Aussicht vom Black Tower ist eine der besten überhaupt, wegen seiner Lage direkt an der Spitze des Vulkans und weil der Black Tower einer der wenigen Orte in der Stadt ist, von denen aus man ihn selbst nicht sehen kann.

«Diese Grafik, Ursula», sagt er und dreht sich ihr in seinem Sessel wieder zu. «Sie ist so ... *wirklich.* Selbst als Airbrush. Als wäre sie richtig hier und würde Flöhe auf meinem Schreibtisch verteilen.»

«Ich nehme mal an, dass soll kein Kompliment sein.»

«Widersprüche», sagt er. «Man braucht Widersprüche, um ein Ideal zu schaffen. Hier sind keine Widersprüche.»

«Widersprüche?» Ursula starrt verständnislos auf das Bild der jungen Wilden. Sie möchte es nehmen und in Stücke reißen, so kindisch das auch wäre.

«Du hast es nicht verstanden», wiederholt er.

«Schätze nein.»

Seine Stimme wird weicher. «Es ist nicht dein Fehler. Wir haben dich ins kalte Wasser geworfen. Hör zu, ich bin mit der Akquise eines Großkunden beschäftigt gewesen, sonst hätte ich dir bei deiner Ausbildung geholfen.»

Das plötzliche und so unerwartete Mitgefühl treibt Ursula Tränen in die Augen, was ihr ganz peinlich ist. Sie hatte sich immer für viel härter gehalten als all die anderen Künstler, die sie kannte. Jetzt wo sie eine Geschäftsfrau ist, sieht es aus, als müsste sie ständig heulen.

«Na komm», sagte er und scheint ihre kleine Krise nicht zu bemerken. «Gehen wir auf Exkursion.»

Er wirft seine Jacke über und führt sie, vorbei am ungenutzten Empfangsbereich, auf den Flur hinaus. Es fahren noch andere Leute im Aufzug mit, und keiner von beiden sagt etwas, bis sie draußen auf der Straße sind.

«Wohin gehen wir?», fragt Ursula.

Er gibt keine Antwort. Er führt sie nach rechts auf die Cook Street, nach links auf die Ulner Street. Frauen und Männer, Jung und Alt beäugen Chas im Vorbeigehen. Ursula merkt, dass sie versuchen, ihn einzuordnen. Zuerst sehen sie ihn und denken: ein erfolgreicher Geschäftsmann; dann bleibt der Blick hängen, und sie denken: das *perfekte Beispiel* für einen erfolgreichen Geschäftsmann. Die meisten sind damit zufrieden, doch wer noch ein paar Sekunden länger hinschaut – wer wie Ursula lange genug hinschaut, um sich zu fragen, wie man nur so perfekt werden kann –, der beginnt den Verdacht zu hegen, es mit einer Art Fanatiker zu tun zu haben. Sein zwanghaftes Naturell verrät sich in hundert Einzelheiten. Selbst seine robuste Konstitution wirkt krank. Eine derartige Figur bei einem Mann jenseits der Fünfzig!

Er muss regelmäßig, ja unmäßig trainieren, nach einem eisernen Plan, und täglich wechselnd an seinen einzelnen Muskelpartien arbeiten, um wirklich jeden Quadratzentimeter seines in der Sonne gebräunten, vom Wetter gegerbten Fleisches zu berücksichtigen. Die Vorstellung hätte vielleicht sogar sexy sein können, wären da nicht noch die Begleitumstände – die allgegenwärtigen Furchen, die seine Stirn wie einen zweiten Waschbrettbauch wirken lassen; die beständige pulsierende Anspannung seines Unterkiefers; diese zu rasierklingenschmalen Schlitzen verengten Augen.

Er führt sie zu einem Supermarkt, der im Erdgeschoss eines Apartmenthochhauses eingerichtet ist, und bedeutet ihr, hineinzugehen. Die Türen gleiten auseinander, als sie über die Matte hinweg den Geschäftsraum betritt.

«Nur zu», sagt Chas. «Geh voran.»

«Was wollen wir hier?»

«Einkaufen. Los, beweg dich, hol uns einen Wagen.»

Sie gehorcht, doch kaum schiebt sie den Einkaufswagen vor sich her, da hält er sie an.

«Achtzig Prozent aller Käufer wenden sich nach rechts», sagt er. «Genau wie du gerade.»

Mit gesenkter Stimme spricht er weiter, während sie den Wagen an der Gemüseabteilung vorbei auf den abgepackten Fleischaufschnitt zusteuert.

«Was riechst du?»

Sie atmet ein und schließt die Augen. «Die Blumen», sagt sie, schlägt die Augen wieder auf und betrachtet die kleine Insel aus Topfblumen. «Und da ist so ein süßlicher Duft nach Zitrus. Vermutlich von den Früchten.»

«Du vermutest falsch. Gib weiter auf die Gerüche Acht.»

Und wenn schon. Sie leiten halt Düfte ein oder so. Dass sie

mit solchen Tricks arbeiten, hat Ursula schon vorher gewusst. Trotzdem, mit Chas an ihrer Seite, der ihr verschwörerisch ins Ohr flüstert, ertappt sie sich dabei, zaghafter aufzutreten, als könnte der Linoleumboden vermint sein.

«Da», sagt er, «behalt diese Frau im Auge. Lass sie nicht merken, dass du sie beobachtest.»

Sie tun so, als würden sie die Preise der verschiedenen Sorten Ricottakäse vergleichen, während rechts von ihnen eine übergewichtige Frau, die in einem riesigen lila Jogginganzug steckt, zwei Minuten damit verbringt, mit panischer Miene im rosa Gesicht Salamis zu begutachten, um schließlich die längste zu wählen. Chas dreht sich um und sieht Ursula an.

«Was hat diese Frau gerade in ihren Wagen gelegt?»

«Wollen Sie sagen, das ist so eine Art Phallussymbol?»

«Trainier dein Denken, Ursula. Nicht einfach in Schubladen packen und fertig. Überleg genau. Sieh her. Eine lange Salami kann Sicherheit suggerieren, weil sich viele Scheiben davon abschneiden lassen. Sie ist ein Phallus, ja, aber ein Phallus wie keiner, den diese Frau je kennen gelernt hat. Sie ist der Traumphallus. Er bietet ihr langfristige Sicherheit, nicht bloß flüchtige Befriedigung. Dieser Phallus nährt sie», sagt er, und seine Stimme wird drängend. «Er hält scheinbar ewig vor.»

Ein *Traumphallus*. Vielleicht war dieser Kerl wirklich einmal so eine Art Professor. Sie mustert die glänzenden eingeschweißten Fleischwaren, vor allem, um seinen Augen auszuweichen, die sie wie ein Elektrotacker durchdringen. Sie sehen nicht sehr appetitlich aus, diese Fleischwaren. Sie entsinnt sich des Geruchs von Mortadella, ihres glitschigen, metallischen Geschmacks auf der Zunge. Nicht zum ersten Mal beschließt sie, Vegetarierin zu werden. Sie setzen sich wieder in Bewegung, mühelos gleitet der Wagen voran.

«Nun gut», sagt er, «was riechst du jetzt?»

«Kaffee.»

Das Aroma lockt sie in den nächsten Gang. Es kommt weniger vom abgepackten Kaffee, sondern in erster Linie von den edlen offenen Sorten in den großen Plastikspendern.

«Was ist die Paradessenz von Kaffee?», fragt Chas.

Paradessenz? Das Wort ‹Essenz› ist ihr in einigen der Marketingbücher, die sie überflogen hat, über den Weg gelaufen. Gewöhnlich war damit irgendeine flotte Zusammenfassung der Selling Points eines Produkts gemeint. Aber *Paradessenz*? Was soll das bedeuten? Hat es etwas mit Paradies zu tun?

Sie versucht es auf gut Glück. «Schätze, es hat vielleicht was damit zu tun, wie er einen aufweckt. Oder einen an einem kalten Morgen aufwärmt.»

«Aufwecken und aufwärmen», sagt Chas. «Ganz nah dran. Jetzt überleg mal. Such den Zauber. Such das Unmögliche.»

«Das Unmögliche? Ich weiß nicht. Dass einem warm ist. Das ist so ähnlich wie schläfrig sein, oder?»

«Die Paradessenz von Kaffee lautet Anregung und Entspannung. Jede erfolgreiche Anzeigenkampagne für Kaffee wird dir diese beiden einander ausschließenden Zustände zugleich versprechen.» Vor ihrem Gesicht schnippt Chas mit den Fingern. «Darum geht es bei der Verbraucheransprache, Ursula. Jedes Produkt verfügt über diese paradoxe Essenz. Jedes Produkt verspricht, zwei einander ausschließende Bedürfnisse gleichzeitig zu befriedigen. Die Aufgabe des Marketingexperten ist es, diesen zwiespältigen Kern, diese gebrochene Seele in jedem Produkt herauszustreichen.»

Chas geht weiter, doch sie bleibt wie angewurzelt stehen. Nach ein paar Schritten hält er inne.

«Ist was?»

«Eiscreme», sagt sie. Das Wort klingt in ihren Ohren, als käme es aus einer fremden, unverständlichen Sprache.

«Was? Wo?»

«Was ist die Paradessenz von Eiscreme?»

Chas schließt die Augen und kneift mit Daumen und Zeigefinger die Nasenwurzel zusammen. «Verrat du es mir. Erster Wink: Lecken und saugen. Kugeln auf Waffelschäften. Zwillingshügel auf einer Schale. Serviert mit Bananen und Kirschen.»

«Sex?»

«Eros, das ist die eine Hälfte. Und jetzt die andere. Zweiter Wink: Eisdielen. Sommerliche Kleinstädte. Nach dem Schlagballspiel an der Ecke zum Eisauto laufen. Alle diese Kindheitserinnerungen, die man dir eingeredet hat. Wie du im Laden zu gierig an der Waffel leckst, die Kugel auf den Boden klatscht und dir die nette Eisverkäuferin eine neue Kugel umsonst gibt.»

«Unschuld», sagt Ursula.

«Eros und Unschuld.»

«Samen und Muttermilch», sagt sie. «Die idealen Zutaten.» Die Erinnerung, davon gegessen zu haben, lässt es ihr kalt und tief die Kehle hinunter laufen. Chas sieht sie schief an. Schweigend schiebt sie den Wagen weiter. Sie kann es Ivy kaum verübeln, in der Weise auf Chas zu reagieren, wie sie es getan hat, und seine Theorien zu einer Art allumfassendem Wahnsystem aufzublähen. Ursula selbst fröstelt vor Erkenntnis. Sie fühlt sich, als würden ihr die geheimen Gesetze der Wirklichkeit ahnungsweise offenbar. So etwa muss der Physiker empfunden haben, der die Quantenmechanik entdeckte, als er an der letzten entscheidenden Gleichung arbeitete und begriff, dass hinter allen physikalischen Gesetzen eine Ansammlung von grundlegenden Webfehlern stecken könne. Rings um sie herum hat sich der Supermarkt zu etwas von seltsamer Pracht verwandelt – zu einem metaphysischen Spielplatz, einer phantastischen Raumstation am Boden eines schwarzen Loches, das alles Licht und alle Farbe schluckt. Überall Licht und Farbe und nicht ein einziger Schatten – das Neonleuchten ist wie ein Auge, das jeden Zentimeter von einem aus jedem erdenklichen Winkel sieht. Sie fühlt sich machttrunken und Ekel erregend verletzlich, fühlt den widersprüchlichen Sinnesreiz des Schwindels.

«Schön. Nächste Lektion», sagt Chas. «Hör mal. Was hörst du?»

«Kaufhausmusik eben», sagt sie und versucht sich zu sammeln. Sie schieben ihren Wagen in den nächsten Gang. Sie möchte sich bei ihm nach jedem Produkt erkundigen, das sie sieht. Worin liegt die Paradessenz von Mayonnaise-Ersatz? Von gefleckten Feldbohnen? Aber sein Auftreten lädt nicht zu Fragen ein. Angespannt schreitet er neben ihr her. Er scheint sich hier nicht wohl zu fühlen. Wenn er nicht spricht, kann sie sehen, wie sein Unterkiefer arbeitet, die Backenzähne zu Staub zermahlt.

«Kaufhausmusik.» Er nickt. «Wofür ist das gut?»

«Dass die Leute mehr kaufen?»

«Erraten. Und wie?»

«Ich weiß nicht. Ich nehme an, es ist irgendwie fröhlich und beschwingt. Wahrscheinlich fühlen sich die Leute dabei entspannter, nicht so gehetzt, und schauen sich länger um, sehen nicht mehr unbedingt auf jeden Penny?»

«Das ist die herrschende Lehre», sagt Chas. «Die abweichende Auffassung geht dahin, dass es die Leute zu verstärktem Einkaufen anhält, weil es sie beunruhigt. Wie dem auch sei, es wirkt besser als Stille und besser als alle anderen Klänge, mit denen man es bislang versucht hat. Ich könnte dir hundert Studien dazu zeigen.»

Er stockt, die Augen huschen unruhig an den Regalen entlang. Er fährt mit ungeduldiger Stimme fort:

«Um wirklich zu verstehen, wie es funktioniert, musst du darüber nachdenken, was Kaufhausmusik ist. Bei Popmusik geht es allein um die Zeit, in der sie komponiert wurde. So wird sie zu einem Mittel, mit dem wir unsere Jahrzehnte hier auf der Erde abzählen. Zu einem Mittel, eine Ära von der anderen zu unterscheiden. Bei Kaufhausmusik geht es einzig um Zeitlosigkeit. Sie holt Popsongs aus der Zeit heraus. Konserviert sie, pökelt sie, weckt sie ein für die Ewigkeit. Das ist die Paradessenz von Kaufhausmusik: *ewige Vergänglichkeit.* Unterschiedliche Leute sprechen auf diesen Gegensatz in unterschiedlicher Weise an. Einige finden ihn tröstlich, weil er die alberne Hoffnung bestätigt, dass jedes unbedeutende Ereignis in ihrem kümmerlichen kleinen Leben tatsächlich irgendwo in einer Art kosmischer Datenbank verzeichnet wird. Leute, die solche Easy-Listening-Klänge mögen, sind unsterbliche Seelen auf Wanderschaft durch ein materielles Wunderland, also was soll's, wieso nicht was Schönes kaufen, wenn's einem ins Auge fällt? Leute, die diese Musik hassen, werden von der Soße gepeinigt, denn sie verwandelt alles Einmalige aus jeder Ära in einen völlig gleichförmigen Brei und schafft dies mit einer Leichtigkeit, die ihr Misstrauen noch untermauert: dass weder ihre Epoche noch sie selbst irgendetwas Einmaliges an sich haben. Dass ihre gepriesene Individualität nichts weiter ist als ein produktgestütztes Trugbild, welches die Vermarkter widerwillig für sie aufrechterhalten. Dass alles dieselbe Verscheiße ist, geht man der Sache nur mal richtig auf den Grund.»

Chas hört zu reden auf, als habe er den roten Faden verloren. Schließlich wird deutlich, dass er nichts hinzuzufügen gedenkt.

«Aber wie sollte *so* ein Gefühl die Leute zu verstärktem Einkaufen anhalten?», fragt sie.

Er zuckt die Achseln. «Nihilisten geben ziemlich leidenschaftliche Verbraucher ab. Auch dazu gibt's jede Menge Studien.»

«Aber gibt es denn da draußen niemanden, den diese Kaufhausmusik so beunruhigt, dass er am Ende weniger einkauft?»

«Statistisch gesehen eine unbedeutende Zahl. Außerdem kann solchen Leuten heutzutage medizinisch geholfen werden.» Er lächelt grimmig. Sicher ist sie sich nicht, aber sie glaubt, dass er gerade einen Witz gemacht hat. Das Lächeln verschwindet auf der Stelle, seine Züge werden neuerlich unergründlich, der Kiefer schiebt sich vor, die Backenzähne knirschen wie gehabt.

«Chas, dieser ganze Kram über Produkte und Vermarktung ... auf welche Weise genau hilft er Ihnen, neue Trends zu erkennen?»

«Prinzipiell kein Unterschied. Ein Trend ist wie ein großes Produkt. Ein Metaprodukt. Wer *Krieg und Frieden* verstehen will, lernt zunächst mal das Alphabet.» Er beschreibt mit der Hand einen engen Bogen. «Das ist dein Alphabet, Ursula. Motivforschung an Konsumenten. Bring einen Monat in diesem Supermarkt zu, und du wirst eine Menge aufschnappen, sofern du es durchhältst, ohne dir die Pulsadern aufzuschlitzen. Glaubst du, du schaffst das?» Er sieht sich um und atmet heftig durch die Nase aus. «Ich hab's getan. Hab damals einen ganzen verfluchten Monat meines Lebens in einer Key-Food-Filiale genau wie dieser zugebracht, als ich noch bescheidener Marktforschungsassistent war. Jeden Tag von früh bis spät. Einen Regalpackerkittel habe ich getragen. Bin den Leuten gefolgt. Hab ihre Bewegungsbilder aufgezeichnet. Ihre Augenbewegungen beobachtet. Versteckte Kameras in den Gefriertruhen angebracht. Sticker mit der Aufschrift «Jetzt 100 % fettfrei» auf Waschmittelpackungen geklebt und den dicken Frauen zugesehen, wie sie zugriffen und die Kartons in ihre Karren warfen. Volles Programm. Ich schwor mir, nie wieder einen Fuß in einen Supermarkt zu setzen, mir meine Lebensmittel anliefern zu lassen und so weiter. Aber nein, ich kam zurück. Sonst hätte zu viel auf dem Spiel gestanden. Außerdem musste ich Javier ausbilden. Ich hab ihn in diesen Gängen hier geschult. Ich weiß noch den Tag, als ich ihm sagte, Oberflächen seien alles, was die Leute hätten.» Er schüttelt den schweren Kopf. «Du hättest den armen Jungen sehen sollen. In Tränen aufgelöst.»

Sie starrt ihn an und versucht, zu verarbeiten, was er sagt. «Oberflächen ...», wiederholt sie. «Was meinen Sie damit?»

«Sieh dich doch um. Was glaubst du, wie vielen dieser Leute jemals das Erlebnis einer großen Leidenschaft, einer großen Liebe, eines großen Anliegens zuteil wird? Ein Produkt kann für dieses Erleben einspringen. Eine Oberfläche kann für die Tiefen einspringen, die sich den meisten Leuten nie erschließen. Darauf läuft doch alles hinaus. *Oberflächen.*»

Ursula stellt sich Javier dort vor, wo sie jetzt steht, stellt sich Chas vor, wie er ihm dies sagt, stellt sich die Tränen vor, die sich in Javiers Augen bilden. Die beiden müssen schon ein Anblick gewesen sein: Zwei makellos gepflegte, blasierte Regalpacker, der eine jung, der andere nicht mehr so jung, Papa Pervers und Sohn, die in ihren Key-Food-Kitteln im Gang für weibliche Hygieneartikel lauern und hinter ihren Klemmbrettern Frauen bei der Auswahl von Vaginalduschen beobachten; ein lüsterner, spöttisch grinsender Mephistopheles und sein junger, ängstlicher, aber zu allem entschlossener Schützling, beide davon besessen, sich die geheimnisvollen Zeichen und Symbole zu unterwerfen, mit denen die Alltagswirklichkeit geschrieben wird.

«Ach ja», gluckst er. «Javier hat schon ein paar romantische Ideen. Sicher hast du das schon selber herausgefunden.»

«Was fehlt ihm, Chas?», fragt sie.

«Was soll ihm fehlen?»

«Er nimmt Tabletten. Seine Hände zittern. Ständig läuft ihm die Nase. Er ist so mager.»

Chas zuckt mit den Schultern. «Nichts Lebensbedrohliches.

Eine depressive Verstimmung. Er ist … gefühlsmäßig ein wenig … flatterhaft.»

«Flatterhaft? Was für eine depressive Verstimmung? Bekommt er Hilfe?»

«Hilfe?» Chas' Augen und Nasenlöcher weiten sich. «An einem Genie doktert man nicht rum, Ursula. Der Mann ist ein Zauberer, sobald es ums Erkennen neuer Trends geht. Er schaut sich eine Mode an und erkennt sofort die ihr zugrunde liegende Sehnsucht. Seine Einfälle zur Postironie und zu den Lichten Zeiten haben meine eigenen Untersuchungen um Jahre vorangebracht.»

«Das waren seine Einfälle?»

«Er lebt und atmet Trends. Er ist eine kulturelle Wünschelrute. Hast du seine Wohnung gesehen?»

Sie schüttelt den Kopf.

Er grinst. «Egal. Ich kann es ihm sowieso nicht wirklich verdenken, dass er damals ein wenig weinerlich geworden ist. Ich hab ihn hier zwei Wochen hintereinander Dienst schieben lassen. Das reicht, um selbst weniger empfindsame Seelen aus den Angeln zu heben. Keine Sorge, so weit werde ich mit dir nicht gehen.»

Er lässt eine Hand auf ihre Schulter fallen und schüttelt sie; es ist das erste Mal, dass er sie berührt hat, und sie fühlt, wie ihre Knie weich werden. Auf einmal ist sie verwirrt und rätselt, was es mit dieser Geste auf sich haben mag. Fühlt er sich von ihr angezogen? Sie würde gewiss niemals darauf eingehen, fragt sich aber dennoch, wie es wäre, eine Verabredung mit einem solchen Mann zu haben, Sicherheit in seinen Armen oder Panik unter seinem Blick bedeutet.

«Ich will ja nicht, dass du ausklinkst», fährt er fort, «weil du Dienst im Supermarkt obendrein zum Dienst in der Klapse schiebst … nein, das wäre zu viel! Wie geht's übrigens deiner Schwester?»

So zwanglos die Frage fällt; Chas ist alles andere als ungezwungen. Sein Lächeln ist krampfhaft, sieht sie jetzt. Er schaut weg, schaut wieder hin.

«Was?», sagt er. «Darf ich nicht fragen?»

«Natürlich dürfen Sie fragen. Ich war bloß überrascht.» Die Hand auf ihrer Schulter war ein Ausdruck der Zuneigung nicht zu ihr, sondern zu Ivy gewesen. Sie verspürt jenen selbstsüchtigen Reflex von Enttäuschung, den sie nie hat unterdrücken können, sobald Männer ihre Vorliebe für Ivy zu erkennen gaben. Aber Chas' unvermittelte Verwundbarkeit verleiht ihr auch ein kleines Machtgefühl. Endlich ist sie ihm gegenüber ein Stück weit im Vorteil. Und vielleicht ist er ja auch nicht ganz so unmenschlich, wie sie geglaubt hat.

«Na, wie geht's ihr? Deiner Meinung nach.»

«Könnte schlimmer sein», antwortet sie.

Er nickt und legt die Äußerung offenkundig als gute Nachricht aus. «Sieh zu, dass sie sich erholt», sagt er, ohne sie anzuschauen, in geschäftsmäßigem Ton, als bäte er sie, den Bericht über eine Meinungsumfrage zu holen oder eine Tasse Kaffee. Aber sie sieht ihm die Anspannung an. Sein Kiefer ist ein Knoten aus Muskeln und Knochen. Die Hände an seinen Seiten sind zu Fäusten geballt. Ihr eigenes Herz schlägt wie wild. Sie kann sich nicht dazu überwinden, das Thema weiterzuverfolgen.

Sie biegen in den Gang für Frühstücksflocken ein. Am anderen Ende tauchen ein Vater und sein Sohn auf, die ihr Gefährt durch die tückischen Strömungen steuern. Der Sohn erspäht aus drei Metern Entfernung eine leuchtend bunte Schachtel, die ihren Platz mitten im Gang auf einem der unteren Regale hat.

«Der Sweetspot», sagt Chas und deutet auf die Platzierung der Schachtel. «Kinderhöhe. Gangmitte.»

Reichlich Zeit für den Jungen, den Vater zu beknien, acht Rufe nach «Daddy». Daddy knickt ein und sieht mit müdem Lächeln zu, wie der Junge die Schachtel seitlich den Wagen hochstemmt und hineinschubst.

«Väter sind achtundzwanzig Prozent weniger geschickt als Mütter darin, ihren Kindern Produktwünsche abzuschlagen. Und bei Frühstücksflocken liegt die Rate sogar noch höher. «Wieso?», fragt er.

«Ich hab nicht die leiseste Ahnung», gibt sie zu.

«Frühstücksflocken», sagte er verbittert und lässt seine zusammengekniffenen Augen über den Gang schweifen. «Eine Gelegenheit für Väter, die Bindung an ihre Söhne zu festigen. Väter, die jeden Tag als Kampf betrachten. Die dem Tag mit kämpferischer Haltung begegnen. Kinder mögen das Zeug, weil es süß ist. Aber Daddy mag es, weil es knusprig und hart ist. Weil es den Zähnen Widerstand leistet oder zumindest so tut.»

Er verstummt, reibt sich den Nacken und gibt in diesem Augenblick sein Alter preis, seine Mattigkeit, die Sprödigkeit seiner Gelenke.

«Ich hasse diesen gottverdammten Ort», sagt er.

PARADESSENZ An die Wand gelehnt, hockt Ursula am Ende eines langen Korridors im Flughafen von Middle City, auf den Knien ein unbenutztes Klemmbrett. Chas hat sie hierher geschickt, sie soll die Farbtöne in der Bekleidung peinlich genau auflisten. Unternehmen aller Branchen, von Textilien über Autohersteller bis zu Nahrungsmitteln, verlassen sich darauf, dass Trendscouts die Farben für das kommende Jahr voraussehen, hat er ihr erklärt, und die ließen sich aufgrund der Farbentscheidungen der Early Adopters vorhersagen.

Als sie nachfragte, was die Lebensmittelindustrie daran interessiert, erzählte er ihr vom Jahr 1985, dem schwärzesten Jahr in den Annalen, einem dermaßen schwarzen Jahr, dass selbst die Lebensmittel schwarz waren – schwarze Tortillachips, Dip aus schwarzen Bohnen, mit Polypentinte gefärbte Pasta. Farbe ist eine ernste Angelegenheit. Vertreter von Benjamin Moore und Ralph Lauren erlangten schon traurige Berühmtheit dadurch, dass sie beim Jahrestreffen der Farbenvereinigung handgreiflich wurden. Färbemittel müssen über ein Jahr im Voraus bestellt werden, damit sie angebaut, geerntet und verschifft werden können. Eine fehlerhafte Vorhersage kann den Einzelhändlern ganze Regalmeter voll unverkäuflicher Farben bescheren. Sie kann Anlegern und Pflanzern das letzte Hemd kosten. Leute können verhungern wie bei der großen Pfirsichpleite von 1912, als Pfirsich vorhergesagt war, in Mexiko Felder über Felder mit korallenfarbenen Weihnachtssternen bebaut wurden und stattdessen Purpur ganz groß herauskam. Die richtige Farbwahl zu treffen ist keine Prestigefrage, hat Chas ihr zugeknurrt, es geht ums schiere Überleben.

Doch sein Vortrag ist weitgehend fruchtlos geblieben: So ernst die anstehende Aufgabe auch sein mag, sie kann sich einfach nicht auf die Kleidung konzentrieren. Die Tyrannei des menschlichen Antlitzes ist zu übermächtig: Sie kann nicht anders, als sie zu beobachten, die Gesichter, die ihr als endloser Strom über das Laufband entgegenschweben.

Ein Mann mit übergroßer Stirn und Kinnlade schaut aus dem Fenster auf die Rollbahn. Sein Kopf neigt sich, und die walfischartig riesige glatte Stirn fängt das Licht ein. Vielleicht versucht er gerade, einen Überrest seiner kindlichen Liebe zu Flughäfen zu erhaschen. Damals wäre diese Reise nach Peoria der reinste Nervenkitzel für ihn gewesen. Er trägt einen grauen Anzug, die Jacke schlaff über den Arm gehängt. Roter Schlips. Jetzt ist er Teil dieser aufregenden Welt. Den birnenförmigen Kopf gesenkt, reibt er sich den Nacken.

Die Paradessenz von Flugreisen: *keimfreies Abenteuer; Exotik und Vertrautheit.*

Ein Mann mit dicken, Licht schluckenden Brillengläsern und blasser, sommersprossiger Haut betrachtet die Mid-City-Tourismusreklame, die den Korridor entlang in frei stehenden Leuchtvitrinen aufgehängt ist. Sein Blick heftet sich auf das Bild eines Paars in Abendkleidung, das an einem Tisch des «Top Room» sitzt; sie nähern einander ihre vollendet geformten Profile, tauchen sie ins Kerzenlicht, bilden den Vordergrund zu einer atemberaubenden Aussicht nach Westen auf die Lichter der Stadt. Auf ihren Tellern, unter der leuchtend erhellten Wölbung der Brüste, die aus dem Kleid der Frau hervorquellen und sich vom gestärkten weißen Hemd des dienstbar gebeugten Obers abheben, glänzen die Speisen: Hummer. Lammrücken. Der Kopf des Mannes dreht sich und bleibt auf das Plakat gerichtet, während er Ursula auf dem Laufband entgegenrollt. Er bemerkt, dass sie ihn beobachtet, und schaut verlegen weg. Er trägt ein braunes, kurzärmeliges Nadelstreifenhemd und schlabbrige, schlecht geschnittene Jeans. Er hat Übergewicht.

Die Paradessenz gepflegten Dinierens: *Deine animalischen Bedürfnisse sind göttlich.*

Ein jüngerer Mann mit sandfarbenem Haar und Bartstoppeln sieht sich um und wirkt leicht benommen. Die Schultern sind unter dem Gewicht seines ausgemusterten Armeerucksacks zusammengesackt. Er trägt eine schwarze Baseballkappe mit der Aufschrift *Ark., Inc.* – ob das eine Firma ist oder eine Musikband, weiß Ursula nicht. Er wirft Blicke auf die Plakate, die anderen ankommenden Fluggäste. Er schaut nach unten auf die Vorrichtung, die ihn den Korridor entlangbefördert, und kaut auf den eingezogenen Wangen. Sie malt sich aus, dass er an die Bretterbuden und Slumgürtel der Dritten Welt denkt, aus der er gerade zurückgekehrt ist. Er ist zugleich erleichtert und enttäuscht, wieder hier zu sein. In Mid City muss er sich gänzlich anderen Schwierigkeiten stellen und andere Bedürfnisse zu befriedigen suchen. Als er vom Laufband absteigt, fallen ihr seine Stiefel auf – ausgetretenes wasserdichtes Leder, das mit einem verwickelten Flechtwerk aus roten Senkeln und gelben Bändern zugeschnürt ist. Er schaut herüber und sieht Ursula. Er schaut auf ihr weißes Kostüm, ihr blondes Haar. Er schüttelt langsam den Kopf, reibt dabei seinen knochigen Unterkiefer. Abschätzig. Das reizt sie. Sie hat einige Überlegung auf ihre Kleidung verwendet. Sie wollte mit den sterilen Fluren des Flughafens verschmelzen.

«Entschuldigung», ruft sie. Er bleibt stehen und trottet dann, seinen Rucksack hievend, herbei. «Ich mache eine Meinungsumfrage», sagt sie, ohne recht zu wissen, wieso. «Hätten Sie ein paar Minuten übrig?»

«Okay.»

«Ihre Stiefel gefallen mir. Solche wie die hab ich noch nie gesehen.»

«Es sind mauretanische Urwaldstiefel», erklärt der junge Mann nicht ohne einen Anflug von Stolz und fängt sich dann. «Hat die Verkäuferin jedenfalls gesagt.»

So weit ihre Einfühlungsgabe. Wahrscheinlich ist er auch aus Peoria gekommen.

«Schön, gut», sagt sie und tut so, als notiere sie sich etwas auf ihrem Klemmbrett. «Nächste Frage –»

«War das schon die erste Frage?»

«Ja. Nächste Frage. Beträgt Ihr jährliches Einkommen weniger als fünfundzwanzigtausend, fünfundzwanzig bis fünfzig, fünfzig bis hundert, hundert bis fünfhundert, fünfhundert bis –»

«Weniger als fünfundzwanzig», unterbricht er sie.

Sie heuchelt Enttäuschung, macht in einem vermeintlichen Kästchen ein Kreuz. «Okay. Letzte Frage. Was ist Ihre Lebensaufgabe?»

Der junge Mann schweigt einen Augenblick lang und betrachtet sie dann seltsam eindringlich.

«Den Planeten retten», erwidert er.

«Wow. Ziemliche Aufgabe.»

«Schätze ja», gibt er jetzt etwas abwehrend zurück.

«Schön, das wär's. Danke für Ihre Hilfe.»

Er steht da und ist überrascht, so plötzlich entlassen zu werden.

«Was ist mit Ihnen?», sagt er. «Was ist denn Ihre Lebensaufgabe?»

Er ist mit der Frage unvermittelt herausgeplatzt, gewinnt aber in der anschließenden Stille etwas von seiner Fassung wieder, starrt auf sie herab und wartet.

«Meine Lebensaufgabe», entgegnet sie, «besteht darin, den mauretanischen Urwald wie nie zuvor zum Blühen zu bringen.»

Einen Moment lang wirkt er misstrauisch, aber sie macht große Augen und zwinkert nicht, und schließlich nickt er.

«Gut für Sie», sagt er. «Viel Glück.»

«Viel Glück auch Ihnen.»

Sie sieht auf ihr Klemmbrett und macht ein paar Kritzeleien, während sich der junge Mann wieder in den Zug der Benommenen auf dem Weg zur Gepäckausgabe einreiht.

Gut für dich, Ursula.

Sie schließt die Augen. Der Druck der Flughafengeräusche in ihrem Kopf nimmt zu – das Summen des Laufbandes, die gemurmelten Unterhaltungen, die fehlerhaft ausgesprochenen Namen, die unablässig ausgerufen werden. Wer ist sie, sich über ihn lustig zu machen? Er ist stolz auf diese Stiefel, und wenn schon? Sie machen sein Leben ein wenig erträglicher. Auch wenn sie bloß Oberfläche sind, ein Double für heldenhaftes Abenteuer. Auch wenn es in Mauretanien keine Urwälder gibt.

Die Lichten Zeiten.

So wie Javier darüber redet, scheint er zu glauben, dass es tatsächlich etwas bedeuten, den Leuten tatsächlich große Leidenschaften, Lieben und Anliegen schenken, mehr als bloß die Oberfläche der Dinge verändern wird. Sie rätselt über seine vorübergehende Traurigkeit, als Ed Cabaj die Pläne für Diätwasser verkündete; sie rätselt über Chas' Geschichte, er habe weinend im Supermarkt gestanden. Chas hat wahrscheinlich übertrieben. Manchmal bekommt Javier feuchte Augen. Sie ja auch, und wer täte das nicht in Chas' Dunstkreis? Wie sie durchs Fenster auf die Flugzeuge schaut, die von der Startbahn emporkräuseln, zeichnet sie in Gedanken ein Porträt von Javier an den Himmel, versucht das eigentümliche Gemenge von Gesichtszügen zusammenzufügen – die intensive Aufmerksamkeit in seinen übergroßen Augen, die stets hinnehmen, nie verspotten, nie beurteilen. Wie sie alles betrachten, als sei alles nigelnagelneu. Wie sie alles mit Bewunderung, Mitgefühl, ja Liebe betrachten. Wie sie blicken: aufrichtig, spaßhaft, leidenschaftlich, traurig, wie sie blicken, wenn die Tränen kommen, die kein wirkliches Weinen sind.

MR. TEETH

Ihre Mutter ist heute hier, sie sitzt neben dem Bett im einzigen Stuhl und liest eine vier Monate alte Ausgabe der Zeitschrift *Self*, während Ivy zu einem Ball aufgerollt am Kopfbrett lehnt, eine Wachsfigur, die Augen glasig aufgesperrt.

«Tja», sagt sie trocken hinter ihrer Zeitschrift, «sieht ganz so aus, als schlüge die neue Medizin bei Ivy prächtig an.»

«Hi, Gwennan», antwortet Ursula. Andere Kinder fanden es immer komisch, dass sie und Ivy ihre Mutter beim Vornamen riefen, doch Gwennan selbst war es lieber so. Es zeugte von ihrer Finger-weg-Haltung gegenüber der Mutterrolle. Sie erklärte ihren Töchtern, dass sie sich nicht besonders viel aus Kindern mache und Kindheit und Erwachsensein ohnehin keine Sache des Alters, sondern der geistigen Verfassung seien. Bei Ursula hatte Gwennan noch die meisten mütterlichen Pflichten erfüllt, doch als Ivy auf der Bildfläche erschien, versagte sie sich jedes weitere Zugeständnis an derlei Gepflogenheiten. Sie behandelte die beiden fortan wie Erwachsene, was die Hälfte der Zeit über bedeutete, dass die Töchter einfach so tun mussten, als wüssten sie, wovon Gwennan redete, so tun mussten, als hätten sie wirklich die allseitig entwickelten Persönlichkeiten, die ihre Mutter ihnen zubilligte, um die ganze Angelegenheit zu beschleunigen. Ursula geriet somit zur Verkörperung der rechten Gehirnhälfte Gwennans – sie wurde zu einem Adler, scharfsichtig, der Welt überdrüssig und stolz. Ivy gab bald die linke ab – ein scheues, im Schutz der Riffe hausendes Geschöpf, schön, zerbrechlich, verträumt und unbeholfen.

«Hi, Ivy», fügt Ursula hinzu. Ivy antwortet nicht. Sie leidet unter Katatonie – einer medizinischen Seltenheit, besonders bei Schizophrenen mit paranoidem Einschlag. Ursula hat sie noch nie so gesehen, ist aber von Dr. Shivamurti gewarnt worden; der Schub sei bereits zweimal bei ihr aufgetreten.

«Ich muss in ein paar Minuten los», sagt Gwennan. «Zu einem Turnier. Nebenbei gesagt, ist diese Zeitschrift kompletter Mist.» Sie klatscht das Heft auf einen Haufen anderer Zeitschriften, die neben dem Stuhl auf dem Boden liegen.

Seit ihrer erzwungenen Berufsaufgabe vor zwölf Jahren hat sie sich beim Bridge auf die nationale Rangliste gespielt. Bridge und Buddhismus bleiben weiterhin ihre einzigen Interessen im Leben, obwohl es sich selbst dabei weniger um Interessen handelt als um Formen der Gleichgültigkeit. Beide verschaffen ihr die Ablenkung und die philosophische Rechtfertigung, welche es ihr gestatten, keine Nachrichten zu sehen, keine alten Freundschaften zu pflegen, keine Berufsziele oder karitativen Anliegen zu verfolgen und keinerlei Schuldgefühle deswegen zu haben; mit Hilfe von Bridge und Buddhismus hat sie sich ziemlich gründlich von der Welt reingewaschen, was auch eine weitere Ursache für sie sein mag, sich von Ivys Krankheit nicht über die Maßen erschüttern zu lassen: Alles in allem ist der Rückzug aus einer unerfreulichen Welt eine völlig logische Tat, und eben das hat Ivy ihrer Meinung nach mehr oder weniger im Sinn, wenn auch auf weniger willensstarke Weise als sie selbst.

«Selbst wenn diese Medizin etwas ausrichten sollte», bemerkt Gwennan, «wird die Wirkung wahrscheinlich nicht anhalten, haben sie gesagt. Drum hoffen sie, dass jemand bis dahin ein anderes Mittel erfunden hat. Das dann natürlich auch nicht ewig wirkt. Heilungen bringen kein Geld, wie du weißt, Behandlungen bringen es, endlose Behandlungen, die dich süchtig machen nach der jeweils neuesten Pille, die stets teurer ist als die vorherige.»

«Sie ist nicht bewusstlos, Gwennan. Sie kann dich hören.»

«Kannst du mich hören, Ivy? Wenn ja, dann zwinkere.»

Ivy zwinkert nicht. Gwennan seufzt, keinen ungeduldigen Seufzer, sondern einen schicksalsergebenen. Sie ist auf dem Weg, das Scheitern ihres Kindes als Teil des größeren, naturgesetzlichen Scheiterns hinzunehmen, als das sie das Universum begreift.

«Ich weiß, dass sie mich hören kann», sagt Gwennan. «Als Kind hatte sie denselben kleinen Trick drauf. Ich musste sie kitzeln, um sie zurückzuholen. Nur dass sie nicht mehr kitzlig ist.»

Sie fährt mit der Hand durch Ivys Haar. Ihre selbst gewählte Haltung des Fatalismus und bemühten Galgenhumors schließt Reste mütterlicher Zuneigung nicht völlig aus. Ursula fällt auf, dass Ivys Haar wieder anders aussieht. Seitlich und am Hinterkopf ist es zu abgehackt ausgefransten Zotteln geschnitten worden. Tatsächlich sieht es diesmal gar nicht übel aus.

Gwennan steht abrupt auf und zieht sich die Jacke über.

«Schon einen Job gefunden?», fragt sie Ursula und blinzelt die Feuchtigkeit in den Augen fort.

«Ich arbeite jetzt seit zwei Wochen.»

«Als was?»

«Im Telefonmarketing. Hat Zukunft, sagen sie.»

Ursula hat sich diese Antwort im Voraus zurechtgelegt. Die Gelegenheit, ihre Mutter anlügen zu können, um ihren Job vor Ivy geheim zu halten, bot weiteren Anreiz dazu. Gwennan nickt leidenschaftslos. Offensichtlich hat sie so etwas Kümmerliches erwartet.

«So, so, sagen sie das. Also, mach's gut, Ivy», sagt sie. «Morgen irgendwann komm ich wieder. Tschüs Ursula. Drück mir die Daumen für mein Turnier.»

«Ich drück dir die Daumen, Gwennan.»

«Vielleicht kann ich mal irgendwann vorbeischauen und mir deine Wohnung ansehen?»

Ihre Stimme verliert zum Schluss an Kraft, als bedauere sie die Frage schon, bevor sie ganz ausgesprochen ist.

«Da würdest du dich wahrscheinlich nicht wohl fühlen. Ich habe noch keine Stühle besorgt.»

Gwennan verschanzt sich wieder hinter einem leeren, wissenden Lächeln.

«Noch so eine Künstlermansarde, hm? Hätt ich mir denken können. Denk dran, Ursula, dass Armut nur eine andere Form des Sich-Gehen-Lassens ist, wie jeder gute Künstler weiß.»

Ohne noch einmal den Kopf zu wenden, geht sie hinaus.

Ursula lässt sich in den Stuhl plumpsen.

«Dieses Miststück», murmelt sie und lässt ein dramatisches Stöhnen hören, das Ivy immer zum Lachen bringt, wie sie aus Erfahrung weiß.

Aber Ivy lacht nicht. Drückendes Schweigen breitet sich im Zimmer aus. Ivys Gesicht bleibt eine Maske seiner selbst, eine seltsam dürftige Maske, fadenscheinig, ungenau, mit dem Aussehen von Dutzendware.

Ursula zieht ihren Stuhl näher ans Bett, legt eine Hand auf Ivys Knie und versucht, langsam zu atmen; versucht, vollkommen still zu sitzen, um die Nerven ihrer Schwester nicht zu überreizen. Als sie das erste Mal davon hörte, hielt Ursula Katatonie für eine Art vorübergehenden Hirntod, aber wie ihr durch das seither Gelesene klar wurde, ist das Gegenteil der Fall. Ivys Gehirn ist überlastet, zu viele Sinnesreize rufen zu viele Gedanken hervor, so viele, dass sie nicht mehr an die Oberfläche zurückfindet, keine Neuronen übrig hat für Bewegung, Koordination und Sprache. Sie weiß, dass Ursula da ist, sie kann sie am Rand des Blickfelds sehen, ihr Räuspern hören und das Quietschen des Stuhls, wenn Ursula sich vorbeugt. Doch gleichzeitig hört sie hundert andere Dinge: die gedämpften, verschwörerischen Stimmen der Assistenzärzte, die sich auf der anderen Seite des Flurs unterhalten, den mal prahlerischen, mal nörgelnden Tonfall eines Fernsehspots im Nachbarzimmer, das papierene Skelett eines Popsongs, der in den Ohrhörern eines an der Tür vorbeischlurfenden Patienten schrillt, das durch Mark und Bein dringende Brummen der Klimaanlage, das in den Zähnen prickelnde Summen der Neonröhren, das Quietschen von Turnschuhen, das Gerassel von fahrbaren Wischeimern, das Geräusch ihres eigenen Atmens. All das im selben Augenblick und ohne Unterschied zwischen Hören und Zuhören, da die gewohnten Filter ausgefallen sind und eins so wichtig ist wie das andere. Katatoniker sind gezwungen, allem zu lauschen, als sei alles für sie bedeutsam, mit dem Ergebnis, das alles wirklich für sie bedeutsam wird und sich unmittelbar auf ihr Dasein auswirkt. Ihre einzige Gegenwehr liegt darin, vollkommen bewegungslos zu verharren und so das Ganze ein klein wenig zu verlangsamen, weniger Kräuselungen in der Zeit zu erzeugen, weniger unvorhergesehenen Widerhall, denn schon die geringfügigsten Bewegungen sind Ursachen und rufen Wirkungen hervor, die wiederum zu Ursachen für andere Wirkungen werden, welche dann die Zukunft umso schneller eintreten lassen und mit ihr alle möglichen Formen von Leid und Zwietracht – Monsunwinde vor der Küste von Manila, Taifune über Trinidad und Tobago, Tsunamiwellen über Tokio, Spekulantendruck auf Währungen der Dritten Welt, von Zwangsarbeit genährte Volkswirtschaften, imperialistische Kriege auf dem Mond, bis ans Ende der Zeiten währende Monopole.

«Du kannst dich jetzt entspannen, Ivy», flüstert Ursula. «Sie ist fort.»

Ivy macht, dass ihre Lunge pumpt, ihr Herz schlägt, das All sich ausdehnt.

Hinter Ursula klopft es sachte an der offenen Tür, und da steht die schmächtige Gestalt Dr. Shivamurtis in der weißen Jacke.

«Ich hatte gehofft, sie würde diesmal von selbst wieder zurückfinden», sagt sie, tritt an Ivy heran, fasst das Handgelenk und fühlt ihr den Puls. «Aber ich werde ihr etwas geben, was ihr hilft.»

Sie zieht Ivys Arm gerade und bündelt ihr die Finger zur Faust. Der Arm bleibt fügsam ausgestreckt, während die Ärztin eine subkutane Injektion vorbereitet.

«Was geben Sie ihr?», fragt Ursula.

«Natriumpentathol.»

«Das Wahrheitsserum?»

«Dafür nimmt man es auch. Es wird ihr helfen zu entspannen.»

Die Wirkung ist dramatisch und tritt beinahe umgehend ein. Ivy wirft den Kopf hoch, dann verkrampfen sich die Halsmuskeln erneut. Ihre Augenlider sinken herab und öffnen sich wieder. Dr. Shivamurti steht ihr dabei zur Seite, legt ihr den Arm an den Körper, massiert ihr den Nacken, lässt ihre Schultern kreisen und streckt ihre Beine flach auf dem Bett aus. Die schlichte Liebenswürdigkeit dieses Rituals lässt Ursula das Herz bis zum Hals schlagen.

«Du kannst jetzt sprechen, Ivy», versichert ihr die Ärztin. «Sag deiner Schwester hallo.»

Benommen schaut Ivy zu Ursula hinüber.

«Deiner Schwester hallo», nuschelt sie.

Ursula und die Ärztin lachen.

«Wie fühlst du dich jetzt?», fragt Dr. Shivamurti.

«Kalt.»

Dr. Shivamurti zieht die Decken über Ivy hoch, die sich enger ins Bett kuschelt.

«Sie schläft vielleicht bald ein», meint die Ärztin zu Ursula. «Ich lass Sie jetzt allein mit ihr reden.»

«Danke, Frau Doktor.»

«Lassen Sie mich an der Aufnahme ausrufen, bevor Sie gehen», sagt sie auf dem Weg nach draußen, «und wir können uns ein wenig unterhalten.»

«Werd ich machen. Danke.»

Ursula langt unter die Decke und findet Ivys Hand.

«Dein neuer Haarschnitt gefällt mir, Ivy.»

Ivy nickt und murmelt dann etwas für Ursula Unverständliches.

«Kannst du lauter sprechen, Ivy? Ich kann dich nicht verstehen.»

«Mr. Teeth hat sie mir geschnitten», sagt sie mit kindlicher, heiserer Stimme.

«Mr. Teeth? Wer ist das?»

«Ein Trendscout. Der Erste, der gekommen ist.» Trotz ihrer Benommenheit schafft sie es, ihre Aufregung zu vermitteln, indem sie Ursulas Finger drückt.

«Aber ich dachte, die siehst du ständig», sagt Ursula.

Sie schüttelt den Kopf. «Nicht gesehen. Nur gehört. Kodier-Empfänger.» Sie zieht ihre freie Hand unter dem Kissen hervor und zeigt mit einem schlaffen Finger auf ihre rechte Schläfe.

«Und sein Name war Mr. Teeth?»

Sie lächelt und bekommt heftiges Lidflattern.

«Worüber habt ihr beide euch unterhalten?»

«Sie wollen, dass ich gesund werde.»

Ursula hat Ivy nie davon reden hören, dass sie nicht gesund sei.

«Das ist gut, Ivy.»

«Sie brauchen mich. Sie wollen, dass ich wieder als Model arbeite», sagt sie.

«Wer? Die Trendscouts?»

«Sie haben mir Bilder von mir gezeigt», flüstert sie. «So wie ich war. So wie ich sein werde. *Wunderwunderwunderschön* werde ich sein.»

Ivy streckt die Hand bis zum Nachttisch aus, langt nach einer übergroßen Snoopy-Karte mit aufgedruckten Genesungswünschen, die von ihrer Agentur geschickt wurde, und drückt sie an die Brust. «Ich brauche jetzt meinen Schönheitsschlaf», sagt sie. «Mr. Teeth hat das gesagt. Gibst du mir einen Gutenachtkuss, Ursula?»

Sie schließt die Augen. Ursula beugt sich über sie und küsst sie auf die Wange, und Ivy seufzt. Ihre Züge werden weicher und versinken im Kissen, und Ursula ist wieder allein gelassen. Bange hockt sie auf dem Plastikstuhl, jeder Muskel steif und schmerzend.

«*Ich* brauche dich», flüstert sie.

ABERGLAUBE Die junge Wilde hockt im Schneidersitz, den Rücken an den sonnenerwärmten Marmorsockel des Standbildes gelehnt, und schrubbt sorgfältig einen großen Knochen ab – einen Oberschenkel oder ein Schienbein vielleicht –, reibt ihn mit einem feuchten Tuch glatt. Zu dieser Tageszeit herrscht Friede im Park; die Morgensonne zähmt die wilden Eichhörnchen, versöhnt rivalisierende Banden von Tauben und Spatzen und lässt die aufgesperrten Augen und Nasenlöcher des alten Guy Banister eher komisch erscheinen als Furcht gebietend – was der Absicht des Bildhauers wahrscheinlich näher kommt – sodass man einen Moment lang selbst sein hochmütiges Funkeln mit einem Lächeln verwechseln könnte.

Ursula tunkt ihr Rosinenbrötchen ein und schickt braune Rinnsale über die entblößten Brustkästen der Diskuswerfer, die auf die Außenseite des Pappbechers gedruckt sind. Neben ihr glitscht Javier wie ein Klecks Marmelade die Bank hinunter, bis er den Hinterkopf abstützen kann. Er nestelt in seinem unumgänglichen Trenchcoat herum, fördert eine panoramisch gebogene dunkelorange Sonnenbrille zutage und schiebt sie die lange Nase hoch in Stellung.

«Party gefeiert gestern Nacht?», fragt Ursula.

«Arbeiten gewesen. Arbeit, Arbeit, Arbeit.»

«Und wo?»

«Ein Rave. Von Camel gesponsert. Gratiszigaretten, T-Shirts, Sushi, Sesamnudeln, tragbare Aschenbecher – kleine Samtbeutel, die innen mit Asbest oder so was ausgekleidet waren. Gratiscocktails.»

«Wie haben sie's geschafft, dass nicht gleich die halbe Stadt aufgekreuzt ist?»

«Genau wie bei den markenfreien Raves. Du musst eingeklinkt sein, Bescheid wissen, weißt du.»

«Wie hat sich denn Camel eingeklinkt?»

«Indem sie Leute wie uns beschäftigen. Sind sie durch uns erst mal drin, haben sie erstklassige Gelegenheit zur Marktforschung. Am Eingang fotokopieren sie die Führerscheine, und den Laden stopfen sie mit Spechten voll.»

«Ich geh davon aus, dass keine Piepmätze gemeint sind.»

«Getarnte Agenten. Eine hat eine Unterhaltung mit mir angeleiert. Sie war gut. Wir brauchten eine Weile, bis wir merkten, dass wir beide infohungrige Marktforscher waren, die sich gegenseitig anzapften.»

«Wow», sagt Ursula.

«Wie wow? Wow wie?»

«Das klingt echt, echt gruselig.»

«Gruselig? Warum gruselig? Gruselig wie?»

«*Gruselig wie?* Diese Gören unter einem Vorwand da reinzulocken, *so gruselig!* Es ist teuflisch.»

«Teuflisch?»

«Wenn Oberflächen alles sind, was die Leute haben, wie Chas sagt, ist das dann *kein* wenig teuflisch? Ihnen die armen zerbrochenen Seelen zu rauben? Ich meine, stört dich das nicht manchmal?»

Javier setzt sich auf. Er denkt kurz nach. Ihr wäre es lieber, wenn er keine Sonnenbrille trüge. Das hier ist ihre Gelegenheit, ihn auszuloten und festzustellen, was er wirklich denkt. Unter seinem übermenschlichen Optimismus verbirgt sich eine Verletzlichkeit, eine heimliche Trauer, und Ursula verspürt das Bedürfnis – sie weiß nicht recht, ob aus Bitterkeit oder aus Zärtlichkeit –, diese Trauer ans Licht zu holen.

«Ihnen die Seelen zu rauben», sagt er. «Das ist eine hässliche Art, darüber zu denken.»

Das Adjektiv trifft sie wie ein Fausthieb unter die Gürtellinie. Ihr Verstand weiß, dass er nicht sie persönlich hässlich findet. Doch im Herzen schmerzt sie das Wort trotzdem.

«Mitunter ist die Wahrheit unschön», sagt sie.

Er fährt sich mit der Hand durch das hoffnungslos zerstrubbelte Haar. «Manchmal ist die Hässlichkeit vollkommen unnötig, manchmal ist sie bloß eine einzige Selbstgeißlung.»

«Das steckt dahinter, meinst du, wenn man ein Gewissen hat? Selbstgeißlung?»

«Bekomm ich einen Schluck von deinem Kaffee?»

«Vorsicht, er ist heiß», sagt sie, aber zu spät. Er jault und packt sich an die Kehle.

«Hör mal», krächzt er. «Was Chas da so von sich gibt, musst du mit Vorbehalt genießen.»

«Na, ich hab wenigstens nicht geweint, als Chas mir sagte, Oberflächen seien alles, was die Leute hätten.»

Javier errötet, fasst sich an die Stirn, lächelt matt.

«Chas' Wortwahl fällt manchmal düster aus», sagt er. «Aber wenn du drüber nachdenkst, sagt er doch eigentlich nicht mehr, als dass Produkte etwas ... etwas *Zauberhaftes* in unser Leben tragen, oder? Diese Welt zwingt uns, die ganze Zeit so verdammt logisch zu sein, zwingt uns, wie Roboter zu denken. Aber wenn es um Produkte geht, können wir ein klein wenig locker lassen. Wir können ein Auto kaufen, in dem wir uns gleichzeitig unternehmungslustig und sicher vorkommen. Wir können in den Vergnügungspark gehen, und uns gleichzeitig Angst einjagen und wohlig beruhigen lassen. Produkte ...» Er überlegt und lächelt, als er das Bild findet, nach dem er gesucht hat. «Produkte sind die Früchte menschlicher Vorstellungskraft! Die zuckersüßen, verzauberten

Früchte! Und wir brauchen diesen Zauber. Meinst du nicht, Ursula? Brauchst du nicht ein bisschen Zauber ab und an?»

Er lächelt sie an. In den Gläsern seiner Sonnenbrille sieht sie nur ihr eigenes Spiegelbild.

«Brauchst du nicht ein kleines bisschen Zauber ab und an», wiederholt sie. «Welchem Schlager hast du nun dieses reizende pop-philosophische Kleinod entlehnt?»

Javier wendet sich ab, und Ursula fragt sich zum tausendsten Mal, warum sie immer so negativ sein muss.

«Tut mir Leid, dass ich nicht genug Tiefe für dich habe», sagt Javier und verschränkt die Arme.

«*Mir* tut es Leid, Javier. Du hast Tiefe. Ich bin die Seichte von uns beiden. Ich seh die Welt immer nur in Oberflächen.»

Javier scheint darüber nachzudenken, borgt sich dann wieder ihren Kaffee aus und schlürft diesmal vorsichtig vom Rand.

«Wir sind fast fertig mit dem diesjährigen Trendbuch», sagt er. «Sobald du's gelesen hast, wirst du alles verstehen.»

«Wir? Du meinst dich und Chas?»

«Ich meine uns alle. Mich und Chas und dich und James T. Couch. Wir steuern mit unseren Berichten alle etwas bei. Aber das Meiste läuft dann wohl doch auf mich und Chas raus, schätze ich», gesteht er mit einem Anflug von Stolz. «Das diesjährige Buch wird ziemlich sicher was ganz Besonderes. Ehrgeiziger als alles, was wir bisher versucht haben.»

«Wow. Und wie teilt ihr euch das Schreiben ein?»

«Wir reden, und dann schreibt Chas es auf.»

Ihr ist klar, dass sie es lassen sollte, aber sie kann nicht anders. «Wenn du ‹wir› sagst, meinst du also eigentlich Chas.»

Er räuspert sich, setzt ein gezwungenes Lächeln auf. «Na ja, ich bin kein Schreiber. Aber die wichtigsten Einfälle sind diesmal wirklich alle von mir.»

«Die Lichten Zeiten», sagt sie. «Postironie.»

Sein Lächeln verliert die Unsicherheit, und er blickt sie über den Rand seiner Sonnenbrille hinweg scharf an. «Völlige Vorstellungsfreiheit», sagt er. «Totale Treue der äußerlichen Mode zum inneren Selbst.»

Als sie in seine haselnussbraunen Augen blickt, verschwimmt das Blattwerk hinter ihm zu einem Wald, einem Fluss, der Urgemeinschaft aus ihren inzwischen allzu regelmäßigen Tagträumen. Sie schaut weg und schüttelt den Kopf, um sich von diesen Torheiten loszueisen. Drüben beim Standbild arbeitet die junge Wilde seelenruhig an ihrem Knochen.

«Was glaubst du, wo sie den her hat?», fragt sie. «Kriegt man im Heimtierhandel so große Knochen?»

«Wieso? Denkst du, die Leute könnten drauf abfahren?»

«Ich weiß nicht. Vielleicht. *Sie* scheint ja glücklich damit zu sein.»

Sie sehen ihr zu, wie sie, das eine Ende des Knochens dicht vor Augen, den eingekerbten Knubbel mit dem Tuch abreibt.

«Javier», setzt sie zaghaft an. «Vor ein paar Wochen meintest du zu mir, die Leute würden abergläubischer.»

«Klar. Findet sich überall. Siehst du's nicht?»

«Woran denn?»

«An allem. Daran, wie der Filialleiter meiner Bank aus dem Fenster in den Himmel starrte, als er über Deregulierung von Kapitalflüssen redete. Daran, wie eine Frau auf Ed Cabajs Party um den Zeigefinger ihres Freundes, der in der Küche einen Unfall mit dem Korkenzieher hatte, ein Pflaster wickelte und dann küsste …»

«Bist du abergläubisch, Javier?», fragt sie.

«Völlig. Du?»

«Nein. Ich wollte, es wäre anders, glaube ich», sagt sie sanft. «Ich glaube, ich brauche ein bisschen Zauber in meinem Leben.»

Er mustert sie einen Augenblick lang. «Dann werd ich dir zeigen, wie.»

«Wie man abergläubisch wird?»

«Richtig.»

Sie lacht. «Das kannst du einem nicht einfach zeigen, Javier. Es ist nicht das Gleiche wie Rollerblade laufen.»

«Klar ist es das.»

Ohne Vorwarnung greift er ihre Hand. Sie hat kaum noch Zeit, ihre Handtasche zu schnappen, da zieht er sie schon quer durch den Park. Als er den Gehsteig erreicht, bleibt er schlagartig stehen, und sie schwanken auf der Stelle, als hätten sie einen Abgrund vor sich.

«Warte. Gib Acht. Nicht auf die Fugen treten.»

«Wieso nicht?»

«Herrje, weißt du denn gar nichts? Sonst bricht sich deine Mutter das Rückgrat.»

Sie lässt es sich durch den Kopf gehen. «Verführerisch», beschließt sie.

Eine Weile bewegen sie sich voran wie beim Extrempicknick im Minengürtel, die Augen fest auf die Schrecken zu ihren Füßen geheftet. Dann erklärt er beide für außer Gefahr, und sie stellen sich weiteren Herausforderungen. Beim Halt in einem Drugstore kaufen sie ein halbes Dutzend Taschenspiegel, die man nicht fallen lassen, und einen Regenschirm, den man nur draußen aufspannen darf, und prompt fängt es in dem Moment zu regnen an, als sie wieder auf die Straße treten. Die Roselli Street hoch geht es ins Hotelviertel auf der Suche nach Leitern, um nicht unter ihnen durchzugehen, Verschnupften, um ihnen Gesundheit zu wünschen, bösen Blicken, um ihnen auszuweichen, Pennys im Rinnstein mit der Kopfseite nach oben.

Bei Einbruch der Dämmerung verschlägt es sie in das Sprechzimmer einer Wahrsagerin, der sie die Handflächen darbieten, nachdem die alte Frau ein paar Scheine in die ihre gedrückt bekommen hat. Ihr eines Auge ist getrübt, sie trägt rissigen pflaumenfarbenen Lippenstift und behauptet, Zigeunerin zu sein, sieht aber mehr nach einer Slawin aus. Ursula sagt sie, dass es in ihrem Leben einen guten Mann und eine böse Frau gebe. Sie fragt sie, ob das stimme, und Ursula nickt unsicher. Darauf erklärt sie Javier, es gebe in seinem Leben eine gute Frau und einen bösen Mann. Sie fragt ihn, ob das stimme, und er widerspricht ihr nicht. Sie eilen aus dem Sprechzimmer und laufen los. Als sie genügend Abstand zwischen sich und die alte Slawin gebracht haben, tauchen sie in einem türkischen Imbiss ab, der bei den Taxifahrern beliebt ist, wo sie Kebab essen und sich gegenseitig im sirupartigen Satz ihrer türkischen Kaffees die Zukunft lesen: Ursula sieht bei Javier eine Villa auf Mallorca voraus, darin eine mollige Frau und sieben Söhne, und er weissagt ihr eine Rückkehr zur Malerei und eine kleine Farm mit sieben orangefarbenen Tigerkatzen, vertreten durch sieben orangefarbene Krümel von dem klebrigen Pandschab-Kuchen, den sie sich nebenan gekauft haben, um etwas zum Stippen zu haben.

Sie gehen zum Kreisverkehr rund um das riesige Standbild von Manuel Noriega. Sein breites pockennarbiges Gesicht, das auf die Taxis in der Umlaufbahn herabblickt, bewahrt einen Ausdruck steinerner Unergründlichkeit, doch aus dem einen Augenwinkel hat der Bildhauer eine große und vollkommen unpassende silberne Träne treten lassen, die sich im Licht der Straßenlaternen schimmernd von der Bronze abhebt. Auf den grau gepflasterten Platz rings um die Gedenktafel haben weitere begeisterte Freunde der kommunal geförderten Ironie passende Parolen gesprüht:

FREIHEIT FÜR NORIEGA!

MANUEL IST UNSER MANN!

NORIEGA ALS LANDESRECHNUNGSPRÜFER!

Glücklich und erschöpft lässt sie sich auf dem Pflaster nieder und lehnt sich an den Sockel des Standbildes. Javier setzt sich neben sie, und schweigend schauen sie den vorbeikurvenden Taxis zu. Deren beleuchtete Dachreiter sind kostbar geschmückt mit Zigarettenreklame, die Fahrer und ihre Fahrgäste darunter bleiben bloße Schatten. Von Süden kommt kräftiger Wind auf. Ursula dreht sich, damit der Luftzug ihr Gesicht kühlt. Weiter unten am Berghang lugt zwischen den verunglückten wulstigen Narrenkappen der Mietshäuser von Volcanoville die bläulich glühende Marienstatue auf dem Dach des Krankenhauses hervor, das Gesicht ein leerer Kreis, die Arme mit den wallenden Ärmeln und nach oben gekehrten Handflächen ein wenig angehoben, eine Willkommensgeste, die sich nach länger anhaltender Betrachtung in eine Art bedauerndes Achselzucken zu verwandeln scheint:

Sorry, scheint sie zu sagen. *Ohne Krankenversicherung keine Behandlung.*

Da können wir leider nichts machen.

Uns sind die Hände gebunden.

Wenden Sie sich an Ihren Kongressabgeordneten.

Ursula lacht leise vor sich hin und spürt im beißenden Wind etwas Feuchtes auf der Wange. Ihre Hand ertastet ein paar verwehte Tränen. Sie fährt mit dem Finger unterm Auge entlang und fühlt noch mehr Feuchtigkeit hervorquellen. Sie blinzelt einige Male. Die verwehten Tränen lassen das Gesehene ein wenig verschwimmen, verteilen die gelbe Leuchtreklame eines nahe gelegenen Schnapsladens über den Himmel, die grünen und roten Verkehrsampeln über den Asphalt, spannen den Wind für Zauberkunststücke ein, machen aus ihm Konfetti, wirbelnde Asche, einen Sternengarten, ein Wasserballett. Und dann sieht sie einen makellosen Augenblick lang die Stadt so, wie Ivy sie sehen muss, wie die junge Wilde sie sehen muss, wie Javier sie sehen muss – jeder Klumpen Mauerwerk, jeder dräuende Schatten und vom Dopplereffekt verzerrte Rhythmus bereit, mit irgendeiner neuen Botschaft herauszuplatzen, jede Gasse, jeder Parkplatz und jedes Gebäude bereit, als mystisches Versuchsgelände für den menschlichen Geist zu dienen, jeder Quadratzentimeter Beton und Teer endlich doch von einem Sinn erfüllt, und es ist hier nicht mehr hässlich, nein, eigentlich nicht, er ist vielmehr ziemlich hübsch, dieser hässliche, hässliche Ort, und dann schnürt sich ihr die Kehle zu, und sie fängt an zu schluchzen.

Javier sieht sie fragend an.

«Tut mir Leid», sagt sie mit schmerzerstickter Stimme.

Javier sagt nichts, während sie um Fassung ringt, nur seine Augen leuchten mitfühlend.

Sie holt ein paar Mal Atem und wischt sich mit dem Ärmel das Gesicht.

«Immer schon wollte ich ...», setzt sie an, «... ich hab mich immer danach gesehnt, die Welt so ähnlich wie du zu sehen, Javier. Als wäre sie mehr, als sie ist. Aber ich kann einfach nicht. Ich schaff es nicht. Immer nur einen Moment lang. Dann ist es wieder weg.»

Er nickt. «Ich weiß, wie sich das anfühlt.»

Sie lächelt unglücklich. «Chas sagt, du hättest eine Art depressive Verstimmung, aber soweit ich das beurteilen kann, bin ich diejenige mit so einer Verstimmung.»

Ihre Worte scheinen ihn durcheinander zu bringen. Einen Augenblick später will er offenbar etwas erwidern, aber sie kommt ihm zuvor.

«Was ich sagen will ist nur, dass ich dich nicht runterziehen möchte. Es ist nett von dir, so nett zu mir zu sein, aber ich werde dich doch bloß runterziehen. Ich zieh sie alle runter. Also im Ernst, danke für alles, was du getan hast, aber –»

Er streckt die Hand aus, nimmt ihre Hand sanft in die seine, und ihre Gedanken zerstreuen sich. Dann strömt die Wärme seiner Hand in ihre, und sie beobachtet gebannt, wie die beiden Hände zur ganzen Welt werden. Seine schlanken Finger gleiten über ihre, hüllen sie langsam, vorsichtig in einen unsichtbaren Kokon, der ihre Hand in zarter Schwebe hält. Darauf erforscht er mit den Spitzen von Daumen und Zeigefinger jeden einzelnen ihrer Finger, beginnt an ihren dünnen, spitzen Knöcheln und folgt der Spur den Rücken hinauf und die Handfläche hinunter. Er hält seine Hand auf, damit ihre sie im Gegenzug erforschen kann, und sie zeichnet seine Handlinien nach wie zuvor die Wahrsagerin, gleitet dann auf seinen Handrücken und tastet sich die kräftigen Venen entlang.

Ihre Hände sind die Welt.

Der Wind ist Chaos.

Die Taxis sind Ordnung, sind Monde auf ihren Kreisbahnen.

Er drückt seine Handfläche in ihre, und sie erwidert den Druck. Sie spreizt die Finger und erlaubt den seinen Zugang zu den intimeren Bereichen dazwischen. Ein warmer Schauder schießt von ihren geöffneten Fingern den Arm hinauf und die Beine hinunter. Beider Finger schlüpfen ineinander, umschließen sich, verklammern sich, ziehen sich zurück, berühren sich an den Spitzen. Und dann wandert seine Hand hinter ihre und umfängt sie weich; und sie kann sich nicht erinnern, von einem Mann jemals so getröstet worden zu sein, sich so sicher, so umsorgt gefühlt zu haben; und sie verspürt in dieser kleinen Geste so viel Bedeutung, dass ihr angst wird, sie muss die Hand wegziehen, wenn auch im selben Augenblick ihr ganzer Körper in seine Arme gleitet.

DER ANZUG

U ist die Achse der Frau auf dem Lager des Mannes, das nicht mehr ist als ein Bett.

i ist die Achse der Frau im Krankenhausbett, das zugleich eine Lage Sand ist und eine Wetterlage und Lagerstatt einer Karawane, die sich in fährtenloser Wüste ihren Weg durch einen Sandsturm bahnt.

Zeichne einen Vektor in die U-Achse ein und knüpfe das Gitternetz fein genug für eine Stadt, ein Viertel, ein Haus, ein Zimmer, eine Betthälfte, die Arme eines Mannes. Gleite hinüber zur *i*-Achse und entgleite dem Raster. Die Armlehnen des Krankenhausstuhls sind zugleich Waffen einer Karnevalsarmee, sind zugleich Zeiger auf einer Armaturentafel, die deine Nähe zur Wahrheit messen, sind zugleich die Arme eines feisten Dschinn, der vor verdunkeltem Horizont im Sandsturm kreiselt.

Ursula schlägt die Augen auf.

Ein neuer Tag, eine andere Sonne, die zur Oberkante eines hohen und schmalen Fensters aufsteigt, hoch droben aufgehängte, von einer Brise gebauschte große Vorhänge.

So groß ist auch das Leben und so dünn, länger als breit.

Vielleicht.

Nein, das ergibt keinen Sinn.

Jedenfalls nicht genug Sinn.

Ein hohes Fenster gehört einem hoch gewachsenen Mann.

Das stimmt so weit, hat aber eigentlich gar nichts zu bedeuten, ist reiner Zufall.

Ein hoch gewachsener Mann.

Ihre Träumereien werfen sich zu einer Flutwelle aus Furcht auf.

Ein hoch gewachsener, wirbelnder, skatender, gestikulierender Mann ...

Sie schließt die Augen wieder, wagt nicht hinzuschauen. Über Nacht haben sie eine Liebschaft zurechtgezimmert, als wäre es die Kulisse für einen Hollywood-Western. Jetzt, im unbestechlichen Tageslicht wird sie alle Warnsignale des Unechten finden, das weiß sie. Schludrig geschminktes Gutenmorgenlächeln. Mit Klebestreifen markierte Stellen für die steife Umarmung zum Abschied. So blöde, blöde, blöde –

«Du hast geträumt», sagt er. «Wovon?»

Sie dreht sich um.

Er liegt auf seiner Seite und betrachtet sie, einen Arm unter sein Kissen gewinkelt.

Und sie kennt jetzt den Geschmack seiner Haut. Den Geruch seines Nackens. Das Gefühl, wenn sich seine Brust an ihre drückt. Und die Sachen, die er über sie weiß ... Aber seine Augen sind schläfrig und ruhig, und seine Stimme klingt auf unaufgeregte Weise mitfühlend. Als sei nichts allzu Katastrophales vorgefallen.

Sie lässt sich ins Bett sinken, das tatsächlich weicher ist als alles, worauf sie in den letzten Jahren geschlafen hat.

Sie kann noch immer nicht recht zu ihm hinsehen.

«Es ist schwer zu erklären», antwortet sie. «Ivy hat mir so einiges erzählt.»

Er wartet darauf, dass sie fortfährt. Er liegt still. Das Zimmer schweigt.

«Eigentlich hat sie nicht geredet. Sie dachte für mich. Sie lieh mir ihre Denkmuster aus.»

«Wie war das?»

«Es war anders. Es gab da ein paar Begriffe aus der Mathematik.»

«Sie denkt mathematisch?»

«Ich weiß nicht. Früher haben wir auf die Art gedacht. Auf der High School hatte sie eine Zeit lang all diese Mathehefte, die sie dann aufbewahrte. Doch als die Ärztin darum bat, sie sehen zu dürfen, stellten wir fest, dass sie bloß seitenweise wirre Symbole und Gleichungen enthielten, die keinen Sinn ergaben. Für niemanden außer für sie, schätze ich.»

Das Schweigen sickert zurück ins Zimmer.

«Was hat sie dir im Traum erzählt?»

Es ist eine Art Antiquität, das Bett, Pfosten aus geschnitztem fleckigem Holz. Ein Sternennebel feiner Staubteilchen schwebt in einem klar abgegrenzten Streifen Sonnenlicht. Die ganze bourgeoise Anständigkeit des Zimmers lässt die Nacht umso unwirklicher erscheinen.

«Dass es ein großer Fehler gewesen sein könnte, was wir getan haben», gibt sie zu.

«Ich hab irgendwie dasselbe geträumt.»

«Hast du?»

Er dreht sich auf den Rücken und zieht sich das Kissen über die Augen. «Es ist ein bisschen albern.»

«Erzähl's mir.»

«Ich habe geträumt, wir hätten uns gar nicht geliebt, sondern uns bloß ein bisschen geküsst und uns dann Sachen erzählt, bis die Sonne aufging.»

«Was haben wir uns denn erzählt?»

«Na ja, du hast mir von deiner Kindheit erzählt.»

«Hab ich? Was hab ich gesagt?»

«Dass dein Sportlehrer immer wie ein Anwalt angezogen war. Graue Anzüge und Slipper mit Quaste. Und dass er nie gelaufen ist, nie einen Ball angefasst hat, und du den Grund dafür nie verstanden hast. Was noch, mal sehen … Du hast gesagt, für dich sei Edwards Nase das Liebste auf Erden.»

«Wer war Edward?»

«Dein kleiner Hund. Ihre Oberfläche gefiel dir. Fühlte sich wie eine Zunge an, nur kälter.»

«Wir hatten nie Haustiere. Unsere Mom war ein gnadenloser Putzdrachen.»

«Nicht mal eine kleine Ameisenkultur?»

Sie lacht. «Du hast geträumt, ich hätte eine Ameisenkultur?»

«Also nicht?»

«Bei uns zu Hause? Keine Chance.»

«Wie schade», sagt er. «Ich wette, du warst eins von den Kindern, die gern eine Ameisenkultur gehabt hätten.»

«Was sollte das für ein Kind sein?»

Javier schweigt einen Augenblick lang. «Ein stilles, ernsthaftes Kind», sagt er schließlich. «Eins von denen, die in die Farben von Seifenblasen starren, bis sie glasige Augen bekommen.»

Er lugt unter dem Kissen hervor, und sie sieht ihn an, für den Moment sprachlos, denn das zumindest stimmt. Es war nicht bloß Ivy; sie selbst war einmal so, und das hatte ihre eigene Mutter nie auch nur erkannt. Auf einmal fehlt es ihr auch, nie einen Hund namens Edward gehabt zu haben. Und vielleicht begreift er etwas an ihr, vielleicht ist das hier mehr als der reine Fake.

«Und was hast du mir erzählt?»

Er lächelt vor Verlegenheit. «Kann mich nicht erinnern.»

«Komm schon», lacht sie. «Ich hab dir den ganzen Kram über meine Kindheit erzählt, und jetzt willst du mir was vorenthalten?»

Er holt Luft. «Okay. Ich hab dir gesagt, dass ich … dich gleich von der ersten Minute an mochte.»

«Hast du?»

«Ich hab dir gesagt, dass du mich nicht wahrnahmst, aber ich sah dich am Tag deines Vorstellungsgesprächs aus Chas' Büro kommen. Du kamst da so stolz heraus, so selbstsicher, so rundum gefasst.»

«Tat ich das?»

«Und ich war so glücklich, dir einfach nur zuzusehen, aber mir war auch elend zumute, denn ich war mir sicher, mit einem Trottel wie mir würdest du nie irgendwas zu tun haben wollen.»

Sie lacht. «Nein, ganz gewiss nicht.»

«Aber dann erfuhr ich, dass du in die Stadt gekommen warst, um dich um deine Schwester zu kümmern. Und am Wochenende, bevor du den Job antratst – bevor wir uns überhaupt begegneten –, bin ich zweimal zum Marienhospital geskatet, nur um dich abends herauskommen zu sehen. Und ich sah, wie verletzt und traurig du dreinschautest. Und da begriff ich, dass du nicht nur stark und kaltblütig warst, sondern auch mitfühlend und gut. Und dass du deine Schwester nie im Stich lassen würdest oder wen du sonst noch liebst. Und da sagte ich mir, sollte ich jemals dein Freund sein dürfen, würde ich dich auch nie im Stich lassen.»

Javier lächelt noch immer. Er hat das alles sehr ruhig gesagt und ihrem Blick standgehalten. Sie ist ihrerseits zu fassungslos, um etwas zu sagen, zu fassungslos, um sich zu bewegen, und kann nicht mehr tun, als in seine Augen zu schauen und sich darüber zu wundern, dass es ihn wirklich gibt.

«Frühstück», verkündet er. Eine Sekunde später ist er auf den Beinen, kurz werden gebräunte Hinterbacken, ein halb erigierter Penis und muskulöse Glieder sichtbar, als er einen Bademantel überstreift.

Sie erkundet die Wohnung, während er das Frühstück bereitet. Das Wohnzimmer ist groß, hat eine hohe Decke und dieselben hohen Fenster und verschnörkelten Friese wie das Schlafzimmer. Es ist ein Zimmer, das kaum anders als geschmackvoll eingerichtet wirken kann, aber Javier hat sich der Herausforderung gestellt und nutzt es als eine Art Rummelplatz für veraltete Möbelkonzepte: Ein Diwan und ein Empiresofa wetteifern mit einem Pfauenthron aus Korbgeflecht um Stellfläche. Ein der menschlichen Hand nachgeformter Ledersessel und ein Paar bonbonfarbene Sitzsäcke versammeln sich wie eine Wolfsmutter mit ihren Jungen um den Kamin. Um die Zeitmessung streiten sich eine Großvateruhr, eine Kuckucksuhr und eine Katzenuhr mit Augenpaar und Schwanz, die in entgegengesetzte Richtungen pendeln. Regale, Kommoden und Beistelltische besetzen die ganze Skala von Neo-ägyptisch bis zu futuristischem Fifties-Design. Sie sind überfüllt mit einer byzantinischen Ansammlung von Nippes, den Ursula nicht einmal ansatzweise einzuordnen vermag. Das Zimmer sieht alles andere als schick aus, aber auch nicht wirklich schauderhaft. Im Ganzen wirkt es schlicht wunderlich, naiv, wie eine Kreuzung aus Museum und Spielplatz.

Sie stöbert rasch durch seine Plattensammlung, zwei lange Regale verstaubter Alben und mehrere weitere mit CDs, und findet alles von brasilianischem Jazz über ugandische Hofmusik bis hin zu mexikanischem Reggae. Nicht wenige unter den Hunderten CDs sind noch eingeschweißt. Willkürlich greift sie eine heraus. Auf der Hülle grinst ihr ein Mönch, angetan mit Soutane und voluminösen Kopfhörern, hinter einem Mischpult entgegen. Mit einem schartigen Fingernagel reißt sie die Folie auf und schiebt die CD ins Gerät, womit sie ungewollt eine postmoderne Inquisition entfesselt, mönchischen Chorgesang, der auf Plattentellern gescratcht, vom Synthie-Schlagzeug zerschmettert und zwischen den Lautsprechern hin- und hergeschleudert wird.

Die Bassline peinigt ihre Eingeweide. Sie findet ihre Handtasche und zieht sich ins Badezimmer zurück. Nachdem sie geschissen, sich gewaschen und halbwegs vorzeigbar zurechtgemacht hat, öffnet sie sein Medizinschränkchen und überprüft die rezeptpflichtigen Arzneien: eine Flasche Hismanal; ein Röhrchen mit etwas, das Nizoral heißt; ein Fläschchen Tabletten namens Augmentin, aber mit abgelaufenem Verfallsdatum; eine Flasche, dessen Inhalt sich Eskalith nennt; es muss täglich eingenommen werden. In erster Linie will sie etwas über seine angebliche depressive Verstimmung herausbekommen; in zweiter Linie und wie immer bei Männern, mit denen sie geschlafen hat, wenn auch einigermaßen nutzlos nach vollendeter Tatsache, sucht sie Anzeichen für Geschlechtskrankheiten. Sie prägt sich die Namen ein.

Auf dem Weg in die Küche bleibt sie an der Tür zu einem großen Zimmer stehen, in dessen Mitte ein mit Papierschnipseln und Künstlermaterialien übersäter Arbeitstisch steht. Vom Tisch abgesehen enthält das Zimmer kein Mobiliar, doch die Wände selbst sind bedeckt mit einer atemberaubend verschachtelten Collage aus gekritzelten Notizen, Stoffmustern, Zeitschriftenausrissen, Skizzen von Leuten, Gebäuden, Kleidungsstücken und langen gekrümmten Pfeilen, die einzelne Bereiche miteinander verbinden. Als sie das Zimmer betritt und sich die Sache genauer anschaut, stellt sie mit wachsender Verblüffung fest, wie peinlich genau alles geordnet ist. Es scheint eine Art von Zeitachse der Trends zu sein, die über alle vier Wände verläuft. Sie beginnt an verschiedenen Stellen in griechischen, ägyptischen, chinesischen und Altertümern solcher Kulturen, die sie nicht auf Anhieb erkennt, und schreitet dann über die Jahrtausende, Jahrhunderte fort, verlangsamt sich zu Jahrzehnten, zu Jahren, zur Gegenwart und stößt auch in die Zukunft vor. Das Schaubild kartographiert das Auftauchen von Moden, Sitten, wissenschaftlichen und philosophischen Ideen in einer Reihe zusehends sich verästelnder und immer wieder umgruppierter farbiger Linien und Kästchen, die durch bunte Klebepunkte und hastig bekritzeltes feines Schreibpapier markiert sind. Die Worte *Tribalismus, Virtualismus, Wahlverwandtschaften, Mystizismus, Spiritismus, Selbsterschaffung* und *Erfundene Anfänge* finden sich in farblich kodierten Kästchen gleich unter der Decke. Ganz oben am Ende der vierten Wand – über dem Bereich, wo die kleinen Farbmuster, Filmfotos, Beispiele für Drucktypen, Werbeanzeigen und Modeillustrationen sich verlaufen und die haarfeinen farbigen Linien in Kästchen enden, die zumeist leer geblieben sind – schweben die Worte *Die Lichten Zeiten* als goldfarbener kursiver Schriftzug unter der prächtigen Stuckdecke.

Bevor sie Gelegenheit bekommt, die Wände eingehender zu begutachten, ruft Javier nach ihr. Sie folgt dem Duft von Kaffee und frischen Pfannkuchen ins Esszimmer, wo er, in himmelblauer Schürze über seinem Bademantel, einen langen Tisch deckt, der von einer Garnitur zusammengewürfelter vergoldeter Stühle mit hohen Lehnen umstellt ist.

«Dieser Ort ist einfach zu heftig», ist alles, was sie anfangs sagen kann.

Er füllt die Kaffeetassen zu Ende und schaut dann auf. «Nicht das, was du erwartet hast?»

«Mehr oder weniger. Tatsächlich hatte ich irgendwo ein Astrolabium vermutet. Und einen großen sepiafarbenen Globus. Die nautische Themenkiste hast du ja komplett verschusselt.»

Javier nickt nachdenklich. Er verschwindet in die Küche, kehrt mit einer Schüssel Blaubeeren und Erdbeerhälften zurück und stellt sie auf den Tisch.

«Und ich hab einen schnöseligen Diener in weißer Jacke und rotem Astrachan erwartet», fährt sie fort. «Und einen Papagei.»

«Einen Papagei?»

«Ich dachte, du hättest einen Papagei in einem großen goldenen Käfig, der mir in fünf verschiedenen Sprachen guten Morgen wünscht.»

«Du nimmst mich auf den Arm», entscheidet er schließlich.

Das sagt er so ernsthaft, dass sie auflacht. Er geht wieder hinaus in die Küche und kehrt mit einem Teller Pfannkuchen und einer Schüssel Schlagsahne zurück.

«Mein Gott!», ruft sie aus. «Kochen kannst du auch noch?»

«Auch?», fragt er und zieht einen Stuhl hervor. «Was kann ich sonst noch?»

Sie lächelt und schweigt über seine andere Kunst. Stattdessen setzt sie sich hin und fragt: «Also, was haben dir die Zigeuner noch alles beigebracht? Kannst du Bären hypnotisieren? Dich aus verschlossenen Kisten befreien?»

«Die Zigeuner?»

«Wo kommst du denn eigentlich wirklich her? Erzähl mir von deiner Kindheit, Javier.»

Er lässt sich nieder und bedient sich bei den Pfannkuchen. «So interessant war's nun auch nicht. Wahrscheinlich kaum anders als bei den anderen.» Er stockt, seine Augen verlieren ihren Glanz, seine Miene wird ausdruckslos. Und auf der Stelle hellt sie sich wieder auf, er langt nach den Beeren und dem Puderzucker und sprenkelt beides über seinen Pfannkuchen. «Bis auf die Voliere vielleicht.»

«Die Voliere?»

Er nickt. «Die Voliere im Westflügel des Schlosses. Meine Mutter, die Großerzherzogin der Borogrowina, war ganz verrückt nach Vögeln. Sie war nach einer ganzen Reihe von Sachen verrückt. Eigentlich war sie überhaupt ziemlich verrückt.»

«Schon gut. Ich geb mich geschlagen», sagt sie. «Offensichtlich hattest du irgendeine grauenvolle traumatische Kindheit, an die du nicht denken willst.»

Er schaut ein wenig erschrocken auf.

«Einen Babysitter, der dich misshandelt hat, wette ich», fährt sie fort. «Oder vielleicht hat eine Ratte deinen Bruder als Baby gefressen.»

Er lächelt. «Beides. Du hast mich durchschaut.»

«Jetzt halt den Mund und iss.»

Eine Minute lang schlingen sie Pfannkuchen und Beeren und Schlagsahne und Kaffee hinunter, dann nehmen sie die Unterhaltung wieder auf. Sie spricht ihn auf die Einrichtung an, und er erläutert ein wenig entschuldigend, dass er seine Wohnung über die letzten paar Jahre in eine Art ständige Ausstellung von Trends, lebendigen und ausgestorbenen, verwandelt hat. Er weist auf die rot und golden schimmernden Vorhänge zu beiden Seiten der Küchentür; sie sind ein Ausdruck des Serail-Themas, das gegenwärtig in Mode ist. Diesen Trend hat er vorhergesagt, erzählt er ihr, aufgrund der wachsenden Beliebtheit arabischer Musik und Kochkunst. Er zeigt auf einen arabischen Kopfschmuck in der Vitrine, der um den gewundenen Hals einer Schnapsflasche drapiert ist.

«Ein Kaffiyeh», sagt er. «In zwei Jahren wird man sie in der Innenstadt tragen. Noch ein Jahr später, und jüdische Kids aus der Mittelklasse tragen sie bei Raves, um ihre Eltern zu schocken. Du wirst es sehen. Das Drama dieser wallenden Kopfbedeckung wird die antiarabische Stimmung auf ein Jahrtausendtief drücken.»

«Du glaubst im Ernst, dass Mode Dinge ändern kann, die wirklich etwas bedeuten?», fragt sie.

«Kann sie und tut sie. Ständig. Siehst du diese Moonboots?»

Er deutet auf das Paar große bauchige silberne Stiefel, die einen silbernen Kuchenständer auf dem Serviertischchen in der Ecke besetzt halten.

«Wie könnte ich sie übersehen?»

«Vor vier Jahren fingen die Kids an, diese Dinger in der Schule zu tragen. Chas entdeckte sie und beriet unsere Kunden entsprechend. In der folgenden Saison tauchten in den Nachtklubs silberne Jacken auf. Im selben Jahr ging es mit Science-Fiction-Filmen steil nach oben. Vergangenes Jahr billigte der Kongress eine Aufstockung des NASA-Etats für die Weltraumforschung. Und dies Jahr sind in den Nachtklubs funkelndes Neon-Polyester und durchsichtiger Kunststoff angesagt. Im Kopf kolonisieren die Leute schon fremde Planeten. Es gehört zum aufziehenden globalen Bewusstsein. Diese Klamotten werden zu Handelsabkommen mit Nordkorea führen, zu internationalen Friedensvereinbarungen!»

Ursula lacht. «Wie stellst du dir das genau vor?»

«Denk drüber nach», sagt er und lehnt sich auf seinem Stuhl zurück. «Welche Bedeutung könnten Staatsgrenzen noch für Leute haben, die funkelnde rosa Overalls tragen?»

Er lehnt sich vor, küsst sie auf die Wange und errötet dann über seine Kühnheit. Sie lacht erneut. Er lächelt.

«Wie wär's jetzt mit Shoppen und gepflegt essen gehen?», fragt er.

«Was soll das heißen? Wir haben einen Wochentag. Müssen wir nicht arbeiten?»

«Sicher. Arbeit. Was glaubst du, wovon ich rede? Solltest du jedoch zu müde sein, hätte ich Verständnis.»

«Zu müde zum Shoppen und gepflegt essen gehen? Machst du Witze?»

«Ich möchte nur sichergehen, dass du meiner nicht müde wirst, das ist die Hauptsache.»

«Sicher wirst du meiner zuerst müde werden.»

«Nein», sagt er mit stillem Lachen. «Ich glaube kaum.»

Ein unbeholfenes, zärtliches Schweigen folgt, während dessen sie einander nicht recht anschauen können.

Nachdem sie ein Taxi ergattert haben, legt Javier die Tagesordnung fest – ein kurzer Halt im Büro, ein Besuch in einem schicken Modeladen oder auch in zweien und dann beim Mittagessen eine Runde Leutebeobachten.

Im Büro finden sie die römische Büste in italienischem Anzug namens Chas Lacouture in ausgesprochen guter Form vor: Der Strich seines grau marmorierten Haars tritt unter einer zusätzlichen Schicht Politur hervor; und neuerdings ist ein grimmiges Zähneblecken in seine blutleeren Lippen eingemeißelt und lässt sein Lächeln noch maliziöser erscheinen. Er und Javier gehen ihr Treffen auf die gewohnte Weise an, mit leuchtenden Augen, die Luft rings um sie knisternd vor statischer Aufladung, während sie sich mit ihrer gebündelten Energie in einen Zustand höchster Erregung versetzen, um sich über die auf der Straße aufgelesenen Informationsschnipsel, die ihnen aus irgendeinem unerforschlichen Grund bemerkenswert erscheinen, auszutauschen. Javier hat gesehen, wie sich Leute gegen einen Stand-up-Komiker zur Wehr setzten, der sich über einen Zuschauer im Publikum lustig gemacht hatte. Chas hat eine Mutter auf einen Überwachungsmonitor zeigen sehen, um der Tochter ihre schlechte Körperhaltung vorzuführen. Javier hat erlebt, wie ein Trupp betrunkener Collegeschüler vor der Fensterscheibe eines Krankenhauswartesaals anhielt und beim Anblick der traurigen Menschen dahinter plötzlich ganz still wurde.

«Ursula», sagt Chas. «Du hast uns einen neuen Kunden zugespielt. Gute Arbeit.»

«Hab ich?», fragt sie. «Wen?»

«Ed Cabaj von General Foods. Du hast ihn beeindruckt.»

Javier schüttelt Ursula an den Schultern. «So läuft's!»

Sie spürt, wie ihr Gesicht rot anläuft. «Ich? Aber Javier ist derjenige –»

«Er hat dein ‹Auftreten›, wie er das nannte, bewundert – nachdem er herausfand, wer deine Schwester ist.»

«Aber ...», beginnt sie und fühlt sich aus einem für sie unerfindlichen Grund verraten, «... wie hat er denn *das* rausgekriegt?»

Chas fixiert sie, ein bisschen spöttisch, wie es scheint. «Kam so zur Sprache.» Er trommelt mit den Fingern auf die Tischplatte. «Jedenfalls geht's um ein großes Budget. Und sie wollen sofort eine Präsentation für die Imagekampagne von diesem Diätwasser sehen. Ursula, ich möchte, dass du die junge Wilde vorstellst. Feil dir eine kleine Rede zurecht, was Persönliches mit kräftig Schmus. Nächster Punkt. Javier, unser Trendbuch hab ich so gut wie fertig.»

Javier beugt sich vor. «Wirklich?»

Chas tippt sich mit einem rechtwinklig geschnittenen Fingernagel an die Schläfe. «Die Eingebungen sprudelten diese Woche nur so. Es passt alles zusammen.»

«Großartig», sagt Javier und dann mit nervösem Seitenblick zu Ursula, «ähem, vielleicht sollte ich mal reinschauen ... du weißt schon ... sehen, ob ich irgendwelche Vorschläge hätte.»

«Ich habe bereits alle deine Vorschläge in Betracht gezogen», sagt Chas und lässt sich in seinem Sessel zurückkippen. «Du hast mir dies Jahr geholfen, den Blick zu schärfen, Javier. Hast geholfen, alle meine Theorien unter einen Hut zu kriegen. Dies Jahr bekommen unsere Kunden mehr als ein Trendbuch; eine verfluchte *Abhandlung* bekommen sie.» Er beugt sich vor. «Diesmal spül ich's nicht mehr schmuseweich, Javier. Mit dem Babybrei verfüttern ist Schluss bei mir. Diesmal schick ich meine lieben Kollegen zurück auf die Schulbank! Erinnerst du dich an meine Vorlesungen an der Uni?»

«Natürlich», sagt Javier.

«Nun, genauso zackig kriegen's unsere Kunden von mir zu hören. Die werde ich aufklären, bis sie sich in die Hosen kacken. Dieses verdammte Trendbuch ist die beste Arbeit, die ich je hingelegt habe.»

«Du warst sein Student?», fragt Ursula Javier.

Javier lächelt. «Alles, was ich weiß, hat er mir beigebracht.»

«Also dann», murmelt Chas. «Genug getrödelt. Macht euch an die Arbeit.»

Er nimmt ein Bündel Papiere in die Hand, schwenkt mitsamt seinem Sessel um, dass er hinter der Rückenlehne verschwindet. Schweigend stehen Ursula und Javier auf und gehen. Draußen auf der Straße winken sie sich ein Taxi, um bei Hugo Banzer die Herbstkollektion anzuschauen. Javier weist darauf hin, dass ätherische Farben, weiche Stoffe und faltenreiche Schnitte vorherrschen. Ein Anzug sticht ihr ins Auge, azurblau, mit Knöpfen aus ungeschliffenem Onyx – eine lange taillierte Jacke mit Hose.

«Ja», sagt Javier. «Der hat was. Probier ihn mal an.»

«Warum?»

«Bitte», drängt er. «Ich muss dich darin sehen.»

Sein schwarzes Haar ist noch feucht von der morgendlichen Dusche und lässt seine Augen noch mehr leuchten.

«Na schön. Wenn du mich drin sehen musst.»

Eine Verkäuferin führt sie zur Umkleidekabine. Sie schlüpft in den Anzug und starrt auf ihr Spiegelbild, lässt die dramatische Vermählung des Schnitts mit ihren Kurven auf sich einwirken. Die Umwandlung ist erstaunlich, ihre erste Reaktion Verstörung. Sie sieht wie ihre Mutter aus, selbstgefällig und unberührbar. Sie sieht wie ihre Schwester aus, wenn sie für Hochglanz-Katalogseiten zurechtgemacht war. Verwirrt begreift sie, dass ihr der Anzug Furcht einflößt. Sie denkt an ihre Schwester im Hospital, aufgerollt zu einem Ball, in panischer Angst davor, ein Kleid aufgezwungen zu bekommen und damit ganz aus Versehen eine Art modischen Weltuntergang zu verursachen. Vielleicht sind sie und Ivy gar nicht so verschieden voneinander. Dieser Anzug hat etwas Machtvolles an sich, ähnlich einem Paar Schwingen, die sie zu rasch zu hoch tragen könnten. Aber die Frau im Anzug, die Frau, die sie aus dem Spiegel heraus anstarrt, scheint anders darüber zu empfinden. Diese Frau hat keine Angst vor ihrer Macht. Ursula möchte diese Frau kennen lernen.

Sie holt tief Luft und tritt aus der Kabine. Javiers Augen weiten sich drollig. Er sinkt auf die Knie und dirigiert sie mit den Fingern langsam immer wieder im Kreis herum. Wie sie das Deckenlicht spiegeln, nehmen seine Augen einen tränenfeuchten Glanz an.

«Ist nicht übel, oder?», sagt sie amüsiert über seine Reaktion.

«Nicht übel!», flüstert er. «Den musst du zum Lunch tragen.»

«Javier, ich kann mir das nicht leisten.»

«Der geht auf mich», verkündet er und kommt auf die Beine.

Sie lacht nervös. «Was redest du da? Das Ding kostet zweieinhalbtausend Dollar.»

Die Summe lässt ihn abrupt innehalten, aber nur für einen Moment. Er ruft die Verkäuferin herüber.

«Ich kaufe diesen Anzug», murmelt er, zieht aus seiner Brieftasche einen Packen Kreditkarten hervor und fummelt sich durch. «Was geht höher? Platin oder Titan?»

«Titan», sagt die Verkäuferin.

Javier denkt kurz nach. «Wie wär's mit Wolfram? Glauben Sie, das könnte Titan ausstechen?»

Sie legt den Kopf schräg. «Weiß nicht recht. Ist das radioaktiv oder so was Ähnliches?»

«He, noch besser. Die Plutonium-Karte. Hat ’nen ganz eigenen Klang.»

«Den werde ich nie tragen», sagt Ursula dickköpfig.

«Dann hängt er in meinem Kleiderschrank, bis ihn die Motten fressen.»

Die Verkäuferin gönnt sich angesichts der Szene ein stilles Lächeln, bevor sie mit seiner Karte verschwindet.

«Sieh mal, du wirst den Anzug für die Präsentation brauchen», sagt er. «Du kannst es mir zurückzahlen, sobald du deine erste Million gemacht hast. Lange kann’s jetzt nicht mehr dauern.»

Trotz ihrer Bedenken ist sie dankbar, den neuen Anzug im «Pablo’s» tragen zu dürfen, dem nobelsten Restaurant, in dem sie je gewesen ist. Es befindet sich auf dem Dach des Kermit-Roosevelt-Jr.-Gebäudes, am höchsten Punkt der Stadt, gleich gegenüber dem Black Tower auf der anderen Kraterseite. Äußerlich einem weitläufigen kolumbianischen Landhaus in den Bergen nachempfunden, ist das Flachdach von Landschaftsgärtnern umfangreich neu gestaltet worden, mitsamt Bäumen, Weinreben und Wasserfällen, deren Geräusch das Brummen der riesigen Ventilatoren übertönt, die den Gästen die bittere Vulkanasche vom Leib halten. Stämmige Latinos in Anzügen und mit Sonnenbrillen sind gleichmäßig rings um den äußeren Rand des Speisebereichs aufgestellt und sorgen für Sicherheit wie für dekorativen Reiz. Der Tag ist sonnig und mild, und die Tische aus poliertem Palmholz sind voll besetzt mit Entscheidungsträgern in Lunchstimmung.

Javier sitzt neben ihr, damit er unauffällig auf Wahrgenommenes zeigen kann. Leise und in ernstem Ton, wie es seine Art ist, weist er sie auf den gekräuselten Ausschnitt einer Bluse hin, auf die pagodenförmigen Ärmel einer anderen. Die Schnitte seien verspielter und fließender geworden, versichert er. Die Herrenanzüge sind noch immer kantig und dunkel, aber das stört ihn nicht weiter, denn Herrenmode ändere sich sowieso immer zuletzt. Er äußert sich zu den neu anzutreffenden Accessoires – hier ein Glockenhut, da ein Hut wie ein Wagenrad, ein Paar ockerfarbene Ballettschuhe.

Während er redet, nimmt er ihre Hände in seine. Betrübt schüttelt sie den Kopf über den Gegensatz zwischen ihren eleganten onyxgeknöpften Manschetten und den ungepflegten Händen mit den abgeknabberten Nägeln.

«Ich vergeude unsere ganze Zeit mit dieser Sache, mit dieser Wilden, oder?», fragt sie.

«Wovon redest du?»

«Ich weiß nicht. Kannst du dir irgendjemand von diesen Leuten in Tarzankluft vorstellen?»

«Kann ich, ja. Kannst du auch. Einfach blinzeln.» Er macht es vor. «Versuch's mal.»

Die beiden blinzeln, drehen und wenden die Köpfe, dass die anderen Gäste glauben müssen, sie machen Chinesen oder frisch geschlüpfte Vögel nach.

«Bislang noch keine Tarzankostüme», sagt sie.

«Schau dir die Farben an. Was siehst du?»

«Rot, gelb, grün, blau», zählt sie auf, «… violett …»

«Leuchtende Farben.»

«Mhm.»

«Leuchtender, als zu erwarten war.»

«Schätze schon.»

«Aber auch natürlich. Keine synthetischen Farben.»

«Jaa.»

«Farben aus dem Urwald. Jetzt siehst du's auch, oder?»

«Meinst du wirklich?»

«Mach die Augen auf. Sieh dir das Essen auf ihren Tellern an. Die Gerichte werden schlichter. Weniger Saucen und Garnierungen. Mehr Nüsse und Beeren. Dazu tropische Früchte. Fisch als Ganzes zubereitet anstatt filetiert. Fleisch am Knochen.»

Der Ober erscheint, und Javier bittet ihn höflich, alles aufzutragen, was diese Woche häufig bestellt worden ist. Der Ober lacht nicht, wie Ursula erwartet hätte, sondern empfiehlt sich vielmehr mit knappem Nicken und verschwindet.

Sie lauschen den Unterhaltungen im Umkreis. Er sagt ihr, worauf zu achten ist. Häufig seien Adjektive ein zuverlässiger Anhaltspunkt. Javier überrascht es, dass zwei Wertpapiermanager an einem nahe gelegenen Tisch so ziemlich alles, von Geldanlagen über Golfplätze bis zu politischen Kandidaten, mit den Worten «gut» und «schlecht» beschreiben. Vor einem Jahr noch waren die Adjektive zurückhaltender gewählt – «vernünftig», «wenig ratsam» und dergleichen. Die Leute verlieren ihre Scheu vor Werturteilen, meint er zu ihr, sie hängen wehmütig einem einfachen moralischen Weltganzen nach. An einem anderen Tisch schildert eine Frau mittleren Alters mit langen gekräuselten Haaren und in lila Anzug, wie ihr während einer Geschäftsreise nach Indien eines Tages auf der Straße ein zusammengekauerter Bettler seinen Kot auf die Schuhe schmierte. Sie hat genug Abstand zu dem Vorfall gewonnen, um darüber zu lachen, obwohl die Erinnerung sie offenkundig noch immer beunruhigt. Was Javiers Aufmerksamkeit fesselt, ist die äußerst anschauliche Weise, in der sie die Geschichte erzählt, wie sie die Haltung und Bewegungen des Bettlers nachahmt, sich Luft zufächelt, um die höllische Hitze und den Gestank der Ausscheidungen zu vermitteln, im Mund das trillernde Timbre der Landessprache nachschmeckt. Es sei ziemlich klar, flüstert er, dass die Frau insgeheim den Bettler auf gewisse Art beneide, und zwar um seinen vertrauten Umgang mit der eigenen Scheiße. Die drei jüngeren Frauen am Tisch hören gespannt zu. Für diese paar Minuten sei die kraushaarige Frau zu ihrer Dorfältesten geworden, raunt Javier, zur Geschichtenerzählerin der ganzen Dorfgemeinschaft, die den Brauch der mündlichen Überlieferung lebendig hält.

Ursula verfolgt Javiers Darbietung mit Verwunderung und Unbehagen, während sich das ringsum speisende Führungspersonal, wohin sein Zauberstab auch schweift, in Tukane, Orchideen und fliegende Drachen verwandelt. Sie kommt sich vor wie Wendy im Nimmerland, einem Ort, der sich fortwährend und mühelos eigenen und fremden Träumen anpasst. Nun, vielleicht spielt sich die eigentliche Wirklichkeit auf diese Weise ab, denkt sie. Vielleicht leben wir tatsächlich in einer Welt, in der Vorstellung und Wirklichkeit verschmelzen. In der ein Paar Moonboots die magische Kraft besitzt, die Besiedelung des Mars in Gang zu setzen. In der eine in funkelnde rosa Overalls gewandete Menschheit eines Tages die politischen Grenzen von der Landkarte radieren, den Mond mit Spiegeln pflastern, die Erde mit bunten Lichtern besprenkeln und anschließend die Nächte bis ans Ende aller Zeiten abtanzen könnte. Weshalb sollte es sich nicht so zutragen? Fast so wie die Natur ist die Kultur dem Chaos unterworfen. Und die arme Ivy, voller Angst, sich die Haare zu bürsten und damit Luft zu verwirbeln, ist da auf etwas gestoßen, oder nicht? Schließlich kann das Bürsten der Haare eines Models in Middle City einen Wirbelsturm in Polynesien auslösen, wie auch umgekehrt der Schönwettertanz eines wilden Ureinwohners zu einer Hitzewelle in Middle City führen kann.

Und *die junge Wilde*, denkt Ursula, welche Veränderungen könnte *sie* zuwege bringen?

Während Javier weiterredet, kneift sie wieder die Augen zusammen, fügt die impressionistischen Farbtupfer auf neue Art zusammen, ruft eine Welt voll junger Wilder hervor, deren Füße in Mokassins sich mit der Erde verständigen und deren weit blickende Augen in den Äther spähen, eine Welt aus Leuten, die sich der Authentizität verschrieben haben und, gleich was die kommerzielle Kultur auch zu bieten hat, nichts davon kaufen und sich nirgendwo einkaufen müssen. Der Gedanke ist irrsinnig, aber sie bekommt ihn nicht mehr aus dem Kopf. Könnte sie Cabaj allen Ernstes die junge Wilde andrehen? Könnte sie seine Anzeigen für ein nutzloses Produkt dazu benutzen, die Botschaft der jungen Wilden vom Bruch mit der Konsumgesellschaft zu verbreiten? Sollte sich nicht sein Medium, sondern ihre Botschaft letztlich als das erweisen, wofür die Leute eine Verwendung fänden?

Natürlich wäre es alles andere als der Todesstoß für die Konsumgesellschaft; höchstwahrscheinlich würde man kaum etwas davon wahrnehmen; aber es könnte der Auftakt sein für ein kleines bisschen Sinn, ein kleines bisschen Aufregung, sogar ein kleines bisschen Gefahr. Für eine Art Guerillakampf hinter feindlichen Linien.

Ein Schwarm von Obern versammelt sich um den Tisch und beginnt, eine kaleidoskopische Palette von Speisen anzurichten. Jedes Gericht wird von irgendeiner exotischen Garnierung oder Sauce aufgewertet – Kochbananen mit einer Paste aus roten Guaven, weiße Palmlilien zu dunklen Fleischsorten, Brombeeren mit glänzendem Karamell, Feigen mit Kokosraspeln. Ursula versucht, es sich nicht anmerken zu lassen, aber der Anblick all dieser Köstlichkeiten, die vor ihr ausgebreitet werden, gibt ihr das Gefühl eigener Unaufhaltsamkeit, als sei es nicht bloß Nahrung, sondern eine rohe Gewalt, die darauf wartet, auf ein Ziel gerichtet zu werden. Sie wird es tun, beschließt sie, sie wird die junge Wilde auf die Welt loslassen, auf dass sie so viel Verheerung wie möglich anrichte. Und sie wird weiterhin diesen blauen Anzug tragen und andere Anzüge wie diesen. Und sie wird es sich zur Gewohnheit machen, alles zu bestellen, was gerade gern verlangt wird.

Und sie wird alle Liebe annehmen, die ihr dieser seltsame Mann zu schenken bereit ist – dieser Mann, der von Seifenblasenpfeifen schwärmt und Göttlichkeit in Röcke im Fishtailschnitt flicht, der eben verrückt genug ist, sie für stark und standhaft und kaltblütig und mitfühlend und schön zu halten, der bereit zu sein scheint, so gut wie alles zu sagen und zu tun, um sie glücklich zu machen.

WAMPUM

Die junge Wilde auf der Leinwand ist zugleich üppig und kräftig. Ihre Oberschenkel sind weich und ihre Hinterbacken muskulös. Die Beine lang, aber nicht über die Maßen dünn. Ihr Irokesenschnitt steht aufrecht, ohne steif zu wirken; vielmehr schimmert er seidig und golden und ist mit daunenweichen blauen Federn geschmückt. Keck hat sie die Hüfte herausgestellt, doch ihre Augen sind beinahe züchtig niedergeschlagen. Ursula hat so hart an dieser Zeichnung gearbeitet wie früher an ihren Gemälden, aber das hier hat nichts mehr von ihrer einstigen Malerei. Es ist Zauberei. Solange man auch hinschaut, sieht man nie wirklich ein Bild, nie ein Ganzes. Ruhelos springen die Augen von einem Widerspruch zum nächsten. Hochhackige Mokassins. Ein Lendenschurz aus Fell über rasierten Beinen. Ein nabelfreies Mieder aus Tierhäuten, das so leicht und bequem aussieht wie grob gesponnene Seide. Eine Halskette aus bedrohlichen, aber zu Blumenmustern aufgezogenen Schneidezähnen. Pastellrosa und bernsteinfarbene Kriegsbemalung auf ihren Backenknochen. Man kann sich die Augen ausgucken an diesem nicht enden wollenden Strudel ungesättigter Sehnsucht.

Cabaj sitzt am Fußende des Tisches. Seine hauseigene Mannschaft und die gemieteten Drücker von der Werbeagentur «Mitchel and Chennault» haben sich rings um den Tisch nicht nach Firma, sondern nach Berufsbild versammelt – linker Hand das Marketing in Businesskostümen, mit durchgedrücktem Rücken, Statusschlipsen, Gel im Haar; rechter Hand die Kreativen in Hemden aus Baumwolle und Polyester, mit Armreifen und Ohrclips, in Deckschuhen aus Leinwand. Chas, der unaufdringlich in einer

Ecke Platz genommen hat, lehnt sich in seinem Sessel zurück und bedeutet Ursula mit einem Kopfnicken, anzufangen. Sie zeigt auf die Leinwand.

«Nennen wir sie die junge Wilde», sagt sie. «Jedenfalls nenne ich sie so. Keiner weiß, wie sie sich selbst nennt, weil sie nicht spricht. Die Sprache ist voller Lügen, und die junge Wilde will mit Lügen nichts zu tun haben. Die Moderne macht sie krank, der ganze Zynismus unserer Kultur, der als Raffinesse durchgeht, macht sie krank. Sie versucht, authentisch und aufrichtig zu leben. Sie versucht, einfach und im Einklang mit der Erde zu leben.»

Die Frau mit der stachligen Frisur und dem anthrazitfarbenen Anzug runzelt die Stirn. Der Mann im schwarzen Hemd und mit goldenem Stecker im Ohr nickt zustimmend.

«Sie und ich mögen sie glamourös finden, aber sie macht sich nichts aus Glamour. In dieser Hinsicht hat sie wohl mehr Tiefe als wir. Sie ist uns möglicherweise überlegen. Sie gibt kein Geld aus. Vielmehr fertigt sie selbst Gegenstände an und nutzt vorhandene Werkstoffe dazu. Die Erfahrung, selbst Gegenstände anzufertigen, bedeutet ihr etwas. Sie verleiht ihr Macht.»

Die schmächtige grauhaarige Frau in Nadelstreifen lehnt sich vor. Lucien, die Heckenfrisur zu einem trapezförmigen Igel gebürstet, schaut auf seine glitzernde Armbanduhr. Ursula kämpft einen Augenblick der Panik nieder. Sie weiß, dass sie einen Punkt überschritten hat, hinter dem es kein Zurück mehr gibt. Sie holt tief Luft und bemüht sich, das Beben in ihrer Stimme zu bändigen.

«Was haben Sie ihr also zu bieten? Ehrlich gesagt bin ich mir darüber nicht sicher. Vielleicht gar nichts. Sie vertraut Ihnen nicht. Vielleicht wird sie Sie niemals anerkennen, egal was Sie zu bieten haben. Vielleicht wird sie spüren, dass Sie der Feind sind, es an Ihnen riechen und wissen, dass Sie darauf aus sind, ihre Geheimnisse zu rauben, ihre Ressourcen auszubeuten. Sie kennt Ihresgleichen, Sie sind nur ein weiterer Gesandter des Imperiums, tauschen Wampum gegen heiliges Land, billige Porzellanbuddhas gegen die Schätze der alten Tempel.»

Der junge asiatische Manager mit der schief gebundenen Krawatte und dem hässlichen Überbiss blinzelt hektisch, beinahe psychotisch. Die Frau mit der stachligen Frisur lehnt sich zurück, blickt finster drein und trommelt mit den Fingernägeln auf die Tischplatte. Chas kneift an seiner Nasenwurzel einen Zentimeter Fleisch zusammen.

«Was die Leute langsam mehr als alles andere erstreben», sagt sie, «ist Freiheit von Ihnen. *Sie wollen Sie nicht mehr haben wollen, sie wollen nichts mehr von dem haben wollen, was Sie zu bieten haben.*»

Unruhiges Gemurmel. Sie schaut zu Javier, aber er steht gleich neben dem Projektor, dessen Licht sein Gesicht unkenntlich macht. Allerdings kann sie Chas sehen, und der funkelt sie an – sie wusste nicht, dass sich seine immer zugekniffenen Augen so weit öffnen konnten. Er hat keine Ahnung, was sie da treibt. Tatsächlich ist er nervös, und diese Entdeckung erfüllt sie mit unverhofftem Hochgefühl. Seit sie ihn kennen gelernt hat, spürt sie zum ersten Mal, dass sie alles im Griff hat.

«Andererseits», fährt sie in gelassenerem Ton fort, «waren diese Indianer und Tempelpriester natürlich ganz glücklich mit dem Handel. Diese Indianer liebten Wampum. Es verlieh ihnen bei ihrem Stamm großes Ansehen, zumindest bis der Markt überschwemmt war. Diesen Tempelpriestern waren die glänzenden Porzellanbuddhas Strahlen einer göttlichen Sonne, die ihre Tempel erhellten.»

Sie hält inne. Alle Augen sind erwartungsvoll auf sie gerichtet.

«Werte, das wissen wir alle, sind relativ», sagt sie. «Derzeit sehnen sich die Leute nach Zeiten der Einfachheit zurück, als die Menschen sich rein fühlten und vollständig in ihren Körpern, als ihre Körper alle Macht darstellten, die sie brauchten, um ihre Bedürfnisse zu befriedigen. Heute sind es die Leute bitter leid, Verbraucher zu sein. Und Sie verfügen über ein Produkt, das Abhilfe schaffen kann. Ihr Produkt wird sie rein erhalten. Ihr Produkt wird ihre Unschuld wiederherstellen. Denn seinem ureigenen Wesen nach ist Ihr Produkt das Gegenteil von Verbrauch. Ihr Produkt zu verbrauchen heißt, rein gar nichts zu verbrauchen. Behalten Sie das immer im Gedächtnis, wenn Sie Ihre Kampagne entwerfen. Behalten Sie im Gedächtnis, wie leicht sie sich durch dieses Produkt fühlen werden, wie frei sie sich durch dieses Produkt fühlen werden – frei von Leuten wie Ihnen.»

Unter Gelächter und Beifall nimmt sie ihren Platz wieder ein. Als sie einen verstohlenen Blick hinüber zu Chas wirft, nickt er beifällig und deutet mit den Augen auf Ed Cabaj, dessen Züge unbewegt bleiben, während er mit unverhohlenem Verlangen auf die Zeichnung der jungen Wilden starrt.

ZAUBER

Nachts im Bett wird Javiers Körper zu einer Mondlandschaft – die Senke in seiner Brust, das ausgedehnte Tal zwischen seinen Rippen, die Zwillingsschluchten unter seinen Hüftknochen – und sie drückt sich an ihn, füllt die Mulden der Länge nach mit ihrem eigenen, weicheren Selbst. Wäre sie ganz klein, würde sie die Höhlung seines Schlüsselbeins zu ihrem Zuhause machen; sie würde sich dort zusammengerollt an die straffe Haut seines Halses schmiegen, die sich warm und weich anfühlt und den schwach salzigen Geruch dieser kleinen flachen Steine an sich hat, die man an Strände gespült findet, wo sie in der warmen Sonne liegen. Sie hat eine Theorie über seinen Körper aufgestellt: Einerseits sind alle Organe, die er benutzt, um über sich hinauszureichen und die Welt zu begreifen – seine Hände, Augen, Nase, Ohren – ein klein wenig größer und stärker entwickelt als beim Durchschnitt. Selbst seine Körpergröße scheint auf diesen Zweck zugeschnitten, als sei er als Ganzes nur ein wandelndes Periskop, um seinen Kopf über den Meeresspiegel der Menge hinauszuheben. Andererseits ist der Rest bis auf das Allernötigste abgespeckt. Sein Rumpf ist gerade geräumig genug, um die Organe aufzunehmen. Arme und Beine haben eben ausreichend Umfang, um die Muskeln, Nerven und Knochen zu bündeln, die es ihm ermöglichen, auf Rollerblades Haken schlagend durch Verkehrsstaus zu wedeln und zwischen sich schließenden U-Bahn-Türen hindurchzuschlüpfen. Die Gesetzmäßigkeit seines Körpers bestätigt sich selbst beim Penis, der ein klein wenig länger ist, als seine Schlankheit eigentlich zuließe.

Über die vergangenen Wochen hat diese eigenartige selbst gestrickte kleine Theorie in ihrem Verstand Wurzeln geschlagen und sich zu einer alles umfassenden Erklärung für jeden Gesichtspunkt an Javiers Persönlichkeit und jegliche Verschiedenheit zwischen ihm und ihr ausgewachsen. Hätte sie nur so einen Körper wie er, überlegt sie, wäre sie vielleicht auch imstande, die Welt mit seinen Augen zu sehen. Ihrem Körper kann sie nicht entfliehen; seine Gegenwart ist zu wirklich, zu beharrlich, zu viel davon findet sich an zu vielen Orten, tausend Augäpfel heften sich, wohin sie auch geht, auf jeden seiner Teile und fixieren ihn, lassen sie nie auch nur einen Zentimeter oder ein Gramm davon vergessen. Javiers Körper aber ist derart unwahrscheinlich, als sei er eine Laune des Windes, eine Bö, die einen Trenchcoat aufplustert, ein Geist, eingehüllt in den verhaltensten fleischlichen Hintergedanken. Wenn sie miteinander schlafen, drückt sie sich heftig gegen ihn, um seine Stofflichkeit zu spüren, sich zu vergewissern, dass er tatsächlich zu ihrer Welt gehört. Treten sie aber gemeinsam auf die Straße, findet sie sich – mitunter beschwingt, mitunter auch etwas erschrocken – in seiner Welt wieder, einem mystischen Wunderland, in dem die schweigsamen Passanten auf der Straße alles andere als schweigsam sind, in dem alle Seelen in unablässigem Austausch stehen, sich in der allgegenwärtigen Sprache der Oberflächen zuraunen: Eine bauschige Frisur lädt flüsternd zu freier Liebe und schwärmerischem Naturempfinden ein; ein polierter Glatzkopf dagegen summt etwas von Gemütsruhe, Reinheit, Entsagung von allen Ausschweifungen; ein Ledermantel verkündet laut rauen Individualismus; eine durchsichtige Handtasche schreit nach Abschaffung des Privateigentums und einer grundlegenden Revision unserer Einstellungen zum Tod.

So ist die Welt beschaffen, in der Ursula jetzt lebt, sobald Javier an ihrer Seite ist. An manchen Tagen schnurren sie auf Rollerblades durch die Gegend; an anderen bewegen sie sich zu Fuß vorwärts, langsam und das Gesicht dicht vor der Leinwand der Stadt. Sei es, dass sie lange vor Morgengrauen aufstehen und einen bescheidenen Winkel in einem Diner im Bankenviertel besetzen; sei es, dass sie spät aufstehen, unterwegs Sandwiches und geeisten Kaffee kaufen und sich eine besonnte Parkbank aussuchen. Dort sitzen sie dann wortlos und skizzieren, wie die Börsenmakler ihre Jacken über ihre Stühle hängen oder wie sich Schulkinder in der Mittagspause ihre Hemden um die Taille knoten. Um die Zeit auszunutzen, erledigen sie mehrere Aufgaben zugleich und unterbrechen ihre Skizzen, um die Namen von Urlaubsorten, Sportarten oder Livebands zu notieren, die bei den Börsenmaklern oder Schülern im Gespräch sind. Gewöhnlich begnügen sie sich mit stummem Beobachten, doch wenn eine geeignete Person Auskunftsbereitschaft signalisiert, lassen sie die Gelegenheit nicht ungenutzt verstreichen. So unterhalten sie sich in einem Coffee Shop mit einem Jungen, der eine aus einem Haar bestehende Charlie-Brown-Frisur hat, über den tausendseitigen Yoga-Wälzer, den er gerade liest; kreuzen sie auf einem innerstädtischen Basketballplatz auf und halten ein paar Sprayern Entwürfe für Tags, an denen sie sich versucht haben, unter die Nase, um mitleidiges Kopfschütteln zu ernten und daraufhin vom korrekten Turnschuhlook bis hin zu den technischen Feinheiten der Graffiti auf den neuesten Stand gebracht zu werden.

Zur mit Airbrush gesprühten jungen Wilden in Ursulas Skizzenbuch hat sich eine ganze, paradessentielle Clique hinzugesellt. Sie hat gelernt, Männer zu zeichnen, die zugleich nervös und gesund aussehen; Autos, die robust und raffiniert wirken; selbst Speisen kann sie jetzt so darstellen, dass sie gleichzeitig sättigend und leicht wirken. Beim Skizzieren denkt sie oft daran zurück, wie sie sich über Jahre an Gemälden abmühte, von denen sie hoffte, sie würden die Risse in der Welt aufstemmen, die Widersprüche bloßlegen, die Wahrheit über die Dinge aufdecken. Sie erinnert sich an die wachsende Ödnis und Ohnmacht, die sie empfand, je weiter die Zeit voranschritt. Denn die Leute wollen nicht, dass man ihre Widersprüche bloßlegt, dessen ist sie sich nun sicher. Sie wollen, dass man ihre Widersprüche mit Glamour aufwertet und mythisch übersteigert. Das genau leistete ihre mit Airbrush gesprühte junge Wilde, und Ursula hat gesehen, welche Macht sie über die Betrachter ausübte, eine ursprüngliche Kraft, die Ursulas Kunstmalerei unerreichbar schien.

Hat sie von Chas die schmerzliche Lektion gelernt, dass die Leute Paradessenzen, Widersprüche wollen, macht sie sich bei Javier die weitaus angenehmere Lehre zu Eigen, dass sie sich nicht unbedingt schäbig vorkommen muss, wenn sie den Leuten das gibt, was sie wollen; dass Widersprüche den Menschen helfen, das Leben zu meistern; dass die «gebrochene Seele» eines Produkts, wie Chas sich ausdrückt, in milderem Licht betrachtet genauso gut sein Zauber genannt werden kann, seine Kraft, Gegensätze aufzuheben, dem Verbraucher zu gestatten, beides zugleich und alles auf einmal zu bekommen, ein neues Paar Turnschuhe zu kaufen, um sich nicht allein in die Erde zu krallen, sondern auch in die Lüfte zu erheben, einen Fuß auf sicherem Boden und den anderen im steilen Überflug auf den Schwingen der Markenidentität, um Teil jenes höheren Produktmythos zu werden und mit einem kühnen Satz der Einbildungskraft Brücken zu schlagen zwischen Körper und Geist, Traum und Verantwortung, Erscheinungen und Vorstellungen, Leben und Kunst ...

Und vielleicht ist es diese neu gefundene Achtung vor Oberflächen, die Ursula davon abhält, zu viele Fragen an Javier zu richten oder zu tief in seinen Problemen herumzuwühlen. Nicht ein einziges Mal hat sie eine Bemerkung über seine zitternden Hände und seine laufende Nase gemacht. Eskalith, so hat sie herausgefunden, ist ein Handelsname für Lithium, mit dem bipolare Störungen behandelt werden, aber sie hat nicht gefragt, wie es ihm geht. Auch nach seiner Vergangenheit fragt sie überhaupt nicht mehr. Die Geschichten, die er über seine Kindheit erfunden hat, sind zwischen den beiden zu einem ständigen Witz geworden. Den einen Tag erzählt er ihr, seine Eltern seien Unterwasserarchäologen gewesen, und beschreibt, wie er auf dem Rücken zweier Delphine täglich über eine Bucht in der Adria zur Schule geritten sei. Den nächsten Tag behauptet er, seine Eltern seien Juwelendiebe gewesen und hätten ihn in jungen Jahren dazu ausgebildet, mit Saugnäpfen an Wänden hochzuklettern und Alarmanlagen zu übertölpeln. Doch wie seine Kindheit auch gewesen sein mag, sie weiß jetzt, dass die sich unmittelbar anschließende Zeit alles andere als herrlich gewesen sein muss.

Vor wenigen Minuten hat er ihr die Geschichte erzählt, nachdem sie ihn aus einem Albtraum wecken musste. Albträume hat er oft. Mitten in der Nacht macht er gequälte Geräusche, die nichts mit seiner wachen Stimme gemein haben: Es ist ein weiches, hohes Wimmern wie bei einem jaulenden Hund, das sich mit jedem Atemzug wiederholt, furchtsam, trost- und hilflos, eines der traurigsten Geräusche, die sie je gehört hat. Ihn aus seinen Albträumen zu wecken ist inzwischen derart zur Gewohnheit geworden, dass sie es praktisch im Schlaf zustande bringt. Sie rüttelt ihn sanft, sagt ihm, es sei alles in Ordnung, und hält ihn dann fest, während beide ohne ein weiteres Wort zurück in ihre Träume sinken. Doch als sie ihn heute Nacht schüttelte, schlug er die Augen auf und begann zu reden. Er erzählte ihr, wie er mit sechzehn von zu Hause fortgelaufen und seither auf sich selbst gestellt war; wie er eines Tages einfach losging und die ganze Nacht über weiterging, kreuz und quer über Straßen, Alleen und Brücken; und wie er gegen Morgen auf eine Fernstraße stieß und den ganzen nächsten Tag über an ihr entlang ging, bis bei Dämmerung ein Laster anhielt, um ihn mitzunehmen; wie er einschlief und fern von zu Hause wieder aufwachte. Er erzählte ihr, wie er fünf Jahre lang im ganzen Land herumstreunte, in leer stehenden Häusern wohnte, miese Jobs annahm, ein oder zwei Freundschaften knüpfte, sich dann vom Ort oder den Leuten enttäuscht fühlte, aufraffte und weiterzog, um das Ganze woanders zu wiederholen.

Sie war halb eingeschlafen, während er erzählte, und seine Worte flossen über sie hinweg und verwandelten sich auf der Stelle in Vorstellungen, wie das in diesem Zustand Worte zu tun pflegen. Als er endete und wieder in Schlaf fiel und sie gänzlich aufgewacht war und langsam versuchte, sich genauer an das Gesagte zu erinnern, musste sie feststellen, dass ihr Bewusstsein diese Worte irgendwohin verlegt hatte und stattdessen mit unklaren Bildern angefüllt war: von baufälligen Zimmern in verkommenen postindustriellen Städten; von Busbahnhöfen, Baustellen, Küchen von Schnellrestaurants, Feldbetten in dunklen Kellern. Sie sammelt sich, ein paar der Worte finden zu ihr zurück, und sie erinnert sich, dass er weniger seine seltsame Reise durch die realen Orte geschildert hat als die gleichzeitige Reise, die sich in seinem Inneren zutrug: wie sich das Wesen der Wirklichkeit vor seinen Augen veränderte, Lichtblitze, Menschen, die wie Buntglas bei Sonnenaufgang zu leuchten anfingen, von Farbe und Licht, Sinn und Schönheit durchflutet waren, eine ekstatische Vision, die er nicht verstehen oder beeinflussen oder aufrechterhalten konnte, die ihn aber stetig anspornte und von einem Ort zum nächsten trieb.

Seine Suche führte ihn schließlich nach Mid City zurück, wo er wieder ein leer stehendes Haus fand und es gemeinsam mit einem Haufen Straßenpunks besetzte, die viel jünger waren als er. Er bekam einen Job an der Uni-Bibliothek und besuchte Seminare als Gasthörer, suchte den Anfang von etwas, irgendein großes Vorhaben, dem er sein Leben widmen könnte. Und dann sah er eines Tages Professor Lacouture über den Campus gehen und war vom Schnitt seines Anzugs und seinem selbstbewussten Gang beeindruckt. Also fing er an, dessen Vorlesungen zu hören, und lernte, dass jede Oberfläche eine unendlich komplexe Angelegenheit war, ästhetische Haltung, philosophisches Argument, politische Abhandlung und Blaupause für eine würdigere Lebensweise.

Er kehrte heim in seinen Unterschlupf und sah seine Mitbewohner, die Straßenpunks, mit neuen Augen. Ihr Look, erkannte er, war nicht einfach ein Look, sondern ein Vehikel, vielleicht das einzige, das sie hatten, um ihre Andersartigkeit zu transportieren, um sie über die Jugendjahre mit ihrem die Seele vereisenden Klima hinweg am Leben zu halten. Und sollten sie es noch schaffen, diese Andersartigkeit sicher hinüber ins Erwachsenenleben zu schmuggeln, dann würde sie sich entwickeln, erblühen, zu politischen, moralischen und kulturellen Überzeugungen heranreifen, so viel begriff er. Und die Phantasie, die es diese Jugendlichen kostete, sich mittels der Mode zu regenerieren, würde ihr Gespür für die Möglichkeiten im Erwachsenenleben schärfen. Und die engen Freundschaften, die sie durch ihre gemeinsame Modekultur einzugehen lernten, würden ihnen als Erwachsene die Fähigkeit verleihen, Bündnisse, Bewegungen und Gemeinschaften zu schmieden. Und der Mut, den es brauchte, den Zorn ihrer Eltern, Lehrer und Gleichaltrigen zu erdulden, würde ihnen als Erwachsenen helfen, einzustehen für alles, was ihrer Ansicht nach bewundernswert, schön und richtig war.

Und das war es, erklärte er Ursula, was ihm sein Beruf als Trendscout bedeutete. Er bedeutete ihm alles. Er bedeutete, dass es da draußen derart viel Sinn gab, dass er sich nie wieder danach zu verzehren brauchte, hatte er erst einmal restlos begriffen, wie man ihn fand.

Und er schläft mit hängendem Kinn, den Mund einmal mehr zu diesem traurigen, kindhaft missmutigen Überbiss verzogen. Und neben ihm beobachtet eine nun hellwache Ursula sein Gesicht, denkt über seine Geschichte nach und erkennt deutlich das Muster. Eine Sprache der Depression. Rückfälle in manische Zustände. Immer wieder plötzliche Brüche mit seiner Vergangenheit, Preisgabe seiner alten Pläne, Freunde, Bindungen und dann der Anfang ganz von vorn auf irgendeinem neuen Pfad. Sie rätselt, wie lange er wohl diesmal hier ist, wie lange es dauern wird, bevor sie ebenso bedeutungslos für ihn sein wird, wie er zuweilen für sie erscheint, wie lange, bevor sie einander durch die Finger rinnen und die willkürliche Laune des Lebens, die sie zusammengeführt hat, wieder ausgebügelt sein wird, als sei nichts von alledem jemals geschehen.

PLASTIK «Der Typ da drin», sagt Ivy und zeigt im Vorbeigehen in ein Zimmer. «Siehst du ihn?»

Ein asiatischer Jugendlicher, der auf dem Rücken liegt und ausdruckslos die Decke anstarrt.

Ursula nickt. Ihr wäre wohler, wenn Ivy nicht so laut sprechen würde.

«Der hat einen Liter Abflussreiniger getrunken», sagt sie. «Hat ihm den ganzen Rachen und dazu den größten Teil des Magens weggeätzt.»

Der Junge blinzelt, womöglich ist er genervt. Ursula nimmt Ivy beim schmächtigen Arm und zieht sie behutsam von der Schwelle fort.

«Er kann weder essen noch trinken», sagt Ivy fasziniert. «Sie müssen ihn intravenös ernähren. Reden kann er auch nicht.» Sie schaut nach unten und beobachtet, wie ihre Latschen über den Fußboden schlurfen. Der neue Medikamentenmix scheint anzuschlagen, wenn die Muskelsteife, die als Nebenwirkung auftritt, der behandelten Neigung zu Katatonie auch ziemlich ähnlich sieht. Bis auf die Latschen hat sie aber wieder ihre eigene Kleidung zu tragen angefangen, heute ein schwarzes, mit kleinen weißen Blumen bedrucktes Strandkleid, das Ursula nicht mehr an ihr gesehen hat, seit sie vierzehn war. Anscheinend macht sie sich keine Sorgen mehr, als Reklame für die Körper oder die Antikörper benutzt zu werden.

«Der Abflussreiniger hat ihn innen völlig ausgehöhlt», sagt Ivy. «Das Gefühl kenne ich. Innen ganz ausgehöhlt zu sein. Lass uns Aufzug fahren.»

Sie kommen an der Aufnahme vorbei. Ivy geht in die Vorhalle und drückt die Knöpfe für beide Fahrtrichtungen. Sofort hält ein Lift mit Pfeil nach oben, Ivy schlüpft in die Kabine und bedeutet Ursula zu folgen. Drinnen steht ein Arzt, ein schlanker Inder mit ernstem Aussehen. Ivy legt die Hände zusammen und neigt den Kopf nach Art der Hindus, dann lehnt sie ihren dünnen, steifen Körper zurück an die genoppte Aluminiumwand.

«Sind Sie plastischer Chirurg?», fragt sie den Mann.

«Nein. Ich bin Internist.»

«Unsere Mom ist plastische Chirurgin», teilt ihm Ivy mit, «und sie hatte diese Videobänder von den Operationen gemacht, um den Patienten zu zeigen, worauf sie sich einstellen sollten. Ursula und ich haben sie uns heimlich angeschaut. Sie waren echt heftig, aber auch irgendwie lustig. Sie malte mit einem dicken Filzstift auf den Möpsen der Frauen herum. Zwei große Kreise wie Augen rund um die Brustwarzen.»

Ivy malt mit dem Finger zwei kleine Kreise auf ihre Brust. Der Arzt, der ihre Krankenhauslatschen schon bemerkt hat, beantwortet die Auskunft mit ruhigem Nicken.

«Dann machte sie Schnitte entlang der Linien», fährt Ivy fort, «und saugte das Fett ab, um Platz für die Silikonpolster zu schaffen. Schlürf, schlürf, schlürf. Einfach so.» Sie prustet. «Am lustigsten wurde es immer, wenn sie mit den Fingern diese Beutel in die Möpse der Frauen stopfte. Die Beutel waren so lustig, aber es war zugleich etwas sehr Ernstes, weil unsere Mom aus Mädchen erwachsene Frauen machte mit ihrem Filzstift und ihrem Messer und ihren kleinen Beuteln voll Wackelpeter.»

Die Türen öffnen sich. Der Arzt bleibt, wo er ist, und sie schließen sich wieder. Vielleicht hat er sich mittlerweile denken können, wer diese Frau ist. Vielleicht hat er die Geschichten über sie mitbekommen.

«Mädchen zu Frauen», sagt er und spielt den Psychiater. «Das ist interessant.»

«Ursel und ich haben früher immer plastische Chirurgin gespielt.»

Der Arzt sieht Ursula an, und sie schaut auf den Boden und nickt verlegen. Es stimmt alles.

«Ursula war immer die Chirurgin, denn sie war die Ältere. Sie verpasste mir eine neue Nase und Bauchstraffungen und Gesichtslifting und Wunderbusen. Sie malte mir mit einem dicken roten Filzstift Linien auf und tat dann so, als würde sie schneiden und schnippeln. Sie kniff mich, damit es sich echt anfühlte. Ich glaube, manchmal dachte ich wirklich, dass es echt ist. Ich glaube, sogar damals war ich schon eine Schizo. Aber jetzt geht es mir besser.»

«Freut mich zu hören», sagt der Arzt. Seine Stimme klingt besänftigend, als freue er sich aufrichtig für sie und glaube ihr tatsächlich. Ursula wundert sich über diese Ärzte, über Dr. Shivamurti, die heute Morgen zu ihr meinte, Ivy sei beinahe so weit, entlassen zu werden. Ursula ist sich da nicht so sicher. Vielleicht ist sie hoffnungslos zynisch geworden, aber in jüngster Zeit beschlich sie das Gefühl, dass Ivy nur so tut, als sei sie auf dem Weg der Besserung. Diese ganze Unterhaltung im Lift scheint Ursula ein gutes Beispiel dafür zu sein, wie Ivy die Spielregeln zu beherrschen gelernt hat und nun unter anderem alles, was nach traumatischer Kindheit schmeckt, jedem daherlaufenden Weißkittel auf die Nase bindet.

«Ich werde bald wieder arbeiten», prahlt sie.

«Das ist ausgezeichnet», sagt der Arzt.

Die Türen öffnen sich wieder. Sie haben das oberste Stockwerk erreicht.

«Komm schon, Ursel.»

Ivy tritt hinaus in den Gang, und Ursula folgt ihr. Der Arzt bleibt zurück.

«Ihnen viel Glück», sagt er, als die Türen sich vor ihm schließen. Ivy beugt sich vor und drückt den Abwärtsknopf.

«Hattest du daher den Einfall?», fragt Ursula.

«Welchen Einfall?»

Sie zeigt auf eine von Ivys Narben, jene, die den linken Arm emporläuft. Ivy schaut hin, als sähe sie sie zum ersten Mal. Besorgt blickt sie zu Ursula hoch.

«Glaubst du, sie machen mich zu hässlich?»

Ursula weiß, was sie damit meint. Zu hässlich für ein Model. Das ist das Einzige, woraus Ivy sich dieser Tage etwas macht. Ihr ganzes wahnhaftes Gerede über Trendscouts ist durch ein obsessives Selbstgespräch ersetzt worden: Sie will wieder Model werden, was zwar eine zweifellos gesellschaftlich anerkanntere fixe Idee ist, aber eine beinahe ebenso Besorgnis erregende, denn Ursula kann sich derzeit wirklich keine nennenswerten Aussichten für Ivy vorstellen. Nicht allein wegen der Narben auf ihrem Körper. Auch ihr Gesicht ist nicht mehr das, was es einmal war. Halb so schlimm, wenn es nur ausdruckslos geworden wäre, denkt Ursula – wahrscheinlich ist eine ungerührte Miene für ein Model ohnehin eher von Vorteil. Die Schwierigkeit liegt darin, dass ihr Gesicht nicht ausdruckslos genug ist. Seine Muskeln verhalten sich eigenartig. Ihr Unterkiefer ist etwas kantiger und tritt deutlicher hervor als früher. Und sie hat abfallende Mundwinkel, wenn sie nicht gerade lächelt. Und wenn sie doch lächelt, bleibt die Miene rings um die Augen ernst und lässt das Lächeln seltsam gequält erscheinen. Wenn sie auf diese Art lächelt, bekommt Ursula den Eindruck, ihre Schwester wisse tatsächlich, wie es sich anfühlt, innen völlig ausgehöhlt zu sein. Sie hofft, das Ende von Ivys Laufbahn als Model könne den Anfang eines erfüllteren Daseins markieren. Ursula hofft, dass sich Ivys Interessen während ihrer Genesung und Rehabilitation in irgendeine neue Richtung lenken lassen, hin zu etwas mit Zukunft, etwas mit Bodenhaftung, das ihr ein Gefühl für ihren wahren Wert vermitteln kann.

«Du siehst überhaupt nicht hässlich aus», versichert ihr Ursula. «Aber denk dran, Ivy, du musst diese Sache mit dem wieder Arbeiten langsam angehen. Ruh dich erst mal aus, geh zu den Gruppensitzungen und lebe einfach.»

Ivy starrt sie an, schaut dann nach unten, und ihre Stimme ist leise und unmoduliert. «Du glaubst, dass ich versagen werde», sagt sie.

«Ivy, nein, nein, es wird richtig gut für dich laufen. Das weiß ich.»

«Du wirst es sehen», flüstert sie. «Sie werden mir helfen.»

«Wen meinst du damit?», fragt Ursula. Zum ersten Mal heute hat Ivy etwas gesagt, was ihre Schwester nicht verstanden hat. «Wer wird dir helfen?»

Ivy verschränkt die Hände auf dem Rücken und fegt den Boden mit einem Latschen.

«Meine treuen Fans natürlich», sagt sie und schaut mit diesem seltsamen künstlichen Lächeln auf.

Es ist ein Witz. Ursula lacht und gestattet sich die gewagte Hoffnung, das alles gut ausgehen könnte.

KILLER

Die beiden – James T. Couch und die Ironie von James T. Couch – schieben sich die Brille auf der Nase zurecht und spähen durch die Wand aus Plexiglas auf die schattenhaften Umrisse, die auf der dicht gedrängten, verrauchten Tanzfläche zucken und hüpfen, wobei James T. Couch mit Interesse und die Ironie von James T. Couch mit geheucheltem Interesse zuschaut.

«Diese junge Wilde also …», geben die beiden von sich, «welche *Art* Fell war das?» James T. Couch klingt wie ein nervöser Mann, der gelassen zu klingen versucht. Die Ironie von James T. Couch klingt wie ein gleichgültiger Mann, der vorgibt, ein nervöser Mann zu sein, der gelassen zu klingen versucht.

Und der hier, denkt Ursula, *sollte eigentlich der Normalste von ihnen sein.*

«Ich weiß nicht, James. Braunes Fell.»

«Es könnte aber synthetisch sein, richtig? Ich *muss* das wissen.»

Ursula lächelt und beißt die Zähne zusammen. Die Ironie von James T. Couch ist so eifrig, wie sie es schon die letzten paar Tage über war, sie legt betonten Wert auf beliebige Wörter, täuscht Betroffenheit vor, als sei das Fell für ihn von Bedeutung, als stehe sein Ruf auf dem Spiel; woraus Ursula schließen soll, dass das Fell ohne Bedeutung für ihn ist und sein Ruf keineswegs auf dem Spiel steht. Tatsächlich aber ist das Fell, da es seinem letzten Bericht rundheraus zuwiderläuft, von äußerster Bedeutung für ihn, wie sie weiß, und sein Ruf steht sehr deutlich auf dem Spiel.

«Es könnte synthetisch sein», murmelt sie. Sie hat vor, sich hier mit Ivys Freundin Sonja Niellsen zu treffen, die zu sprechen sie keine Gelegenheit hatte, seit sie damals in die Stadt gezogen war. Sonja ist Ivys einzige Freundin, soweit Ursula das zu erkennen vermag, der einzige Mensch, der sie sonst noch besucht, jedenfalls der einzige nicht erfundene. Sonja und Ivy planen, sich nach Ivys Entlassung gemeinsam eine Wohnung zu suchen, und Ursula möchte sicher gehen, dass diese Frau einen guten Einfluss ausüben wird. Ivy wird alle guten Einflüsse brauchen, die sie kriegen kann. Bei ihrer letzten Unterhaltung hat Dr. Shivamurti eingeräumt, dass man Ivy wahrscheinlich noch ein wenig länger dabehalten hätte, wäre ihr Versicherungsschutz nicht beinahe ausgeschöpft. Sie hat Ursula geraten, Ivy einen Platz in einem Reha-Zentrum zu suchen, aber es stellte sich heraus, dass selbst die zweifelhaftesten dieser Häuser jahrelange Wartelisten haben. Das Beste, was Ursula noch für Ivy gefunden hat, sind ein paar Tagesstätten für ehemalige Psychiatriepatienten, aber sie ist sich ziemlich sicher, dass allein die Einrichtung dieser Tagesstätten genügen wird, dass Ivy einen großen Bogen um sie machen wird. Soll Ivy also irgendeine Chance auf Wiederanpassung an die Welt haben, dann wird Sonja hilfreich, geduldig und verständnisvoll sein müssen.

Die Lage ist heikel, und Ursula hatte auf etwas Privatsphäre gehofft, um Sonja angemessen aushorchen zu können, aber Privatsphäre ist eine Sache, von der sie herzlich wenig zur Verfügung hatte seit dem Tag, an dem sie James T. Couch begegnet ist, der sich aus irgendeinem undurchsichtigen Grund wie eine Klette an sie geheftet hat. Sein zufälliges Erscheinen hier wäre ausgesprochen unheimlich, würde sich nicht die Tatsache aufdrängen, dass er ganz eindeutig in dieses Höllenspektakel von einer Disco hineinpasst. Seine Garderobe ist sogar noch ein wenig schriller als zu solchen Anlässen üblich: eine hautenge Freizeithose in Orange, ein paar leuchtfarbene hochhackige Stulpenstiefel und eines dieser japanischen Nonsense-T-Shirts, sein Markenzeichen, diesmal mit dem grellbunten Bügelbild eines Cartoonautos voller Cartoontiere, darunter, in Pseudo-Englisch, der Slogan: *The Driving Life: It's all a fun!* Seine neue Brille, eine zusätzliche Augenweide, ist wie ein Paar Fernsehschirme geformt. Die schwarze Fassung ist an den Außenseiten breiter, mit jeweils einer Reihe Knöpfe und mit Skalenschalter.

«Du bist das *Urbild* der Eleganz, wie üblich», schwärmt er, als lese er ihre Gedanken und erwidere ironisch ihr Kompliment.

«Danke.» So Unrecht hat er nicht. Der Anzug von Banzer hat zu weiterer Garderobe geführt – vom eigenen Geld gekaufter, jedenfalls mit der eigenen Kreditkarte gekaufter –, die von Freizeitlook bis Abendkleidung reicht; heute liegt es irgendwo dazwischen, eine schwarze Stretchbluse aus Seide und der dazu passende Rock. Es ist schon eine Weile her, seit sie das letzte Mal einen Rock getragen hat. Außerdem hat sie zum ersten Mal seit Jahren die Beine enthaart, die sich nun im klimatisierten Luftzug angenehm kühl und glatt anfühlen.

«Wenn ich dran denke, dass Chas dich schlampig genannt hat.» Er lächelt ein weiteres Blitzlächeln, bei dem sich das rötliche Licht der marokkanischen Hängelaternen in seinen dicken Brillengläsern bricht und die Augen wie teuflisch kleine glänzende Knöpfe wirken. Er lehnt sich zurück an die Wand, und sein Kopf wiegt sich wie der einer beschwörten Schlange zu dem gedämpften Geräusch der Tanzmusik, einer komplexen Mischung von statischem Plattenknistern und Bandrauschen. Die Dee-Jane, ein Mädchen mit kurzem, blondiertem Haar in Tanktop und übergroßer Hose, das gleich hinter der Wand aus Plexiglas postiert ist, lässt den Kopf auf genau die gleiche Weise kreisen wie Couch.

Ursula braucht einen Augenblick, um zu begreifen, dass es sich um keinen Zufall handelt, dass Couch, ob aus Hohn oder Bewunderung oder beidem, sie nachahmt.

«Also, was *denkst* du, was hält Javier auf?», fragt er.

«Kommt er denn auch?»

«Du klingst ja gar nicht so glücklich darüber!», sagt er überrascht und geheuchelt überrascht. «Ärger im Paradies?»

«Was soll das bedeuten?»

«Oh, na ja, ihr beiden scheint euch halt recht gut *kennen gelernt* zu haben.» Seine winzigen Augen weiten sich zum unschuldigsten aller Blicke, aus dem sie ableiten soll, dass er etwas weiß, während er unmöglich auch nur das Geringste wissen kann. Javier hätte Couch nichts gesagt, er kann Couch nicht einmal leiden. Nicht, dass er je Entsprechendes geäußert hätte – er sagt nie Schlechtes über jemanden –, aber sie kann es an der Art ablesen, wie er es meidet, ihn in der Gruppe anzusehen und anzusprechen. Auf ziemlich gleiche Weise neigt Javier dazu, so gut wie alles vielleicht Beunruhigende und Unangenehme zu meiden, hat sie festgestellt. Nicht ein einziges Mal zum Beispiel ist er mit ihr zu Besuch bei Ivy gewesen, angeblich wegen einer zwanghaften Furcht vor allem, was mit Krankenhäusern zu tun hat. Schon die bloße Unterhaltung über Ivys Leiden bereitet ihm Unbehagen – gewöhnlich nickt er einfach eine Weile mitfühlend und ergreift die erstbeste Gelegenheit, um das Thema zu wechseln. Mitunter verärgert sie sein Ausweichen, doch hat sie gleichzeitig seine Feinfühligkeit zu schätzen gelernt, seinen aufrichtigen Wunsch, sie vor allem zu beschützen, was sie zornig oder traurig oder hoffnungslos machen könnte, wozu sie allemal neigt. Wenn ihr die eigenen Schwierigkeiten zu viel werden, ist er stets mit einer neuen Ablenkungsoffensive zur Stelle. Die jüngste und erfolgreichste hatte mit der jungen Wilden zu tun. Ohne ihr Wissen haben die beiden sie adoptiert. Sie lassen Lebensmittel für das Mädchen zurück – Thunfisch, Wurstkonserven, Rahmspinat oder Ananasscheiben in Dosen, Streifen aus Dörrfleisch –, stellen sie auf den Sockel des Standbilds von Guy Banister, während die Wilde auf Beutezug ist. Gelegentlich lassen sie vom Supermarkt am Ende des Häuserblocks frisches Obst und Gemüse da, auch wenn sie dem mit größerem Misstrauen begegnet. Sie haben das Mädchen zwar noch immer nicht sprechen sehen, beobachteten aber zu ihrer übergroßen Freude vor kurzem ein paar der Straßenpunks, die sich mittels einer groben Zeichensprache mit ihr verständigten und Nahrung und Rohmaterial gegen zusammengenähte Häute und zu Steinschleudern umgearbeitete Schläuche von Autoreifen eintauschten.

So ermutigend das auch sein mag für die Aussicht auf einen Trend zur Verwilderung, die Verhältnisse hier im «Sarin Spa» machen keinen sonderlich wilden Eindruck, worauf hinzuweisen James T. Couch nicht versäumt. Er improvisiert eine kategorische Ordnung aller Arten und Kreuzungen des Nicht-Wilden, die ringsherum auf Polstermöbeln und lederbezogenen Ottomanen abhängen – die Raver, die Rager, die Eraserheads, die Mädchen mit Zöpfen und Strümpfen bis übers Knie und ihre eingeschworenen Feindinnen, die Mädchen mit Pferdeschwanz und Strümpfen, die kurz vorm Knie Halt machen, und schließlich das unvermeidliche umfangreiche Aufgebot stilistisch verunsicherter Provinzler, die so aussehen und sich so fühlen, als gehörten sie nicht dazu, obwohl sie die Mehrheit stellen, den meisten Eintritt und die meisten Getränke bezahlen. Keine erdigen Farbtöne, keine Sandalen, Talismane, Knochen, in der Tat. Nichts als leuchtende unnatürliche Farben, von James T. Couch bestätigte Farben, phosphoreszierende Töne, wie sie sich auf Computerbildschirmen finden. Nicht dass James T. Couch den Trend zur Verwilderung anzweifelt, o nein, nicht eine Minute lang. Seine winzigen Augen weiten sich engelsgleich. Dann verengen sie sich teuflisch. Dann, als sie über Ursulas Kopf hinausschweifen, quellen sie hervor.

«Hey», sagt Sonja Niellsen. Sie steht da, die nackten Beine aneinander gepresst und den Arm zu einem Winken erstarrt. Obwohl ihr Gesicht von der übergroßen Kapuze eines Bolerojäckchens aus schwarzem Krepp überschattet wird, ist sie unverwechselbar. Sie hat den typischen Ausdruck aufgesetzt, den sie und die berühmteren Models, denen sie nacheifert, in den Anzeigen zur Schau stellen: halb schmollend, halb furchtsam und ein wenig abwesend – man nennt es den Entführungsopfer-Look. Es überrascht Ursula, dass er bei ihr natürlich wirkt und nicht erst von einem Trupp Fotografen hervorgelockt werden muss.

Ursula macht den Mund auf, um etwas zu sagen, aber Couch kommt ihr zuvor.

«James T. Couch», sagt er und streckt die Hand aus. «Ich bin ein *großer* Bewunderer Ihrer Arbeit.» In einer einzigen Bewegung springt er hoch und zieht einem Paar mittleren Alters in hautengen Jeans, das sich gerade am benachbarten Couchtisch niederlassen wollte, eine Polsterbank unter dem Hintern weg.

«Wissen Sie», sagt Couch zu Sonja und schleift die Sitzgelegenheit dicht an seine eigene, «mir blieb keine andere *Wahl*, als auf die Halskette aufmerksam zu werden, die Sie da tragen. Wo haben Sie die her?»

Das fragliche Accessoire weist eine sich eng um den Hals legende Reihe rauchfarbener Steine auf.

«Oh. Die hat ein Freund von mir gemacht.» Zerstreut zieht sie die Kapuze herunter. Ihr Stylist hat ihr Haar auf neue Art frisiert, zu einem knappen Bubikopf, der sich sichelförmig um ihre Backenknochen schmiegt. In ihren Augen funkelt rötliches Laternenlicht, sonst sind sie dunkel.

Couch setzt sich, und Sonja bleibt gehorsam stehen, während er sie zu jeder Einzelheit ihrer Kleidung befragt, von ihrem Bolerojäckchen aus Krepp bis hinunter zu den Schnürschuhen mit gewölbter Spitze und wieder hoch zum trägerlosen, geknoteten Minikleid aus Sackleinen, dessen mit Satin besetzten Saum er hochhebt, um ihn in Augenhöhe zu begutachten. Er rückt seine Brille gerade und nickt zu den Namen der Geschäfte und Designer, die Sonja von den Lippen tröpfeln. Um diesen erhabenen Moment noch weiter auszudehnen, fragt er sie nach ihrer Unterwäsche und rät verschiedene Marken. Sonja wird zögerlich, und er lässt sie in seinem üblichen bestimmten Tonfall wissen, dass er die Auskünfte für ein Buch verwenden werde, dessen Mitautor er sei, wobei sein Lächeln andeutet, dass er zu scherzen beliebt, aber natürlich scherzt er überhaupt nicht.

«Ich möchte Sie etwas fragen», sagt Couch. «Was halten Sie von Fell? Würden Sie je welches tragen?»

«Hm. Echtes Fell oder synthetisches?»

Couch wirft Ursula ein triumphierendes Lächeln zu. «Siehst du? Sieht du? Hab ich Recht oder hab ich Recht, komm schon, hey, hab ich nicht Recht?»

«Solltest du am Ende Recht haben?»

Couch lächelt froh, dass sie bei seiner Nummer mitzieht. Wie könnte sie sich über ihn lustig machen, wo er sich doch schon selbst über sich lustig macht? Der Mann ist ein Antäus der Ironie. Versucht man, ihn umzuwerfen, wird er nur noch stärker. Falls es einen Weg gibt, ihm den Erdboden zu entziehen, so muss ihn Ursula noch finden.

Javier taucht genau zur rechten Zeit auf, um seine Bestellung bei einer jungen Cocktailhostess aufzugeben, die aus dem Nirgendwo aufgetaucht ist, um Sonja mit Ehrfurcht und Ablehnung anzugaffen. Er zieht einen kleinen Tisch herbei, den er wahrscheinlich mit einem Hocker verwechselt, lässt sich darauf neben Ursula nieder und blickt ihr prüfend ins Gesicht.

«Wie geht's?», fragt er.

«Gut», sagt sie, verwirrt vom besorgten Klang in seiner Stimme.

«Javier», sagt Couch, «*überrascht* es dich nicht, Ursula hier anzutreffen?»

«Oh. Ja. Das ist … überraschend.»

«Und ich bin sicher, dass unsere *zweite* Schönheit hier keiner Vorstellung bedarf.»

Javier blickt Sonja an und scheint sie nicht im Geringsten zu erkennen, und sie starren einander einen Augenblick lang verdutzt an, bis er beschließt, die Hand auszustrecken und seinen Namen zu wiederholen.

«Ich bin Sonja», sagt Sonja. «Ich kenne Ivy.»

«Oh, ah, na klar.»

«Javier und James sind beides Leute, mit denen ich zusammenarbeite», teilt Ursula Sonja mit.

«Trendscouts», erwidert Sonja.

Ursula lacht verwirrt. «Woher wussten Sie das?»

«Ivy hat mir erzählt, dass Sie für Chas arbeiten.»

«Sie …», setzt Ursula an. «Sie hat Ihnen das erzählt?»

Sonja nickt.

Aber Ivy konnte das unmöglich wissen. Ursula hatte es ihr nie gesagt. Auf einmal verspürt sie Atemnot. Alle starren sie an und rätseln, was mit ihr nicht stimmt.

Nur eine weitere von Ivys paranoiden Wahnvorstellungen, sagt sie sich. Und diese ist halt zufällig wahr.

«Sie … sie redet mit Ihnen über Chas?»

Sonja nickt.

Nach anfänglicher Bestürzung kommt Ursula zum Schluss,

dass es vielleicht ganz gut so ist. Vielleicht ist es ein Zeichen, dass sich Ivys Zustand wirklich bessert.

«Wo wir schon von unserem Großinquisitor sprechen», verkündet Couch, «ich komme gerade von einem Treffen mit ihm. Die letzten drei Stunden über hat er mir erklärt, wie er die Sache mit der Präsentation haben will. Und ich hab mich gefragt ... Hat jemand von euch ... ähm ... das diesjährige Trendbuch schon *gesehen*?»

«Wieso?», fragt Ursula. «Hat es dich überrascht?»

Er schaut sie beide nacheinander an, wobei sein Lächeln Zahn um Zahn breiter wird. «So könnte man es sicherlich ausdrücken.»

«Javier sagt, er werde aus Chas einen neuen Menschen machen», erläutert Ursula.

Couch sieht Javier schräg an. «*Wiiiirrrrrklich!* Einen neuen Menschen, sagst du? Wie dieses?»

Javier erwidert nichts. Heute scheint er sich in der Gegenwart von Couch noch unwohler zu fühlen als sonst. Ursula greift den Faden auf.

«Er macht ihn zum Optimisten.»

Couch wirkt aufrichtig belustigt und nimmt dann rasch einen Schluck von seinem Drink, um ihn in einem vorgetäuschten Lachkrampf wieder auszuspucken.

«Chas! Ein *Optimist*!» Er schaltet das hemmungslose Gelächter ab und wischt sich den eingebildeten Schweiß von der Stirn. «*Das* war mal echt komisch.»

«Du hast ... das Trendbuch gesehen?», fragt Javier mit kaum verhohlener Beklommenheit in der Stimme.

«O nein», entgegnet Couch und verschränkt die Finger vor der Brust. «Der Mann vertraut keinem. Ich hab bloß zugehört, wie er davon erzählte.»

«Oh», sagt Javier deutlich erleichtert. «Na ja, du kennst ja die Art, wie er redet.»

Die beiden Männer starren einander einen Moment lang in Grund und Boden, Couch mit seinem falschen Lächeln und Javier forciert draufgängerisch. Ursula wird langsam unbehaglich zumute, und ihr Blick schweift auf die Tanzfläche. Ein neuer DJ hat das Pult übernommen, ein stämmiger Junge mit Haaren vor den Augen und einem Goldzahn, der angefangen hat, vor House als Grundfarbe Musiktitel aus neueren Filmen ein- und auszublenden. Die Zusammensetzung auf der Tanzfläche ändert sich dementsprechend, die Jungen und Mädchen mit Hornbrillen und großen, klotzigen Schuhen treten ab, die Jungen und Mädchen mit Drahtgestellen und um die Taille gebundenen Leinenjacken marschieren auf. Die Kernbesetzung aus schwergewichtigen Schwarzen mit rasierten Schädeln und dürren, androgyn aussehenden Mädchen mit Kurzhaarschnitt bleibt unverändert.

Ursulas Blick wandert zurück, und sie stellt fest, dass Couch und Javier sie beobachten. Sie hat keine Ahnung, wieso. Langsam machen die beiden sie paranoid.

«Also», sagt sie und versucht, das Gespräch wieder in Gang zu bringen. «Welchen neuen Fährten seid ihr Jungs heute Nacht auf der Spur?»

«Also bitte», protestiert Couch und hebt abwehrend die Hände, «ich bin in der Stadt, um mich zu amüsieren. Streetwork ist so was von aus der Mode.» Er lehnt sich zur Seite und sagt mit vage verschwörerischer Miene zu Sonja: «Heutzutage arbeite ich *virtuell.*»

Sonja betrachtet ihren Lemon Drop.

«Satelliten», sagt Couch. «In meinem Haus am See kann ich tausend Kanäle empfangen.»

Couch hat Ursula seine Forschungsstätte bereits bis in die kleinsten Einzelheiten beschrieben. Sechs Rechner durchforsten das Netz fortwährend nach trendverdächtigen Schlüsselbegriffen. Zwölf Fernsehschirme sind so geschaltet, dass sie im Minutentakt den Kanal nach Zufallsprinzip wechseln. Er behält sie alle gleichzeitig im Auge und sucht nach Mustern, während er sein Trimmrad fährt oder in seinem Ruderapparat oder auf seiner Skimaschine trainiert.

«Ich sollte euch alle mal irgendwann an meinen See laden», sagt Couch. «Man ist dort sehr für sich. Ich bin mir sicher, dass Sie ab und an mal ganz gern von Ihren ergebenen Bewunderern loskommen, hab ich Recht, Sonja? Es muss doch eine *Plage* für Sie sein, ständig bewundert zu werden.»

Er legt ihr eine schlaffe Hand auf den Arm und lehnt sich beim Sprechen nah an sie heran. Sonja mustert ihn verwirrt; vielleicht hat sie bis zu diesem Augenblick noch nie die Möglichkeit ergebener Bewunderer in Betracht gezogen.

Es kostet Ursula einen Moment, die Einladung durch Couch vollständig zu verarbeiten.

«Dein See?», ruft sie aus.

«Na ja, es ist ein kleiner See», sagt Couch triefend von aufgesetzter Bescheidenheit, «keiner von den großen, du weißt schon. Aber er hat seine Reize. Sobald Ivy wieder auf dem Damm ist, *musst* du sie mitbringen. Oh, und wo wir von Ivy sprechen …» Couch richtet sein Lächeln zuerst auf Javier, der aschfahl in sein Glas stiert, und dann auf Ursula « [illegible] gestatte mir, dir als Erster zu ihrem neuen Jobangebot zu *gratulieren.*»

Sein Gesicht rötet sich von der Anstrengung des Lächelns.

«Chas hat sie endlich unter Dach und Fach gebracht, eben heute Morgen», fährt er fort.

Voll Sorge schaut Ursula hinüber zu Javier, doch der scheint unversehens von einem Fleck auf seinem Ärmel beansprucht zu sein.

«Dein *Freund* Ed Cabaj wird sie für seine Diätwasserkampagne einsetzen!»

«Wie ...», stockt ihr die Stimme, « ... wie meinst du das?»

«Du hast ihn auf dieser Party wirklich *beeindruckt*, Ursula», redet Couch weiter. «Chas meinte, dass Ed ständig von dir erzählt und gejammert habe, wärst du doch bloß ein paar Jahre jünger und so weiter oder wäre Ivy doch noch ... du weißt schon, *compos mentis*. Und dann hat Chas es ihm mit dem Einfall schlechthin besorgt. Wieso nicht trotzdem Ivy einsetzen? Bei ihrem Bekanntheitsgrad! Ich muss nämlich sagen», lacht er, «seit dem Tag, als deine Schwester aus dem Verkehr gezogen wurde, hab ich mir über unseren armen alten Boss Sorgen gemacht. Schon wie er auf Javiers ganzes Kauderwelsch von den Lichten Zeiten gehört hat, dachte ich mir, dass unsere gesegnete Mutter Oberin nun doch ihren Knacks weg hat. Aber er ist immer noch König aller Verkäufer, man muss es ihm lassen. Das müssen wir ihm doch einfach lassen, oder?»

Sie wendet sich Javier zu, der hölzern dasitzt und die Tischplatte anstarrt.

«Zeig ihr die Bilder, Javier», ruft Couch ihm zu.

Javiers Kopf schnellt ruckartig hoch. «Nein, James, das ist jetzt nicht der Augenblick für –»

«Doch, Javier», fällt Ursula ein und setzt ein Lächeln auf, das es mit dem von Couch aufnehmen kann. «Zeig mir die Bilder.»

«Die sind noch bei Chas.»

«O sei nicht immer so bescheiden», sagt Couch zwischen Unschuld und Boshaftigkeit schwankend. «Du hast noch alle Rohskizzen. Die Kladde ist gleich da in deiner Tasche. Vor einer Stunde hab ich dich noch drin rumkritzeln sehen.»

Javier wendet sich ihr zu und öffnet den Mund, aber ihr Lächeln erwischt ihn eiskalt. Schweigend greift er in die Tasche zu seinen Füßen, zieht das Skizzenbuch hervor, zögert und legt es dann auf den Tisch.

Das Skizzenbuch ähnelt allen seinen übrigen, nur dass es statt eines abstrakten, konzeptuellen Titels wie *Wahlverwandtschaften* oder *Erfundene Anfänge* oder *Die neue Ernsthaftigkeit* die schlichte Aufschrift *Ivy* trägt. Ursula schlägt es auf. Die ersten paar Seiten sind mit Ausschnitten einiger Werbeanzeigen und Katalogseiten von Ivy beklebt. Der letzte Ausschnitt stammt aus einer Zeitung; es ist das Foto, auf dem sie von der Polizei aus dem Banister-Park abgeführt wird, voller dicker Schlieren aus Blut und Farbe und mit nichts als einer kurzen zerschlissenen Baseballjacke bekleidet, die ihr ein Obdachloser geschenkt hat. Das nächste runde Dutzend Seiten füllen grobe und zumeist bruchstückhafte Skizzen aus, bei denen Javier langsam den Bogen herausbekommt, was Ivys Körpersprache anlangt, den Ausdruck in ihren weit auseinander stehenden Augen, die Haltung ihrer schmächtigen Schultern, ihren Körper in verschiedensten Bewegungen und Stellungen, mit den Kleidungsstücken aus den Katalogen. Dann wechselt das Thema schlagartig, folgt eine Reihe sehr ins Einzelne gehender Farbstiftzeichnungen einer als Wilde verkleideten Ivy – mit Fellröcken, einseitig schulterfreien Tuniken, Federn und Muscheln als Accessoires. Im Ganzen deckt sich der Stil dieser Bilder mehr oder weniger vollständig mit jenem, den Ursula für die Präsentation entwickelt hatte; Javier hat sie mit ganz denselben betörenden Widersprüchen ausstaffiert, üppiger Zähigkeit, kecker Sprödigkeit und schreienden Pastelltönen, hat jedoch darüber hinaus für Ivy eine Reihe von Kostümen geschaffen, die noch gewagter, enthüllender und verführerischer sind als die, die Ursula für die junge Wilde entworfen hatte. Auf einer Zeichnung trägt sie nicht einmal ein Oberteil und beinahe auch kein Unterteil, nur einen Lendenschurz, eine Halskette aus Knochen und leuchtende rote Streifen auf Armen, Bauch und Wangen. Ein Schweißfilm glitzert auf ihrer nackten Brust. In ihrem schamlosen Blick funkelt die Spiegelung eines Feuers.

Couch schaut ihr über die Schulter und kichert. «Man sieht doch förmlich Cabajs Augen überquellen bei dem Auftritt, oder? Der alte Bock.»

Sonja starrt Ursula mit ihren großen dunklen Augen an.

«Wette, deine Schwester ist ziemlich glücklich, *wird glücklich sein*, meine ich», fährt Couch fort, «wenn sie die Nachricht erfährt.»

Ursula sagt kein Wort.

«Meinst du nicht?»

Langsam und mit gefrorenem Lächeln heftet sie die Augen auf Javier.

«Also ... seit wann genau hast du schon ... an dieser Idee ... gearbeitet?»

«Nicht ... ich ... ich wollte dich überraschen.»

«Oh, das ist dir allerdings gelungen.»

Sie wirft einen Blick durch das Plexiglas. Der DJ hat ein schmalziges Stück aus einem neueren Film über einen gut gelaunten Auftragskiller zugemischt, und das Mainstream-Publikum hat sich folgsam über die Tanzfläche ergossen, um freudig die Arme schlingern und schlackern zu lassen.

«Seht euch den mit dem Grinsen im Gesicht an», sagt sie.

Sie zeigt auf einen groß gewachsenen jungen Mann mit langem blondem Pferdeschwanz. Sein breiter Mund ist zu einem schiefen Lächeln mit verzerrten Mundwinkeln erstarrt.

«Was gibt's für den überhaupt zu grinsen?», fragt sie.

Ursula sieht herausfordernd in die Runde. Doch keiner entgegnet etwas.

«Die Musik», gibt sie sich selbst Antwort. «Es ist die Musik. Das

Grinsen ist dazu da, den Übrigen zu zeigen, dass er den Witz kapiert hat.»

«Den Witz?», fragt Couch.

«Den Witz», wiederholt sie. «Den Witz, dass sowohl der DJ, der die Musik ausgesucht hat, als auch die Leute, die dazu tanzen, sich für raffinierter halten als das Stück. Der Grinser grinst, um zu zeigen, dass er den Witz kapiert hat und damit die Phantasie vom gut gelaunten Auftragskiller ohne übergroße Peinlichkeiten genießen kann.»

Sonja starrt verwundert auf den Tänzer. Couch starrt belustigt auf Ursula. Javier starrt auf die Tischplatte.

«Er malt sich aus, selbst ein gut gelaunter Auftragskiller zu sein», fährt sie fort, «zu Hause in der gut gelaunten Welt der gut gelaunten Auftragskiller und bestrickenden Bräute, denen man so begegnet beim Allerlei-Leute-um-die-Ecke-Bringen und den sich daraus ergebenden verrückten Storys.»

Ihre drei Zuhörer enthalten sich vorsichtshalber jeglichen Kommentars. Es rührt sich auch niemand.

«Munteres Morden», sagt sie. «Fröhliche Feindschaft. Das ist doch die Paradessenz dieses bescheidenen Grinsens, nicht wahr?»

Sie richtet die Frage an Javier, der unbehaglich auf seinem Sitzplatz hin- und herrutscht. Unterdessen lässt Couch den Blick vom einen zur anderen und zurück wandern, in den Augen ein boshaftes Leuchten.

«Was hältst du von ihm?», fragt Ursula Javier.

Er räuspert sich. «Wie meinst du das?»

«Findest du ihn sympathisch?»

«Sympathisch? Inwiefern?»

«Ich hasse ihn», sagt Ursula noch immer lächelnd. «Ich könnte durch diesen bescheuerten Pöbel waten und ihm das Grinsen aus dem Gesicht kratzen. Ist das nicht komisch?»

Keiner sagt etwas.

«Ich hör mich an wie meine Mutter», sagt sie leichthin. «‹Wisch dir das Grinsen aus dem Gesicht!›» Sie führt eine Hand am Gesicht vorbei, tilgt das Lächeln und starrt sie ausdruckslos an. «Dauernd hat sie das gesagt. Und wisst ihr was? Ich hab's nie gekonnt. Ivy lernte, es auf Befehl zu tun, ich aber nicht. Nie konnte ich dieses alberne schuldbewusste Lächeln loswerden. Und jetzt hat Ivy das Lächeln verlernt, und ich kann nicht mehr damit aufhören! Sogar wenn ich finster blicken, heulen, ja selbst schreien will!»

Alle springen in die Höhe, als sie mit der flachen Hand auf den Tisch schlägt. Sie spürt, wie sich das Lächeln zurück auf ihr Gesicht schleicht.

«Ich grinse und grinse und grinse», sagt sie, «und jedes Mal fühle ich mich gleich blöd, ohnmächtig und schuldig.»

Sie starrt auf den Tänzer.

«Die ganze Stadt hat dieses beschissene Grinsen drauf.»

Sie fährt sich wieder mit der Hand übers Gesicht und bringt das Lächeln zum Verschwinden.

«Entschuldigt mich. Ich muss los, mit jemand reden.»

Sie steht auf und drängelt sich durch die Menge auf die Tür zu. Bevor sie geht, bleibt sie vor dem Plexiglasfenster stehen, um einen letzten Blick auf den Mann mit Pferdeschwanz zu werfen, der mit seinem schiefen Lächeln vor einer Videoleinwand tanzt, die mit computeranimierten Nackttänzerinnen unter Gasmasken angefüllt ist, während sich rings um ihn die Leute in den Raum ihrer rotierenden Arme zurückziehen und rings um sie alle grüner Rauch aus goldeloxierten Lüftungsrosten von der Decke herabsinkt.

BLACKOUT Sie findet Chas in seinem verdunkelten Büro sitzend vor, und der gelbliche Schein der Schreibtischlampe lässt rund um die Augen eine Waschbärenmaske aus Schatten zurück. Hinter ihm breitet sich das Gitternetz der Straßenbeleuchtung aus, zieht sich den Hang hinunter und verschwimmt über dem Flachland zu Dunst. Sie wusste, dass er hier sein würde. Er hat hier jede Nacht seit der Präsentation geschlafen und das Trendbuch fertig gestellt, das mitzuschreiben Javier so hartnäckig glaubt. Er scheint nicht besonders überrascht zu sein, sie zu sehen. Er bedeutet ihr, Platz zu nehmen, und ihre Geistesgegenwart reicht gerade noch aus, um stehen zu bleiben. Sie hat noch nicht mal darüber nachgedacht, mit welchem Vorwurf sie anfangen will, doch ein neuer drängt die anderen bereits ins Abseits.

«Woher wusstest du überhaupt, dass ich heute Abend im ‹Sarin Spa› sein würde?», ruft sie. «Lässt du mich beschatten oder so was? Hörst du meine Telefone ab?»

«Herrje, Ursula. Du klingst wie deine Schwester.»

«Hast du sie besucht?»

Chas macht eine wegwerfende Handbewegung und lehnt sich in seinem Sessel zurück.

«Nein, ich nicht. Einmal hab ich's versucht. Sie fing an zu toben.»

«Du nicht. Wer ist dann *Mister Teeth*? Javier?»

«Mister Teeth?»

Die Antwort bohrt sich ihr wie ein Eiszapfen in die Brust. Sie kann kaum sprechen.

«Es ist James T. Couch», flüstert sie und brüllt dann: «Es ist dieser … *ekelhafte* Couch! Stimmt's?»

Chas blinzelt wegen der Lautstärke und bohrt sich mit einem kleinen Finger im Ohr. «Couch ist gut zu ihr», sagt er. «Er hat ihr mehr geholfen, als du ahnst.»

«Ihr geholfen?»

«Allerdings. Hat sie davon überzeugt, aus diesem Hospital und diesen geschlechtslosen Klamotten rauszukommen und wieder arbeiten zu gehen.»

«Wie überzeugt?»

«Ich weiß nicht. Frag Couch.»

Mit einem Mal fällt ihr wieder ein, was Ivy von Mister Teeth erzählte hatte.

«Die Zeichnungen», sagt sie. «Couch hat ihr diese Zeichnungen gezeigt, die von Javier stammen.»

«Ja», nickt Chas. «Das hat sie wahrscheinlich am Ende rumgekriegt. Sie geilt sich an sich selbst auf. Na ja, ist verständlich, oder?»

Ursula schreit, nicht vor Zorn, sondern aus Angst. Der Raum ist plötzlich dunkel geworden.

«Was zum Henker», murmelt Chas.

Alles ist stehen geblieben. Die Dunkelheit ist vollständig. Kein Licht. Kein Geräusch.

«Der Strom», flüstert Ursula.

«Ich frag mich, ob es das ganze verdammte Gebäude ist», sagt Chas.

«Mehr noch», gibt Ursula zurück. «Hinter dir.»

Sie hört, wie er seinen Sessel herumschwenkt, um sich dem Geviert aus Schwärze zuzuwenden, wo das Fenster sein müsste. Sie sagt nichts und versucht, unauffindbar zu bleiben, während sie die Lage zu verarbeiten sucht. Sie sitzt in der Falle, in einem leeren, verdunkelten Büroturm mit einem wahnsinnigen Sadisten, der darauf aus ist, über das Leben ihrer Schwester zu herrschen und über ihr eigenes vielleicht auch. Welche Gründe könnte er haben, ihnen so etwas anzutun? Für so etwas gibt es keine Gründe. Wahnsinnige brauchen keine Gründe. Wahnsinnige *mögen* keine Gründe. Sie tritt einen Schritt zurück.

«Nicht schon wieder», murmelt Chas. «Mindestens der ganze Westhang. Die Vororte auch. Was ist es diesmal? Terroristen oder die übliche Unfähigkeit?»

Ursula sagt nichts. Er versucht, sie zu ködern, dass sie spricht und er sie orten kann.

«Weltuntergang wär auch nicht auszuschließen», fügt er trocken hinzu.

Ursula tritt einen weiteren Schritt zurück.

«Wohin gehst du? Ist dir nach hundert Treppen zu Fuß?»

«Ich geh nirgendwo hin», sagt sie trotzig und klingt wie ein schuldbewusstes Kind.

«Nur die Ruhe. Es *gibt* einen Ort, an den wir gehen können.»

Sie hört ihn aufstehen und sich um den Schreibtisch tasten. Sie zuckt zusammen, als er ihr Handgelenk findet und ohne Druck festhält. Er sucht für sie beide die Tür, führt sie dann durch das Empfangszimmer, durch die Eingangstür und den Korridor hinunter. Sie hört eine schwere Tür sich öffnen.

«Stufen», warnt er. «Wir gehen nach oben.»

Er bringt ihre Hand mit einem Handlauf in Berührung, lässt dann los und fängt an zu steigen. Er klingt ruhig und vernünftig. Entkommen könnte sie sowieso niemals. Sie folgt ihm.

«Eine seltene Gelegenheit», sagt Chas. «Sie wollen da oben keine Leute haben. Selbstmorde. Schadenersatzprozesse. Und so weiter. Aber ohne Strom kann der Alarm nicht losgehen.»

Selbstmorde, denkt sie. Aber er wird sie nicht umbringen, sagt sie sich. Täte er es, wäre er nicht länger imstande, sie zu quälen.

«Jetzt hör mal», sagt er, «genug der Schweigebehandlung. Ich habe Couch gebeten zu ermitteln, wie gefestigt Ivy ist, das war alles. Wir mussten wissen, ob sie genügend bei sich ist, um diese Sache für uns durchzuziehen.»

«Wir», wiederholt sie. «Du und Couch und Javier.»

«Richtig.»

«Seit wann wusste Javier von diesem Vorhaben?»

«Wusste davon?», fragt Chas. «Es war sein Einfall.»

«Sein Einfall?» Die Kehle schnürt sich ihr schmerzhaft zusammen. Sie weiß, dass ihre Stimme wie ein Wimmern klingen wird, sobald sie den Mund wieder öffnet, schert sich aber schon nicht mehr um Demütigungen. «Diese ganze beschissene Sache war sein Einfall?»

«Ein verflucht schöpferisches Genie ist er, dein Freund.»

Sie hört ihn über eine Stufe stolpern, die gar nicht da ist. Sie haben den Absatz erreicht. Er stößt eine Metalltür auf. Ihre Unterkante schrammt über das gekieselte Dach. Ein Schwall erwärmter, bitter riechender Luft bahnt sich seinen Weg die Treppe hinunter. Sie folgt ihm nach draußen.

Eine flache, schwarze, vollkommen kreisrunde Fläche von knapp hundert Meter Durchmesser. Sie befinden sich nahe der umlaufenden Mauer aus Lavagestein, die wie eine mittelalterliche Brustwehr mit Zinnen versehen ist. Weit entfernt, in der Mitte des kreisförmigen Daches, steht ein Penthouse, ein verkleinertes Schloss aus schwarzem Lavagestein mit übertrieben spitzen Türmchen und schmalen gotischen Fensterbögen.

Sie gehen an der Brüstung entlang. Die rechteckigen Zähne der Mauer reichen höher als sie selbst, die Lücken dazwischen gehen ihr aber nur bis zur Hüfte. Tief unten in der verdunkelten Stadt sind es nun ein paar Mülltonnenfeuer, die hier und da ein Stückchen Straße erhellen. Weiter unten am Berg steht ein Block Reihenhäuser in Flammen. Die Täler in dreißig Kilometer Entfernung haben wieder Strom und bilden eine schleierhafte Lichtsichel rings um den Fuß des Hangs.

Als sie ihren Weg von der West- zur Südseite fortsetzen, gerät der Shackley River in den Blick, dessen träger Lavastrom sich hinab durch das Vorgebirge windet und die verfallenen postindustriellen Bauten an seinen Ufern in ein trübes orangefarbenes Glühen taucht. Die westliche Fassade des Black Tower ist hundert Stockwerke tief, aber das Gebäude ist in den Berg eingelassen und schrumpft, wenn man es umkreist und die Stadt am Fuß des Turms in steilem Winkel auf die oberen Geschosse zustrebt. Blickt man vom nordöstlichen Rand des Gebäudes aus, fast unmittelbar vorm Kraterrand des Vulkans, nach unten, erhebt es sich bloße zehn Etagen über den Erdboden.

Noch ein paar Schritte, dann taucht der Schlund auf, und der Boden fällt jäh wieder ab. Chas lehnt sich über die Mauer und starrt ins Schwarze, und Ursula, die jetzt, im Dämmerlicht, etwas ruhiger geworden ist, kann dem Drang nicht widerstehen, es ihm gleichzutun. In achthundert Metern Tiefe, unter den dunklen, erstickenden Wolken aus Schwefel und Asche, macht sie zwei kleine Teiche aus Magma aus, der eine lang gezogen und schlangenartig, der andere kleiner und rund, zwei feurige Buchstaben im Abgrund:

SO

Im rötlichen Schein wird die Wand des Kraters glatt und schwarz sichtbar. Auf Augenhöhe ragen rings um seinen Rand die gezackten Spitzen von Gebäuden empor, fensterlos und schwarz von Ruß. Eingebettet zwischen zweien davon, dem asymptotischen Kamm des Sidney-Gottlieb-Gebäudes und der sich in die Höhe schraubenden Spitze des Carlucci, steht das Standbild Gottes. So hat sie es nie zuvor gesehen – von hinten nämlich –, ein Blickwinkel, der es umso entstellender und komischer erscheinen lässt mit seinem hageren, versengten, mit knubbligen Wirbeln gespickten Rücken, der sich unter der Last des schief gelegten, segelohrigen, monströsen Kopfes krümmt.

«Mann, wie das stinkt», stellt Chas fest.

Er hat Recht. Die Kraterausdünstungen sind grauenhaft. Sie weiß, dass von Natur aus ein paar giftige Gase auftreten; nur dürfte der Umstand, dass der Vulkan außerdem als städtische Müllkippe dient, nicht eben Abhilfe schaffen. Selbst zu dieser nächtlichen Stunde tuckert das Förderband auf der Nordseite vor sich hin und schickt einen stetigen Strom von Abfällen über den Rand, um sie geräuschlos in den Abgrund stürzen zu lassen.

Mein Gott, denkt sie. *Wir sind in der Hölle.*

Sie hustet. Der Gasgestank bringt sie einer Ohnmacht nahe. Sie glaubt, die Kraft nicht mehr zu haben, sich noch zu bewegen. Doch als Chas auf einmal von einer anderen Stelle des Daches aus nach ihr ruft, spürt sie, wie ihre Beine sie in seine Richtung tragen.

«Ist besser hier drüben», ruft er. «Etwas Seitenwind.»

Sie trifft ihn im Schutz eines pilzförmigen Luftabzugs aus Aluminium an, dem einzigen auf dem Dach, den sie ausmachen kann. Die Nacht ist windig und der Aschegeruch hier nicht annähernd so stark. Sie wartet darauf, dass er etwas sagt, andeutet, was als Nächstes geschieht, aber er sagt gar nichts, steht ihr Warten einfach aus, geduldig, gleichgültig, sie weiß es nicht sicher.

«Ich begreife es nicht, Chas», flüstert sie und ringt um innere Ruhe. «Was versprichst du dir davon, Ivy in dieser Kampagne einzusetzen? Und was verspricht sich Cabaj davon? Was ist, wenn sie wieder verrückt wird? Er kennt die Geschichte. Warum um alles in der Welt will er das Risiko eingehen?»

«Wo liegt das Risiko?», fragt er und schaut der davonstiebenden Asche nach. «Verrückt ist gut. Je verrückter, desto besser.»

«Ich komm nicht ganz mit. Warum ist verrückt gut, Chas?»

Chas zuckt die Achseln. «Schizos sind angesagt.»

Sein kantiges Profil verrät nichts. Sie wird nicht schlau daraus.

«Schizos sind angesagt?» Sie lacht nervös. «Wie kommst du darauf? Nenn mir einen Schizo, der angesagt wäre.»

Er denkt darüber nach. «Es ist mehr so eine Ahnung», räumt er ein.

«So eine Ahnung?»

Er kehrt ihr sein Gesicht zu. «Ivy ist wie geschaffen als Sprachrohr für Diätwasser», sagt er. «Was sie da mit der Kriegsbemalung gemacht hatte, Ursula – die Leute erinnern sich noch daran. Sie werden sie anschauen, und dann werden sie an alles Bedrückende denken auf dieser Welt und wie dieser ganze Druck ein hübsches junges Mädchen in den Wahnsinn treiben kann. Sie werden aber auch sehen, dass sie jetzt glücklich ist. Sie werden sehen, dass alle ihre Träume wahr geworden sind. Dass sie alles hat, was sie sich wünschte – sie ist ein glamouröses Model, *und* sie ist eine machtvolle Wilde. Stell dir vor, wie sie im knappen Kostüm einer Wilden mitten unter den Kameras und Scheinwerfern steht. Cabajs Diätwasser trinkt. Königin des Großstadtdschungels. Ein unschlagbares Happy End.»

Inzwischen flüstert er fast, die Stimme vertraulich und listig zugleich, er selbst nahe genug, dass sie die Wärme seines Atems auf der Wange spürt. Er weicht zurück, nur ein wenig, um ihr Gesicht zu erforschen.

«Du siehst es jetzt», sagt er. «Du siehst die Logik des Ganzen.»

«Nein», versteift sie sich. «Du täuschst dich, Chas. Du hast Ivy eine Weile nicht mehr gesehen. Sie kann nicht mehr so, wie du glaubst, dass sie könnte. Sie ist jetzt anders. Sie sieht anders aus. Sie hat seltsame Augen. Ihr Gesicht zuckt. Sie hat gelbe Zähne vom Kettenrauchen. Ihre Hände sind ganz knorrig wie Vogelklauen. Sie ist schizophren, Chas. Die Leute werden erkennen, wie sie von General Foods ausgebeutet wird, und es wird ihnen den Magen umdrehen. Sie werden angewidert sein.»

Den Kopf noch immer zurückgeworfen, nimmt er sie mit kühlem Blick auseinander. «Das würde dir gefallen, wette ich. Es würde dir gefallen, uns Marketingleute alle Arten menschlicher Schwäche ausbeuten zu sehen. Du sähest zu gern, wie mich die ganze Sache um Kopf und Kragen bringt.»

Sie weiß ganz genau, was er da macht. Er reizt sie, prüft sie auf Schwachstellen, tastet nach der optimalen Verkaufstaktik. Aber der Zufall will es, dass er auch noch Recht hat. Vielleicht sähe sie es wirklich gern, dass Ivy die Welt mit Ekel erfüllt und Chas um Kopf und Kragen fürchten muss. Sie sagt nichts, aber er liest ihre Gedanken.

«Dann lass es geschehen», sagt er ruhig und verschränkt die Arme. «Wir werden ja sehen, wer von uns beiden Recht behält.»

Lass es geschehen. Jetzt hat er die Karten offen auf den Tisch gelegt. Darum geht es hier eigentlich. Sie wollen ihre Zustimmung. Vielleicht glauben sie, sie könnte es Ivy ausreden. Sie könnte es gewiss versuchen. Und selbst wenn sie scheitern sollte, gäbe es zweifellos andere Mittel und Wege, ihnen Schwierigkeiten zu bereiten. Sie könnte sich an die Presse wenden. Sie könnte mit Cabajs Vorgesetzten bei General Foods reden, die wahrscheinlich nichts von einer kontroversen Kampagne halten würden.

«Wenn ich bedenke», sagt sie und starrt ihn nieder, «dass Javier mich beinahe so weit hatte zu glauben, du würdest Ivy lieben.»

Das versetzt ihm einen Stich. Er reibt sich den Nacken, sein Gesicht rötet sich.

«Schau her», sagt er, und unterdrückte Wut mischt sich in seine Stimme. «Ich gebe Ivy das, was sie haben will. Was sie braucht. Wonach sie in dieser Klapsmühle tagein, tagaus verlangt, falls du ihr inzwischen nicht mehr zuhörst. Ivy will Model sein. Was sollte sie sonst tun? Zurück zu ihrer beknackten Mutter ziehen und den ganzen Tag Seifenopern anschauen? Einen Therapeuten aufsuchen? Einen *Therapeuten*?», wiederholt er, und die Silben verzerren seine Lippen zu einem Hohnlächeln. «Willst du das für sie? Willst du, dass sie ihre Lebenskraft bei irgendeinem wunderheilenden Quacksalber verplempert, der dann in seinem großen fetten Sessel thront, ihr den Popo tätschelt und erzählt, innen drin sei sie nichts weiter als ein hungriges, einsames, kleines Baby? Sie festschnallt an seine feiste Titte, dieser Wanst, und ihr befiehlt, gugu und gaga zu machen? Du meinst, dass Ivy so was braucht? Du meinst, dass irgendwer so was braucht? Dass irgendein Therapeut einen in ein quengelndes, plapperndes Kleinkind verwandelt? Deine Schwester kann *selbständig* handeln, Ursula. Deine Schwester kann aus eigener Kraft erstarken. Deine Schwester kann eine Feuer schluckende, Arschtritte austeilende *urbane Wilde* sein. Das schlage *ich* vor, für sie zu tun. Das ist *meine* Art von Therapie.»

Es glüht in seinen Augen. Der hinter ihm vom Krater aufsteigende Qualm sieht aus, als käme er aus seinem Kopf. Sie weiß, was er tut, dass er schlicht seine eigene Selbstsüchtigkeit rechtfertigt, aber auch diesmal überlegt sie, ob er nicht irgendwie Recht hat. Sie vermag zu erkennen, dass die Rolle einer jungen Wilden therapeutische Wirkung auf Ivy haben *könnte*, wie sie ihr helfen könnte, sich eigenmächtiger zu fühlen und mehr als Hüterin ihres eigenen Geschicks. Und sollte ihre Laufbahn als Model tatsächlich Aufwind bekommen, hätte sie vielleicht weniger Anlass, sich in ihren Wahnvorstellungen einzurichten.

Chas beobachtet sie.

«Du siehst es», sagt er. «Du siehst, dass ich Recht habe.»

«Spar dir das Eigenlob.»

«Du siehst, was meine Art von Therapie für Ivy tun kann. Reden wir jetzt darüber, was sie für dich tun kann.»

«Chas, nimm's nicht krumm, aber du bist nicht gerade mein Wunschtherapeut.»

«Wieso zum Teufel wolltest du dann eine Stelle bei mir, Ursula? Du hast mich glauben lassen, du wolltest einen neuen Anfang wagen, etwas im Leben erreichen. *Deshalb* bist du zu mir gekommen, oder? Oder ging es nur darum, den bösartigen, verdorbenen Mann auszuspähen, der den empfindlichen Verstand deiner kleinen Schwester zerrüttet hat?»

Sie weicht zurück, und er treibt sie wieder in die Enge, während er redet, die Schultern gestrafft, als sei er drauf und dran, sie an sich zu reißen und wie einen Zweig übers Knie zu brechen. Sie tritt weiter zurück und spürt hinter sich das kalte Metall des Luftabzugs durch den Kleiderstoff.

«Vielleicht von beidem ein bisschen», sagt sie.

Er nickt. «Danke für deine Aufrichtigkeit», sagt er in ruhigerem Ton. «Gestatte mir nun, gleichermaßen ehrlich zu dir zu sein. Ich brauche Ivy. So weit es mich betrifft, *ist* sie die Zukunft, ist sie alles, was ich für die kommenden Jahre vorhergesagt habe: Tribalismus, Virtualismus, Postironie, eine ganz neue Ära. Und wenn ich Recht behalte, ist es für alle ein Gewinn. Ich gewinne. Ivy gewinnt. Und du gewinnst auch, Ursula. Du gewinnst ganz gewaltig. Der wilde Look ist dein Baby, und das Baby ist ein Wunderkind, eine klitzekleine, diagonal lesende, Konzertflügel spielende Intelligenzbestie. Und wenn das Baby groß wird und die Welt erobert, wer wird gleich an seiner Seite stehen? Du, Ursula. Du und deine Schwester, ihr beide, reich, mächtig, unüberwindlich. Denk drüber nach. Du und Ivy. Königinnen des Großstadtdschungels.»

Er erforscht jeden einzelnen Millimeter ihres Gesichts nach einer noch so schwachen Regung.

«Königinnen des *Dschungels*», wiederholt er nachdrücklich. «Tötend, verzehrend, spielend. Vornehm und schön und stark. Keine Angst mehr, kein Versagen, keine Vorschriften. Nichts kann euch etwas anhaben. Alles gehört euch. Keine Verarsche. So sieht's aus. Das ist der Deal. Das ist die Gelegenheit, die ich geschaffen habe, für Ivy und für dich. Und weißt du, warum ich das für dich getan habe? Weil ich dich achte.»

Trotz ihrer Furcht lacht sie auf und bereut es umgehend.

«Halt die verdammte Klappe!», brüllt er. «Hör mir zu!»

Ihr Herzschlag setzt aus. Sie wagt es nicht zu atmen. Er schüttelt den Kopf, beruhigt sich wieder und fängt an, in gemäßigtem Tonfall fortzufahren.

«Ich schmeichele den Leuten selten. Wenn ich's tue, möchte ich, dass sie zuhören. Also hör zu. Du bist eine verflixt schnelle Schülerin, Ursula. Und eine begnadete Verkäuferin. Was du da bei der Präsentation abgezogen hast, war klasse. Du wirst es weit bringen. Ich garantiere dir, mich *persönlich* darum zu kümmern. Ich hatte dich schon früher in die gehobene Planungsebene eingeführt, und nur weil deine Schwester darin verwickelt ist, hielt ich es für besser, dir so viel Zeit wie möglich zu lassen, um uns und unsere Arbeit kennen zu lernen.»

«Ich bin keine schnelle Schülerin. Ich hab zwei Monate gebraucht, um rauszufinden, dass man mich benutzt hat.»

«Ich bin keine schnelle Schülerin», ahmt er ihre Stimme mit unvorteilhaftem Wimmern nach. *«Man hat mich benutzt.»* Er

schnaubt heftig durch die Nase. «Ursula, hör mir zu.» Er hält sich die Hände trichterförmig vor den Mund. «Hier spricht dein Therapeut!», brüllt er ihr ins Gesicht. Dann kommt sein Gesicht ihrem bis auf zwei, drei Zentimeter nahe, und er fährt in schnellem Flüsterton fort. «Du bist innen drin kein Baby, hast du mich verstanden? Du bist innen drin eine Königin, verdammt nochmal. Du bist erhaben, mächtig, schlau, sexy. Du hast genau das, was es braucht, um diesen Scheißhaufen von einer Welt zu beherrschen. Das wusste ich schon seit dem Tag, als du in mein Büro kamst, Ursula. Du hast mich eindeutig umgehauen. So heftig, dass ich es nicht glauben wollte. Ich dachte einfach nur, meine Gefühle für Ivy würden meine Urteilskraft trüben, aber dich bei der Arbeit zu sehen, dich Tag für Tag in Aktion zu sehen, hat es bewiesen. Mein Instinkt hat mich nicht getäuscht. Du hast mehr Geschmack und Begabung und Köpfchen und Courage als die meisten dieser Marketingheinis in ihren wildesten Phantasien. Du hast es voll drauf, Ursula. Ich weiß es. Ich sehe es. Ich bin ausgebildet, es zu sehen. Glaub mir, ich hab mein Leben der Aufgabe gewidmet, da draußen den menschlichen Müll vom echten Potenzial zu trennen, dem Potenzial *zu leben*, dem Potenzial, wahre Macht und Schöpfertum und *Lebenskraft* auszuüben. Du hast die Kraft, das Leben bis zur Neige auszukosten. Und tief drinnen weißt du, dass du sie hast, weißt du, dass sie in dir steckt.»

Er sieht sie durchdringend an und legt die Hände sanft auf ihre Schultern.

«Aber du fürchtest dich», fährt er fort. «Du fürchtest dich, es herauszulassen. Du fürchtest, dass andere sich minderwertig fühlen, wenn du sie deine Macht spüren lässt. Du fürchtest, dass sie dich ablehnen werden. Du fürchtest dich, die Sicherheit des Bekannten zurückzulassen zugunsten der Unsicherheit all dessen, was du haben könntest. Und das ist eine Tragödie, Ursula, die völlige, beschissene Vergeudung eines wunderschönen, mächtigen, klugen, einer kolossalen Frau. Ich will, dass du diese Macht entdeckst, ihr gerecht wirst und sie dir zu Eigen machst. Du bist kein Baby da drinnen. Du bist eine Feuer schluckende, Arschtritte austeilende, verflucht mächtige KÖNIGIN. Du kannst es. Du kannst brüllen wie ein gottverdammter Löwe.»

Er starrt sie weiter an, der Blick von diamantener Härte, die Lippen vor Überzeugung geschürzt. Sie weiß, was er tut, aber es spielt keine Rolle, denn er hat Recht, ob er nun daran glaubt oder nicht, er hat Recht. Die Person, die er beschreibt, das ist sie wirklich, ist sie innerlich, wie sie weiß und wonach sie im Spiegel immer wieder sucht und was sie manchmal sogar einen flüchtigen Augenblick lang sehen kann, bevor Furcht und Selbsthass die Vision verscheuchen.

Seine Augen verzahnen sich mit etwas in ihren, spüren irgendeine winzige Veränderung des Ausdrucks.

«SEI DER LÖWE!», schreit er. «Hörst du? Du kannst der Löwe sein! Jetzt sag's mir. Sag mir, wer du sein willst. Willst du das Baby sein oder die verdammte *Königin der Löwen*?»

Sein Blick ist brennend, gelassen und kühl zugleich – rot, weiß und blau zu gleichen Anteilen. Er bietet ihr Macht an. Was immer sonst auch falsch sein mag, so viel ist untrüglich. Sie muss nur zugreifen. Sie muss es sich nur zu Eigen machen.

«Die Löwin», sagt sie. So viel ist sicher. Klar wäre sie lieber die Löwin. Wer wohl nicht?

«Sag's lauter», sagt Chas und steht dabei fast auf Tuchfühlung vor ihr, sodass sie aufschauen muss, um seine Augen zu finden. «Keiner kann uns hören. Keiner ist da außer dir und mir.»

«Als ob du mich daran erinnert müsstest», flüstert sie.

«Hör auf zu quengeln!», sagt er, legt ihr eine Hand über den Mund und biegt ihren Kopf noch weiter in den Nacken. «Fang an, die Löwin zu sein! Ich will es von dir so laut hören, wie dir danach ist. Ich will es von dir so laut hören, wie du kannst. Sag mir, du willst die Löwin sein!»

Er nimmt die Hand von ihrem Mund.

Sie streckt sich, sieht ihm voll ins Gesicht, sperrt die Augen weit auf. «Ich will. Die Löwin. Sein», erwidert sie mit ruhiger, spöttisch beflissener Stimme.

Er dreht den Kopf ein wenig beiseite und betrachtet sie aus schmalen Augenwinkeln. Sie lacht über sein verdutztes Verhalten und verspürt eine plötzliche Leichtigkeit. Zu ihrer Überraschung lächelt er gleichfalls, sein durchtriebenes halbes Lächeln mit gerade so weit geöffneten Lippen, dass auf der einen Mundhälfte die Unterkante der oberen Zahnreihe sichtbar wird. Mehr braucht es gar nicht, denkt sie bei sich. Mehr braucht sie nicht zu tun, als ihm zu zeigen, dass sie keine Angst hat, ihm ebenbürtig ist, und er wird weich. Ihr gefällt das Gefühl, gefällt sein Lächeln, die Bewunderung in seinen Augen. Auf einmal wird ihr klar, dass sie mit ihm flirtet und er darauf eingeht. Einen Augenblick lang denkt sie an Javier, aber sein Verrat schwelt noch stärker als vorher in ihr. Kaum dass er auch nur einmal Ivys Namen ausgesprochen hätte, und dabei ging ihm ihr Bild die ganze Zeit durch den Kopf. Ursula denkt an seine Finger, die empfindsamen, zärtlichen Finger, wie sie immer wieder die Umrisse von Ivys zugespitzten Brüsten und ihrem kleinen Bauch zeichnen. Bei Chas, denkt sie und schaut hoch in seine Augen, macht sie sich wenigstens keine falschen Hoffnungen. Wenigstens weiß sie, dass er ein Miststück ist.

«Du klingst mir nicht wie eine Löwin», stellt er fest und neigt sich dichter an sie heran. «Du klingst wie ein kleines Muschikätzchen.»

Sie lacht über den versteckten Wink, während er mit den Fingern seiner freien Hand ihr Bein emporwandert.

«Netter Versuch», sagt sie und bildet mit einer Hand eine Mauer, um sie seinen Fingern in den Weg zu stellen. Er ist ein interessantes Miststück, so viel gesteht sie ihm zu.

«Versuch's einfach mal», schnurrt er. «Wovor fürchtest du dich? Sag's so, als meintest du's auch. Sag's so, als *wärst* du eine.»

«Klar, Chas, das täte dir gefallen. Du sagst spring! und ich frage, wie hoch?, geht's darum?»

Er lässt die Finger über die Mauer ihrer Hand und weiter das Bein hoch wandern. Ein paar Zentimeter darüber zieht sie eine zweite Mauer.

«Nein, darum geht's nicht», sagt er. «Hier geht's um dich, nicht mich.»

«Dann machen wir doch uns beide daraus», erwidert sie. «Du zuerst. Zeig's mir.»

Er überlegt und zuckt dann die Achseln. «Na gut. So ungefähr.» Er wirft den Kopf in den Nacken und holt Luft.

«ICH BIN EIN LÖWE!»

Er brüllt es mit ganzer Stimmgewalt, so laut, dass sie zurückzuckt, aber sie kommt nicht weit, da er die Hand gleichzeitig unter ihren Rock und an die Innenseite ihres Schenkels geschoben hat, um sie festzuhalten. Sie lacht und legt ihre Hand auf seine, um sie am Hochrutschen zu hindern. Oder am Abrutschen.

«Jetzt sag du es», flüstert er.

«Ich bin eine Löwin!», ruft sie.

«Nein», seufzt er, und sein Zeigefinger stiehlt sich weiter ihren Schenkel hoch. «Ich hab mich geirrt. Du bist doch keine Löwin.»

«Ich *bin* eine Löwin.»

«Bist du?»

Sie nimmt seine Hand und schiebt sie in ihren Schlüpfer.

«Man muss mich nur ein wenig ermutigen», flüstert sie ihm ins Ohr.

Er lächelt. «Jetzt versuch's nochmal.»

«Ich bin eine Löwin!», lacht sie.

«Nochmal.»

Der Wind schlägt ihren Rock hoch, und sie spürt seinen steifen Mittelfinger ins Feuchte gleiten.

«Ich bin eine LÖWIN!», schreit sie mit heftigem Beben in der Stimme.

«Besser», sagt er. Sie lehnt sich an den Luftabzug, während sein kräftiger Finger anfängt zu streicheln, zu drücken, zu erforschen. Das Leben ist zu absurd für so was wie Reue. Es ist wie von einem herabstürzenden Blumentopf erschlagen oder von einem Eiswagen überfahren zu werden.

«Ich bin ...», flüstert er über ihr schwebend.

«Ich bin ...», flüstert sie schwindlig und im Dunkeln fröstelnd.

Das Leben ist zu unbeständig, um wirklich zu sein, nur ein kurzer Aussetzer in der Logik des Nichtseins, der Augenblick, bevor der Cartoonkojote merkt, dass er über die Klippe gerannt ist und schon in der trügerischen Luft hängt.

«... ein Löwe», flüstert er ihr ins Ohr, während seine freie Hand die Wölbung ihrer Hüfte entlangfährt.

«... eine Löwin», flüstert sie. Das Leben ist ein unhaltbarer Widerspruch, weder durch Glauben zu stützen, noch durch Streitlust, noch durch Sehnsucht, diese drei Manegen im Zirkus des menschlichen Willens, diese Clowns und Löwen und Trapezartisten, die allesamt unter der großen Zeltkuppel im Kreis hetzen und springen und fliegen.

«Ich bin ein Löwe», flüstert er, die eine Hand auf ihrem Arsch, während die andere die Rückseite ihres Beins hinuntergleitet, um es anzuheben.

Das Leben ist zu absurd und unbeständig und widersprüchlich, um sie davon abzuhalten, sich alles zu nehmen und zwar auf jede erdenkliche Weise. Sie kann die Löwin sein, kann töten, fressen und spielen und vornehm sein und schön und stark, keine Angst mehr kennen, kein Versagen, keine Vorschriften.

«Ich bin eine Löwin», flüstert sie und leckt mit der Zungenspitze sein Ohr, als er in sie eindringt. Er grunzt und knurrt, während sie vögeln, ein bisschen großspurig, aber auch ein bisschen bedürftig, und es gefällt ihr, wie es sich anhört, und sie grunzt auch, anfangs halb spöttisch, aber bald völlig haltlos, während ihr Stoßen heftig und angestrengt wird; sie grunzen und knurren wie Löwen, und überall in der Stadt brechen gleichzeitig hundert Alarmanlagen in ihr dumpf blechernes Geschepper aus.

Der Strom ist wieder da.

DIE WILDEN

GURU Der Sitzungssaal im Black Tower ist noch nie ein vergnüglicher Ort gewesen, aber für diesen Anlass hat Chas die Düsternis auf eine völlig neue Ebene gehoben, indem er das ohnehin dürftige Tageslicht mit roten Samtvorhängen ausgesperrt und die Halogenlampen zugunsten grob behauener Steinschüsseln verbannt hat, aus denen fahle, durchsichtige Flammen züngeln, die einen flackernden Schein auf die achtzig Anwesenden werfen – die leitenden Angestellten, Marketingdirektoren, Accountmanager, Art-Directoren und Werbetexter der verschiedenen Agenturen, Aktiengesellschaften und Abteilungen mit Abonnements auf das jährliche *Trendpak* von «Tomorrow Ltd.». Der heutige Vortragstermin wurde dem bestehenden Servicepaket hinzugefügt, und Chas hat ihn durch sein Sprachrohr James T. Couch, der in den letzten zwei Wochen die Runde als Klinkenputzer machte, um ein Publikum zusammenzutrommeln, ordentlich hypen lassen. Ursula weiß, dass Couch diese Pflicht nur widerstrebend erfüllt hat, da er ernstliche Zweifel an der wirtschaftlichen Tragfähigkeit der diesjährigen Präsentation hegt. «Ich schnall's einfach nicht!», stöhnte er, nachdem er an irgendeinem Punkt aus unerfindlichen Gründen beschlossen hatte, sie zu seiner Vertrauten zu machen. «Chas sagt uns ständig: Leicht bleiben! Leicht bleiben! Das hier ist nicht leicht. Das ist alles andere als leicht.»

Ursula ist in der Sache unentschieden gewesen, doch nun, da sie die Kunden zum ersten Mal ihre Trendpaks öffnen sieht, gibt sie zu, dass Couch Recht behalten könnte. Als sie in die silberfarbenen achteckigen Pappschachteln spähen, werden die Gesichter lang wie an Halloween bei Kindern, wenn sie in ihren Beuteln statt der erbettelten Bonbons Küchenschaben mit Schokoüberzug finden. Da sie einen Blick auf die Trendpaks vergangener Jahre geworfen hat, kann Ursula die allgemeine Bestürzung verstehen. Normalerweise ist diese grellfarbige Schachtel voll gestopft mit verrückten und unterhaltsamen neuen Produkten, die aus Geschäften in aller Welt zusammengetragen wurden – die neuesten Spielzeuge, Porzellanwaren, Bücher, CDs, Mischfasern und Druckstoffe – Kinkerlitzchen zum Mitnehmen nach Hause für Spaß und Spiel mit der ganzen Familie. Doch dieses Jahr sind die meisten Gegenstände nicht sonderlich verspielt, einige darunter nicht einmal auf Anhieb zu identifizieren; und die meisten der an Goldfäden baumelnden Anhänger machen alles noch rätselhafter. Da wäre zum Beispiel eine kopflose, unbekleidete Barbiepuppe mit aufgeschlitztem Rumpf, aus dem Drähte quellen, und auf dem Schildchen steht *Die Kontrollmaschine.* Der an einem gebogenen Buttermesser angebrachte Anhänger besagt, es handle sich um ein *Chirurgisches Instrument der Großen Grauen.* Ein Klumpen rotes Weichplastik ist beschriftet mit *Das ist die Farbe von Elektronenblut. Weiß doch jedes Kind.* Wird das Diktiergerät mit dem Schildchen *Die Stimmen in Ihrem Kopf* angestellt, flüstern in unregelmäßigen Abständen knurrende Männer- und stichelnde Frauenstimmen Abfälliges über Aussehen, Intelligenz und soziale Gewandtheit des Zuhörers.

Und im Fall der wenigen sofort erkennbaren Produkte dienen die allgegenwärtigen Anhänger der Verfremdung: Eine CD von Burt Bacharach ziert der Anhänger: *Das ist kein Retrokitsch. Ironie wäre fehl am Platz.* Die Pokémonfigur Pikachu als Schlüsselanhänger wird begleitet vom Schildchen: *Ich bin dein abgetriebenes Kind. Mein Schrei ruft nach Rache. Ich befehle dir: Töte! Töte! Töte!* An einem «Frances» gewidmeten Autogrammfoto von

Talkmaster Jay Leno hängt das Schildchen *Frances, du und ich sind ein und dieselbe, und wir wissen es beide, und jeglicher scheinbare Unterschied zwischen uns ist trügerisch, eine bloße Frage des Blickwinkels. Für keinen von uns ein Anlass, stolz zu sein. Aber so sieht's aus.*

Mehrere ausgesprochen primitivistische Produkte sind als Dreingabe dabei, unter anderem eine elektronische «Opferpuppe» von Barney, dem interaktiven Plüschsaurier, die neu verdrahtet wurde, um vor Schmerzen zu brüllen und anschließend in Zungen zu sprechen; versiegelte Dosen voll «echter, 100 % organischer Farbe für Kriegsbemalung» in einer Holzkiste; und ein Buch über Santería mit einem besonderen Ratgeberteil über die Anfertigung von Talismanen und Anwendung von Zaubersprüchen.

Zwei der Gegenstände werden von langatmigen Erläuterungen begleitet. Der erste ist ein verchromter, eiförmiger Funkpiepser, auf dessen anhängender Schriftrolle folgendes steht:

> Dieses Produkt wird Sie warnen, sollte Ihre Aufmerksamkeit in einem Ihrer verschiedenen virtuellen Leben erforderlich sein – sollte beispielsweise eine Ihrer Städte von Mongolenhorden belagert werden oder Ihr Manager einen Vertrag über mehrere Alben fur Ihre Rockband sichern oder Ihr Schutzengel in einen feindlichen Angriff mit schwarzer Magie geraten oder eines Ihrer virtuellen Kinder wegen Drogenbesitzes inhaftiert werden oder sollte man Sie auf eine dringende Sitzung des Rates der Jedi-Ritter berufen.

Der andere ist ein Satz holographischer Standfotos aus der historischen Fernsehserie *Gilligan's Island*, von jedem Darsteller eines, das zwischen drei Etappen eines jeweils bezeichnenden Gesichtsausdrucks eigentümlich oszilliert, mit den Bäumen und strohgedeckten Hütten der Urwaldinsel im Hintergrund. Unten auf jedes Foto ist der Name einer Todsünde gedruckt: das Bild Gilligans trägt die Aufschrift «Faulheit», der Skipper ist «Zorn», Ginger ist «Wollust», Mary Ann ist «Neid», der Professor ist «Hochmut», Mr. Howell ist «Gier», Mrs. Howell ist «Unersättlichkeit». Die Fotos haben ungefähr die Größe von Tarotkarten und stecken in einer flachen Pappschachtel, an der folgendes begleitende Schriftstück haftet:

> Eine Rauferei führt dazu, dass Ihre Signalrakete ins Meer abgefeuert wird: das Suchflugzeug fliegt umsonst vorbei. Ihr Floß sinkt unter dem Gewicht Ihrer Habseligkeiten: der Frachter verschwindet am Horizont. Wenn Sie eine Muschel fest ans Ohr drücken, könnten Sie gar das Gelächter hören – höhnisch, gleichgültig, himmlisch. Als **Bürger** sind Sie in der Hölle gefangen, zusammen mit anderen Bürgern, deren tragikomische Mängel Ihre eigenen verschlimmern und Gewähr für ewiges Versagen sind. Der einzige Ausweg aus dieser Sitcom einer fehlgelagerten Gesellschaft führt ins Publikum, den Ort völliger Äußerlichkeit. Nur insoweit Sie es vorziehen, ausschließlich **Verbraucher** zu sein, und die Ausdrucksformen Ihrer Freiheit auf Konsumhandlungen beschränken, bleiben Sie frei.

Am Boden des Trendpaks liegt das Trendbuch, ein mit drei Goldringen geheftetes Manuskript. Ein Faksimile seines glänzenden Deckblatts wird auf die Leinwand hinter dem Podium aus Lavagestein geworfen. Der Text darauf lautet:

DIE LEICHTEN ZEITEN

Ein Trendbuch zum Überleben
In einer kühnen neuen Ära

TOMORROW LTD.

Die Überschrift schlägt einen Bogen aus regenbogenbunt gestreiften Buchstaben über die computergenerierte Zeichnung einer silbrig schimmernden Burgstadt, die sich auf einer sonnenbestrahlten Wolke erhebt. Der Untertitel läuft quer durch die Wolke, wo der Himmel dunkel und trübselig ist. Darunter erstrecken sich verschattete, gleichförmige Reihenhäuser bis an den Horizont. Der Firmenname ist an einer geschwärzten Stelle unter den Reihenhäusern zu lesen: auf Kloakenniveau, vermutet Ursula.

Ich wusste nicht, dass es so buchstabiert werden würde, war alles, was Javier mit dünner Stimme zu sagen hatte, als sie zwanzig Minuten zuvor an ihn herantrat. Er saß an einem der kleinen Metalltische im Glasinnenhof des Black Tower, wo mehr oder minder dieselben Leute jeden Nachmittag beim einsamen Verzehr ihrer Mittagsmahlzeit zu sehen sind. Es stand kein Essen auf Javiers Tisch, nur das Buch lag da, in sich gesunken und ausdruckslos hockte er davor und starrte auf das Deckblatt. Er sah müde aus – mehr als müde. Unter seinen Augen klafften tiefe dunkle Falten. Die Haut war fahl, das Haar verfilzt und ungewaschen. Sie fragte ihn, was er von dem kleinen Buch halte, das er mitgeschrieben hatte, und die Frage kam ihr unvermittelt, gallig und ein wenig nachtragender klingend als beabsichtigt über die Lippen. Er sollte deutlich spüren, was er verloren hatte, und erkennen, dass er die karmischen Früchte seines Handelns, seines Verrats an ihr, erntete, indem Chas ihn verriet. Denn wie sich herausstellte, machte das Trendbuch zwar ausgiebig Gebrauch von Javiers Einfällen und zeichnete in Umrissen eine künftige Welt, in der die Leute in der Lage sein würden, sich der Konsumgesellschaft zur Schaffung ihrer eigenen idealen «Wirklichkeiten» zu bedienen, doch hatte Chas Javiers Vision auf den Kopf gestellt. Er hob hervor, dass diese relativistische Ansammlung von Lebensstilen nicht aus Wirklichkeiten bestehe, sondern aus Trugbildern, unter denen eine weitaus erdrückendere, absolute Wirklichkeit verbleibe. Jene vielen geschmeidigen «Wirklichkeiten» vermarkten zu helfen, um in der einen, starren und weitaus unnachgiebigeren zu gedeihen, das stellte im Wesentlichen das Ziel dar, dem *Die Leichten Zeiten* gewidmet waren.

So abgestumpft und unverwundbar sich Ursula bereits an diesem Punkt vorkam, das Buch hat sie doch tief bewegt und noch weit über eine zynische Haltung hinausgetragen, hinein in einen seltsamen, frei schwebenden Zustand der Entfremdung und Abgelöstheit, den zu verstehen oder gar hinterfragen sie sich außerstande fühlt. In diesem Nebel hat sie sich schon die letzten paar Tage über aufgehalten, und als sie Javier sah, auf ihn zuging und ihn fragte, was er von dem Buch halte, wollte sie sich nicht nur rächen, sondern auch ganz aufrichtig darüber mit ihm reden. Er sollte sie zu sich an den Tisch bitten, Chas' Gedankenführung Punkt für Punkt widerlegen und mit der heißen Glut seiner Überzeugungen ihren Sinnen die Taubheit austreiben. Doch ihre Frage nahm sich zu gehässig aus oder spielte vielleicht nicht einmal mehr eine Rolle. Javier widerlegte gar nichts. Er sah sie nicht einmal an. Er ließ nur die eine Bemerkung über die Schreibweise fallen und verfiel wieder in Schweigen, den Kopf zur Seite gedreht, als sei er geschlagen worden, die gewöhnlich ausdrucksstarken Augen leblos, der Blick im bleichen Gesicht nicht viel anders als in jener Nacht des Stromausfalls vor drei Monaten. Sie hatte ihn damals beim Nachhausekommen auf ihrer Schwelle vorgefunden und auf seine Versuche, ihr mit zurechtgelegten Worten Ivy als junge Wilde schmackhaft zu machen, geantwortet, er brauche sich keine Mühe zu geben, Chas habe sie bereits überzeugt.

«Hat er?», fragte Chas, und die Erleichterung strömte über sein Gesicht. «Oh. Das ist gut. Das ist großartig.» Er lachte auf und fragte dann: «Wie hat er das geschafft?»

«Er hat mich auf dem Dach unseres Bürogebäudes gefickt», erwiderte sie.

Sein schiefes Lächeln zitterte ein wenig und sackte nach unten.

Seither hat Ursula für sich gearbeitet. Die von Javier hinterlassene Lücke bei ihrer Ausbildung hat Chas ausgefüllt, der sich mit ihr ein paar Mal pro Woche trifft, jedes Mal an anderem Ort, und jeder Ort ruft neue Lehren und Einsichten hervor. Dass Rasierwasser beinahe schmerzhaft brennen muss, um Männern die Scham darüber zu nehmen, überhaupt ein Parfüm zu verwenden. Dass vierundachtzig Prozent aller Empfangsdamen Leute in beigefarbenen Trenchcoats mit größerer Ehrerbietung behandeln als Leute in blauen Trenchcoats. Dass Warenhäuser so designt sind, dass sie wie kulturelle Einrichtungen wirken, dass Kaufakte wie Diplomverleihungen aufgezogen werden, wie der Schlussakt einer Erziehung zu den neuen Gütern, die das Leben erst lebenswert machen. Ihr Geschlechtsverkehr ist weder zur Sprache gekommen, noch haben sie ihn wiederholt. Sie springt weiterhin ätzend mit ihm um, und er mürrisch mit ihr, und der einzige Wandel in ihrer Beziehung ist vielleicht eine zusätzliche Verschworenheit, die auf der offenbar beiderseitigen Befriedigung fußt, mit der sie nun in eben jene bequemen Rollen fallen.

Was Javier betrifft, sieht sie ihn jetzt nur noch, wenn zufällig beide gleichzeitig im Büro zur Arbeit antreten. Sie gehen in der Regel schweigend aneinander vorbei. Am Rand ihres Gesichtsfelds, auf der gegenüberliegenden Seite des Saals, sieht sie ihn nun sitzen. Sie hütet sich, in seine Richtung zu blicken. Zweifellos tut er dasselbe.

Der Raum verdunkelt sich, und die Zuschauer werden still. Einen Augenblick später schwenkt die Tür an der Stirnseite des Saals auf, und der Mann der Stunde hält breitschultrig und kammgarngewandet Einzug. Sie hat ihn nicht mehr gesehen, seit ihr das Trendbuch vor einer Woche von einem Boten in die Wohnung zugestellt wurde. Die Woche über hat er sich eingeigelt, um seinen Vortrag zu üben und sich zudem einen Spitzbart wachsen zu lassen, womöglich den gleichen, den er als Akademiker zu tragen pflegte. Im Unterschied zu seinem Haupthaar muss der kleine Bart noch ergrauen: Er bleibt dünn und von rötlichem Braun, als hätte er ihn all die Jahre über in einem Beutel ganz hinten in seinem Gefrierschrank aufbewahrt. Der Spitzbart lässt ihn nicht gerade jünger erscheinen – zu faltig ist seine Haut, zu eingesunken sind seine Augen –, aber auf unheimliche, vampirhafte Weise scheint er den Tod doch ein klein wenig abzuschütteln.

Er nimmt seinen Platz hinter dem Podium ein.

«Meine Damen und Herren», setzt er an. «Genossen. Ich spreche zu Ihnen am Anbruch eines neuen Zeitalters.»

Er hält inne, um die Anwesenden jeden für sich zu betrachten.

«Eines neuen, Finsteren Zeitalters!», brüllt er und knallt die Hände flach aufs Pult.

Atemlose Stille. Das einzige Geräusch ist das von Chas' Fingerspitzen, die langsam und gleichmäßig auf das Pult trommeln. Durch Augenschlitze tastet er die Gesichter seiner Zuschauer ab, langsam, einen nach dem anderen, als würde er sie im Geiste einzeln aus ihren Sesseln heben, umdrehen und jedem einen gehörigen Arschtritt versetzen.

«Na gut», sagt er leise. «Wovon rede ich also?» Er nickt wie im Einverständnis mit sich selbst, lässt sich dann am Pult etwas nach hinten fallen und zieht sein Publikum damit förmlich nach vorn.

«Um diese Frage zu beantworten, muss ich ein wenig Rückschau halten. Auf den Höhepunkt der präironischen Phase in der Konsumgesellschaft. Auf das Ende der fünfziger Jahre. Auf die

Tage des grauen Flanellanzugs, als die typische amerikanische Werbeagentur eine Bürokratie aufwies wie das Verteidigungsministerium. Auf die Tage des Kalten Kriegs, den wir Amerikaner durch den Verbrauch von Produkten ausfochten, von kostspieligen Gütern, Autos, die Jahr für Jahr länger, schwerer und protziger wurden, mit Heckflossen, dazu entworfen, aus der Mode zu kommen, mit Motoren, dazu gebaut, den Geist aufzugeben, kaum dass der Meilenzähler die Ziffer hunderttausend überrundete. Die unbeschwerte Frühzeit der Motivforschung an Konsumenten, als der große Theoretiker Ernest Dichter in der Einleitung zu seinem zukunftsweisenden Werk *Strategie im Reich der Wünsche* die Frage stellen konnte, ob es ethisch vertretbar sei oder nicht, sich durch die menschliche Seele zu arbeiten und ihr nie zuvor bestandene Wünsche nach unnützen Produkten einzupflanzen, nur um dem von ganzem Herzen beizupflichten und sich dabei rhetorisch ins Sternenbanner zu hüllen.

In der Sowjetunion, so Dichter, sei die Reklame ebenso weit verbreitet wie in Amerika. Der einzige Unterschied liege darin, dass die dortigen Werbefeldzüge von der Regierung geführt würden und Propaganda hießen, während sie bei uns Marketing hießen und von privaten Unternehmen ausgingen. Der Zweck von Propaganda, fuhr er fort, liege darin, den Leuten den Glauben einzureden, alles sei so, wie es sich gehöre, die Bürger hätten alles, was sie sich wünschen könnten, sie lebten in einem großartigen Land, das auf einem großartigen Ideal gründe, ihre Arbeit sei wichtig, ihr Leben habe Bedeutung. Kurz gesagt strebe Propaganda danach, Zufriedenheit zu stiften. Marketing amerikanischen Zuschnitts andererseits diene genau dem entgegengesetzten Zweck. Es sei dazu da, Unzufriedenheit zu schüren, zu gewährleisten, dass die Bürger nie glücklich seien mit ihrem Los, sie anzustiften, sich nach mehr Geld zu verzehren, mehr Besitz, neueren

Autos, besserer Kleidung, besseren Körpern, jüngeren und schöneren Ehepartnern. Dank Marketing seien die amerikanischen Bürger dauernd unzufrieden und würden beständig angespornt, die Überlegenheit Amerikas zu erzeugen, jenen Schwung, der Fortschritt sicherstelle, technologische Erneuerung und eine aktive Volkswirtschaft.»

Er stockt einen Moment lang und sieht seinen Zuhörern prüfend in die Augen. Links von sich erkennt Ursula die Frau mit der stachligen Frisur und den grimmigen asiatischen Mann mit dem Überbiss wieder, auf die sie bei der Präsentation der jungen Wilden aufmerksam geworden war. Furchtsam starren sie zu Chas hinauf. Er tritt hinter dem Podium hervor und schreitet gemessen die Bühne ab, während er seine Ansprache wieder aufnimmt.

«Zu Dichters Zeiten erschien seine Theorie noch nicht so nachvollziehbar wie heute, weil Reklame amerikanischer und Propaganda sowjetischer Machart vordergründig ziemlich ähnlich aussahen und sich anfühlten; beide waren Utopien – stellten idealisierte Bürger dar, die sich in ihren jeweiligen Gesellschaften der Vorzüge des Lebens erfreuten. Wahrscheinlich begriff nicht einmal Dichter selbst, wie Recht er hatte, denn niemand hätte angemessen jene vom Marketing angestiftete Unzufriedenheit vorhersehen können, die das Land wie eine Springflut umwälzen sollte.

Um das ganze Ausmaß dieser Umwälzung weit verbreiteter Gemütslagen zu ermessen, lassen Sie sich doch einmal auf ein kleines gedankliches Experiment ein. Versuchen Sie, sich als Fabrikarbeiter in der Sowjetunion im Jahre neunzehnhunderteinundsechzig vorzustellen. Stellen Sie sich vor, Sie stehen da am Fließband und passen Lasche A in Schlitz A ein. Und die Sirene heult. Und Sie gehen in die Kantine auf Ihre tägliche Kelle Borschtsch. Und Sie setzen sich in Ihre Lieblingsecke. Und Ihre Hände sind zu müde, um sofort den Löffel aufzuheben, sodass Sie stattdessen aus Ihrer verrußten Lieblingsfensterscheibe schauen, und an der Mauer des örtlichen Parteibüros auf der anderen Straßenseite findet sich ein neues Wandgemälde Ihres Vorsitzenden. Aber etwas an diesem Wandgemälde ist anders. Er blickt nicht heldenhaft in die Ferne, wie man das erwarten darf. Nein, er schaut Sie geradewegs an. Und er hat Tränensäcke unter den Augen. So wie Sie, wenn Sie in den Spiegel sehen. Und seine Schultern hängen ein wenig. Und sein Bauch quillt über den Gürtel. Und unter diesem merkwürdig ehrlichen Bild steht eine Erklärung in Blockbuchstaben: ‹Achtung, Genossen: Wlad Lenin war ein größenwahnsinniger Feigling. Joe Stalin war ein tyrannischer Schlächter. Ich andererseits bin bloß ein braver Parteisoldat. Aber, hey, wenigstens hab ich keinen Ehrgeiz. Beste Grüße, Nick Chruschtschow.›

Sie sitzen also in dieser Fabrik und betrachten dieses Werk der Propaganda, und es ist wie kein anderes Werk der Propaganda, das Sie je zuvor gesehen haben. Vielmehr scheint es sich über die grundlegenden Prinzipien der Propaganda lustig zu machen. Es räumt ein, dass Ihre Lebensart alles andere als mustergültig zu nennen ist. Es weist eine Achtung vor Ihrem gesunden Menschenverstand auf, die Ihnen den Atem verschlägt. Sein scharfer Witz scheint eine Umwertung aller Werte zu verheißen, ein gänzlich neues Zeitalter von Unmittelbarkeit, Freiheit und Echtheit. Und da ist es, gleich dort an der Wand, gleich da oben, wo es alle sehen können.

Natürlich verhielt es sich so, dass der sowjetische Arbeiter dieses Wandgemälde nie zu sehen bekam. Chruschtschow hatte gute Gründe, es nicht anfertigen zu lassen. Öffentlich geduldeter ironischer Zweifel wäre dem Zweck der Propaganda zuwidergelaufen, der, nicht vergessen, darin besteht, Zufriedenheit zu erzeugen.

Marketing aber gedeiht auf dem Humus der Unzufriedenheit,

und deshalb schlugen die US-Amerikaner im Jahr einundsechzig ihre Exemplare von *Life* auf, um darin eine Anzeige vorzufinden, wie sie nie zuvor eine gesehen hatten, eine Anzeige für dieses knollige kleine flossenlose Auto namens Volkswagen. Die Fotos bemühten sich absichtlich, den VW im grellstmöglichen Licht zu zeigen. Die Werbung gab zu, dass der Wagen hässlich aussah. Anschlussinserate verspotteten nicht nur die ‹Großen drei› unter den amerikanischen Autoherstellern wegen ihrer bombastischen Heckflossen, elektrischen Kinkerlitzchen und der gezielten Veralterungsstrategie, sondern trieben ebenso ihren Spott mit der Verlogenheit herkömmlicher Reklame selbst, den unglaublich glücklichen Kleinfamilien, den getürkten Expertenmeinungen, der fotografischen Trickserei, der überspannten Rhetorik ihrer Texte. Durch den Kauf eines Volkswagens, legten diese Inserate nahe, kaufte man eine Kritik an der gesamten Automobilindustrie und darüber hinaus am gesamten System der Vermarktung mittels künstlich erzeugter Bedürfnisse.»

Chas nimmt wieder seinen Platz hinter dem Podium ein, drückt einen Knopf, und das Dia vom Deckblatt des Trendbuches wird durch eine mathematisch anmutende Formel ersetzt:

KRITIK AN A, B, C = KAUF VON D, E, F

«Von alters her hat die Ironie im westlichen Denken zwei hauptsächliche Aufgaben erfüllt. Die erste ist das, was wir ‹Ideologiekritik› nennen, die Untersuchung von Widersprüchen innerhalb einer Ideologie. Die zweite nennen wir ‹dialektisches Denken›, die Verschmelzung von Gegensätzen und Schaffung neuer und besserer Ideologien. Aber die Volkswagen-Kampagne zeigte den Marketingspezialisten, wie sich diese herkömmlichen, die Welt enthüllenden und Probleme lösenden Aufgaben der Ironie kurzschließen ließen. Sie zeigte ihnen, wie sich jederart ironische Kritik an der Konsumgesellschaft einverleiben und unterwandern ließ, indem man sie vor den Karren einer vorgeblichen ‹alternativen Konsumgesellschaft› und einer Palette von Produkten spannte, die von sich verkünden, jenseits der Lügen, des Zynismus und der Finten der Kommerzkultur beheimatet zu sein. Indem sie des Weiteren die Kritik an der Verkaufe in die Verkaufe einbezogen, schufen sie eine Umwelt, in der es außerhalb der Konsumgesellschaft nichts mehr zu geben schien, keinerlei dialektische Antithese, und brachten somit alle Versuche dialektischen Denkens schlagartig zum Erliegen. Welches die Auswirkungen dieses fortdauernden Hütchenspiels mit einer ökonomisch nutzbar gemachten Ironie auf die bürgerliche Wertordnung auch sind – wachsender Zynismus, Teilnahmslosigkeit, Niedergeschlagenheit, Amoral und politische Verführbarkeit werden im Allgemeinen immer dazugerechnet –, ihre Auswirkungen auf die Konsumentenkultur sind überdeutlich. Der Verbrauch ist sprunghaft in die Höhe geschossen. Vergessen Sie nicht, die Konsumgesellschaft nährt sich aus der Unzufriedenheit, und massenhaft vereinnahmter ironischer Zweifel ist zur Lebensart erhobene Unzufriedenheit. Weshalb es vielleicht keine allzu große Übertreibung wäre zu sagen, dass uns die erfolgreiche Einvernahme der Ironie den Sieg im Kalten Krieg eingetragen hat.»

Chas macht einen Augenblick Pause. Den jungen indischen leitenden Angestellten neben Ursula hat ein Wirbel der Konzentration erfasst, mit einer Hand greift er sich an den Kopf, die andere hält seinen goldenen Füllfederhalter wie einen Schlagring umklammert. Sie dreht sich in ihrem Sessel. Die Zuhörer scheinen samt und sonders gebannt zu sein, machen Mienen zwischen erstarrtem Staunen und panischem Entsetzen. Sie erspäht James T. Couch, der sich in der hinteren Reihe in einem neonblauen

Muscle-Shirt lümmelt. Er sieht, dass sie ihn anschaut, lächelt und schüttelt den Kopf, als wollte er sagen, *dieser Chas …*

«So weit die Geschichtsstunde», sagt Chas. «Wenden wir uns dem Hier und Jetzt zu. Ich bringe Ihnen heute die Nachricht, dass *Schluss* ist mit dieser vierzig Jahre währenden Party.»

Er nimmt ein Exemplar des Trendbuchs in die Hand und hält es beim Sprechen hoch, sein ohnehin schneidiger Vortragsstil ist zackig und drängend geworden.

«Wie Sie aus den Tabellen und ausgewählten Reaktionen in Anhang A und Kapitel drei des diesjährigen Trendbuchs ersehen können, weist unsere Forschung einen schwächeren Wirkungsgrad der Ironie bei heutigen jüngeren Verbrauchern nach. Tatsächlich muss die Ironie umso dicker aufgetragen und bösartiger sein, je jünger der Verbraucher ist, um überhaupt noch zu ihm durchzudringen. Noch beunruhigender sind die in Anhang B enthaltenen und in Kapitel vier angeführten Studien. Hier finden Sie die von uns gesammelten Hinweise auf etwas, das wir für ein völlig neuartiges, in der Gesellschaft insgesamt auftretendes Bewusstsein halten: ein *postironisches* Bewusstsein. Und in Kapitel sechs finden Sie unsere These, dass dieses postironische Bewusstsein nicht weniger als die Einleitung des nächsten Schrittes in der Evolution der Konsumentenkultur darstellt.» Er schlägt mit flacher Hand auf den unsichtbaren Knopf, und ein neues Dia erscheint:

KRITIK AN A, B, C, D, E, F … = KAUF VON A, B, C, D, E, F …

Allgemeines Murmeln macht sich im Publikum breit. Die Frau mit stachliger Frisur wendet sich an den Asiaten und flüstert eine Frage. Der asiatische Mann reagiert zweideutig, verschränkt die Arme und blickt finster drein.

«Unmöglich, meinen Sie?», sagt Chas und tritt hinter dem Podium hervor. «Werfen Sie einen Blick in unser Trendbuch. Lesen Sie unsere Fallstudien. Die postironische Konsumgesellschaft ist nicht bloß möglich, sie ist bereits da. Mein unermüdlicher Agent James T. Couch hat die letzten sechs Monate damit verbracht, bis in die letzten Winkel des weltweiten Netzes zu reisen, bis an die äußersten Ränder des virtuellen Reichs vorzustoßen, und hat dort völlig neue Ökosysteme postironischer Konsumenten entdeckt. Leute, die Mickey-Mouse-Zubehör sammeln, weil sie von der Sterbestatistik in Disneyland besessen sind. Leute, die ihre gesamte Freizeit damit verbringen, die schwachsinnigen Sitcoms, von denen sie als Kinder vergewaltigt wurden, auf Video aufzuzeichnen, zu tauschen und anzuhäufen. Leute, die virtuelle Computerspiel-Gemeinschaften im Netz schmieden und die Spiele nicht einmal spielen, sondern bloß sechs bis zehn Stunden täglich darin abhängen. Das sind verblüffende Entwicklungen, und sie eröffnen uns einen vollkommen neuen Kosmos des Konsums.»

Chas fängt wieder an, auf und ab zu gehen. Die Blicke seiner Zuschauer folgen ihm, als sei er ein wildes Tier, das sie nicht aus den Augen zu lassen wagen.

«Täuschen Sie sich nicht», sagt er, «mit ‹postironisch› meine ich keinesfalls ernsthaft. Verlorene Unschuld lässt sich so leicht nicht zurückgewinnnen. Hier geht es um mehr als einen bloßen Backlash. Unsere Kultur ist dermaßen von ironischen Zweifeln gesättigt, dass sie beginnt, ihr eigenes Verfahren des Zweifelns anzuzweifeln. Wenn alles falsch ist, dann lässt sich mit demselben Recht alles für wahr halten oder zumindest für hinreichend wahr. Wahrheiten sind nicht länger unbedingt, sondern veränderlich, vorübergehend, wie es dem augenblicklichen Zweck gerade dienlich ist. Postironiker schaffen sich ihren eigenen Satz brauchbarer Wirklichkeiten und leben darin unberührt von irgendeiner Facette der von ihnen ignorierten Außenwelt. Ironische Werbung wird bedeutungslos, weil die Ironie selbst in der neuen postironischen Geistesverfassung das Grundbefinden darstellt; sie ist fehl am Platz. Das postironische Bewusstsein verwischt die Grenzen zwischen Ironie und Ernst in einer Weise, die uns herkömmlichen Ironikern kaum noch verständlich ist, und schafft einen Bewusstseinszustand, in dem kritische und unkritische Reaktionen ununterscheidbar sind. Postironie strebt nicht danach zu entzaubern, sondern zu verwirren, sie will Gegensätze nicht verschmelzen, sondern aussetzen, und alle Möglichkeiten zugleich offen halten. Und wir Leute vom Marketing, die wir eine lebensfähige Form der postironischen Konsumgesellschaft zu schmieden haben, müssen im Verbraucher ein mystisches Verhältnis zum Verbrauch fördern. Durch den Verbrauch werden die Verbraucher Göttern gleich, und ohne Verbrauch werden sie ein Nichts, und es wird ein ewiges Pendeln sein zwischen schrankenloser Macht und unbeschränkter Anfälligkeit, zwischen Erhabenheit und Knechtung.»

Er tritt zurück ans Pult, umfasst mit beiden Händen die Kanten und lehnt sich vor.

«Was ist Postironie? Postironie ist ironischer Ernst. Postironie ist allmächtige Sklaverei. Postironie ist verzücktes Grauen. Meine Damen und Herren, in ihrer reinsten Paradessenz ist Postironie …»

… er schaut geradewegs Ursula an …

«… Schizophrenie.»

Vielleicht haben die Brandschalen in ihren Ständern allen Sauerstoff aufgezehrt, denn die Luft im verdunkelten Raum wird auf einmal lastend, das Atmen wird schwer, als hätten sie und die übrigen Leute, die sie von allen Seiten abriegeln, Platz gefunden im engen Bauch eines Wals, der sich in unergründlichen, luftlosen, die Lunge zusammenpressenden Tiefen bewegt. Sie bekommt es mit der Angst zu tun und ringt um Fassung, sagt sich, da ist kein

Wal, es gibt jede Menge Luft, sie ist nicht unter Wasser, sondern hoch oben in einem Gebäude. Aber es klappt nicht. Es reicht nicht. Ihr Herz fängt an, gegen den Brustkorb zu hämmern. Sie sagt sich, dass es nicht bloß ein hohes Gebäude ist, sondern ein Penthouse auf der Turmspitze der silbernen Burgstadt über der sonnenbeschienenen Wolke. Es ist ein sonniger Tag in den Leichten Zeiten, und sie befindet sich am höchsten Punkt der Wolkenburg, und alles Schlechte liegt weit unter ihr. Die Zementebene zuunterst starrt vor eingebetteten Knochensplittern, halben Gebissen, versteinerten Fötussen, Spitzen von Injektionsnadeln, Rasierklingen, Reißnägeln, elektromagnetischen Spulen, halb geschmolzenen Pistolen mit Fingerknochen, die sich noch um den Abzug krümmen, aber es ist egal, denn von den Erkerfenstern ihres Penthouse auf der Turmspitze der Burgstadt aus sind alle diese harten, scharfen oder sonstwie aggressiven Bruchstücke einzig als festliches glitzerndes Fleckenspiel auf einer grauen, gefrorenen See sichtbar. Ihr Penthouse ist ein riesiges Gewächshaus, ein tropisches Paradies aus hohen Bäumen, kräftigen Ranken und mächtigen Strömen kühlen, rauschenden Wassers, das die Luft mit Gischt erfüllt, wirbelnd, brausend, alles rein waschend, ein unerschöpflicher Vorrat an Wasser, stets neu und stets dasselbe. Sie weiß nicht, was beruhigender ist, das stetig Neue oder das stetig Gleiche dieses Wassers, oder ob es an der Verbindung beider Eigenschaften liegt, aber sie hält sich an den Gedanken rauschenden Wassers und schöpft neuen Atem.

Durch die Farnwedel, herabhängenden Ranken und mit Düften erfüllte Luft verfolgt sie nun in Ruhe, wie Chas die Arme ausbreitet und in milderem Ton zu sprechen fortfährt.

«Willkommen, meine Freunde, im neuen Zeitalter. Studieren Sie das Trendbuch. Studieren Sie Kapitel sechs und lernen Sie, wie der Tribalismus und das Konzept der erfundenen Anfänge uns in eine Phase noch nie da gewesener Entfremdung von der Massengesellschaft und einer mystifizierten Beziehung zur Technik führt, die in der Auflösung öffentlicher Einrichtungen und sämtlicher Formen öffentlichen Lebens gipfeln wird. Studieren Sie Kapitel sieben und erfahren Sie, wie der Virtualismus und das Konzept der Wahlverwandtschaften zum Radikalindividualismus führen werden, oder zur Schaffung multipler Verbraucheridentitäten innerhalb des Einzelwesens. Erfahren Sie, wie die Postironie das kulturelle Unbewusste spalten und zur explosionsartigen Ausbreitung der Verblendungsindustrien führen wird, wie sie Vorstellungswelten privatisieren und ein neues Zeitalter einläuten wird, in der Sie vom Marketing erst voll zur Geltung kommen, die Machtaura von Kirche und Staat übernehmen, die geistigen Führer der Massen werden, Seelsorger einer neuen, geschichtslosen, mystifizierenden Geistesverfassung, Betreiber eines weltweiten Vergnügungsparks der Phantasie und Realitätsflucht. Und wir hier bei ‹Tomorrow› werden Ihnen eng zur Seite und für persönliche Beratung stets zur Verfügung stehen, stets bereit sein, Ihnen bei der Entwicklung von Strategien zu helfen, um die Möglichkeiten dieses erregenden geschichtlichen Augenblicks zur Gänze auszuschöpfen. Wir bei ‹Tomorrow› werden Ihnen zeigen, dass sich das neue, Finstere Zeitalter für Ihre Geschäfte überhaupt nicht als finster erweisen muss. Im Gegenteil. Dies Finstere Zeitalter kann sich zu den … *Leichten Zeiten* lichten.»

Er lächelt sein peinigendes Lächeln. Irgendwo wird ein Knopf gedrückt, die schweren Samtvorhänge gleiten beiseite, und die Vermarkter blinzeln in Strahlen durchdringenden Lichts. Ursula atmet langsam und gleichmäßig, sie denkt an ihre Ströme, ihre Blumen, ihre majestätischen, lebensspendenden Bäume, deren Millionen Blätter alle Gifte aufsaugen und der Welt dafür guten, sauberen Sauerstoff schenken.

BERÜHMT

Das Restaurant im Pangloss-Hotel ist eine 5-Sterne-Angelegenheit mit 5-Sterne-Preisen, aber die Inneneinrichtung haben sie konsequent auf Schnellimbiss gestylt. Die Bänke in den Sitznischen sind mit Leder bezogen, das in jenem bestimmten rötlichen Ton von Kunstleder gefärbt ist, das gefärbtem Leder ähneln soll, und die Tischplatten aus Marmor sind mit geriffelten Edelstahlleisten eingefasst, genau wie die gewöhnlichen Resopaltischplatten, die sie imitieren sollen. Natürlich war es James T. Couch, der Ivy mit diesem Lokal bekannt gemacht hat, und die letzten beiden Monate über ist es ihr Lieblingsrestaurant gewesen, immer wieder will sie hierher. Heute hat Couch Gott sei Dank anderes zu tun, sodass Ivy und Ursula für sich sind. Kaum hat ihre Schwester ihr gegenüber in der Stammnische Platz genommen, da zündet sie schon mit ihrem neuen goldenen Feuerzeug eine Zigarette an, nimmt einen tiefen Zug, klappt die Gläser ihrer Sonnenbrille hoch, hebt dann ihr unheimlich nach Plastik aussehendes mattiertes Kristallwasserglas und schnippt etwas Asche hinein wie eine Katze, die ihr Revier markiert. Inzwischen hütet sich der Hilfskellner, Wasser in Ivys Aschglas nachzuschenken oder ein frisches Glas zu bringen, das ebenso unweigerlich eingeascht werden würde, wie auch die Ober Ivy nicht länger daran erinnern, dass Rauchen hier nicht gestattet ist. Beschweren sich andere Gäste, gibt der Oberkellner dieselbe rührselige Geschichte zum Besten, die James T. Couch ihm begleitet von einer Hundertdollarnote zum Besten gab – dass es sich bei der Raucherin hinten in der Ecknische um niemand anderen als Ivy van Urden handelt, das berühmte schizophrene Model, dem beständige Zufuhr von Nikotin der einzige hauchdünne Faden ist, an dem seine geistige Gesundheit hängt. Für gänzlich unmöglich hält Ursula das nicht. Die Medizin, die Ivy einnimmt, hat sie zusehends steif werden lassen, und die Zigaretten – vielleicht wegen des anregenden Nikotins oder wegen der ständigen Bewegung von Gliedmaßen, Lippen und Lungen – scheinen auf sie zu wirken wie eine Dose Öl auf den Blechmann aus dem «Zauberer von Oz». Sie halten sie gerade eben gelenkig genug, um weiterzurasseln.

Nach dem zeremoniellen Aschen ins Glas geht Ivy zu ihrer rituellen Würdigung des Ausblicks über – die Nischen schließen mit Innenfenstern ab, die auf die Hotelhalle gehen, und gute fünf Minuten lang verfolgt Ivy die verschiedenen Bewegungen im Empfangsbereich ebenso aufmerksam wie ein hartnäckiger Fußballfan, der seiner Heimmannschaft bei der Aufstellung der Verteidiger zusieht. Sie schaut den Fahrstühlen hinterher, die wie Luftblasen in einer Glasröhre aufsteigen, betrachtet eingehend den Springbrunnen unter seiner gläsernen Glocke, der quecksilbrig glitzernde Wasserstrahlen verspritzt, schaut gedankenverloren der Produktpräsentation zu, die auf einem Fließband in der Lobby erfolgt. Umschlossen von dickem gelbstichigem Glas, steigt das Fließband an der gegenüberliegenden Wand aus dem Boden auf, beschreibt einen weiten Bogen, führt unmittelbar unter ihrem Fenster vorbei und schraubt sich in der riesigen Rundhalle spiralförmig fünfzig Etagen hoch hinauf zum Glas der künstlichen Oberlichter, durch die das Licht dreier pastellfarbener Sonnen einfällt – eines roten Riesen, eines blauen Zwergs und eines grünen Kobolds, wie die Designer es nannten.

Nachdem sie den Weg des Fließbands, so gut sie kann, bis ganz nach oben verfolgt hat, richtet sie ihr Augenmerk auf die Waren selbst, die gleich unter dem Fenster vorbeiwandern, eine endlose Parade von Schals, Hüten, Blusen, Kleidern, Damenunterwäsche, Frackschleifen, Brieftaschen, Armbanduhren und Schmuck, und jedes Produkt thront auf seinem eigenen Samtkissen. Sie sitzt kerzengerade da, wie es sich für ein gutes Model gehört, ein Hinweis auf Fortschritte, für die das ambulante Pflegepersonal ihr bei jedem vierzehntäglichen Nachsorgetermin fleißig Komplimente macht. Ursula war sich nicht einmal bewusst, dass Ivy größer ist als sie, bis sie ein Model wurde, plötzlich gerade ging, den Kopf hob, den Hals wie eine Ballerina ausstreckte. Sie trägt ein tief ausgeschnittenes kastanienbraunes Minikleid, das für tagsüber eigentlich zu kleidchenhaft ist, aber trotzdem gut an ihr aussieht und sich hübsch von ihrer Haut abhebt – die blass, durchscheinend und dank Glykolsäure und Tretinoin wieder pickelfrei ist. Heute ist Ivys einundzwanzigster Geburtstag, den Ursula vergessen und vielleicht auch verdrängt hatte, bis ihn Ivy einen Augenblick zuvor erwähnte. In ein paar Monaten wird Ursula dreißig sein. Die Anzeichen des Alterns, die Ursula täglich im Spiegel ausmacht, werden noch ein wenig unerquicklicher angesichts der Veränderungen, die Ivys Körper durchläuft, denn sie kann sich das zwar alles einbilden, aber es kommt ihr vor, als sehe Ivy einfach von Mal zu Mal jünger aus. Die auftreibenden Nebenwirkungen der Medikamente scheinen sich bislang auf ihr Gesicht zu beschränken, das breiter geworden ist, was die Sorgenfalten rings um Augen und Mund glättet und ihm den weich gezeichneten Ausdruck eines viel jüngeren Mädchens verleiht.

Die Plakate, die ihre neue Berühmtheit begründen, waren erstmals vor zwei Monaten zu sehen, quer über die Flanken der Stadtbusse von Mid City geklebt. Sie zeigten sie hingegossen in den Hauseingang einer Mietskaserne, in einem einseitig schulterfreien Minikleid aus Fell mit so tief ausgeschnittenem Rücken und so hohem Saum, dass ihre nackte Haut den vermoderten Türrahmen berührte und die Unterseiten ihrer nackten Schenkel auf die Zementstufe drückten, auf der sie saß. Ihr schartig ausgefrästes Haar wurde von einem engen Lederband fest an Schläfen und Stirn gepresst, und ihr Gesicht war mit hingeworfenen Schlieren leuchtend goldener Kriegsbemalung längs der Backenknochen, hellviolettem Lidschatten, der ihren Augen einen aufgequollenen, verprügelten Ausdruck verlieh, und nuttig verschmiertem goldfarbenem Lippenstift geschminkt. Die Narben auf Armen und Beinen blieben sichtbar und unretuschiert. Ein hölzerner Speer lehnte hinter ihr am Türrahmen. Neben ihren von Dreck streifigen, angezogenen Schenkeln stand die Literflasche aus Kunststoff, an der sich Feuchtigkeit niederschlug und abperlte. Der Text klammerte sie von oben und unten ein:

Leichtes Gepäck

Leichtwasser

Von den Straßen und Gehsteigen aus starrten die Leute auf die zwischen Räder und Fenster des Busses gekauerte junge Wilde, ein Haufen wunderschöner, dreckiger, entblößter Gliedmaßen, ein herzförmiges, goldfarben bemaltes, zur Seite geneigtes Gesicht: ein kaputtes Spielzeug. Man erkannte sie – das merkwürdige Model, das vor ein paar Monaten auf so schauerliche, nervenkitzelnde, höchst kurzweilige Art austickte. Wer sich nicht von selbst erinnerte, dem halfen die Medien mit einer wahren Flut von Infotainment-Storys über diesen gewagten Einsatz einer Schizophrenen, die hierdurch aufgeworfenen ethischen Zwickmühlen, die bleibende Frage nach ihrer gegenwärtigen Verfassung auf die Sprünge. Die Kampagne war ein triumphal gelungener Drahtseilakt zwischen Ironie und Ernsthaftigkeit. Manche kicherten über den unausgesprochenen Witz – das Model, unterwegs mit leichtem Gepäck, seit es seinen Verstand über Bord geworfen hatte –, andere ließen sich schlicht von der Bohèmeromantik des Bildes vereinnahmen und von der Vorstellung einlullen, dass die einsame, verstörte Ivy van Urden zuletzt doch noch ihren Stamm gefunden hatte.

Der Termin für die Aufnahmen erwies sich als schwere Prüfung. Anfangs versprach er gar, in ein Desaster auszuarten. Ivy war zwar mit genügend Selbstvertrauen aus dem Wohnwagen herausgekommen, aber dann blieben ihre Augen gebannt auf Chas haften, der abseits bei Cabaj und den übrigen Leichtwasser-Leuten stand. Sie hatten sich nicht mehr gesehen seit seinem Besuch bei ihr, nachdem sie ins Hospital eingewiesen worden war, und Chas erstarrte bei ihrem Anblick. Seltsames spielte sich in seinem Antlitz ab. Sein sonst so kühler Blick wich einem verängstigten Ausdruck, und sein bemühtes Lächeln wurde zu einer verspannten, pulsierenden Grimasse, die seine gesamte Kieferpartie verzerrte.

Ursula hatte sich schon seit zwei Wochen vor diesem Augenblick der Wahrheit gefürchtet, stellte nun jedoch befriedigt fest, dass Chas' sichtbare Liebe zu Ivy bei ihr nicht mehr als ein eifersüchtiges Zwicken auslöste, schwach und fast ohne Biss. Tatsächlich war der Anblick eher tröstlich für sie. Sie nahm ihn als Beweis dafür, dass er nicht herzlos war, dass Ursula selbst nicht völlig den Verstand verloren hatte, als sie sich mit ihm zusammentat, dass er wirklich tat, was er als das Beste für Ivy ansah, und dass Ursula Ivy durch ihre Kooperation gleichfalls aufrichtig zu helfen bemüht war.

Doch als sie sich schließlich dorthin wandte, wo alle anderen hinschauten, musste sie feststellen, dass Ivy augenblicklich doch reichlich unbeholfen wirkte. Während sie auf die Verrenkungen in Chas' Gesicht starrte, war sie in sich zusammengesunken und hatten ihre Züge etwas Urtümliches angenommen, die Schultern hochgezogen, der Kopf vorspringend mit entblößter unterer Zahnreihe, die Augen wild und angsterfüllt. Die Zuschauer bekamen es ebenfalls langsam mit der Angst. Sie hatten sich mehr von einer Wilden eingehandelt, als ihnen lieb war. Der Fotograf warf einen besorgten Blick hinüber zu Camille Stypnick, der Art-Directorin von «Mitchell and Chennault», die zu Ed Cabaj schaute, welcher wiederum nervös an seinem Schnurrbart zupfte und in Chas' Augen nach Rückversicherung suchte. Dann richteten auch alle anderen den Blick auf Chas, den Urheber dieses Fiaskos. Chas seinerseits beobachtete weiterhin Ivy.

Ivy begann zu murmeln, schnell und unheimlich monoton, während ihre Augen erstaunt dreinschauten, als sei sie selbst bloß eine Zuhörerin:

die die die Körper, die Körper, haben jetzt das Mädchen die Antikörper die verlieren Marktanteile die Körper, kann den Mädchenmarkt nicht wiederhole nicht bewerten alarmiert die Monopopolizei wiederhole das System durcheinander der der Plan ist zu vereiteln die kleine Hure die kleine Hure zum Gleichgewichtserhalt zu loyalisieren

Natürlich hatte Ursula geahnt, dass sich möglicherweise etwas Derartiges ereignen würde und dass sie – wie Chas auf dem Dach nahe gelegt hatte – nicht einmal unglücklich darüber wäre, nicht einmal gar so furchtbar entsetzt, brächte sein Plan Chas um Kopf und Kragen und legte Ivys Karriere im selben schicksalshaften Augenblick der Wahrheit eine Bruchlandung hin. Doch als sie zusah, wie ihre Schwester fiebrig fortplapperte, der Körper in einer Verkrümmung erstarrt, der Verstand einmal mehr aus den Angeln gehoben, fühlte Ursula nichts weiter als grauenhafte, bodenlose Schuld. Sie hatte sich von Anfang an über die eigenen Beweggründe hinweggelogen, dachte sie. Sie war nicht gekommen, um sich um Ivy zu kümmern, sondern um ein Stück von ihr zu ergattern, sie hatte sich keinen Job bei Chas gesucht, um mit Ivys Leben vertraut zu werden, sondern um herauszufinden, ob ein Mann, der Ivy anziehend fand, auch Ursula anziehend finden könnte.

Sie wollte hinlaufen, Ivy packen, sich entschuldigen und sie anflehen zurückzukommen, der Welt noch einmal eine Chance zu geben, *ihr* noch einmal eine Chance zu geben. Aber sie vertraute sich selbst nicht mehr und fürchtete plötzlich, dass ihre eigene Anwesenheit nur schaden könne. Wahrscheinlich empfanden das alle Zuschauer so. Keiner wagte es, sich Ivy zu nähern.

Dann wandte sich Chas an James T. Couch.

«Herrje. Tu schon was», murrte er.

Couch lächelte. «Keine Sorge, Boss. Rückendeckung im Anmarsch.»

Lässig spazierte er auf Ivy zu, Hände in den Hosentaschen, und pfiff dazu irgendeine blöde kleine Reklamemelodie, er zog den Augenblick in die Länge, um ihnen allen ganz genau zu zeigen, wie sehr sie hier von seinem Einschreiten abhingen. Er blieb unmittelbar vor ihr stehen, legte den Kopf leicht schräg, musterte sie gedankenverloren, streckte dann die Hand aus und legte ihr den Zeigefinger auf die Lippen, die bald darauf aufhörten, sich zu bewegen. Sanft lächelnd streichelte er ihr ein paar Mal übers Haar, beugte sich zu ihr vor und sprach ihr leise ins Ohr. So standen die beiden zwei endlose Minuten lang da, Couch redend und Ivy, einer Salzsäule gleich, noch immer auf Chas starrend. Couch drehte sich darauf um und sah Chas an.

«Ähem, Boss», fing er an. «Ich sag's ja nicht gern, aber es wär vielleicht besser, du machst … die *Biege*, ja?»

Er ließ ein zähnebleckendes Lächeln aufblitzen. Chas funkelte zurück, dann drehte er sich wütend, peinlich berührt und möglicherweise verzweifelt um und marschierte davon.

Nachdem Chas gegangen war, fuhr Couch fort, Ivy ins Ohr zu flüstern. Während er redete, entspannten sich langsam ihre Arme und Schultern, richtete sie sich wieder auf. Ihre Augen schlossen sich einen Moment und öffneten sich dann wieder, der Blick zwar noch immer glasig, aber nicht mehr wild. Er legte einen Arm um sie, stellte ihr eine Frage, und fügsam gab sie ein paar Worte zur Antwort, die Ursula nicht verstehen konnte. Die beiden setzten einen Fuß vor den anderen. Cabaj und der Maskenbildner traten beiseite, damit Ivy ihren Platz im Eingang der Mietskaserne einnehmen konnte. Couch gab dem Fotografen ein Zeichen, und sie ließ sich von dem Mann in die richtige Stellung dirigieren.

Die Fotoarbeiten kamen in Gang. Ihr Gesicht war so rein und leer wie eine Kinoleinwand. Und Ursula wusste im selben Augenblick, dass die Bilder gut sein würden, dass Chas seiner gegenwärtigen Demütigung zum Trotz bestätigt werden und Ivys Junge Wilde die Welt verführen würde. Und mehr als alles andere empfand Ursula Erleichterung.

Die Leichtwasser-Kampagne fiel glücklich zusammen mit der Einführung von Avons *Tribal Paint*-Make-up, das den Fachblättern zufolge überall ausverkauft ist außer in der Dritten Welt, wo die Nachfrage dauerhaft zu wünschen übrig lässt. Der Absatz von Leichtwasser selbst setzte auf achtbarem Niveau ein und wächst von Tag zu Tag trotz vereinzelter Berichte über Austrocknung und Durchfall. Vergangene Woche wurden in der Fernsehshow von Jenny Jones unter dem Motto «Huren in Häuten» Prostituierte auf «wild» umgemodelt. Von links traten die Huren auf die Bühne, eine trug Mieder und Minirock aus falschem Pandafell, eine andere ein kurzes, tief ausgeschnittenes Kleid aus falschem Löwenfell mit hinten angesetztem Schwanz, eine weitere ein rückenfreies Mieder aus Sealskin und als Hut den Kopf eines Walrosses samt Stoßzähnen und weißen comicmäßigen Murmelaugen mit je einem schwarzen X. Dass sie im Fernsehen waren, schienen sie spielend zu bewältigen, sie stakten ohne Zögern und ohne Begeisterung auf ihren einstudierten Pfaden über die Bühne.

Schnitt aufs Studiopublikum, das im Stehen johlt und lärmt und Beifall klatscht dafür, dass es im Fernsehen bei stehendem Beifall zu sehen sein wird.

Schnitt auf die blonde, in Harvard ausgebildete Gastgeberin der Show, die hinter vorgehaltener Hand schmunzelt, als habe jemand einen schmutzigen Witz gerissen.

Und das wäre so weit der Wilde Trend, ein kleines, aber durchaus nicht unbedeutendes modisches Beben mit einer Stärke von 3,5 auf der «Dichterskala» des *Trend Journal*, das aber, merkwürdig genug, offenbar kaum einen oder gar keinen der Werte einschließt, die Ursula anfänglich mit einem Interesse an Urvölkern verknüpft hatte, Werte wie Einfachheit, Selbständigkeit, inneres Wachstum, Spiritualität, Selbstermächtigung oder die Vorstellung, dass in der Erfahrung des Urtümlichen etwas ruhen könnte, was wir verloren haben, eine Fähigkeit, Geist und Materie zu einer Lebensweise zu verschmelzen, die würdevoll, befriedigend und schön ist. Vielmehr ist das Interesse an bizarren Riten, erotischen Fesselspielen und Schmucknarben heftig gewachsen. Themenrestaurants mit vage kannibalistischem Flair, hier in Mid City bereits en vogue, haben nun im ganzen Land Ableger bekommen. Und das «Urtümliche» an Wilder Garderobe hat nicht dazu beigetragen, die soziale Vielschichtigkeit der Kleiderordnungen zu entflechten. Fellröcke haben sowohl in hochpreisigen Boutiquen wie in Zehndollar-Ramschläden Einzug gehalten, aber es ist ziemlich einfach, echte Tierhäute und Federn von künstlichen zu unterscheiden, und die echten sind natürlich die teuersten, was paradoxerweise die Reichsten und Verwöhntesten zu den glaubwürdigsten Wilden macht. Noch unübersichtlicher wird die Sache dadurch, dass sich ein großer Bedarf an echten, aber auf künstlich getrimmten Fellen eingestellt zu haben scheint, eine neue, Logik und Unvernunft verschmelzende, derart bösartige Mutation, dass sie fürs Erste den Widerstand der Tierschützer auf hilflose Zuckungen reduziert hat.

Anfangs kam sich Ursula betrogen vor, als hätte sie für ein krankes Kind eine Niere gespendet und sie dann ein paar Tage später in einem Geschäft für Heimtierbedarf vorgefunden, feilgeboten als Aquariendeko. Doch die folgenden Wochen über hat sie den Trend zusehends philosophisch genommen. Natürlich stimmt es, dass sie als Künstlerin erheblich mehr Einfluss auf ihre Schöpfungen hatte. Doch im Marketing verfügt sie über ein weitaus größeres Publikum. Nun sieht sie sich selbst als eine Art Godzilla mit Baskenmütze, der mit der Spitze des Eiffelturms Präsidentenköpfe in den Mount Rushmore schabt oder ein Gesicht in den Mond kratzt. Ihr steht die geballte Macht der Medien, der Massenproduktion und des Aktienkapitals zur Verfügung. Schon jetzt haben Millionen Menschen ihre Schöpfung Ivy, die Junge Wilde, zu einem Teil ihres Lebens gemacht, und Ursula glaubt, dass die intendierte Botschaft bei ihnen zumindest ansatzweise ankommen muss. Und selbst wenn es ihnen allen etwas völlig anderes bedeuten sollte: Welcher Künstler im Land, und sei er noch so ernsthaft, gewissenhaft oder hingebungsvoll, kann schon die persönliche Verwendung bestimmen, die seine Arbeiten finden? Nein, es sollte Ursula genügen, dass die Junge Wilde ein von den Leuten geschätztes Image ist, für das sie eine Verwendung haben, welche es auch immer sein mag.

Die Kellnerin erscheint. Sie hat langes schwarzes, derart streng zurückgekämmtes Haar, dass es ihr die Stirnfalten glätten könnte. Ihre weiße Schürze und ihr puderfarbenes Arbeitskleid sind für eine Bedienung im Schnellrestaurant ein bisschen zu perfekt gebügelt, aber das vorschriftsmäßige Kaugummi knallt sie wie eine vom Fach.

«Bringen Sie mir einmal von allem», sagt Ivy zur Kellnerin, was Ursula an das eine Mal erinnert, als Javier «alles, was diese Woche häufig bestellt worden ist», geordert hatte. Nur wird Ivy, im Gegensatz zu ihm, nicht ernst genommen.

«Einmal von allem?», fragt die Kellnerin und verschränkt die Arme. «Warum nicht gleich zweimal?»

Ivy verbirgt ein Grinsen hinter ihren Fingerknöcheln; die absurde Vorstellung, alles zweimal zu bekommen, amüsiert sie sichtlich.

«Sie bekommt alles Essen, was Sie hier überhaupt zusammenkratzen können», sagt Ursula. «Karren Sie es einfach nur her.»

«Zehnmal von allem!», ruft Ivy. «Und eine Million von nichts.»

Die Kellnerin stemmt eine Hand in die Hüfte. «Möchten Sie nichts zusammen mit allem serviert oder hinterher?»

«Oder erst nichts», erwidert Ursula, «dann alles?»

«Mittagessen ist nichts», verkündet Ivy. «Nachtisch ist alles.»

Eine Touristenfamilie am Nachbartisch lacht über das Mitgehörte. Andere an umliegenden Tischen schauen ebenfalls hinüber, bereit, aufs Stichwort ins Gelächter einzufallen. Ihre Mienen sind aufgehellt vom Gefühl des Auserwähltseins, gleich in die Szene einbezogen zu werden.

Die Kellnerin, wahrscheinlich selbst ein aufstrebendes Model oder eine Jungschauspielerin, holt ihren kleinen weißen Block hervor. «Also das Übliche?»

Ivy nickt und lächelt dabei wie ein schuldbewusstes Kind. Alles in allem steht ihr das Ausmaß des neu gewonnenen Ruhms.

Wenn ihr Leute den Prominentenbonus einräumen, wirft sie Ursula jedes Mal einen heimlichen, übermütigen, beglückten Blick zu. Endlich, scheint dieser Blick zu sagen, wird die Wirklichkeit ihren grandiosen Wahnvorstellungen gerecht.

«Und Sie, Ma'am?»

«Den Portobello-Burger de Luxe», antwortet Ursula. «Und einen Milchkaffee.»

Die Kellnerin tritt ab, und Ivy pafft ihre Zigarette. «Den», ruft sie aus und schaut einem olivfarbenen Pillboxhütchen hinterher, das auf dem Fließband vorbeituckert. Sie sinnt dem Hut nach, verliert aber kein Wort mehr darüber. Dann fängt ihr Handy an, insektenhaft den Soundtrack zu «The Good, the Bad and the Ugly» zu zirpen. Sie kramt es aus ihrer Tasche.

«Hallo? Sonja Sonja Sonja. Kann jetzt grad nicht sprechen, Kindchen. Nachher komm ich nach Hause.»

Sie packt das Handy wieder in die Tasche. «Sie ist eine gute Schülerin», sagt sie gedankenverloren. «Ich zeig ihr, wie man eine Celebrity wird.» Zufrieden lässt sie den Aschekegel in ihr Glas fallen. Als das Aushängeschild für den Wilden Look hat Ivy jene eigenartige Zwischenstufe der Prominenz erklommen, auf der ihr die niederste Kaste unter den Möchtegern-Paparazzi an den Fersen klebt und sie zu jeder nächtlichen Stunde von Boulevardjournalisten aus obskuren Ländern angerufen wird. Ihre Modelagentur, von der Ursula während Ivys stationärer Behandlung außer der Karte mit Genesungswünschen keinerlei Daseinsbeweis zu Augen gekommen war, ist nun eine beständige, über allem waltende, gluckende und bevormundende Größe. Gerade ist für Ivy ein Vertrag mit «Maybelline» unter Dach und Fach gebracht, die alles daransetzen, eine eigene Reihe von Kriegsbemalungen herauszubringen, und die Agentur spielt Angebote verschiedener Ladenketten für Bekleidung gegeneinander aus. Ivy hat Ursula förmliche Vollmacht über ihre Karriere erteilt, und die Geldmengen, die mit diesen Aufträgen erzielt werden, gehen derart atemberaubend über alles hinaus, womit Ursula gerechnet hatte, dass ihr ihre vorrangige, selbst auferlegte Pflicht immer schwerer fällt: Angebote auszuschlagen, Ivys Terminkalender übersichtlich und den Druck auf sie denkbar gering zu halten. Diese Mühe wird von James T. Couch noch erschwert, dessen selbst auferlegte Pflicht darin zu liegen scheint, in Ivys Loft herumzulümmeln und ihr Ego zu päppeln. Dabei braucht Ivy keinen, der sie anstachelt. Sie ist alles andere als zufrieden mit dem erzielten Erfolg. Ihr Hunger nach einmal von allem ist keineswegs auf Nahrung beschränkt. Sie plündert die Welt mit ihren weit auseinander stehenden, seltsamen Augen und schnappt sich gierig jedes denkbare Objekt – egal, ob tierischen, pflanzlichen oder mineralischen Ursprungs – weniger seiner selbst als der Aufmerksamkeit wegen, die es bedeutet. Der Besitz eines Gegenstandes bedeutet für sie, dass dieser Gegenstand ihr Aufmerksamkeit schenkt, genau wie eine Dienstleistung bedeutet, dass die betreffende Person ihr Aufmerksamkeit schenkt. Das ist keine wirkliche Gier, zu dem Schluss ist Ursula gekommen. Es besitzt einen anderen Stellenwert. Ivy hat die Prominenz so nötig wie andere Luft zum Atmen – sie dient ihr als schützende Haut, gewährt ihr eine Art zweite Kindheit, macht Fremde nachsichtig und bewegt sie, ihre Launen gerne zu befriedigen und ihr Freude zu bereiten. Aus diesem Grund hat sich Ursula mit Ivys allgemeiner Bekanntheit versöhnt und ist sogar dankbar dafür, in gewissem Maße sogar mit sich selbst versöhnt, da die Anzeichen darauf zu deuten scheinen, dass sie Ivy am Ende tatsächlich hat helfen können.

Natürlich ist nicht zu übersehen, dass Ursula sich selbst auch geholfen hat. Der Bericht des *Trend Journal* über den Wilden Look als letzten Schrei erwähnte Ursula namentlich und taufte sie «den wachen Verstand hinter der jungen Wilden, ihrer Schwester, der schönen, verstörten Ivy». Es ist nur ein Branchenblatt, aber in der überschaubaren Welt des Marketing scheint es viel gelesen zu werden. Auf Partys stellen sich die Leute ihr inzwischen vor. Neue Kunden bitten darum, sich mit ihr treffen zu dürfen. Sie ist der kluge Kopf hinter Ivys Glamour und scheint als solcher selbst ein ganz klein wenig glamourös geworden zu sein.

Ivy spielt mit dem glänzenden goldenen Feuerzeug und produziert erschreckende, lächerlich große blaue Flammenzungen.

«Herrje», sagt Ursula. «Woher hast du das Ding?»

«Chas, Chas», gibt Ivy lustlos zurück. Sie ist sich vielleicht gar nicht bewusst, dass sie seinen Namen zum ersten Mal in Ursulas Gegenwart fallen gelassen hat. Seit der Nacht, in der sie mit ihm rummachte, hat Ursula ihn auch nicht mehr erwähnt.

«Chas?», fragt Ursula und versucht, ruhig zu klingen. «Hast du dich mit ihm getroffen?»

«Nein. Würd ich nicht zulassen. Hat er durch Boten geschickt. Dauernd schickt er so Zeug durch Boten.»

«Zeug? Zeug wie Feuerzeuge?»

«Manchmal bloß Notizen.»

Ursula nickt und weiß nicht, ob sie das glauben soll.

Ivy lässt die Flammensäule wieder emporschnellen und betrachtet sie versonnen.

«Ich hab sowieso nie verstanden, was ihr beiden auch nur entfernt miteinander gemein haben könntet», sagt Ursula.

Die Flamme erlischt. Ivy starrt sie an.

«Du wunderst dich, dass er mich lieben konnte?»

Ursula öffnet den Mund, und das unaufrichtige Dementi bleibt ihr in der Kehle stecken.

«Sicher», fährt Ivy fort, «darüber hast du dich doch schon immer gewundert. Für dich bin ich doch die blöde blonde Schwester mit dem Dachschaden.»

«Ich halte dich nicht für blöde», beharrt Ursula. «So was hab ich nie gedacht. So redet Gwennan, aber ich doch nicht.»

«‹So redet Gwennan›», wiederholt Ivy abfällig. «‹Zieh dich selbst aus dem Dreck!› *So* redet Gwennan. Das Miststück. Ich hör Gwennan andauernd reden. Red mir nicht davon, wie Gwennan redet.»

Sie hebt ihr Wasserglas, bläst etwas Rauch hinein und stellt es kopfüber auf den Tisch, um den Qualm darin einzufangen.

«Anfangs war Chas genauso», setzt sie nach.

Sie zerdrückt ihren Goldfilter auf der Tischplatte und schnippt ihn in Ursulas fast randvolles Glas.

«Er hielt mich für eine Schachtel mit einer großen roten Schleife», sagt sie. «Er hielt mich für eine Ivyschachtel. Leg Sachen in mich rein und hol sie wieder raus, Haarspülung, Handlotion, Zigaretten, Büstenhalter. Mach den Deckel auf und stopf mich voll mit Whiskyflaschen, Zahnpasta, Tiefkühlgerichten. Dafür hast *du* mich gehalten», sagt sie und zeigt mit der Schachtel Zigaretten auf einen imaginären Chas, bevor sie sich Ursula wieder zuwendet. «Das hab ich ihm gesagt, und seine große alte Kinnlade klappte runter. Er gab's zu. Er sagte, ja, das hätte er gedacht, aber jetzt nicht mehr. Das war an dem Abend, als wir uns kennen lernten, auf irgend so einer Party. Ich sagte zu ihm, ich würde seine Sorte kennen, und er sagte, *Mir war gar nicht klar, dass mich eine* – und ich ließ ihn abblitzen. Du aufgeblasener Schwachkopf. Aber wie. Als ob ich für dich Zeit hätte.»

Ivy stellt die kleine Szene für Ursula nach und zeigt an Chas' Stelle einem ältlichen Touristenpaar den Stinkefinger. Ursula lehnt sich vor und sieht Ivy durch Chas' Augen neu: ein freches, gnadenlos gescheites, wunderschönes Mädchen, das neu ist in der

Stadt. Sie hätte sich nicht träumen lassen, dass Ivy so auftreten, sich so behaupten könnte.

«Was ist dann passiert?», fragt sie.

Ivy lächelt vor sich hin und legt die Hände auf den Tisch. «Am nächsten Morgen tauchte er auf, als ich bei der Arbeit war. Er brachte eine große weiße Schachtel mit. Darauf eine große rote Schleife. Nach dem Fotoshooting nahm ich sie ihm ab, stieg ins Taxi und zischte los. Ich machte sie im Taxi auf. Es war nichts drin außer ein kleiner Zettel am Boden. Darauf stand: ‹Wenn es sein muss, töte ich, um dich wiederzusehen›. Und ein kleiner Smiley. Und unter dem Smiley eine Telefonnummer.»

Ivys Blick verliert sich in ihren glücklichen Erinnerungen. Ursula wartet ab und ist derart begierig, mehr über das Geheimnis von Ivys Macht über Männer zu erfahren, dass sie sich tatsächlich dabei ertappt, den Atem anzuhalten.

«Uns gehörte die Zukunft», sagt Ivy. «Das hatten wir gemeinsam.»

«Wie meinst du das?»

Ivy zündet sich eine weitere Zigarette an. «Wir kannten sie beide. Wir kannten beide die Zukunft.» Sie verschränkt die Arme vor der Brust, als sei der Raum auf einmal kälter geworden. «Zuerst wusste nur Chas Bescheid und erzählte mir davon. Die Erzählung ging immer weiter, Tag für Tag, Woche für Woche. Er erzählte mir alles über die künftigen Finsteren Zeiten, und je mehr er davon erzählte, desto klarer wurde mir, dass ich sie bereits kannte. Sie glichen genau dem Ort, den ich im Kopf schon jahrelang vor mir gesehen hatte. Und dann begriff ich, dass es sich bei diesem Ort in meinem Kopf um eine Erinnerung handelte und ich schon mal dort gewesen war. Ich war in der Zukunft gewesen. Ich konnte mich nicht erinnern, wie oder warum ich schon mal dort gewesen war, war mir aber sicher, schon mal dort gewesen zu sein. Und dann fing ich an, Chas von der Zukunft zu erzählen, und je mehr ich ihm erzählte, desto mehr wusste ich, dass ich Recht hatte.»

Sie stutzt, hält inne.

«Keine Sorge.» Sie legt eine Hand auf die von Ursula. «Ich bin nicht wieder verrückt. Da bin ich *so* drüber weg. Ich kann verrückt sein oder unverrückt. Ich kann hier sitzen und aus der Vergangenheit stammen und aus der Zukunft oder deine Schwester und die Tochter dieses Miststücks Gwennan sein, und das ist auch gut. Es ist alles gleich. Geschichten sind allesamt Tarngeschichten. Das ist eine von den Sachen, die man dazulernt.»

Immer wieder einmal gibt Ivy etwas in der Art von sich und erinnert Ursula daran, dass ihre Wahnvorstellungen nicht abgeklungen sind, sondern bloß irgendwie abgetrennt, beiseite geschoben wurden. Aber sie ist jetzt so lebenstüchtig – mehr als tüchtig, sie blüht und gedeiht regelrecht –, dass es Ursula schwer fällt, noch eine ernsthafte gesundheitliche Gefahr dabei zu sehen. Sie hat sich bereits die Frage gestellt, weshalb jemand Ivy aufhalten sollte, wenn sie sich einen persönlichen Mythos erschaffen kann, der ihr Kraft gibt. Sollten wir nicht alle das Recht haben, uns selbst ganz individuell die Geschichte, wer wir sind, zu erzählen?

«Was hast du denn Chas über die Zukunft erzählt?», fragt sie.

Ivy schürzt die Lippen und bläst eine lange, träge Rauchfahne aus, während die Kellnerin ihre Speisen auftischt. «Mal sehen. So was wie … Na, wie die Wortslogans. Ich hab ihm erzählt, in der Zukunft habe jedes Wort einen Slogan statt einer Definition. Wie hat er das geliebt. Er konnte gar nicht mehr aufhören, mich auf die Probe zu stellen.»

«Dich auf die Probe zu stellen?»

«So wie eines Morgens, als ich aufwachte, und er lag neben mir und sah mich an und sagte: ‹Wach›. Und ich dachte über Wach nach. Ich war mir ziemlich sicher, Computerchips im Gehirn zu haben, die das Denken für mich erledigten. Der Chip in meiner rechten Hirnhälfte dachte ‹Wach›, und er dachte Sonnenschein, Frühstück mit Daddy am Küchentisch, Softballspiele, Picknicks, der erste Kuss, der Ballabend für die Oberstufe, du weißt schon, halt alles, was sich so zutragen soll, wenn man wach ist. Und der Chip in meiner linken Hälfte stampfte dann alle Daten zum Wortslogan ein, und ich sagte zu ihm: ‹Wach: Dich ruft die Liebe.›

Und ihm blieb der Mund offen stehen. Dann sagte er ‹Schlafen›. Und ich schloss die Augen und dachte Schlafen, Schlafen, Schlafen, mach's mal umgekehrt, denk an all das Beschissene an ‹Wach› – Wecker, Presslufthämmer, Verkehrsstaus, der fette Boss brüllt dich an, Rechnungen im Briefkasten, das beschissene Fernsehprogramm. Und ich sagte: ‹Erlebe Freiheit. Erlebe Schlafen.›

Er sperrte den Mund noch weiter auf. Und ich dachte wow, ich hab Recht. Ich hab wirklich Computerchips. Ich *bin* wirklich in der Zukunft gewesen. Ich stieg aus dem Bett, und es floss mir nur so zu. Ich richtete mich auf und sagte, ‹Stehen: Die Welt zu deinen Füßen›. Ich klopfte an die Wand und sagte, ‹Wände: Zwischen denen ist Platz für dich›. Ich zog mein T-Shirt aus und sah, wie er mich anstarrte, und ich sagte, ‹Erektionen. Spür deine Kraft›. Und er spürte seine Kraft. Und ich spürte meine Macht. Jetzt bist du langsam im Bilde.»

Sie verstummt und schüttelt traurig den Kopf.

«Er meinte, ich sei fabelhaft», setzt sie nach und beißt sich beim Gedanken daran auf die Lippe. «Ich sagte, was ist, wenn ich bloß verrückt bin? Aber er sagte nein, ich sähe Dinge, die beinahe niemand sonst sähe. Er meinte, ich sei der hellsichtigste, am klarsten denkende Mensch, dem er je begegnet sei. In seinen Augen loderte Feuer, als er das sagte. Er meinte, was er sagte. Nie zuvor hatte jemand so etwas von mir geglaubt.»

Traurig starrt sie den aufgeschnittenen Bagel auf ihrem Teller an. Wie Augen starren die beiden dicken Ringe zurück.

Sie liebt ihn, erkennt Ursula auf einmal, während die Erinnerung an ihre eigene Nacht mit Chas einen spitzen Kristall der Scham in ihrer Brust bildet.

«Danach kam ich langsam durcheinander», fährt Ivy fort. «Immer wieder sah ich komische Sachen und hörte komische Stimmen, so viele Dinge und Stimmen, dass ich ihnen nicht allen nachspüren konnte. Manchmal sah ich auch Millionen winziger Straßen wie Würmer wimmeln, als würde ich hoch über sie hinwegfliegen, und hörte dabei tiefe Stimmen flüstern. Manchmal sah ich auch Millionen winziger Bäume sich wie Gräser unter Wasser wiegen und hörte hohe Stimmen bei einer Art Gesang. Die tiefen Stimmen und die hohen Stimmen versuchten beide, mir zu sagen, wer ich war, aber ich verstand die Worte nicht. Und eines Tages dann bekam ich alles heraus und fühlte mich so erleichtert, denn damals ergab es tatsächlich einen Sinn, irgendwie.»

Während sie spricht, verteilt sie auf der Bagelhälfte eine dünne, äußerst gleichmäßige Schicht Sojastreichkäse, sorgfältig wie ein Arbeiter, der eine Decke verputzt und eine vollkommen glatte Oberfläche hinzubekommen versucht. Als sie fertig ist, befeuchtet sie die Ecke ihrer Serviette mit der Zunge und benutzt sie, um den Überschuss von Außenkante und Innenloch zu wischen. Sie legt die Serviette hin und begutachtet ihre Arbeit.

«In jener Nacht beschloss ich, es Chas zu sagen», nimmt sie den Faden wieder auf. «Wir saßen in einer Bar. Wir saßen meistens in einer Bar. Ich sagte, Chas, ich bin mir nicht ganz sicher, und ich glaube nicht, dass ich verrückt bin oder so was, aber ich glaube, es besteht die begründete Möglichkeit, dass ich eine Steinzeitfrau bin, die in die Zukunft entführt und nach einer Gehirnwäsche zurückgeschickt wurde, um Sachen zu verkaufen. Ich halte es für möglich, dass Leute in der Gegenwart mich sehen und Sachen kaufen, und Leute aus der Zukunft sehen mein Leben hier und kaufen auch Sachen.

Er fragte mich, was zum Teufel ich mir reingezogen hätte. Ich sagte, ich wüsste nicht, was zum Teufel ich mir reingezogen hätte. Er fragte mich, wo ich das mit der Steinzeitfrau her hätte. Und ich sagte, ich habe von Bäumen geträumt. Und er sagte, vielleicht bist du dann ja ein Baum. Und ich sagte, ich glaube, ich wäre lieber ein Baum. Und er sagte, was würdest du tun, wenn du ein Baum wärst? Und ich sagte, mir würden Ringe wachsen. Und er sagte, ich sei nicht ganz astrein an der Borke. Er stand auf, um zur Toilette zu gehen, und ein Mann kam auf mich zu, ein dürrer Mann mit pockennarbiger Haut in einem wunderschönen Anzug aus grauer Seide. Er erzählte mir, er habe gerade ein sehr einträgliches Geschäft abgeschlossen und sei unterwegs, um das zu feiern, und im Augenblick wünsche er sich auf der ganzen Welt nichts mehr, als meine Zehen zu lutschen, und er werde mir hundert Dollar geben, wenn ich ihn ließe. Er hatte einen russischen Akzent. Ich war mir ziemlich sicher, dass er ein Agent aus dem Widerstand war, der so Verbindung mit mir aufnehmen wollte. Ich sagte okay. Ich langte unter meinen Rock und zog mir die Strümpfe aus. Und die Freunde des Mannes jubelten an ihrem Tisch, und er zog einen Stuhl heran und sah mich an, wie ich da auf dem Barhocker saß, und er nahm meinen Fuß und tunkte ihn in ein Kristallglas voll Champagner. Meine Zehen wurden davon kalt, und dann steckte er sie in seinen warmen Mund, und ich spürte, wie seine warme Zunge um sie herumfuhr, und meine Zehen fühlten sich an, wie Perlen sich in einer Auster fühlen, und ich spürte, wie seine Augen nach oben auf meine Muschi starrten, während er an meinen Zehen lutschte, eine nach der anderen. Und dann blickte ich auf, gerade als Chas wieder den Raum betrat und mich sah. Er schaute verwirrt und dann wütend, und dann verließ er die Bar. Als der Mann genug an meinen Zehen genuckelt hatte, stand er auf, warf mir eine Hundertdollarnote in den Schoß, ging zurück an seinen Tisch, und er und seine Freunde fingen wieder zu reden und zu lachen an, und ich war mir nicht sicher, ob ich meinen Auftrag erfüllt hatte, aber dann schaute ich auf die Hundertdollarnote, und sie erzählte mir eine kleine Geschichte. Sie handelte von einem Urwald, den die Imagineers in einen Park verwandelten. Sie schafften die Bäume weg und setzten dafür welche ein, die kopfüber aus dem Himmel wuchsen und von denen die höchsten den Erdboden streiften. Sie schafften die Papageien fort und ersetzten sie durch Tauben. Sie schafften die Dreizehen-Faultiere fort und ersetzten sie durch Eichhörnchen. Die Faultiere ließen sich immer die Zehen lecken. Die Faultiere waren träge. Aber bestimmt fühlten sich ihre Zehen gut an. Die Eichhörnchen waren nicht träge. Die Eichhörnchen krochen ganz weit hoch, hinauf in die Wipfel, selbst wenn die Bäume kopfüber hingen. Die Eichhörnchen waren alles Arschkriecher und Stiefellecker.»

Sie starrt Ursula an, während sie redet, Verwirrung in den Augen und irgendwo darunter Schmerz. Ursula fasst über den Tisch und hält ihre Hand, aber Ivy scheint das nicht zu bemerken. Sie starrt Ursula unverwandt an, als sei ihr Gesicht eine Kinoleinwand, auf der die Geschichte abläuft, die sie erzählt.

«Ich verließ die Bar, und draußen wartete Chas auf mich. Er brachte mich zu sich nach Hause, und als wir dort ankamen, meinte er zu mir, ich würde Drogen nehmen, die mir den Verstand verkorksten, und er werde mich in seiner Wohnung einschließen, bis ich wieder klar sei. Aber ich nahm keine Drogen. Ich flehte ihn an, mich gehen zu lassen. Ich sagte ihm, der Widerstand habe mir einen Geheimauftrag erteilt, Leute müssten mich treffen, mein

Image sei der Ableitungsmagnet im Glamourkontinuum, mein Bild könne die Welt retten. Und er antwortete, dass ich in mehr als einer Hinsicht verrückt sei und mein Bild die Leute bloß unglücklich mache, weil sie sich seinetwegen beschissen vorkämen. Da wusste ich nicht mehr, was ich tun sollte. Ich sagte zu ihm, dass ich mir dann vielleicht das Gesicht abschneiden würde. Ich fragte ihn, ob das die Leute glücklich machen würde. Und er zuckte die Schultern. Und er sagte, vielleicht. Und ich ging ins Badezimmer, fand dort sein Rasiermesser und ging wieder hinaus. Und ich sagte, ich würde mir jetzt ins Gesicht schneiden. Und er lachte. Weil er mir nicht glaubte. Und er hatte Recht. Ich konnte mich nicht dazu zwingen, mir ins Gesicht zu schneiden. Ich hörte deine Stimme, Ursula, die mir sagte, dass mein Gesicht zu schön sei, um hineinzuschneiden. Und ich konnte nicht hineinschneiden. Und er lachte wieder.

Ich ging ins Bad und fand eine Flasche Merbromin, das ich dann benutzte, um Schenkel, Vagina, Bauch, Arme, Brüste und Gesicht zu markieren. Ich betrachtete mich im Spiegel, und dann nahm ich das Rasiermesser und schlitzte mich entlang der roten Linien auf. Ich machte schnell, bevor ich es mir anders überlegen konnte. Ich dachte daran, dass ich immer noch zum plastischen Chirurgen gehen und wieder schön werden könnte. Und dann dachte ich, wenn ich hässlich wäre, würde ich zu etwas Neuem werden, etwas Dunklem und Schlüpfrigem wie ein Tarnkappenbomber oder ein Flügelrochen, und ich könnte gehen, wohin ich wollte, und keiner würde davon wissen, und ich würde glücklich sein, wie ich nie zuvor glücklich sein konnte. Ich machte weiter und schnitt mich überall außer im Gesicht. Da schnitt ich mich nicht, weil ich nicht wollte, dass du enttäuscht von mir wärst. Anfangs fühlte ich mich wohl. Und dann spürte ich den Schmerz und bekam Angst. Es war zu viel Schmerz, als presste mich jemand gegen einen Gasbrenner, es war so viel Schmerz, dass ich meine Seele davonfliegen fühlte. Ich lief ihr hinterher. Ich lief durch die Wohnung. Chas war im Schlafzimmer und starrte aus dem Fenster. Ich rannte zur Tür hinaus und den Häuserblock hinunter und in den Park, jagte meiner Seele hinterher.»

Ivys seltsam starrer Blick wird Ursula zu viel, und sie muss wegsehen. Aber im Fenster findet sie Ivys Bild gespiegelt, und nicht nur eines, sondern zwei, geisterhaft und auf dem doppelwandigen Glas übereinander gelegt. Ursula schließt die Augen, und die beiden Ivys folgen ihr in die Dunkelheit, die eine fröhlich, verführerisch und stark, die andere krank, hilflos und verloren. Die beiden Erscheinungen sind derart widersprüchlich, dass sie gar nicht erst versucht, sie miteinander zu versöhnen, sie muss beide Ivys im Geiste Seite an Seite schweben lassen.

«Chas kam mich im Krankenhaus besuchen», sagt Ivy. «Er sagte, er werde alles für mich tun. Ich wusste, dass man ihm Überwachungstechnik eingepflanzt hatte – rings um ihn konnte ich die Aura von Zeitzerrungen summen sehen. Ich schrie, bis er ging. Ihm zu begegnen brachte zu viel an altem Schmerz mit sich. Es war aber schön, dass er sagte, er werde alles für mich tun. Als ich später darüber nachdachte, wurde mir schon besser zumute.»

Als Ursula es schließlich wieder wagt, ihre Schwester anzuschauen, stellt sie fest, dass Ivy sie nicht mehr anstarrt. Die Augen sind nicht mehr weit aufgerissen, und ihre Aufmerksamkeit hat sich wieder den verschiedenen Gegenständen auf dem Tisch zugewandt. Sie greift nach dem Bagel, legt ihn aber wieder zurück, um eine Zigarette in die Hand zu nehmen; sie versengt die Luft mit einem Flammenstrahl, betrachtet dann gelangweilt das Feuerzeug und dreht es zwischen den Fingern, während der Rauch aus ihrem Mund kräuselt.

«Was schreibt er denn auf die Zettel, die er dir schickt?»

Ivy zuckt die Achseln, greift in ihre mit Strass besetzte Handtasche, zieht ein kleines, quadratisches Stück Papier hervor und legt es auf den Tisch. Die Notiz stammt aus einem Laserdrucker und ist mittig aufs Blatt gesetzt:

SAG MIR, WAS DU WILLST.
SPRICH'S AUS.
WENN ES SEIN MUSS, WERDE ICH TÖTEN.

«Sag ihm, er soll mich berühmt machen», bittet Ivy. «Das will ich.»

«Das hat er, Ivy. Du bist berühmt.»

«Nein, nein. Ich meine berühmt berühmt. Berühmt berühmt berühmt. Die Leute müssen mir zusehen. Fragst du mich, wieso die Leute mir zusehen müssen, antworte ich dir, ich weiß es nicht. Aber wenn sie mir erst mal zusehen, und ich meine mir wirklich, wirklich zusehen, dann werd ich's wissen, Ursula. Ich *werde* wissen, wofür es gut ist. Sag ihm, er soll mich berühmt machen, Ursula.»

«Wieso sagst du's ihm nicht?», fragt Ursula.

«Wieso sagst du's ihm nicht?», erwidert Ivy im gleichen Tonfall.

Ursula erstarrt. Sollte ihre Schwester irgendetwas andeuten, ist das unmöglich festzustellen. Ivy hebt den Zettel von Chas auf und faltet ihn der Länge nach. Sie betrachtet ihn eingehend, dann knickt sie sorgfältig die Ecken nach innen und faltet ihn wieder und wieder entlang einer Reihe unsichtbarer Achsen. Mechanisch arbeitet sie sich durch die Abfolge der Falzungen, die Zigarette zwischen die Lippen geklemmt, völlig in die Geometrie versunken. Ursula hatte diese Begabung ihrer Schwester schon beinahe vergessen. Binnen weniger Minuten nimmt der

Gegenstand Gestalt an, ein Wikingerschiff mitsamt ein paar Rudern zu beiden Seiten und einem Drachenkopf am Bug. Sie stellt das Gefährt vor sich auf die Tischplatte und mustert es mit Staunen.

«Herzlichen Glückwunsch zu meinem Geburtstag», sagt sie.

GRAY GOTHICS Die Wendeltreppe im kupfernen Rumpf des Standbilds ist heiß wie eine Bratpfanne und derart eng, dass jeder Schritt eine Drehung auf dem Absatz erfordert. Der Aufstieg bereitet Ursula Unbehagen, aber den Touristen geht es ebenso, weshalb das Standbild von Felix Rodriguez nicht zum Besuchermagnet taugte, weshalb sich allmählich die Halbwüchsigen einstellten, weshalb Chas es einer Besichtigung für wert befand. Schweißgebadet tritt sie hinaus auf die Aussichtsplattform. Kein Chas, keine Halbwüchsigen, überhaupt keiner. Sie geht zum Geländer hinüber und lugt nach unten durch die bronzenen Strähnen ausgedünnten, verfilzten Haars, das eine gedachte Brise nach links zaust, während ihr eigenes Haar nach rechts geblasen wird. Die Jacke des billig wirkenden Bronzeanzugs der Statue wird vom selben falschen Ostwind aufgeweht, was ein Schulterholster freilegt und eine bronzene Seitenwaffe von den Ausmaßen eines Buick der späten siebziger Jahre.

«Ich hab gesehen, wie ein Taxifahrer im Plastikbecher vorn in der Getränkehalterung Ringelblumen arrangierte.»

Die Stimme gehört Chas. Auf einmal steht er unmittelbar neben ihr und starrt auf die städtischen Schaltkreise, die sich den Berg hinunter ausbreiten.

«Ich hab einen Ladeninhaber eine Taschenbuchausgabe des *Purgatorio* lesen sehen», entgegnet sie.

Chas befingert das Vorgebirge seines Kinns. «Ich hab gesehen, wie eine Frau mit einem Haarknoten und einem angeleinten Pekinesen stehen blieb, um ein Volksbegehren zur Legalisierung von Marihuana zu unterschreiben.»

«Ich hab gesehen, wie sich eine Frau in einem Rollkragenpullover aus Kaschmir bei einem Geldautomaten für die Sünden der Menschheit entschuldigte.»

Chas ist beeindruckt. «Nicht übel. Wie ein Beichtstuhl.» Er nickt und schnalzt dreimal mit der Zunge. «Bemitleidenswert.» Er dreht sich um, sieht sie an, durch sie hindurch, hinter sie und atmet heftig durch die Nase aus.

«Gray Gothics», sagt er.

Sie schaut zum anderen Ende der Aussichtsplattform hinüber. Ein paar Jugendliche kauern dort in der Hocke. Auch Ursula hat sie nicht kommen hören, was nicht weiter überrascht, denn sie geben keinen Ton von sich. Wortlos sitzen sie da und beäugen alles außer dem Panorama. Ihre einzige Farbe ist das Grau von Schlachtschiffen – graue Trenchcoats, graue Stiefel, grau gefärbte Haare. Ein Mädchen darunter mit blassem Gesicht und grauem Lippenstift starrt aus weißen, irislosen Augen zurück.

«Weiße Kontaktlinsen», murmelt er. «Beklemmend.»

Sie nickt.

«Kommen das Paar auf dreihundert. Was für Dumpfbacken.»

Sie sagt nichts. Beider Aufmerksamkeit wendet sich wieder dem Ausblick zu, und schweigend verfolgen sie einen Fußball, der über die Kante eines nahe gelegenen Grats hinwegsegelt und dann in die Tiefe saust, um auf dem gelblichen Rasen des Richard-W.-Held-Parks zu landen, wo ameisenhaft kleine Arbeiter in blauer Montur die letzten dürren Bäume zurückstutzen.

«Ursula», sagt er, «ich möchte, dass ihr beide, du und Javier, wieder zusammenarbeitet.»

«Möchtest du.»

«Ja. Möchte ich. Dein Einfluss tut ihm gut. Festigt ihn.»

«Bist wohl fertig mit mir, hm?», sagt sie ganz locker. «Jetzt reichst du mich wieder an Javier zurück.»

Er betrachtet sie belustigt. «Fertig mit dir? Ich hab noch nicht mal angefangen mit dir.»

«Hast du mit *ihm* darüber geredet?»

«Bin zu beschäftigt.» Er reibt sich den breiten Nacken. «Abgesehen davon», murmelt er, «spricht er noch immer nicht mit mir. Und jetzt lässt er sich nicht mal mehr im Büro blicken. Keine Berichte, gar nichts.»

Sie lacht. «Meine Güte, Chas, du bist doch angeblich der Boss. Wenn er nicht mit dir redet, wieso feuerst du ihn dann nicht einfach?»

«Javier mag Primadonnenallüren haben, aber außerdem ist er ein wandelndes Barometer für den Zeitgeist. Verdammt, ich brauche ihn. Und er ist an was Neuem dran. Ich möchte, dass du mit ihm arbeitest und am Ball bleibst, was er sich so anschaut und worüber er redet.»

«An was ist er dran?», fragt sie.

«Irgendwas über Tweens, hat er gesagt. Etwas Großes. Couch ist in einer Spielhalle in der South-Slope-Mall über ihn gestolpert. Da hat er das gesagt und ist dann weitergezogen.»

«Tweens?»

«Präpubertierende. Zwischen Kindheit und den Teens. Acht- bis Zwölfjährige. Alle Welt führt heutzutage einen Affentanz um die Tweens auf. Einschließlich Gap. Die wollen für ihre Old-Navy-Linie einen illustrierten Bericht über die Postironie bei Tweens. Wenn wir ihnen den bis Ende des Monats liefern, winkt eine beträchtliche Prämie. Falls Javier also wirklich an was dran ist, würde ich gern davon erfahren.»

«Mit mir redet er auch nicht, Chas. Und ich rede nicht mit ihm. Was bringt dich darauf, ich hätte mehr Schlag bei ihm als du?»

Chas muss überlegen. «Die größeren Titten», wagt er sich hervor.

Sie blickt auf die überentwickelten Brustmuskeln unter seinem Hemd. «Kaum.»

Chas lässt sich zu keiner Antwort herab. Hinter ihm nimmt Ursula die starren Blicke der Gray Gothics wahr; alle fünf entleerten Augenpaare sind auf sie geheftet. Zumindest kommt es ihr so vor, es ist mehr Gefühl als Gewissheit, etwas Eigentümliches an der Aufmerksamkeit in ihren unheimlich engelhaften Gesichtern. Vielleicht bildet sie es sich ja auch nur ein, aber sie spürt in ihrem Starren eine Schuldzuweisung. Sie sprechen ein Urteil über sie und sprechen sie schuldig, denkt sie, nur ist sie sich nicht sicher, worauf die Anklage lautet. Sind aufsteigende Angestellte wie sie heutzutage zu missbilligen, weil sie zynisch oder weil sie naiv sind? Sie fragt sich, was sie selbst eigentlich ist, ob sie weder noch ist oder vielleicht sogar beides zugleich. Das wäre möglich, mehr als möglich, tatsächlich liegt darin wahrscheinlich die eigentliche Paradessenz des Kapitalismus, wenn sie es sich genau überlegt – *zynischer Idealismus, Eigennutz zum Wohl des Ganzen.* Und die persönlichen Paradoxien machen hier lange nicht Halt. Die letzten Wochen über hielt sie sich selbst sowohl für ein kapitalistisches Werkzeug wie für eine Saboteurin, für eine loyale Schwester wie für eine Verräterin, für eine Krämerin in Sachen Glamour wie für eine Träumerin des Utopischen. So viele verschiedene Menschen wohnen in ihr, dass sie kaum noch hinterherkommt. Sie rätselt, ob sich andere Leute wohl auch so fühlen. Das Leben ist wie ein wahnwitziges Bingo, denkt sie, bei dem die Teilnehmer ihre Chancen auf die Spitze zu treiben suchen, indem sie ihre Spielmarken auf so viele Karten setzen, wie sie können, bevor die nächste Zahl gezogen wird.

«Womit bist du denn eigentlich so beschäftigt?», fragt sie und bewegt sich kaum merklich, damit Chas' Quadratschädel die weißen Augen verdeckt. «Geht's um diese beratenden Sitzungen zu den Leichten Zeiten, für die du so getrommelt hast?»

Sein Unterkiefer spannt sich, an der Schläfe tritt eine einzelne Vene dick hervor. «Sie beißen nicht an», gibt er zu.

Ursula ist geschockt. Sie hätte nicht gedacht, dass Chas irgendwann einmal scheitern könnte mit dem Versuch, etwas zu verkaufen. «Tun sie nicht?»

«Noch nicht. Die Sache mit Gap ist alles, was wir gerade haben.»

«Die Übrigen sind also nicht überzeugt?»

«Postironie ist etwas Visionäres. Sie erfordert durchgreifende Anpassungen im Denken, grundlegende Umstellungen der Strategie. Die sitzen alle förmlich auf ihren Händen und warten darauf, dass der Nachbar den ersten Schritt tut.»

«Couch fand, die Präsentation sei vielleicht ein wenig zu düster gewesen», bringt sie vor.

Er funkelt sie böse an. «Natürlich war sie düster! Das war doch der springende Punkt, zum Donnerwetter. Helligkeit allein bringt es nicht mehr. Auf den postironischen Märkten wird Düsterkeit keinen Deut weniger nötig sein, um die Regale leer zu kriegen.»

Er schüttelt den Kopf.

«Wir kriegen unsere Kunden schon noch rum. Ein paar jedenfalls. Die Klügeren.» Er starrt durch die Gitterstangen in die Ferne. «Vielleicht.»

Er bildet eine Faust und versetzt der anderen, geöffneten Hand eine harten Schlag. «Falls nicht, auch gut. Wir haben jetzt andere geschäftliche Möglichkeiten.»

«Haben wir?»

Er lächelt schwach.

«Triffst du dich heute mit Ivy?»

«Hab ich schon.»

«Und?»

«Und was?»

«Hat sie irgendwas zu sagen?»

«In Erwiderung deiner Zettelpost, meinst du?»

Er wendet sich um und fixiert sie, dass ihr unbehaglich wird. «Nun?»

Ursula seufzt und gibt nach. «Sie will, dass du sie berühmt machst. Noch berühmter.»

Er nickt. «Nun, das gehört zum Plan. Ist schon am Laufen.»

«Zum Plan?»

«Wir brauchen keine Kunden, Ursula. Wir haben die Zukunft. Wir haben Ivy.»

Fragend blickt Ursula in sein unergründliches Gesicht.

«Die Zukunft? Chas? Wovon redest du? Du glaubst doch nicht, dass sie wirklich –»

«Ich rede von *Schizos*, Ursula. Ivy wird unsere Wortführerin der Postironie. Ich brüte da gerade den Deal für eine Website aus. Eine von den Kisten, wo die Leute zu ihr reinschalten können, wann sie wollen. Die ganze Ivy die ganze Zeit über. Sie wird im Licht der Scheinwerfer leben, genau wie sie das immer wollte.»

Er überlegt einen Moment und wirft ihr einen spöttischen Blick zu.

«Und wovon redest *du*?», fragt er.

«Eine Sekunde lang hab ich geglaubt, du wärst verrückt wie Ivy», sagt sie. «Aber du bist bloß verrückt wie Chas.»

Chas neigt fragend den Kopf, und Ursula sieht, dass die Gray Gothics verschwunden sind. Chas dreht sich um und schaut seinerseits nach ihnen. Dann blickt er in sämtliche Himmelsrichtungen, beugt sich mit einem Ausdruck von Boshaftigkeit in den Augen übers Geländer und lässt einen funkelnden Flatschen Spucke auf die aberwitzig schräge Stadt unter sich los.

ZUFLUCHT

Die Haustür öffnet sich einen Spalt weit, und ein Stückchen von Javier taucht dahinter auf, verstrubbelt, unrasiert, in ärmellosem Unterhemd und einer zerknitterten wollenen Freizeithose. Er ist hinunter an die Tür gekommen, ohne zu fragen, wer geklingelt hat, und bei ihrem Anblick verrät seine Miene eine Mischung aus Verwirrung und Verlegenheit.

«Erwartest du jemand anderes?»

«Bloß ein Paket», sagt er. Sein Blick wandert über ihre Garderobe, um durch sie hindurch in eine andere, von ihrer Gegenwart entlastete Dimension überzugehen. Ihn in solcher Auflösung zu sehen macht sie befangen und etwas schuldbewusst angesichts ihres eigenen, sorgfältig hergerichteten Äußeren. Sie trägt ein neues Designerkostüm und hat sich gerade ihren Pony auf eine Art zackig schneiden lassen, von der die Stilistin meinte, es sehe tough und sexy aus, obwohl sie selbst den Verdacht hegt, es lasse sie lediglich zickig und wirr erscheinen. Darüber hinaus hat sie ihr Gesicht mit den neuesten Schlammmasken und Rubbelpeelings sowie einer Auswahl weiterer Wundertinkturen fachmännisch verjüngen lassen, und sie hat einen Kurs in Power-Joga gebucht, wenn auch noch nicht daran teilgenommen. Sämtliche Maßnahmen hat sie gestern ergriffen und zwar mehr oder minder in Vorbereitung auf dieses Treffen. Sie wollte sichergehen, dass Javier ihre neu erworbene Zuversicht, ihre Macht und ihren Erfolg in vollem Umfang erkennt und sieht, dass er ihr viel gleichgültiger sein kann als sie jemals ihm. Doch was sie jetzt in Javier wahrnimmt, geht weit über Gleichgültigkeit hinaus. Nie hätte sie geahnt, dass er derart leblos aussehen könnte.

«Javier», sagt sie. «Kann ich rauf?»

Einen Augenblick lang antwortet er nicht. «Sieht nach Schweinestall aus», sagt er schließlich.

«Ich verspreche dir, nicht beim Gesundheitsamt anzurufen.»

Weder lächelt er über den Scherz noch erhebt er Einspruch, als sie ihm die Stufen hoch folgt. Er ist barfuß. Seine Sohlen sind schwarz von Dreck. Er schlurft in seine Wohnung. Sie schließt die Tür hinter sich und folgt ihm weiter durch die Zimmer. Es sieht überhaupt nicht nach Schweinestall aus, vielmehr völlig unbewohnt. Doch sein Arbeitszimmer weiß ein anderes Lied zu singen, als er sie hineinführt. Als sie sieht, dass die aufwendige Trendtabelle, die sich über sämtliche Wände zog, vollständig entfernt wurde, ist sie zuerst schockiert, dann meldet sich ihr schlechtes Gewissen. Die Zeitschriftenausschnitte, Notizen, Diagramme, Skizzen und kunterbunten Stoffproben bedecken nun den Boden, und die Wände selbst sind gerupft worden bis auf ein stachliges Gewimmel aus Nadeln und Heftklammern, dazu Reste von Klebeband und, noch immer daran haftend, Ecken ausgefransten Papiers. Der einzig verbliebene Bestandteil der Tabelle sind die mit goldfarbenem Filzstift geschriebenen Worte, die weiterhin hoch oben unter der Stuckdecke schweben:

Die Lichten Zeiten

Der lange Arbeitstisch, das einzige Möbelstück im Zimmer, ist auf die Seite gekippt, und seine Platte bildet nun die Seitenwand einer Art Zelt, das Javier aufgeschlagen hat, indem er eine Steppdecke schräg von der Oberkante abfallend über eine auf dem Boden liegende Doppelmatratze gespannt hat. Gedämpftes musikalisches Murmeln ist hinter der Decke zu hören, von dort geht auch ein matter Lichtschein aus. Draußen vor dem Zelt liegen zwischen den Überresten der Tabelle verstreut mehrere aufgerissene Versandtaschen und Verpackungsschachteln für Computerspiele, Dutzende leerer Dosen, die einmal Suppe, Spaghetti mit Tomatensoße und Frankfurter Würstchen mit Bohnen enthielten, und eine entsprechende Zahl Plastikschüsseln und Plastiklöffel, verkrustet von den Rückständen seiner Mahlzeiten, die offenkundig auf der Kochplatte erhitzt wurden, die in der Ecke bei der Tür neben einer Steckdose steht. Die Luft im fensterlosen Zimmer ist nicht völlig verpestet, steigt aber ekelhaft süßlich zu Kopf.

«Vielleicht hab ich das mit dem Gesundheitsamt zu voreilig gesagt», meint sie, verzweifelt um Lockerheit bemüht. Aber Javier verzieht keine Miene. Ohne sie anzusehen holt er tief Luft, sinkt dann langsam auf Hände und Knie und kriecht unter einem lose herabhängenden Deckenzipfel am Fußende der Matratze durch ins Zelt.

Einen Moment lang sieht sich Ursula hilflos im Zimmer um.

«Javier», sagt sie und kniet sich hin. «Kann ich reinkommen?»

Er reagiert nicht. Sie steckt den Kopf unterm Zipfel durch und findet ihn auf dem Rücken liegend, den Kopf von ein paar Kissen abgestützt und das längliche unrasierte Gesicht einem Computerbildschirm zugewandt, der neben ihr, zu seinen Füßen, auf weiteren Kissen ruht. Es ist gerade genug Platz da, um sich zwischen die Wand der Tischplatte und den Monitor zu zwängen. Sie zieht die Schuhe aus und drängt sich an seine Seite, schiebt dabei einen Joystick aus dem Weg und nimmt für ihren Kopf einen ungenutzten Zipfel seines Kissens in Beschlag. Auf dem Bildschirm am Fußende spielt der Rechner mit sich selbst, spult zu den blechernen Klängen einer Action-Adventure-Endlosschleife den Weg durch ein dreidimensionales Labyrinth ab. Hin und wieder taucht ein feindlicher Soldat auf, worauf sich der Lauf einer Schrotflinte von unten ins Bild schiebt, ein rotes Loch mit zerfetzten Rändern in der Brust des fallenden Soldaten erscheint und der Gang durchs Labyrinth weitergespult wird. Ursulas bestrumpfte Beine laden sich mit der statischen Elektrizität des Bildschirms auf, und ihr Herz wird vom fühlbaren Elend erfüllt, das jede der etwas mühseligen Lungenkontraktionen Javiers verströmt. Beinahe brächte sie kein Wort heraus, spürte sie nicht, dass dieses Elend dann beide ersticken würde.

«Du hast deine Tabelle abgehängt», sagt sie.

Javier versucht ein waagerechtes Achselzucken, die knochigen Schultern ziehen sich zusammen.

«Warum?», fragt sie.

Er starrt auf den Bildschirm und runzelt die Stirn. «Hab … versucht, einfach … rückwärts zu arbeiten, um … den Punkt zu finden, wo ich in die falsche Richtung schwenkte.»

Er hat Schwierigkeiten zu sprechen, als müsste jedes Wort erst aus seinem eigenen Behältnis befreit werden. Sie kann die Wärme seines Arms an ihrem spüren und fühlt das Angestrengte seiner leisen Stimme im Rückgrat nachhallen.

«Hast du es rausgefunden?»

Er deutet ein Nicken an. Sein Schweißgeruch ist leicht beißend, leicht süßlich und nicht unangenehm. Ihm so nahe zu sein, ist eine fast unerträgliche Erinnerung an die körperliche Vertrautheit, die einst beide verband. Sie widersteht dem Drang, sich an ihn zu schmiegen und auf jede ihr gegebene Weise das Leben wieder in ihn zurückzureiben.

«Also, wo fing dein Irrweg an?», fragt sie.

Das Licht des Schirms erhellt die Sehnen an seinem stoppligen Hals; beim Schlucken klettert der Adamsapfel das Kinn hoch und fällt zurück.

«Es ist eine Verschwörung», sagt er.

«*Was* denn?»

«Postironie», sagt er.

Sie wartet auf seine Erklärung. Er gibt keine.

«Was meinst du damit?»

«Gegen die Kinder.»

«Javier, wovon zum Teufel redest du?»

Er atmet flach und sammelt sich für die Anstrengung des Sprechens.

«Wir fressen unsere Kinder auf, Ursula.»

«Javier», flüstert sie, «ich bekomm bei dir so langsam etwas Gänsehaut.»

Seine Worte kommen ihm ohne Nachdruck oder Betonung über die Lippen. «Wir verwandeln sie in einen Ertragsfluss. Wir verweigern ihnen Liebe, damit sie mehr von dem kaufen, was wir an sie losschlagen. Sie glauben, Liebe zu kaufen, aber es ist *keine* Liebe. Es ist ... ist *das.*» Er weist auf den Bildschirm. «Wir fressen unsere Kinder auf. Und sie wissen es. Das ist das Schrecklichste daran. Sie wissen es.»

«Hör auf damit, Javier!»

Er schließt die Augen.

«Weißt du», sagt sie, «monatelang spazierst du durch die Gegend mit diesem lächerlich rosigen Bild vom Leben im Kopf, und eh ich's mich versehe, predigst du den Weltuntergang. Du bist dermaßen selbstgefällig. Erst entschwebst du völlig bescheuert ins Lala-Land, und dann suhlst du dich in Selbstmitleid. So schlimm steht es jedenfalls nicht. Vorher stand es nicht so gut, und jetzt steht es nicht so schlimm.»

Fast unmerklich schüttelt er den Kopf.

«Hör mir zu», sagt sie. «Ich fange endlich an, eine gewisse Ordnung in mein Leben zu bringen. Ich habe endlich beschlossen, in der Welt meinen Weg zu gehen. Versuch jetzt nicht, mir das wegzunehmen.»

«Es tut mir so Leid, dich in die Irre geführt zu haben», sagt er mit fester Stimme, während er weiterhin die Augen geschlossen hält. «Aber es ist noch nicht zu spät für dich, zur Malerei zurückzukehren, Ursula. Wenn keiner was von deinen Bildern wissen wollte, na und? Ich bin sicher, sie waren schö–»

«Sei still! Ich hab's so satt! Ich kann nicht mehr. Geh *du* zurück, Javier. Geh zurück zu deinem Lithium. Setz dich auf Antidepressiva. Hör auf, mir Schuldgefühle einzuflößen. Hör auf, an mir herumzukneten. Das läuft nicht.»

«Bitte, geh einfach», sagt er, «diese … Folter ertrage ich nicht.»

«Folter?», ruft sie erregt. «Die ganze Zeit über, die du mit mir geschlafen hast, hast du doch nur von meiner Schwester phantasiert –»

Er dreht ihr sein Gesicht zu und blickt sie entgeistert an. «Das ist nicht wahr!»

«– und dein Notizbuch vollgekritzelt mit Zeichungen von ihr, in Fellkleidchen –»

«– nein das ist –»

«– und du liegst einfach da und beschuldigst mich, dich zu foltern?»

Die Decke rutscht aus ihrer Befestigung am Fußende des Lagers und sackt überm Bildschirm zusammen, der jetzt nur noch als mattes Leuchten am Horizont zu sehen ist, wo Decke und beider Knie zusammentreffen.

«Du warst meine einzige Phantasie», flüstert er heiser.

«Erspar mir die Verkaufsmasche», sagt sie.

Wenn er jetzt die Hand nach ihr ausstrecken und sie berühren würde, könnte sie sogar weich werden, sogar anfangen, ihm zu glauben. Stattdessen wendet er sich ab und legt Schutz suchend die Arme um seinen Leib.

«Ich komm gegen diese Düsterkeit nicht an», flüstert er.

«Na schön», sagt sie. «Ich bin weg. Du bekommst deinen

Wunsch erfüllt. Jetzt kannst du wieder deine kleinen Labyrinthe laufen lassen.»

Er sagt nichts, tut nichts, um sie aufzuhalten, starrt nur auf das Stoffgewebe vor seinen Augen.

VENUSIANER

Ursula geht einen steilen und kurvenreichen Abschnitt der Landsdale Street hinunter und torkelt dabei ein wenig in den hochhackigen Schuhen, von denen sie sich gern einbildet, sie ließen ihre Größe außergewöhnlich erscheinen und nicht bloß eigentümlich. Die Augen auf den Gehsteig gerichtet, stößt sie beinahe mit zwei Telefonzellen zusammen und nimmt dies als Wink, Javier anzurufen und ihm zu sagen, was für ein Tag heute ist. Heute ist ein Tag, wie er ihm gefallen würde, der Himmel hat etwas Launenhaftes an sich – wie die kleinen Luftschiffe und Hubschrauber und der frühe Mond darin aufgehängt sind, als wären es Fusseln, die sich an einen Pullover geklettet haben; wie er den einzelnen schlanken lang gezogenen Aschefaden aus der Mündung des Vulkans aufzusaugen scheint, als wär's durch einen Strohhalm; wie seine Farben genau die eines Riesenlutschers sind, ein Triptychon, wie von einem abstrakten Expressionisten gemalt, gelb, orange und weiß.

Als sie diese Strecke das letzte Mal abliefen, wurden sie auf ein Graffito aufmerksam, «Denk dran: du lebst für immer», hatte jemand auf ein Großplakat gekrakelt, Werbung für ein Kabelfernsehspiel über Astronauten. Javier blieb stehen, um das Plakat eingehender zu betrachten, und merkte dann an, es sei doch kaum zu fassen, dass sie die Rakete im Hintergrund nicht in einen riesigen, Saft spritzenden Penis umgesprüht, nein, ihr stattdessen nur die Worte RAUM KOSMOS EWIGKEIT wie einen Markenschriftzug auf die Flanke gemalt hatten. Das seien die Lichten Zeiten, sagte er, jedes Leben eine Seelenreise, wesentlich und einmalig, einsame Reisen der Selbsterschaffung, die zu guter Letzt die

Menschheit aus einer gemeinsamen Achtung für die Tiefe und Schönheit der Erfahrung des Menschseins zusammenführen würden. Das alles sagte er ruhig und unaufgeregt, dann verstummte er mit einem Lächeln und schlaffem Achselzucken. Sie fragte ihn, ob er glaube, er würde ewig leben, und er bejahte es, weil es eine so wunderschöne Vorstellung sei, dass sie einfach wahr sein müsse. Er bat sie zu versuchen, sich ein ewiges Leben vorzustellen. Auf Kommando funktionierte es nicht, doch als sie später im Bus durch die Stadt fuhr, sah sie sich nach den anderen Fahrgästen um und sah die hübsche geschwungene Nase eines grinsenden Kindes und die Furchen in der trockenen Haut eines alten Männerhalses und spürte Nähe, Wärme, unerklärliche und ebenso unzweifelhafte Ewigkeit, und sie dachte etwas, was sie nie zuvor gedacht hatte, sie dachte: *meine Seelengefährten.*

Eine unaufhörliche Prozession dickbäuchiger Flugzeuge überspringt den Vulkan wie Enten auf einer rotierenden Zielscheibe.

Sie geht weiter, lässt die Telefonzellen hinter sich. Einen Block weiter findet sie einen Platz mit Parkbänken und setzt sich. Das Karree ist nach Ray E. Carter benannt und eigentlich ja ein Dreieck, wie es so viele Plätze in Middle City zu sein scheinen, dieser hier mit Kopfsteinpflaster und Büschen, die so beschnitten sind, dass ihr Umriss den umliegenden Gebäuden ähnelt. Sie schlägt die Beine übereinander und schlingt im Wind die Arme um den Leib. Unmittelbar vor ihr auf einem Zementsockel erhebt sich das unvermeidliche Bronzestandbild eines Mannes in billigem Anzug. Seine Augen stehen zu eng, um sich wohl dabei zu fühlen, und starren bedrohlich auf den eingezäunten Spielplatz gegenüber den Bänken, wo ein blonder Junge kichernd und unter dem Beifall seiner jungen blonden Eltern die Rutsche hinuntersaust. Kaum treffen seine Füße auf den Boden, rennt der Junge schon zurück, um noch einmal, noch einmal, immer wieder die Leiter hochzuklettern und nach unten zu rutschen. Jedes Mal lacht er voll Freude.

In der Nähe steht eine alte Frau in Kopftuch und Mantel, reglos bis auf ihren rechten Arm, der wiederholt aus einer braunen Einkaufstüte hervorschnellt; knorrige Finger öffnen sich und lassen einen Schauer grauer Brotkrumen auf das schwarze, aufgewühlte Taubenmeer zu ihren Füßen regnen. Ursula fragt sich, wie ein Platz ohne eine alte, Brotkrumen verstreuende Frau aussähe. Sie müssen wohl Revierkämpfe austragen, all die einsamen alten Damen da draußen ohne Plätze in genügender Zahl für ihren Auslauf.

Auf der anderen Seite der Anlage ruft das blonde Kind seine Eltern auf, ihm zum zigsten Mal beim Runterrutschen zuzusehen. Sie schauen mit unermüdlichem Stolz zu.

Eine Verschwörung gegen die Kinder.

Immer wieder hört sie ihn das sagen. Sie versucht, sich seinen Gesichtsausdruck ins Gedächtnis zu rufen. Hatte er das wörtlich gemeint? War er völlig im Wahn versunken? So kommt es ihr freilich nicht vor. Es klang eher nach bildlicher Übertreibung, nach einer Form, die Hässlichkeit zu beschreiben, die er nun rings um sich wahrnahm.

Die blonde Familie spaziert Hand in Hand in Hand davon. Ihr Platz an der Rutsche wird von einer dünnen Frau und ihrem dunkelhaarigen Sohn eingenommen, der die Leiter hochklettert, um sich schüchtern oben auf die Rutschfläche zu hocken und am Geländer festzuklammern. Sohn und Mutter, frisch eingewandert vielleicht, blicken einander aus ihren riesigen dunklen Augen an. Die Mutter bietet ein angestrengtes Lächeln auf, und der Junge lässt das Geländer los. Er schlittert langsam hinunter, bremst mit seinen klobigen schwarzen Schuhen, hält die ausgestreckten Hände knapp über den Seitenwänden. Auf halbem Weg erscheint auf seinem Gesicht das herzzerreißendste, überwältigendste Lächeln, das Ursula je gesehen hat, als hätte sich das Kind nie zuvor träumen lassen, jemals einer derart großen Freude würdig zu sein. Wieder auf dem Boden, schaut er seine Mutter strahlend an und wirft dann einen letzten, sehnsüchtigen Blick auf die silberne Schräge, ohne es zu wagen, ihre Geduld durch nochmaligen Gebrauch ungebührlich zu beanspruchen.

Ursula geht die restlichen Querstraßen weiter zum Loft und drückt die unbeschriftete Klingel, die an ihrem Draht am Türrahmen baumelt. Im zweiten Stock öffnet sich ein Fenster, und James T. Couch erscheint. Er wendet sich wieder seinen Zuhörern im Inneren zu.

«Wie ich sagte. Eine Zeugin Jehovas», hört sie ihn verkünden. Sein Gesicht taucht wieder auf . «He, sperr die Ohren auf, hast du nicht gehört? Die Tage der Leichtigkeit sind über uns gekommen! Der Herr ist die Firma, und Lacouture ist sein Prophet! Ewige Armut und Happy Meals allen treulosen Dreckspatzen! Mach die Flatter!»

Er grinst mit strahlenden Zähnen und TV-Brillengläsern.

«Wohnst du jetzt hier oder so was?», ruft sie hoch.

«Jeder große Mann braucht ein paar sklavische *Jünger*», antwortet er, während der Türöffner summt.

Das Loft, das Ivy sich mit Sonja teilt, ist noch immer praktisch leer trotz der Tatsache, dass die Mädchen hier schon beinahe drei Monate verbracht haben. Soweit Ursula das überblickt, gibt es weder Kisten noch Vorhänge noch Lebensmittel in den Küchenschränken. Der einzige Schmuck sind die über den Fußboden verstreuten Zeitschriften und auf dem frei stehenden Frühstückstresen aus Granit der Mietvertrag, der zweifellos genau dort liegt, wo er unterschrieben wurde. Den zentralen Wohnbereich beherrschen zwei übergroße Kissen und ein riesiger

Fernsehapparat mit eingebautem DVD-Spieler, der wie der Monolith im Krater Tycho aus der Mitte des Zimmers ragt. Keinerlei weiteres Mobiliar steht dem durchs Dachfenster flutenden und von weißen Wänden abstrahlenden Licht im Weg. Das Ganze ähnelt auf verstörende Weise dem Studio eines Fotografen, als seien die Mädchen fest entschlossen, die helle, leere Welt ihrer Fotos zu bewohnen. Sonja steht mit dem Rücken zur Wand, sie wirkt durch den leeren Raum ringsum zwergenhaft, trägt ein schwarzes T-Shirt und ein langes schwarzes Kleid. Ivy steht im Küchenbereich und starrt in die hell leuchtenden leeren Tiefen des Gefrierschranks; aus einem Gummiband mitten auf dem Kopf sprießt ein kleines Büschel Haare, das wie eine blonde Avocadopflanze anmutet. Sie trägt ein hautenges rückenfreies Mieder, Hotpants bedruckt mit der britischen Flagge, deren Fadenkreuz sich über ihren Arsch spannt, und bauschige weiße Socken. Couch berät sie jetzt bei der Wahl ihrer Garderobe, so weit sie ihm das gestattet. Ihre Füße allerdings, ein letztes Widerstandsnest inmitten eroberten Gebiets, stecken in Wegwerfpantoffeln aus dem Krankenhaus. Noch immer gebückt, den roten und blauen Arsch vorgewölbt, das Gesicht dunstig erhellt von Schwaden kalter Luft und der Gefrierschrankbeleuchtung, schaut sie zu Ursula hinüber und winkt. Dieser Tage scheint jede Bewegung Ivys daraufhin berechnet zu sein, den Appetit einer imaginären Kamera zu befriedigen. Sie lächelt oder schmollt zusammenhanglos und behält jede potenziell erregende oder verführerische Haltung jene eine Sekunde zu lange bei, um sie noch natürlich wirken zu lassen.

«Ich dachte, ihr beide wolltet diese Woche raus und ein paar Möbel besorgen», sagt Ursula mit Blick von Ivy zu Sonja.

«Schon erledigt», ruft Couch von seinem Hochsitz auf dem Fensterbrett aus. «Hab alles selbst ausgewählt. Montag um vier wird das Ganze hier sein. Aufgebaut um fünf. Party um sechs. Orgie Viertel nach sechs.»

«Ihr lasst James eure Möbel aussuchen?», fragt sie Sonja. «Hältst du das für klug?»

Sonja steht kerzengerade, Beine zusammen, Arme an die Seiten gelegt, als stünde ihr ein Erschießungskommando gegenüber. «Wieso?», fragt sie zurück.

«Sieh doch nur mal, wie er angezogen ist.»

Couch gleitet mit gespielter Entrüstung auf die Füße und stellt dabei seine Kluft zur Schau – eine karierte Hose und ein T-Shirt aus Japan mit dem Text: *Black Black Chewing Gum. Excellent. Hi-Technical. Taste.*

«Meine Herrenmode ist in sich aufs sorgfältigste abgestimmt», schnaubt er.

«Abgestimmt? Grauenhaft ist sie.»

«Ich kleide mich antizyklisch. Karomuster ist gerade im Keller und damit ein Schnäppchen, wie es sich dem Investor nur einmal im Leben bietet. Wenn er *Manns* genug ist, dafür geradezustehen.»

Sonja starrt, das Gesicht plötzlich sorgenvoll verzogen, auf Couchs Garderobe.

«Wie dem auch sei», sagt Couch und strebt dem Küchenbereich zu, «*einer* musste die Möbel ranschaffen. Die Mädels hier gehen nie aus dem Haus. Dazu machen ihnen andere Sachen viel zu sehr zu schaffen. Meine sexuellen Bedürfnisse, *par example.*»

«Ginge es noch etwas widerwärtiger?»

Couch tritt an Ivy heran, die ihre Pose am offenen Gefrierschrank beibehält. Einen Augenblick lang mustert er ihren Arsch, legt dann mit einem öligen Grinsen, das Ursula gilt, eine Hand drauf, die andere auf Ivys Schlüsselbein, und richtet sie auf.

Selbst jetzt noch bleibt ihr Blick auf die beleuchteten Roste geheftet, bis die Tür zufällt.

«Keine Sorge, Baby», sagt Couch langsam und bis an die Schwelle zur Anstößigkeit überbetont. «Ich hab ein paar *höllisch scharfe* indonesische Leckereien im Kommen.»

«Mein Gott», keucht Ursula. «Geh weg von ihr.»

Er sieht Ursula mit Unschuldsmiene an und tut so, als verstehe er nicht.

«Red mit James nicht in dem Ton», sagt Ivy, die Augen weit aufgerissen. «James ist unser Freund und Vertrauter.» Der Satz wirkt bemüht und übertrieben ausdrucksvoll, als läse sie ihn von einem an der gegenüberliegenden Wand angeschraubten Teleprompter ab. Ursula wird das Gefühl nicht los, dass Ivy nur eine Rolle spielt und dabei auf emotionale Reaktionen zuarbeitet, welche für Situationen angemessen wären, die sie nicht gänzlich durchschaut.

«Siehst du?», sagt Couch und schüttelt Ivy an der Taille wie eine Lumpenpuppe. «Ich hab ihr Vertrauen gewonnen. Bald schon werden sie nackt vor mir rumlaufen. Und von da ab ist es ein Kinderspiel, die *Ménage* in Gang zu bringen.»

«James wird einen Star aus mir machen», teilt Ivy Ursula mit und prahlt dabei wie ein Kind. «Ich werd eine Dotcom sein. Augenfutter, das Millionen Netzjunkies fesselt. Hab ich Recht, *Darling*?» Sie sieht ihn von unten an, indem sie den langen Hals verrenkt, mit den Wimpern klimpert und sein Lächeln Zahn für Zahn nachahmt.

«Recht hast du», erwidert er mit einer Stimme wie aus alten Hollywoodstreifen, «halt dich an mich, Kleines. Wir ziehen es durch bis zum Gipfel.»

«Wie Sonny und Cher», sagt Ivy.

«Wie ‹The Captain & Tenille›.»

«Wie Donny und Marie Osmond», ruft sie aus.

«Wie Kermit und Miss Piggy.»

«Wie Spike und Tyke!»

«Klarer Fall!»

Anfangs verblüffte Ursula die merkwürdige Verbindung zwischen Couch und Ivy. Sie rätselte, auf welche Weise es Couch mit seinem schmutzigen Grinsen, seinen Zweideutigkeiten und seinen übrigen, nicht minder Paranoia erzeugenden Manieren nur gelungen war, eine Paranoide wie Ivy mit solcher Leichtigkeit zu besänftigen, wie er es bei den Fotoarbeiten getan hatte. Wie konnten ausgerechnet diese beiden jemals Bande knüpfen? Es sollte sich herausstellen, dass es auf demselben Wege geschah wie bei den meisten Leuten: über die Popkultur. Die jedoch ist für beide weit mehr als nur ein gemeinsames Erleben: Es ist gemeinsames Fachwissen, das sie mit Anmerkungen spicken wie andernorts Sachverständige beim Fachsimpeln. Ihr Lieblingsthema ist Schundfernsehen gestern und heute. Ursula hat ganze Unterhaltungen mitgehört – veritable Erörterungen, mit Thesen, Entwicklungslinien, Widerlegungen, Untermauerungen und abschließenden Bewertungen –, die einzig aus den Namen von Sitcom- Figuren bestanden. Sie können sich mittels Anspielungen verständigen, von denen manche Schwindel erregend abwegig sind. Sagt Ivy etwas selbst für Couch zu Abwegiges, lächelt er einfach strahlend, nickt und sagt, «Klarer Fall!», und sofort reden sie weiter. Er hat eine Art, auf sie einzugehen, die sie beruhigend zu finden scheint. Und Couch ist fraglos von der Weise geschmeichelt, in der sie sich mit der teils zutraulichen, teils listigen Niedlichkeit eines Kätzchens an ihn heranmacht. Tatsächlich scheint auf beiden Seiten dieses honigsüßen, karikierenden Possenspiels von Freundschaft ein bisschen Kalkül zu walten – offenkundig meinen beide, einen Nutzen aus dem jeweils anderen zu ziehen. Ivy hegt und pflegt und hält sich Couch warm wie auch umgekehrt. Ivy gab das einige Tage zuvor mehr oder minder deutlich zu erkennen, als sie Ursula zuflüsterte: «Er ist *Wachs* in meinen Händen.»

Nachdem sie ihren kleinen Auftritt über die Bühne gebracht hat, schlendert Ivy hinüber und lässt sich auf einem der an der Wand liegenden Kissen nieder. Sonja rückt näher, rutscht die Wand hinunter, um sich zu ihr aufs Kissen zu gesellen, und beide richten ihre Aufmerksamkeit auf den Fernseher. Dessen Rückwand ist Ursula zugekehrt. Sie hatte angenommen, er sei ausgeschaltet, weil kein Ton herauskommt.

Vielleicht ist er ja *wirklich* ausgeschaltet.

«Schau dir die zwei an», sagt Couch leise. «Wenn du wissen willst, was ich denke, also, ich denke, Sonja ist ein klein wenig verknallt in deine Schwester.»

«Was in aller Welt lässt dich bloß glauben, ich wolle wissen, was du denkst?», entgegnet Ursula, umrundet dabei den Frühstückstresen und sucht vergeblich nach Spuren von Leben. Das Geschirr, das sie für Ivy und Sonja gekauft hat, stapelt sich in den Schränken wie ein museales Schaustück. So langsam glaubt sie, dieses Apartment ist lediglich Teil einer ausgefeilten Finte, und die beiden Models klettern Nacht für Nacht über die Feuertreppe aufs Dach, besteigen seelenruhig ihr Ufo und brausen zur Schattenseite der Venus davon, des Planeten der Models, um dort ihrer dreibrüstigen, fünffach hinterbackigen Königin zu dienen. Alles in allem leistet Couch den beiden wahrscheinlich wirklich einen Dienst. Es steht zu bezweifeln, dass eine von ihnen auf eigene Faust Möbel besorgt hätte.

«Schätze, wir müssen bald mal mit diesem neuen Tween-Bericht loslegen», sagt Couch. «Apropos, solltest du nicht diese Woche Javier aufsuchen?»

«Hab ich. Gestern.»

«Und?»

«Nichts und. Er ist bedrückt.»

«Wer wäre das nicht? Aber hast du rausgefunden, was es mit seiner großen *Entdeckung* auf sich hat?» Seine Frage trieft vor falschem Sarkasmus. Er kann ihre Antwort gar nicht abwarten.

«Er meinte, es gebe eine Verschwörung gegen die Kinder», erwidert Ursula wie nebenbei. «Er meint, wir geben ihnen zu wenig Liebe, um ihren Hunger nach Produkten zu schüren. Er meint, die Kinder wüssten das. Es war richtig gruselig.»

Couch nickt, sagt nichts.

«Er ist niedergeschlagen. Völlig verlottert. Er saß rum und daddelte am Computer. Er redete schlicht Stuss.»

Couch kratzt sich am Kopf, um Nachdenken anzuzeigen. «‹Eine Verschwörung gegen die Kinder›», wiederholt er. «*Hmmm.* Der Satz hat einen gewissen … *Sound*, eine gewisse *Klangfülle*, findest du nicht?»

«Du nimmst mich auf den Arm, oder?»

Er lächelt strahlend, wie um ja zu sagen oder auch nein.

Der Summer tönt.

«Die Missgeburten!», ruft er und rennt zur Gegensprechanlage.

«Die Missgeburten!», ruft Ivy, lässt Sonja im Stich und rennt Couch hinterher.

«Kommt rauf», sagt Couch ins Mikrophon. Er zieht die Metalltür auf.

«Die Missgeburten?», fragt Ursula.

«Die Typen für die Website», erläutert Couch.

Vier schmächtige junge Männer, mit Kisten beladen, betreten das Loft.

«Ivys Zimmer ist gleich da drüben», teilt Couch ihnen mit, während Ivy sie über seine Schulter hinweg beäugt. «Ich bin sofort bei euch.»

Sie schleppen ihre Last durch den Raum und über Ivys Schwelle, und Ivy geht ihnen nach. Sonja verfolgt die ganze Unruhe ein wenig traurig.

«Wofür sind die hier?», will Ursula wissen.

«Um den Server und alle Kameras aufzustellen.»

«Heißt das, sie wird die Website von hier aus machen?»

«Natürlich. Wie *sonst* sollten die Leute sie beim Duschen zu sehen bekommen?»

«Was?»

Er verbirgt ein Grinsen hinter vorgehaltener Hand, als hätte er gerade unabsichtlich etwas verraten.

«James», sagt sie, «das eine lass mich dich bitte fragen, okay?»

Er zuckt die Achseln. «Okay.»

«Was hältst du überhaupt von dieser ganzen Sache mit den Leichten Zeiten?»

Couch lächelt. «Nun, Ursula, ich bin froh, dass du danach fragst, weil ich, na ja, mir ein paar Gedanken über die Angelegenheit gemacht habe und entzückt wäre, dich in meine Folgerungen einzuweihen.»

Er verfällt in Schweigen, wartet darauf, gebeten zu werden.

«Also?», sagt sie schließlich.

«Folgerung Nummer eins ...» Couch lächelt geziert. «Chas ist ein Irrer!», ruft er und wirft die Hände in die Luft. «Der Effendi ist endgültig übergeschnappt. Durchgeknallt! Geistesgestört! Zerrüttet! *Sans* Tassen im Schrank!»

Er sieht Ursula mit aufgerissenen Augen an.

«Das ist allerdings eine bemerkenswerte Theorie», murmelt sie.

«Danke!» Er blendet sie mit einem Blitzlichtlächeln. «Dann gefällt sie dir?»

«Ich weiß nicht.»

Couch schmunzelt. «Gesicherte Folgerung Nummer zwei:

Unser Generalissimo könnte unser gewinnträchtiges kleines Unternehmen durchaus in Grund und Boden wirtschaften. Er *verschreckt* unsere Kunden, Ursula. Als wäre das wahnsinnige Trendpak, auf dem er bestand, nicht schon schlimm genug gewesen, musste er mit diesem Weltuntergangsvortrag auch noch eins draufsatteln. Und für unsere armen Kunden nimmt es mit der Tortur nicht einmal hier ein Ende. Mitnichten! Kaum haben sie ihre gemeinschaftliche Fron geleistet, heißt es ab nach Treblinka! Sie müssen nach Hause gehen und das Trendbuch lesen! Und den Vortrag hielten sie schon für düster. *Also wirklich!* Worin es heißt, dass ungesunde Mitbürger für die meisten Anleger in Standardwerten nützlich sind? Dass die Natur zerstört werden muss, um die Kontrolle über die Vorstellungswelten im Volk sicherzustellen? Dass das Wahlrecht auf der Zahl der Aktienanteile an der Nation beruhen soll, die man hält?»

«Reichlich überspannt, schätze ich», sagt Ursula.

«Herr im Himmel! Kann man wohl sagen!»

«Er hat eine ziemlich kranke Phantasie, schätze ich», sagt Ursula.

«Nicht wahr? Nicht wahr? Lass dir sagen, Ursula, dass unser Premierminister den kränkesten Verstand der Welt hat!»

Ursula lacht und wird von einer Welle der Erleichterung durchflutet, die noch dazu aus dieser unerwarteten Ecke kommt. Couch ist der einzige Gesunde, den es hier noch gibt.

«Welcher Marketingspezialist im Vollbesitz seiner geistigen Kräfte», fährt Couch fort, «käme auf die Idee, auszusprechen, was so sehr nach nackter, obszöner, pornographischer *Wahrheit* klingt?»

«Wahrheit?»

Die Welle der Hoffnung bricht sich mit Getöse.

«Ich meine, welcher leitende Angestellte würde ‹Die Wahrheit› lesen wollen», sagt er und deutet mit den Fingern die abfällig gemeinten Anführungszeichen an. «Selbst wenn er tief drinnen glaubt, es sei wahr, würde er's sich selbst gegenüber noch in einer Million Jahren nicht eingestehen. Javier dagegen», holt er mit dem Zeigefinger des Oberlehrers aus, «der weiß, wie man mit Kunden umgeht. Der kann *dick* auftragen wie keiner.»

«Er trägt überhaupt nichts dick auf», wirft sie leise ein. «Er glaubt an das, was er sagt.»

«Egal, Hauptsache, es funktioniert ... Ich fänd's nur gut, er wäre hier, um die Runde zu machen und die Macken auszubügeln. Und was die Sache mit der virtuellen Ivy betrifft, kann ich nur hoffen, dass das bald läuft. Unser Majordomus ist bereit, für ihre Vermarktung ein Vermögen auszugeben. Mehr als wir haben. Wo er kann, nimmt er Kredite auf. Wenn Ivy nicht ganz schnell Anzeigenkunden aquiriert, steht es fünf vor zwölf für uns.»

Couch mimt jemanden, der sich die Nägel kaut, und verspottet damit die Vorstellung an sich, das Ganze sei ernst zu nehmen. Ursula versteht Couchs Code inzwischen gut genug, um zu wissen, dass ihn der mögliche Bankrott von «Tomorrow Ltd.» offenbar in der Tat beunruhigt. Sie fragt sich, weshalb er sich etwas daraus macht, wo er doch einen ganzen See und all das besitzt. Sie selbst fühlt sich von den Umständen seltsam abgelöst, fühlt die halb mulmige, halb übermütige Faszination eines kleinen Mädchens, das einen Schneeball den Berg hinunterrollen lässt und ihn zu etwas anwachsen sieht, das alle ihre Erwartungen sprengt. Vielleicht könnte sie ihn noch irgendwie aufhalten, vorauslaufen und sich davor werfen, aber die größer werdende Masse schlägt sie in Bann, und im Augenblick erscheint die drohende Verwüstung in jeder Hinsicht ebenso faszinierend wie entsetzlich.

Ganz gleich was geschieht, dieser Schneeball rollt ungehindert weiter.

«He, James», sagt sie. «Die eine Sache wollte ich dich noch fragen.»

Couch senkt den Kopf, öffnet die Hände zu einer Geste der Dienstbarkeit.

«Was hast du von alledem gehalten, was Chas über die Ironie verzapft hat?»

Er seufzt. «Ach, ich weiß nicht … *Ironie* hin, *Ironie* her … Ich hab an der Ironie nie auch nur ein Jota begriffen.»

Er schaut zu ihr auf, die Augen groß und unschuldig. Einen Moment lang verschlägt ihr das Schauspiel die Sprache.

METAMORPHOSE *Ich bin so SCHIZO!* lautet der Titel einer Fotostrecke in der lieblich duftenden neuen Ausgabe von *Mademoiselle*. Die spastischen, beschwingten Buchstaben des groß geschriebenen Worts torkeln quer über eine Doppelseite, auf der sich die glamouröse, exzentrische Ivy van Urden, die bloßen Beine ausgestreckt unter auberginefarbener Zwangsjacke aus Leinen, an eine gummigepolsterte weiße Wand schmiegt. Weitere Porträts folgen, unter anderem eine zweite Doppelseite, die in Ivys unlängst angemessen schizophren umgestaltetem Schlafzimmer aufgenommen wurde: Als halb historisches, halb futuristisches Motiv finden sich auf der linken Seite tropische Topfpflanzen, Läufer aus Tierfellen und erdfarbene Wände, an denen Kopien von Höhlenmalereien hängen; die rechte Seite weist polierte Aluminiumwände auf, daran Standfotos aus *Krieg der Welten, Fahrenheit 451* und *1984*, des Weiteren zudringliche Kameras auf justierbaren Metallstativen, ein schmales Bett mit Stahlgestell, hoch wie ein OP-Tisch, und einen riesigen Monitor, der Ivy von hinten zeigt, wie sie in einem rückenfreien hautengen Morgenjäckchen an ihrem Computerterminal sitzt.

Der Begleittext ist in fünf Zentimeter breite Spalten gequetscht, die als Rahmen für die Fotos dienen. Ursula hat sich gewissenhafte Lektüre vorgenommen, nur bietet der Satzbau derart wenig Reibungswiderstand, dass sie sich nach ein paar Sätzen nicht mehr bremsen kann und den Artikel schließlich überfliegt. Der «Standpunkt» des Journalisten ist ein zwang- und richtungsloses Geplauder über Ivys Wahnvorstellungen. Ursula stößt auf den

Begriff «durchgeknallt» und stockt verblüfft, um das genauer zu überprüfen. *Dass die Leute sie ein bisschen durchgeknallt finden, ist ihr klar,* lautet der Satz, *aber von Spielverderbern lässt sie sich nicht ins Handwerk pfuschen. Die junge Wilde baut mit einer neuen Website auf Hightech, um ihre Botschaft zu verbreiten und die Welt vor den bösen Imagineers zu retten. Star zu sein ist für Ivy eine Sache auf Leben und Tod. «Mein Bild ist der Ableitungsmagnet im Glamourkontinuum! Ich muss so schnell wie möglich berühmt werden!», sagt sie und wirft einen prüfenden Blick in den Taschenspiegel. «Und Geld. Ich brauche Geld. Ganz viel Geld, und zwar schnell. Mach noch ein Foto von mir», verlangt sie von unserem Fotografen Giambattista. Sie stellt die Hüfte heraus und wirft das Haar hoch. «So, jetzt!»*

Ursula schlägt die Zeitschrift zu. Sie kann Ivy nicht ertragen. Ein paar Leute ringsum im U-Bahn-Waggon schauen zu ihr hin, entdecken bei ihr vielleicht eine Ähnlichkeit, wenngleich verhärmt und entstellt, mit der glamourösen, exzentrischen Ivy van Urden. Sie schiebt ihre übergroße Sonnenbrille zurecht und verschanzt sich wieder hinter der Zeitschrift. Natürlich kann sie nicht anders, als Ivy aus denselben Gründen zu bewundern, aus denen sie ihr unerträglich ist. Ivy ist zur Königin der Paradessenzen geworden, zur unstrittigen Meisterin darin, alles und sein Gegenteil auf einmal und auf jede Weise und nach Belieben zu bekommen. Sie erlangt Macht, indem sie Opfer ist, Aufmerksamkeit durch ihre unbeständige, Achtung durch ihre verantwortungslose Art und Erfolg, weil sie ein Fall für die Klapse ist.

Wenn sie etwas von Ivy gelernt hat, dann dies: Dass sich nur jene Leute von Widersprüchen aufhalten lassen, die darüber nachdenken, die die Vereinbarkeit ihrer verschiedenen Begehren hinterfragen, anstatt schlicht durchzumarschieren und sie allesamt zu befriedigen. Und tatsächlich traten die einzigen echten

Zugewinne, die Ursula in den letzten Jahren gemacht hat, über die letzten Wochen des *nicht* Nachdenkens, des Loslassens und sich von der rätselhaften Flut der Geschehnisse an beide Gestade zugleich schwemmen Lassens ein – eine erfolgreiche Karriere *und* eine bewundernswerte Lebensaufgabe nämlich. Scheinen diese Ziele in entgegengesetzte Richtungen zu streben, so ist das nur fehlerhaftes Denken, ein Ausfluss ihrer kleinmütigen Zweifelei, ihres puritanischen Gewissens und unmäßigen Stolzes, eine Logik, so veraltet wie die Vorstellung von der Erde als einer Scheibe, eine Logik, die es nicht schafft, eine zusätzliche Dimension einzubeziehen, eine bislang unbegriffene Krümmung, die aus dem Östlichen nur mehr einen anderen Grad des Westlichen macht und den vermeintlichen Widerspruch zu guter Letzt mit sich selbst in Einklang bringt.

Sie hat eine Richtung gewählt und Segel gesetzt, und am Horizont schimmern die Möglichkeiten. Mag aus dem Trend zum Wilden nicht all das geworden sein, was Ursula sich gewünscht hat, so ist er doch zweifellos zu etwas Wirklichem geworden und hat ihr damit Zuversicht geschenkt in ihre Fähigkeit, den heimlichen Guerillakampf gegen die Konsumgesellschaft fortzusetzen und womöglich gar auszuweiten. Als ideales Mittel genau dafür könnte sich der Bericht über die Tweens erweisen, den sie und James T. Couch gerade abgeschlossen haben. Gemeinsam haben beide das Vorhandensein eines keimenden Nährbodens für Tween-Paranoia bestätigt: Mit Kinderpsychologen haben sie über den wachsenden Hang zu Gewalt bei den ganz Kleinen geredet, haben die wachsende Beliebtheit von Zeichentrickserien mit vielschichtigen, verwickelten und abseitigen Handlungsbögen erforscht und steigende Verkaufszahlen auf eine Werbung zurückgeführt, die individualistischen Kindern roboterhaft feindselige Erwachsene entgegenstellt. Basierend auf diesen Erkenntnissen haben sie und

Couch dann Musterentwürfe passender Garderobe für Aberglauben, für Verschwörungs- und Verfolgungswahn angefertigt – Minitrenchcoats mit hohen Kragen und Futter, das vor bösen Strahlen schützt, mit zauberkräftigen Accessoires, unverständlichen Etiketten, Aufnähern mit bedeutungslosen, aber geheimnisvoll wirkenden Inschriften. Den Leuten bei Old Navy haben sie geraten, vorsätzlich unklar zu bleiben, ihre Kampagnen mit nirgendwo erläuterten Widersprüchen, mit scheinbar ungewollten Mustern zu würzen, anzuknüpfen an die Ängste ihrer jungen Kunden, beobachtet, gemustert, ausgelacht zu werden, und auf ihre Tendenz zum Einzelgängertum, um Phantasien von zuvor unerdenklicher Allmacht zu befördern, davon, sich im Kern aller Dinge, allen Bewusstseins, allen Daseins aufzuhalten.

Die vergangenen zwei Wochen über hat der Job sie ganz in Anspruch genommen. Ursula hat ihre Tage damit verbracht, die Straßen abzusuchen, und die Nächte mit Skizzieren, Notieren und telefonischem Brainstorming, am anderen Ende Couch, der über seine Standleitung fortlaufend im Netz surfte, während er bis tief in die Nacht mit ihr schwatzte. Irgendwie schafften sie es, den Abgabetermin einzuhalten, reichten ihren Bericht eben heute Morgen bei Chas ein, der ihn nun redaktionell bearbeitet und professionell genug herrichtet, um den beträchtlichen Preis zu rechtfertigen. Hinzu kommt noch, dass sie es ohne die Hilfe der manischen Begeisterungsfähigkeit Javiers geschafft haben. Seit drei Wochen hat er sich weder im Büro blicken lassen noch einen einzigen Anruf von Couch oder Chas erwidert.

Andererseits mussten sie auf Javiers Hilfe nicht völlig verzichten. Tatsächlich lieferte er die Eingebung zum Grundmotiv des Berichts, zu seinem wiederkehrenden Leitsatz und seinem griffigen Titel: «Verschwörung gegen die Kinder». Anfangs hielt Ursula Couch und Chas für noch verrückter als Javier, weil sie sich auf seinen Einfall einlassen wollten, aber nach einer Weile ging ihr auf, dass es damit allen Ernstes klappen könnte. Und je länger sie daran arbeiteten, desto mehr gefiel es Ursula. Sie erkannte, dass der Verschwörungstrend Kindern Mittel in die Hand geben konnte, mit denen sich ihr Misstrauen gegenüber der Welt der Erwachsenen ausdrücken ließ, indem sie durch das Tragen sinnloser Abzeichen statt Logos von Produkten und Firmen die ringsum lauernden Markenidentitäten unterliefen. Natürlich ist sie sich im Klaren darüber, dass die Kinder mit dem Kauf dieses Zeugs genau jene Konsumgesellschaft unterstützen würden, gegen die sie aufbegehren, sie kann aber gleichzeitig nicht einsehen, weshalb eine derart durchsichtig zynische Kampagne nicht von zumindest einer nennenswerten Zahl dieser Kinder glasklar durchschaut werden sollte. Für diese Kinder könnte sie gar zu einer Art von schlagendem Beweis für ihren lang gehegten Verdacht werden, dass ihre Versuche des Aufbegehrens ausnahmslos und auf unendlich im Kreis herumführenden Wegen in den Ertragsfluss zurückgeleitet werden. Insofern könnte der Verschwörungstrend ein erster Schritt sein, das Problem ins helle Licht zu rücken, eine Auseinandersetzung auszulösen oder gar neue Formen des Widerstands gegen die Konsumgesellschaft, der er zu dienen vorgibt, hervorzurufen.

Während Ursula aus der U-Bahn steigt und sich ihren Weg nach oben ans Tageslicht sucht, schnurrt ihr hoffnungsvoller Gedankenflug fort ins Tagträumerische. Sie malt sich den Tag aus, an dem die Welt aufgewacht ist und Notiz von ihrem Guerillafeldzug genommen hat, den Tag, an dem er sich als so wirkungsvoll erwiesen hat, dass sich kollektive Haltungen zu verändern beginnen. Sie malt sich aus, wie ihre Gebrauchskunst zum Zweck musealer Retrospektiven zusammengetragen und in wissenschaftlichen Fachblättern analysiert wird – die Van-Urden-Schule aufrührerischen Marketings wird man diese Arbeiten nennen, die geholfen haben, den Weltmarkt in einen zuträglicheren, freundlicheren Ort zu verwandeln. Sie hat nach den Sternen gegriffen und sie zu fassen bekommen – als steile Laufbahn *und* Lebensaufgabe, als materiellen *und* spirituellen Lohn, als Macht *und* Liebe. Sie wird gleichermaßen verehrt von Intellektuellen wie Prominenten, begehrt für Liebesverhältnisse und künstlerische Zusammenarbeit, für Interviews und Vorträge und tiefgründige Erörterungen des Zustands der Welt. Natürlich gilt es in der von ihr erträumten Epoche noch manche Schlacht zu schlagen, aber durch ihre Arbeit hat sie wenigstens den einzelnen Arbeitern in der Welt der Großunternehmen ein neues Empfinden für die eigene Macht vermittelt, die Macht, in Ursulas Fußstapfen zu treten, eigene Widerstandszellen zu bilden und den Krieg fortzuführen bis zum endgültigen Sieg.

Es regnet sachte vor sich hin, als sie den Banister-Park erreicht. Über Tag ist es kalt und windig geworden, und der Park ist so gut wie menschenleer, aber die junge Wilde sitzt eben dort, wo Ursula sie zuletzt hinter sich ließ, am Sockel des Standbilds von Banister, neben sich einen großen, klumpig ausgebeulten schwarzen Müllsack. Schon seit langem hat Ursula die Absicht gehabt, zu ihr herzukommen. Sie möchte erfahren, ob sich der Trend zum Wilden auf das Mädchen ausgewirkt hat, ihr irgendwie zugute gekommen ist, ob sie möglicherweise aufgrund der gegenwärtigen Popularität ihres Stils ein paar Freunde gewonnen hat. In der Tat war Ursula halbwegs darauf gefasst, sie auf einmal umringt von einem kleinen Stamm urbaner Wilder anzutreffen. Entweder dies oder, dass sie zu einem völlig neuen Stil übergegangen wäre – sich ganz neu geschaffen hätte, als Robotermädchen, große graue Außerirdische, Trappistenmönch, als neue Quelle der Anregung zu einem weiteren Guerillafeldzug.

Aber sie ist immer noch allein, immer noch eine Wilde, und Ursula findet das nicht minder tröstlich.

«Immer noch nur du und ich», flüstert sie vor sich hin.

Sie sucht sich eine verhältnismäßig versteckte Bank aus, breitet die *Mademoiselle* auf den feuchten Planken aus und setzt sich darauf. Aus ihrer Handtasche holt sie ein Fernglas und stellt das Mädchen scharf.

Etwas stimmt nicht mit der Wiedergabe. Sie stellt die Schärfe noch einmal ein.

Aber es liegt nicht am Fernglas, es liegt an dem Mädchen.

Es scheint eine Art Ausschlag oder Hautkrankheit zu sein.

Doch nein.

Eine Woge des Schreckens durchflutet Ursula, als sie erkennt, dass die Hautmale mutwillig zugefügt sind. Kleine rote sichelförmige Narben, die eng nebeneinander das Gesicht, die Seiten des rasierten Schädels und der Länge nach den ganzen Hals überziehen. Sie finden sich auch auf den nackten Armen. Ein Lederwams bedeckt den Rumpf und eine Drillichhose samt Fellstreifen die Beine; daher weiß Ursula nicht, wie weit der Körper darunter entstellt wurde. Wie es aussieht, ist er überall vernarbt und die Metamorphose vollständig: eine hübsche junge Frau, die sich in ein Reptil mit rötlichem, unebenem Schuppenpanzer verwandelt hat, unkenntlich bis auf die Augen, die noch immer narbenfrei, unberührt, unheimlich ruhig sind.

Ursula setzt das Fernglas ab. Die junge Wilde ist wieder weit weg, eine einsame Gestalt, die neben einem unförmigen, vom nieselfeuchten Wind gebauschten Müllsack sitzt. Sie blickt auf, und Ursula zuckt zusammen, als das Augenpaar sie streift, doch falls das Mädchen Ursula wahrnimmt, scheint sie ihr gleich zu sein. Sie schaut wieder hinunter auf ihren Müllsack, hebt ihn dann am Boden an und schüttet irgendeine Masse auf das Kopfsteinpflaster, einen schweren, dunklen Haufen. Ursula hebt das Fernglas. Der dunkle Haufen ist ein toter Hund mit langem, verfilztem grauem Haar. Offene Augen und die schmale, seltsam zierliche Schnauze sind zu einem irren Hohnlächeln gefroren. Die junge Wilde kniet sich neben den Kadaver und dreht ihn auf den Rücken. Die Beine ragen steif und schiefwinklig in die Höhe. Sie nimmt dem Hund das Halsband ab und wirft es beiseite. In der Kehle klafft eine große Wunde. Getrocknetes Blut klebt rings um die Öffnung und bedeckt die Brustfurche wie ein Lätzchen.

Den Hund zwischen die Knie geklemmt, schlägt die junge Wilde auf dem Boden ein Stoffbündel auseinander, eine Sammlung von Messern und Wetzsteinen. Es sind auch zwei doppelschneidige, krumm gebogene Rasierklingen darunter, die zu den Narben auf ihrem Körper ungefähr passen. Als sie die Messer auf dem Tuch ausbreitet, kann Ursula sehen, dass selbst ihre Handrücken vernarbt sind.

Sie wählt ein Teppichmesser aus, greift mit der freien Hand nach der Brust des Hundes und fängt an, das Fleisch entlang der Mitte aufzutrennen, wobei sie sich über ihre Arbeit beugt wie ein Juwelier beim Schliff eines Diamanten, die Augen nur Zentimeter von der Klinge entfernt. Vielleicht ist sie kurzsichtig. Ihr vom Narbenmuster bedecktes Gesicht rötet sich unter der Anstrengung noch stärker, während ihre vernarbten roten Hände die graue, papierartige Haut zwischen den Leisten des Hundes aufreißen, und danach wird Ursula das Fernglas zu schwer.

Ursula wühlt durch die Handtasche auf ihrem Schoß. Sie findet ihr Portemonnaie, zieht alle Banknoten heraus. Hastig fächert sie die Scheine zwischen den Fingern auf. Zweihundertundnochwas zittern in ihrer Hand.

Sie steht auf und geht zügig auf die junge Wilde zu. Während sie näher kommt, müht sich das Mädchen an einem der steifen

Vorderläufe des Hundes ab. Sie versucht die Haut abzuziehen, was ihr nicht weiter glückt, außer dass sie Büschel grau melierten Haars ausreißt. Sie hält inne, um das geschundene Bein anzustarren, blinzelt dabei gelegentlich. Offensichtlich ist sie in derlei noch nicht sonderlich geübt. Ursula rätselt, was dem Mädchen gerade durch den Kopf geht, ob es sich vielleicht in diesem Augenblick darüber wundert, was aus ihrem Leben geworden ist; ob sie sich vielleicht gerade so wie Ursula zusieht, von außen, mit einer Mischung aus Verblüffung und Wut darüber, dass sie etwas zu sein vorgibt, was sie nicht ist, eine Wilde eben, um zu haben, was Wilde ihrer Vermutung nach haben; sich als jemand sieht, der alles preisgegeben, sich sogar das Gesicht weggekratzt hat, und all das um den Lohn eines toten Hundes, der sich ihr mit jedem Härchen seines Fells widersetzt.

Die junge Wilde greift nach einem Schlachtermesser und hackt auf den Lauf ein. Ursula steht jetzt über ihr. Sie muss wissen, dass Ursula da ist, schaut aber noch immer nicht auf. Ursula streckt den Arm aus und hält ihr das Bündel Geldscheine vor die Nase.

Jetzt sieht sie hoch.

Ihr starrer Blick wandert von den Banknoten weiter Ursulas Arm hoch, rings um Ursulas Brüste herum, hinauf zu ihrem Haar, und dann wieder nach unten, nimmt denselben Weg zurück, über Brüste, Arm, Banknoten. Sie hat ein breites Gesicht mit hohen Backenknochen, und die hohe Stirn wird durch den Irokesen noch höher. Die Narben auf Gesicht und Hals sind noch verschorft, von Blut und graugelbem Eiter verkrustet. Der Mund bildet einen schmalen Strich und ist klein wie ein nutzloses, verkümmertes Organ. Sie hat mandelförmige blaue Augen, die nichts ausdrücken, keinen Unterschied machen zwischen Ursulas Geld und Ursulas Arm, zwischen Ursulas Arm und Ursula, zwischen Ursula und den Bäumen hinter ihr. Dass die Wilde womöglich nicht einmal Geld erkennt, erschüttert Ursula mehr, als dass sie womöglich einfach so beschließen kann, einen direkt vor ihr stehenden Menschen nicht zu sehen.

Die junge Wilde setzt ihr Tun fort, zerrt mit einer Hand den Lauf vor und zurück und drückt mit der anderen das Messer nieder. Unter Ursulas Augen schneidet sie die Sehne durch und reißt das Bein ab. Ursula ist halb darauf gefasst, sie die Zähne in das freigelegte Fleisch schlagen zu sehen, aber sie hält sich das Bein einfach vors Gesicht und starrt es an. Auch Ursula starrt darauf, gebannt von der Leuchtkraft der Farben, dem Rot der Muskeln, dem fahlweißen Knorpelende …

DER CHAT Die Partygänger in Camille Stypnicks zweigeschossiger Stadtvilla in Hanglage haben sich eingefunden, um die Markteinführung von Betancourt Rum und den damit einhergehenden Werbefeldzug zu feiern, der planmäßig nächste Woche die Telefonzellen und Bushaltestellen überrollen soll. An langen Bindfäden, die von der Decke hängen, baumeln dicht über den Köpfen der Feiernden die auf Papptafeln aufgezogenen Plakate. Das Leitmotiv zeigt Fidel Castro, statt im ewigen Oliv in rosa Hawaiihemd und purpurroten Bermudashorts. Er steht auf einem Strand in Florida, hinter ihm im Sand ein angelandetes Behelfsfloß. Um den Hals trägt er eine klobige Kamera, und ein zerkauter Stumpen ragt wie eine Erektion zwischen seinen Zähnen hervor. Sein Lächeln ist zu computergraphisch unnatürlicher Breite verzerrt, und auch seine Augäpfel sind gemorpht, deren Blick einem Model in String-Bikini gilt, das vor ihm ausgestreckt auf einer Decke liegt. Die Folgeinserate sind Abwandlungen desselben Grundthemas – Che Guevara als Rockstar; Black-Power-Aktivist Huey Newton als Zuhälter; Lenin als Ölbaron; Crazy Horse, der im 57er Chevy über die Route 66 rauscht; allesamt bewaffnet mit gespenstisch breitem Lächeln und ganzen Kadern aufreizender Frauen. Der begleitende Slogan, oben und unten über die Anzeigenmotive geklatscht, bereitet Ursula Kopfschmerzen. Sie kann sich ums Verrecken keinen Reim drauf machen.

ER IST MEHR ALS REVOLUTIONÄR

ER IST *KONTER*REVOLUTIONÄR!

Sie erwägt, auf der Stelle kehrtzumachen und sich irgendeine gesichtslose Bar zu suchen, wo sie die ganze Nacht Männer mit lüsternem, überzogenem Lächeln abblitzen lassen und vor allem saufen kann, bis der Doktor kommt. Aber dann denkt sie an die junge Wilde, ihren schmächtigen, von Schorf, Eiter und Narben überzogenen Körper, und fängt an, sich ihren Weg durch die Menge zu bahnen. Seit anderthalb Tagen spürt sie diese Narben auf ihrer eigenen Haut, sie hat sich zur Erkenntnis durchgerungen, dass diese Narben aus den Tiefen ihres verdrehten, selbstsüchtigen kleinen Hirns stammen. Sie war es, welche die Selbstdarstellung des Mädchens zur Ware machte und sie damit zwang, sich noch stärker abzuheben und etwas zu tun, was niemand sonst je tun würde. Ursula hat aufgehört zu schlafen, hat aufgehört zu essen; aber ihre Müdigkeit macht sie eher schreckhaft als schläfrig, und von der Leere im Magen wird ihr eher übel, als dass sie etwas essen möchte. Ihr ist, als sei sie in einem dieser Albträume gefangen, wo sie hundert Treppen erklimmt, nur um sich in einem feuchten Keller noch weiter unter Grund als zuvor wiederzufinden. Was sie auch tut, stets scheint es eine ihren Absichten zuwiderlaufende Wirkung hervorzurufen.

Anwesend auf der Party sind mehrere der aufreizenden Models und keinerlei Revolutionäre. Bei dieser Kampagne ist Sonja nicht gelandet, sie ist aber trotzdem da und präsentiert der Öffentlichkeit ein kurzes Maschenkleid aus ineinander gehakten Vogelknochen und ein langes Paar Beine. Ed Cabaj und sein Kollege Lucien halten sie in einer Ecke fest, und gleich neben ihnen steht Chas, gleichgültig und unnahbar hinter schwach getönter Sonnenbrille. Mit einem panischen Stechen in der Brust hält Ursula ringsum nach Ivy Ausschau, sieht sie aber nirgendwo. Sie beschließt, noch ein paar Minuten zu brauchen, um ihren Mut zu sammeln, und steuert eine Batterie Flaschen an, die vom Esstisch her winken. Sie quetscht sich durch die Menge, gießt sich einen dreifachen Wodka auf Eis mit Zitronenschale ein, stürzt einen Schluck hinunter, schlägt dann den langen Weg rund um das Zimmer ein, sucht ein wenig länger nach Ivy und vertrödelt einige Minuten am Rande einer kleinen Gruppe von Leuten, die eine weitere von Camilles Kampagnen längs der Wand begutachten – eine Plakatserie für die U-Bahn, einwärts gebogene schmale Leuchttafeln, auf denen finster dreinblickende Models freudlosen Sex miteinander mimen. Das Produkt bleibt unklar. Bekleidung. Parfüm vielleicht.

Die Betrachter murmeln vage anerkennend und geben sonst keine Anmerkungen von sich. Ihresgleichen, denkt Ursula voll Selbsthass.

Aber nicht mehr lange.

Als sie ihre Kollegen erreicht, ist auch James T. Couch eingetroffen, gekleidet in einen das Auge blendenden, stark taillierten weißen Anzug und ein T-Shirt mit der Aufschrift *GROOVY: An Airily American Restaurant.*

«Wie geht's, wie steht's», sagt er, keilt sich zwischen Lucien und Sonja und knipst sein fluoreszierendes 1000-Zähne-Grinsen an.

Vorstellungen und Begrüßungen folgen, dann nimmt Cabaj Chas beim Arm und reißt einen Witz darüber, wie Ivy bei der Leichtwasser-Kampagne Sonja ausstach und wie eifersüchtig Sonja deswegen noch immer ist. Sonja schaut zu Boden und schüttelt den Kopf; ein wenig überzeugendes und vollkommen überflüssiges Leugnen. Chas ignoriert sie alle gedankenverloren. Auch er trägt einen neuen Anzug, einen aus dunkler Wolle, locker gewebt und fließend geschnitten, der sich hoheitsvoll um seine Boxerstatur legt. Doch sein Gesicht ist blass und faltig, und Ursula fragt sich, wie es hinter dieser Sonnenbrille um seine Augen wohl aussieht. Von Couch hat sie gehört, dass zwar ein paar weitere Kunden individuell erstellte Berichte für das nächste Jahr gezeichnet haben, die meisten sich aber weiterhin unwohl bei der Aussicht fühlen, einem neuen Finsteren Zeitalter vorzustehen, und Chas die Schwierigkeiten noch verstärkt hat, indem er sich mit ihnen anlegte, sie beleidigte und faktisch verscheuchte. Couch hat das womöglich im Hinterkopf, und um Chas' Mangel an Geselligkeit aufzuwiegen, wiehert er jetzt über Cabajs Witz. Währenddessen kneift Cabaj die gesamte linke Hälfte seinen aufgedunsenen Gesichts zu einem Zwinkern zusammen, das Ursula gilt.

«Ich bedaure, dass Ihre Schwester nicht hier ist», sprudelt er hervor, «aber wissen Sie, Ihr Anblick gleicht das aus. Irgendwann müssen wir Sie in einer Anzeige unterbringen. Zwei wunderschöne, Leichtwasser trinkende Schwestern. Wie fänden Sie das?»

Er runzelt eine buschige Braue und lächelt verschmitzt. Wahrscheinlich hat er schon seit der Happy Hour getrunken. Ursulas eigenes Glas ist bereits leer. Wohlige Schnapshitze glimmt in ihrer Brust.

«Vergessen Sie Ihr Leichtwasser, Ed, alter Junge», sagt sie und klopft ihm auf den Rücken. «Ich hab eine tolle neue Produktidee für Sie.»

«Sagen Sie bloß!», sagt Cabaj. Lucien neigt interessiert den Kopf.

«Eigentlich eine ganz einfache Idee», fährt sie fort. «Sie heißt ‹Scheiße›.»

Couch macht große Augen, und Chas dreht sich ihr langsam zu. Cabaj erholt sich von einem Augenblick der Verunsicherung.

«Scheiße, hm?», sagt er lächelnd und öffnet den obersten Knopf seines Seidenhemds. «Schießen Sie los.»

«Ich glaube, da stecken gewaltige Möglichkeiten drin», führt sie aus. «Ich meine, hey, denken Sie drüber nach. Es lässt sich leicht herstellen. Tatsächlich reiner Profit abzüglich Werbung und Verpackung. Möchten Sie gern, dass ich Ihnen die Kampagne erläutere?»

«Auf jeden Fall.»

Mit den Händen zeichnet sie einen Rahmen in die Luft. «Stellen Sie sich vor: Eine Reihe enger Kabinen mit sexy Frauen, die über halben Melonen voll Baccarat-Fruchtpunsch hocken.»

Cabaj lacht schallend. «Perfekt. Aber wie geht der Slogan?»

«Scheiße», verkündet sie: «Alle machen mit.»

Cabaj und Lucien lachen, und Couch fällt ein, während sein nervöser Blick zwischen den dreien hin und her springt.

Chas verschränkt unbewegten Gesichts die Arme. «Hundert Prozent natürlich», sagt er mit wissendem Nicken. Weiteres Gelächter.

«Fettarm», antwortet Ursula.

«Jeder Rundling einzeln gefertigt.»

«Liebevoll gefertigt.»

«Einmal täglich sehr verträglich.»

«Denn bei General Foods *geben* wir einen Scheiß drauf.»

«Groß Müssen groß im Kommen», sagt Chas.

«Schluck Scheiße», antwortet sie.

Die Runde belacht die Nummer der beiden und verfällt dann in Schweigen.

«Die Sache gefällt mir», sagt Chas nachdenklich.

«Allein der Ironie wegen würden die Leute mitziehen», sagt Lucien.

«Da hätten wir noch ein Produkt für Sie», sagt Ursula. «Ironie. Mit Ironie verdoppeln Sie den Lustgewinn am Konsum! Der Kinofilm gestern Abend war zu blöd und anstößig für Sie? Gehen Sie noch einmal rein mit Ironie, und gute Unterhaltung! Schauen Sie ihn sich immer wieder an. Und noch mal wegen der miesen darstellerischen Leistung. Und noch mal wegen der soziologischen

Schönfärberei. Und sollten Sie einmal genug davon haben, Snob zu sein, na dann, probieren Sie doch mal *Postironie* und erleben Sie, dass Schlechtes nicht wirklich schlecht ist, sondern nur auf andere Art gut. *Alles* ist gut. Das Schlechte ist wahre Kunst. Holen Sie sich im Foyer einen Becher Postironie und einen Kübel Scheiße und mampfen Sie nach Herzenslust, während die gut gelaunten Auftragskiller zu den Klängen Ihrer Lieblings-Retro-Popsongs Leute umnieten.»

Cabaj schaut in die Runde und wittert Bosheit.

«Jetzt mal im Ernst», sagt Chas, «vielleicht könnte man *wirklich* was auf dieser Schiene machen.»

«Jetzt mal im Ernst», sagt Ursula, «halt deine verdammte Fresse, Chas.»

Das Gelächter gerät ein wenig gequält, als sie und Chas sich mit Blicken durchbohren. Heute Abend wird sie alles dransetzen, sich feuern zu lassen, wenn es nur irgend geht. Und sollte es nicht gehen, wird sie jedem mit ihrem Bemühen den Abend verderben.

«Klar, Chas», sagt James T. Couch. «*Glänzender* Einfall. Na mach schon, schlag ruhig den letzten Nagel in unseren Sarg.»

«Was ist jetzt?», fragt Cabaj.

«Couch meint, ich treibe die Firma in den Ruin», erläutert Chas, den Blick noch immer auf Ursula gerichtet.

Cabaj nickt. «Und, hat er Recht?»

Chas zuckt die Achseln. «Kann sein.»

Neues Lachen in der Runde.

«Klingt so, als hättet ihr Leute euren Spaß.»

Camille Stypnick ist dazugekommen. Sie ist eine Frau von umfänglicher Statur mit einem Kubikmeter schwarzen Kraushaars, das unter ihrer Mütze hervorquillt. Gekleidet ist sie genau wie der große Vorsitzende Mao, abgesehen von dem weiten Schlag in den Hosenbeinen, dem tiefen Ausschnitt des Arbeiterhemds, dem Volumen der rot besternten Mütze und von der Einfärbung des ganzen Kostüms, das nicht einfarbig blau ist, sondern überzogen mit vielfarbigen Reproduktionen von Warhols Mao-Siebdrucken.

«Also, das nenn ich mir einen Partyanzug», sagt Cabaj.

«Ha!», spöttelt Camille mit lautem, absichtlich falschem Lachen.

«Revolutionäre», meint Lucien zu Chas mit einer Stimme so weich wie eine gebutterte Rasierklinge. «Habt ihr Trendscouts auch dafür einen Riecher gehabt?»

«Pah», grummelt Chas. «Revolutionäre kommen und gehen nach Fahrplan. Zuverlässig wie die Jahreszeiten.»

«Na ja», seufzt Lucien, «vielleicht können wir wenigstens noch etwas mehr Schmackes aus diesem Trend zum Wilden rauskitzeln.»

«Leider nein, das ist ein Strohfeuer, wie ich noch keins gesehen habe», sagt James T. Couch. «Nichts für ungut», wendet er sich Ursula zu. «Allerdings *habe* ich neulich im ‹Henry the Eighth› eine absolut fickbare Highschool-Schlampe gesehen. Und du kommst nie drauf, was sie trug.»

«Mal sehen», geht Ursula darauf ein. «Prollige Leggings?»

«Nein. Ein Accessoire.»

«Eine durchsichtige Maske?»

«Nein.»

«Selbsthaftende Schusswunden?»

«Nein.»

«Einen künstlichen Darmausgang?»

Couch seufzt melodramatisch. «Du gibst dir keine Mühe, aber ich werd's dir trotzdem sagen. Einen Bogen.»

«Wie schmuck. Durftest du ihre Saiten zum Schwingen bringen, oder hat ihr Vater dir die Tour vergeigt?»

«Nein, nein. Einen Flitzebogen, verstehst du, die Waffe. Und einen Köcher Pfeile.»

Ursula denkt über diesen Faktenschnipsel nach. «Wie schmuck», sagt sie.

«Und vergesst nicht unsere Sonja hier», wirft Lucien ein und beäugt deren Minikleid aus Knochengeflecht samt passendem Halsband. «Sie steht noch immer auf den Wilden Look.»

«In Ivys abgelegten Klamotten rumstehen, da steht sie drauf», sagt Couch. «Sie steht auf alles, was das sahnige, delikate Fleisch dieses Mädchens berührt hat. Stimmt's, Sonja?»

Sonja schaut an sich hinunter. «Nein», sagt sie.

«Ach, komm schon, ich seh doch, wie du sie anstarrst. Ich seh doch die dreckigen Blicke, die du mir seit kurzem zuwirfst, weil ich ihre Zeit zu sehr beanspruche. Doch wer will es dir verübeln? Wir sind doch alle in Ivy verliebt, stimmt's?»

Sie errötet und streicht den gezackten Saum an den Schenkeln glatt. «Nein.»

«O du Lügnerin», sagt Couch und grinst sein unmögliches Grinsen. «Ach, Mädchenliebe. Wie bringt sie mein Blut in Wallung. Wie wär's, wenn ich euch kleine Wilde mal nach unten in meinen Altarraum mitnehme und ein Jungfrauenopfer darbringe?»

Cabaj platzt mit schallendem Gelächter heraus.

«Das erklärt einiges», sagt Ursula. «War mir doch immer ein Rätsel, wofür du dein Jungfernhäutchen aufgespart hast, James. Das wird die Götter sicher beschwichtigen.»

Erneut allgemeines Gelächter. Camille entschuldigt sich, um sich ihren anderen Gästen zu widmen. Couchs Augen ruhen auf Ursula, während er die Zähne bleckt.

«Nun, schließlich können wir nicht *alle* so sexuell befreit sein wie manche.»

Die Runde verstummt, und man blickt erwartungsvoll von Couch zu ihr.

«Wie manche?», fragt sie.

«Ja, du weißt ja, manche sind's eben und manche eben nicht. Javier beispielsweise ist überhaupt nicht sexuell befreit. Der ist so rührend altmodisch. Wie weiland die Rittersleut. Hin und weg von einer einzigen Frau. Er redete nur von ihr, tat nichts anderes, als von ihr zu schwärmen, wie unglaublich sie sei, wie klug und mitfühlend und schön und blablabla. Wir schafften es einfach nicht, dass er über diese Frau mal die Klappe hielt. Und als sich herausstellte, dass er bloß ein Sprungbrett war, weißt du, dass diese Frau sich einfach nur nach oben schlief –»

«Verzeihung», sagt sie, schaut zu Chas, dessen Blick ihr hinter den getönten Gläsern ausweicht, und zurück zu Couch. «Schlief sich nach oben, hast du gesagt?»

«Ganz genau. Siehst du, sie war nicht nur sexuell befreit, diese Frau, sie verfügte auch noch über ausgeprägten Geschäftssinn.»

«Klingt richtig nach Nüsseknacker», befindet Cabaj.

Couch grinst. «Und ob sie das war. Brach Javiers großes, süffiges altes Herz mitten entzwei. Und jetzt ist er weg, und keiner kann mehr was für ihn tun.»

«Was meinst du mit weg?», fragt sie mit leiser Stimme.

«Weg heißt weg», sagt Couch mit Achselzucken. «Verschwunden. Wohnung steht leer. Zum Verkauf. Kein Fitzel mehr drin. Bin erst heute reingeschneit und hab's rausgefunden. Sie sagten mir, er sei vor einer Woche ausgezogen. Ohne Nachsendeanschrift.»

Seine kleinen Augen beobachten sie, schweben gelassen in ihren optischen Aquarien. Sie schaut zu Chas. Chas nickt. Schüttelt dann den Kopf.

«Wo zum Henker ist mein Drink?», murrt er. «Irgendwas für irgendwen? Sonja?»

«Lemon Drop, ohne Alkohol», antwortet Sonja.

Chas denkt über diesen Wunsch nach, schüttelt wieder den Kopf und geht davon.

Cabaj und Lucien schmeißen sich erneut an Sonja ran, und Couch beugt sich vor und flüstert Ursula ins Ohr.

«Ist schon gut so, dass deine Art von Sex Chas nicht so in den Kram passt. Sonst hättest du am Ende auch noch seinen großen alten Eisberg von Herz gebrochen.»

Ursula packt ihn fest beim Arm und drängt ihn ein paar Schritte von den Übrigen fort.

«Was soll das heißen, *meine* Art von Sex?»

Er wirft ihr einen Unschuldsblick zu. «Willst du sagen, du hast es nicht gewusst?»

Sie drängt ihn an die Wand.

«Na ja», sagt Couch. «Wahrscheinlich sollte ich sowieso nicht so viel tratschen.»

Sie treibt ihm die Fingernägel in den Arm.

«Autsch!», jault er auf. «Das tut weh! Na schön, wenn du drauf bestehst.»

Sie lässt seinen Arm los. Er untersucht das synthetische Material seines Ärmels und reibt es mit der Handfläche glatt, während er spricht.

«Ivy erzählte mir, sie und Chas hätten es nie getan», flüstert er. «Sie sagte, Chas hätte sie zu schön zum Anfassen gefunden.» Er lächelt und schüttelt den Kopf. «Anscheinend war Ivy seiner Meinung. Also trieben sie's ohne Anfassen. Sie holte sich vorm Spiegel, was sie brauchte, und er holte sich einen runter, indem er sie wie ein Nacktfoto im Busenblatt anstierte! Anders haben sie's nie gemacht! Komisch, hm?»

Ursula nickt. Couch erwidert das Nicken, fixiert sie kühl und stimmt seine Nickrate auf ihre ab.

«Na ja», sagt er, «schätze, darin zeigt sich, dass es *wirklich* so was gibt wie übermäßige Schönheit, hm? Ist schon gut so, dass die meisten von uns *das* Problem nicht haben!»

«Ist schon gut so», wiederholt sie und weigert sich wegzusehen, weigert sich irgendeine Regung zu zeigen. Alles leitet sie in ihre Fäuste und Beine um. Ihre Zehen krümmen sich, bis sie sich in den hochhackigen Schuhen verkrampfen, und vielleicht verrät ihr Gesicht nicht einmal davon etwas.

Couch lügt, denkt sie. Doch dann entsinnt sie sich eines Teils der Geschichte, die ihr Ivy über sich und Chas erzählte, etwas über ihr Gefühl eigener Macht und sein Gefühl eigener Kraft.

Couch lügt nicht.

«Und wo wir von Ivy reden», verkündet er mit erhobener Stimme, «wieso statten wir ihr heute Abend nicht einen kleinen Besuch ab?»

«Ivy?» Cabajs Kopf, der gerade noch mit dem Luciens zusammensteckte, schnellt hoch. «Wir können sie besuchen gehen?»

Couch lässt seinen Blick noch einen Moment auf Ursula ruhen, bevor er sich Cabaj zuwendet.

«Nun ja, virtuell.»

«Ah. Virtuell», sagt Lucien.

«Wir müssen Camille suchen und ihre Erlaubnis einholen.»

«Ich weiß, wo ich sie finden kann», sagt Lucien. Er macht kehrt und entschwebt durch die Menge.

«Interessanter Typ, dieser Lucien», sagt Couch zu Cabaj. «Wenn auch vielleicht ein wenig, ich weiß nicht recht, effeminiert?»

Cabaj scheint darauf keine Antwort zu wissen. Chas kehrt mit ein paar Drinks zurück, und die Runde greift das Gespräch wieder auf. Inzwischen atmet Ursula ein. Sie atmet aus. Sie atmet wieder ein. Das Wesentliche der Unterhaltung dringt ihr unter die Haut. Ivys Website ist im Begriff, online zu gehen. Das bedeutet für sie im Augenblick einzig, nicht entwischen zu können, hier mit Couch und den Übrigen zusammengepfercht zu sein, weil sie sich normal verhalten muss, und normal bedeutet, sich noch mehr Bilder von ihrer «durchgeknallten» Schwester ansehen zu wollen.

Lucien kehrt mit Camille zurück, die sie mit klimpernden Fußkettchen die Wendeltreppe hinauf in ihr Arbeitszimmer führt. Ein klotziger Rechner beherrscht die Mitte eines langen Glastisches. Geräuschlos spult der Monitor einen Bildschirmschoner ab, bei dem Middle City langsam von riesigen Küchenschaben verschlungen wird. Camille setzt sich an ihr Terminal und startet den Browser; Couch lehnt sich über sie, tippt die Adresse ein und lotst sie dann durch die verschiedenen Unterhaltungsangebote der Site – eine kurze, von «Fashion-Fachmann James T. Couch» geschriebene Biographie einschließlich Kinderbildern; ein Abschnitt über ihren Zusammenbruch, der ein paar Zeitungsartikel und das berühmte Foto enthält; und die Abschrift eines kurzen Interviews mit Ivy, natürlich geführt von «Fashion-Fachmann James T. Couch». Es rauscht zu schnell über die Mattscheibe, um mehr erkennen zu lassen, als dass die Fragen im Allgemeinen länger als die Antworten sind.

Dann leitet er sie zu einem Online-Chat mit Ivy, der bereits im Gang ist. Die linke Hälfte des Bildschirms zeigt Ivys eiförmiges Gesicht, das mit roter und schwarzer Kriegsbemalung grell geschminkt ist, von irgendeiner Unvollkommenheit der Einspeisungssoftware etwas in die Länge gezogen wird und mit ungefähr einem Einzelbild alle drei Sekunden weiterzuckt. Ivy überfliegt an ihrem eigenen Terminal die Fragen, tippt Antworten in ihre Tastatur, und das Ergebnis stuckert als Text brockenweise über die rechte Hälfte der Mattscheibe.

Ilse Welche Grundirung nimmst du.

barb Hast du immer nochn leichten Knall? (Lächel!)

tom hey tret mal zurück und zeig was du anhast

ivy **keine Grundierung.**

H#(F77 was hast du gedacht, als du dich aufgeschlitzt hast, ivy

purv hatteste schoma was mit nem Transvestiten?

ivy **musste die Antikörper beschwichtigen.**

tom in welchen Clubs hängst du so ab

H#(F77 wer sind die Antikörper?

Mr.Beeg wen nennste hier antike körper alte foze

barb Warum filtert keiner diese WICHSER raus?

ivy **Antikörper kämpfen mit den Körpern um Marktanteile.**

tom warum ziehst du dir nicht die Klamotten aus sehn wir eh nicht

Mr.Beeg hey wie wärs mit 8>>>>(o)?

Ilse wie bist du Modl geworden.

ivy **manchmal bin ich zu sehr Körper, manchmal bin ich zu sehr Antikörper.**

KÖRPER Wir die KÖRPER befehlen dir halt den Rand und zieh dein Oberteil JETZT aus.

Ilse ich meine Model.

H#(F77 Scheinst nen harten Job zu haben.

(((@))) ivy wir machen hier party mit gnadenlosem DJ und massig Dr*gen. lust zu kommen?

ivy **meine Schwester hilft mir. sie ist ein Trendscout. sie beschützt mich vor den Imagineers.**

Die anderen im Zimmer wenden den Kopf, um Ursulas Reaktion zu sehen. Sie fühlt ihr Gesicht rot anlaufen. Sie kämpft gegen den Drang zu weinen.

barb welches Pic von dir hast du am liebsten?

iggi nimm diese Spaßvögel bloß nicht ernst :)

tom hey @ wo isn die Paddiii @

momo Wer sind die Trendscouts? Kpr oder Antikpr?

Bqul ist deine Schwester auch so'n Hammer?

12345 Mann, das ist nicht nur Hype. Sie ist wirklich irre.

viv ERDE AN IVY KOMMEN IVY

tom ist deine Schwester auch behämmert?

ivy **sie ist immer Hammer und Antihammer. Sie werden sie töten, wenn ich eine falsche Bewegung mache.**

Nasir faszinierend, Captain!

Shiela hey ivy kannst du die Kamera drehen und uns zeigen was du anhast?

tom Antihammer????????

ANTIKÖRP WIR DIE ANTIKÖRPER BEFEHLEN DIR ZIEH DIE HOSE AUS.

Ynot Alter, du bist gefickt.

H#(F77 Was ist, wenn Ivy gar keinen Knall hat? Was ist, wenn sie die Wahrheit kennt?

MaryD es ist nur Act. Sie nimmt euch alle auf den Arm.

AgentK Ich glaube ihr

ivy **ich bin gefickt. ihr aber auch. wenn ihr mir nicht zuseht sterbt ihr alle. schickt mir euer geld. ich werde euch retten aber ich brauche eure $$. es bleibt alles hier in meinem zimmer, gleich hier bei mir.**

tom hey wo gehst du hin

Ivy steht auf, geht in den hinteren Teil des Zimmers, wendet sich von der Kamera ab, zerrt sich das T-Shirt vom Leib und lässt ihre Cargohosen runter. Sie steigt aus ihnen heraus, dreht sich um und stellt sich der Kamera. Sie trägt schlichte weiße Schlüpfer und keinen BH. Sie steht stocksteif da, als würde sie geröntgt. Einzelbild auf Einzelbild von ihr erscheint, starr und mit weit geöffneten Augen. Fortlaufend rollt Text von unten nach oben über die linke Seite der Mattscheibe.

Camille, James T. Couch, Chas und Sonja fixieren alle weiter gebannt den Bildschirm, während Ursula geräuschlos zurückweicht.

«Dieses Mädchen ist eine Goldmine», flüstert Camille.

Couch nickt.

Sonja senkt den Blick auf ihre hochhackigen Mokassins.

Chas starrt vor sich hin wie hypnotisiert.

MORGENSTUNDEN Die Jalousien sind zugezogen, und der Bildschirm des Rechners taucht Chas' trübe Augen und papierne Haut in fiebriges Licht. Sein Kopf ruht schwer in der Handfläche, die wiederum vom Ellbogen auf der breiten Armlehne seines Ledersessels abgestützt wird. Er hat weder ein einziges Mal vom Bildschirm hochgeschaut, seit Ursula eingetreten ist und sich hingesetzt hat, noch ein Wort gesagt, und nach einer weiteren Minute gibt sie nach und schiebt ihren Stuhl herum, um der Mattscheibe gegenüberzusitzen, der ruckartigen Einspeisung Ivys, die eine Show für ihr weltweites Publikum aus Ironikern und Perversen aufführt. Ivy tritt in Unterwäsche vor und zurück und singt dazu mit ihrem flüsterleisen Stimmchen irgendeine Melodie. Gelegentlich springt sie hoch, dreht sich um die eigenen Achse oder lässt die Arme kreisen, kleine Rituale allesamt, die ihre Wahnvorstellungen eine nach der anderen in die Wirklichkeit zu heben helfen. Sie steht inzwischen wirklich unter ständiger Beobachtung. Einfach jede ihrer Bewegungen wird von unsichtbaren Menschenmengen genauestens verfolgt. Und wenn sie den Kameras von ihren erfundenen Anfängen in geheimnisumwitterter Vergangenheit und gewinnsüchtiger Zukunft erzählt, antworten die Leute per E-Mail und Chatline gebührend, bitten sie um nähere Ausführungen, geben vor, gutartige Feen oder schändliche Imagineers oder tricksende Trendscouts zu sein. In diesem kleinen Zimmer ist die Wirklichkeit für Ivy zu etwas von ihrer Willenskraft vollständig Formbarem geworden. Sie muss nichts weiter tun, als sich etwas einzubilden, und rund um die Welt werden Menschen danach streben – ob aus Zuneigung, um des Vergnügens willen oder wegen der Dramatik des Ganzen –, der Sache echte Gestalt zu geben. Bei ihrem Debütauftritt verlangte sie Geld, und drei Tage später nun hat sie Geld, eine halbe Million in Zehnern und Zwanzigern, die auf Bett und gesamtem Fußboden verstreut liegen. Dieses Geld stammte von Chas, der es zum kleinen Teil von seinen Privatkonten abhob und den Rest von James T. Couch als Geschäftsdarlehen erhielt. Der Schachzug scheint sich zu lohnen: Ivys Zuschauerzahlen sind bereits um ein Hundertfaches angestiegen. Unablässig zählt ein kleines Kästchen am oberen Rand des Bildschirms die Besucher ihrer Site; 140 209 Leute sehen ihr zu, wie sie Wolken aus Zehnern und Zwanzigern aufwirbelt, während sie im Zimmer umherhüpft; 140 214 Leute spüren dem zarten Geflecht rosafarbener Narben auf Schenkeln, Unterarmen und Bauch nach; 140 200 Leute sind unfähig, sie zu berühren – sie ist unberührbar, zu schön zum Anfassen, ein Wesen ganz aus Bildpunkten und Licht; 140 211 Leute berühren sich stattdessen selbst und stellen fest, dass ihnen das eigentlich sogar lieber ist.

Ursula beobachtet Chas beim Beobachten Ivys, fühlt ihr eigenes unbedingt berührbares, nachweislich unschönes Fleisch wie ein beschwertes Netz an sich herabhängen, und das schwerste Gewicht von allen, jenes in ihrer Brust, wird ihr zusehends unerträglich.

«Ich nehme an, du bist hier, um deinen Abschied zu nehmen?», fragt Chas.

«So ist es. Ich kündige», antwortet sie.

«Wie auch immer. Habt ihr euch auf die Zeit verständigt oder so was?»

«Was meinst du damit?»

Chas greift in seine oberste Schublade und zieht einen Bogen Schreibpapier heraus, der sichtlich mit Javiers unverwechselbar verschnörkelter, beinahe kalligraphischer Handschrift bedeckt ist. Er lehnt sich in seinem Sessel zurück und fängt an, das Schreiben laut vorzulesen.

«Dr. Lacouture. Im Licht der jüngsten blablabla, muss ich Einspruch erheben gegen die blablabla, und die Zukunft der und so weiter, insbesondere die blablabla, die Kinder der Welt blablabla, bin ich für meine Person beschämt über die eigene blablabla, hochachtungsvoll, Javier Delreal.›»

Teilnahmslos knüllt er das Papier zu einer Kugel, wirft sie in trägem Bogen quer durch den Raum und widmet sich wieder dem Bildschirm.

«Das hast du heute bekommen?»

Er nickt.

«War ein Absender drauf? Ein Poststempel?»

«Mid City. Er ist noch immer hier irgendwo.»

Er ist noch immer hier, denkt sie erleichtert. Es ist nicht zu spät. Sie kann ihn noch immer finden.

Chas beugt sich dichter zur Mattscheibe vor.

«Da. Schau», sagt er.

Rechts vom Fenster mit Ivys Abbild fängt eine Botschaft an, zwischen den flackernden Werbebalken für einen Pornoanbieter und einen Online-Börsenmakler über den Bildschirm zu laufen und sich dann zu wiederholen:

Ivy braucht mehr Geld
um ihren Auftrag zu erfüllen.
Werde einer von Ivys Freunden
mit einer Spende in beliebiger Höhe.
Spende mit deiner Kreditkarte
auf unserem gesicherten Server.
Oder sende einen Scheck

oder eine Geldanweisung.
Ivy wird jedem Spender
durch persönlich erteilten Segen danken.

«Da ist sie», sagt Chas leise, «die vollendete Darbietung von Postironie.»

«Du glaubst, dass die Leute tatsächlich Geld schicken werden?», fragt Ursula.

Er nickt abgespannt und massiert sich die Schläfen. «Das ist meine fachliche Meinung.»

«Wieso? Du hast ihr Zimmer mit Geld gefüllt. Warum sollten die Leute ihr mehr schicken?»

«Nun, du hast gerade zwei Fragen gestellt. Die erste lautete, weshalb *ich glaube*, dass sie es tun werden. Die zweite lautete, weshalb um alles in der Welt sie's tun sollten.» Er lehnt sich wieder in seinem Sessel zurück und streicht mit den Fingern über seinen Spitzbart. «Die Antwort auf die erste Frage lautet, dass es sich um ein vielfach dokumentiertes Phänomen handelt. Deshalb rollen sie im Caesar's Palace in Vegas die Kasinogewinne in einem riesigen Glaswürfel auf Rädern durch den Saal. Das machen sie jeden Abend um Mitternacht, wenn die meisten Leute dort schon stundenlang gespielt und verloren haben. Es läuft dem gesunden Menschenverstand zuwider. Man sollte meinen, sie würden ihre Verliererzinken nicht auch noch daran platt drücken wollen. Aber sobald diese Zocker den riesigen Würfel voll Reingewinn, zu dem sie selbst beigetragen haben, zu Gesicht bekommen: weißt du, was sie dann tun? Sie langen in ihre Eimerchen und krallen sich jeder eine Hand voll Vierteldollar. Sie gehen an ihre Brieftaschen, ziehen Dollarnoten heraus und knüllen sie zu kleinen Kugeln. Und sie werfen ihre Hand voll Vierteldollar und ihre zusammengeknüllten Dollarscheine in den Geldwürfel, während er an ihnen vorbeirollt.»

«Das tun sie?»

«Ja, Ursula, das tun sie. Um aber zu deiner zweiten Frage zu kommen, wir wissen nicht sicher, *weshalb* sie das tun. Die Verhaltenspsychologen sind bei diesem Thema geteilter Meinung. Eine Auffassung geht dahin, es handle sich um eine Form ritualisierter Unterwerfung wie bei Betaaffenmännchen, die sich vornüberbeugen und vom Alphamännchen in den Arsch ficken lassen. Die andere Auffassung vergleicht es mit dem Stockholm-Syndrom, wenn sich Geiseln mit denen identifizieren, die ihnen die Freiheit rauben.»

«Welcher Meinung schenkst du Glauben?»

Er wirft ihr einen finsteren Blick zu.

«Natürlich keiner von beiden. Was für ein Akademiker wäre ich denn ohne meine eigene Theorie?»

«Und die wäre?»

«Es ist so viel wie Cäsar das Seinige zollen. Die Geldverleiher aus dem Tempel jagen. Es ist ein Aufstand gegen die Macht dieser kleinen Banknoten über unsere Geschicke. Völlig symbolisch natürlich. Flüchtig. Wirkungslos. Komplett schwachsinnig, egal wie man's dreht und wendet. Aber egal. Das ist es im Wesentlichen, ein Aufstand gegen den Mammon.» Er schaut hoch zur Decke und schüttelt den Kopf. «Wer hätte gedacht, dass ich jemals an so etwas Anteil nehmen könnte. Es ist wirklich erniedrigend.»

Er wendet sich wieder dem Bildschirm zu, die Augen von Staunen verschleiert.

«Chas», hebt sie an. «Ich möchte dich etwas fragen. Machst du dir irgendetwas aus Ivy?»

Er antwortet nicht, aber sie sieht, wie er sich versteift.

«Wie kannst du ihr das antun?» Sie hatte sich fest vorgenommen, gelassen zu bleiben, aber nun fängt ihre Stimme an zu beben. «Du siehst doch, wie verrückt sie ist. Sie braucht Hilfe.»

«Bevormunde sie nicht, Ursula», sagt er mit unbewegter Stimme und dreht sich ihr zu. «Du siehst das viele Geld? Das ist Hilfe. Das ist mehr Hilfe, als die meisten kleinen Einfaltspinsel da draußen jemals bekommen werden.»

«Was glaubst du, wie lange sie das durchhalten kann?»

«Solange sie Lust dazu hat. Und wenn sie Lust hat, etwas anderes zu tun, helf ich ihr, etwas anderes zu tun. Was immer sie will. Sie kann tun, was immer sie will, Ursula. Wie viele Leute auf dieser Mistkugel von Planeten können das von sich behaupten?»

«Und was ist, wenn sie Lust hat, sich zugrunde zu richten?»

Chas mustert sie einen Augenblick lang, stützt sich dann mit den Unterarmen auf die Tischplatte und lehnt sich weiter vor.

«Was dann?», sagt er sanft. «Glaubst du, das will ich? Weißt du, wie ich dieser Tage die Morgenstunden verbringe? Indem ich von den anderen Morgenstunden träume, die ich einst erleben durfte, als ich im Bett liegen und Ivy zusehen konnte, wie sie sich nach und nach zurechtmachte – Handtücher, Zahnpasta, Haarklammern, Strümpfe. Sie brauchte ewig dafür. Aber das kümmerte mich einen Scheißdreck.»

Er schüttelt den Kopf, starrt Ursula an, die Augen versonnen leuchtend.

«Ich begriff, dass ich nur das und nichts anderes haben wollte», fährt er fort. «Nur diesem verdrehten Mädchen zusehen wollte, wie sie sich zurechtmachte, während die Sonne auf ihrem nassen geduschten Körper glänzte, während ihr Duft in den Laken mich umgab und das Radio weiterplärrte von Verkehrsstaus und Temperaturen am Flughafen, wie es das bei jedem anderen betäubten, beschränkten Paar in Amerika tut. Und dann aßen wir Frühstück, und das dauerte auch eine Ewigkeit – Kaffee, Toast, sogar ein paar Eier, weil sie gern viel zum Frühstück hatte und ich dann auch, denn richtiges Essen bereitete mir damals noch keine Übelkeit wie heute, es schmeckte sogar ziemlich gut. Aber Ivy war für Morgenstunden wie solche nicht geschaffen. Die Leute richten sich selbst zugrunde, Ursula. Ständig. Mitunter brauchen sie das, um sich bei Laune zu halten. Wenn Ivy sich selbst zugrunde richten will, dann ist das ihre Berufung. Sie weiß, was sie zu tun hat. Und falls nicht, werde ich zur Stelle sein und mit einem Haufen Geld auf sie warten, der so verdammt hoch ist, dass wir darin auf Nimmerwiedersehen verschwinden können.»

Er bettet den Kopf wieder in die Handfläche.

«Du benutzt sie, Chas. Du treibst sie an wie ein Maultier. So viel Druck hält sie nicht aus.»

«Komm uns nicht in die Quere, Ursula.»

«Du kannst davon ausgehen, dass ich eben das tun werde.»

«Schön, wie auch immer. Du kannst davon ausgehen, dass deine Kündigung angenommen ist. Geh raus, finde Javier und hilf ihm, die gottverfluchten Kinder zu retten. Gründet doch ein Waisenhaus. Päppelt uns doch einen ganzen Haufen kritischer Konsumenten hoch. Macht uns stolz auf euch.»

Er schwenkt herum und zeigt ihr die Rückenlehne seines Sessels.

VERSCHWÖRUNG Ursulas Finger- und Zehenspitzen laden sich statisch auf, als sie durch den mit Plexiglas ausgekleideten Eingang der South-Slope-Mall tritt. Sie kommt sich vor wie eine Küchenschabe, die durch die Innereien eines Fernsehapparats krabbelt. Trübe beleuchtete Geschäfte, auf fünf Etagen eng neben- und übereinander gestaffelt wie Schädel in einer Katakombe, reihen sich die Gänge aus Lavagestein entlang bis hin zu einer Kreuzung in einem halben Kilometer Entfernung.

Stereorama, Le Clique Chic, Jujuland, Rocket Sport, Bestsellers, Veronique's Boudoir, Mister Schuh.

Überall wimmeln schattenhafte Gestalten umher, schleppen riesenhafte Tüten die gewundenen Gänge entlang, treten durch Türen ein und aus, halten inne, um sich über Brüstungen zu lehnen und auf die Einkäufer unter sich zu starren. Wieder andere kauern auf Bänken und über Esstischen und scheinen alle Hoffnung aufgegeben zu haben, jemals wieder den Weg zurück zur Stadt über ihren Köpfen zu finden. Das Unterwelt-Thema wird wohl einzig von diesen Shoppern selbst verwässert, die im Durchschnitt besser genährt und rundlicher sind, als es untoten Schemen anstehen dürfte. Freilich ließe sich allein schon die Notwendigkeit, dies ganze zusätzliche Gewicht mit sich herumzuschleppen, als eine Art Höllenqual ansehen – als huschte für jeden Bruchteil der Ewigkeit, den sie hier länger verbringen, ein Kobold herbei und stopfte ein weiteres Pfund Fett in ihre ausladenden, wabbelnden Hinterbacken und hängenden Bäuche.

Tenderbird, Juanita's Golden Taco, Mermaid's, Long Yum Lick, Tutti Sofruti.

Die Läden tragen umso inhaltslosere Namen, je tiefer sie in die Mall vordringt, Namen, die allmählich jeglichen unmittelbaren Zusammenhang mit der feilgebotenen Ware verlieren, als würden sie willkürlich von einem altertümlichen, überlasteten Elektronenhirn erzeugt, das in einem Raum, der nicht einmal mehr seiner Lage nach bekannt ist, seine Magnetbandspulen wirbeln lässt und Lochkarten ausspuckt.

Boogalooga, Nice 'n' Stuff, Qwertzuiop, Take Me Here!, Biggy Barn, Gottalotta, La Bonne Storé.

Wäre ihr Überlebenswille stärker ausgeprägt, würde sie umkehren und zum nächsten Ausgang rennen, egal welchem; diese Örtlichkeiten sind angelegt, den Orientierungssinn zu verwirren, und die Ausgänge liegen gut versteckt. Vermutlich würde sie am Ende ohnehin die falsche Treppe nehmen und in einem der Kellergeschosse landen, wo geistig behinderte Arbeitskräfte für zwei Dollar die Stunde den getrennten Abfall aus den von der PR-Abteilung ersonnenen Recycling-Behältern auf einen einzigen Haufen werfen, damit er von neutralen Lastwagen zum Vulkankrater gekarrt werden kann.

Haha Lala, Pretty Neeto, Bungalo Hut, Sneejak's, Whatsamattayou, Quickelnickel, Fimsolec, Ocneskow.

Die endlosen Gänge erinnern sie an das Mausoleum, in dem die Asche ihrer Großmutter aufbewahrt wird, ein Ort von nicht mehr zu verwaltender und trotzdem übergenau geordneter Weitläufigkeit, in dem sich die Urnen nach religiöser Zugehörigkeit verteilen – katholische Flure gesäumt vom Leiden Jesu, protestantische Flure verziert mit schlichten Holzkreuzen, hinduistische Flure, die von Shivas Armen starren, atheistische Flure geschmückt mit abstrakten Gemälden und Topfpflanzen. Es ist einer dieser letzteren, gottlosen Wandelgänge, wohin Gwennan ihre eigene Mutter verbracht hat in fester Erwartung, dass ihre Töchter auch sie zu gegebener Zeit dorthin bringen werden, und Gwennan ist so töricht zu hoffen, sie selbst würden sich ihr dort eines Tages zugesellen. Für alle hat sie Nischen reserviert. Ihr Plan zu ihrer aller ewigen Aufbewahrung war das, was Gwennan am meisten beschäftigte, als Ursula vergangenen Abend anrief, um über Ivy zu reden. Ursula hatte sich überlegt, sie beide müssten Ivy gemeinsam entgegentreten, dann wären sie vielleicht imstande, sie zu beschwatzen oder notfalls auch so weit einzuschüchtern, dass sie sich selbst einweisen würde. Doch es stellte sich heraus, dass Gwennan nicht nur von Ivys Website wusste, sie war bereits zum begeisterten Fan geworden.

«Sie einweisen?», echauffierte sie sich in einer Weise, dass Ursula sich wie ein Verbrecher vorkam. «Sie ist eine *Künstlerin*, Ursula. Sie ist eine Performancekünstlerin, und sie ist *gut*. Ich wusste, dass sie nicht lange in dem Hospital bleiben würde. Seit jeher hab ich geahnt, dass so was in ihr schlummert. Du solltest draußen sein und deine Schwester unterstützen, statt sie in die Klapse stecken zu wollen.»

Gwennan hätte es damit bewenden lassen können, aber dann wäre sie nicht Gwennan gewesen.

«Hört sich an, als wärst du wieder eifersüchtig wie üblich», fügte sie hinzu.

Die Idee, dass Ivy eine Kunstperformance aufführte, war Ursula bislang nicht gekommen, aber sie begriff auf der Stelle, weshalb Gwennan es so sehen wollte. Es traf Gwennans Begriff von Kunst – eine öffentlich betriebene Zurückweisung der Welt – wie den Nagel auf den Kopf. Und da die Boopelgängerin bei dieser Mission versagt hatte, musste Gwennan jetzt in irgendeiner erkalteten Ecke ihres Verstandes vermuten, dass es ihrer eigenen Tochter zu guter Letzt gelingen werde. Für sich allein genommen wäre diese Entdeckung schon schlimm genug gewesen, aber tatsächlich führte sie Ursula an einen weitaus finstereren Verdacht heran – dass Ivy nämlich gewissermaßen Ursulas eigene Boopelgängerin und Ursula mit ihrer Schwester umgegangen sei wie Gwennan mit jener geistesgestörten Patientin, dass sie ein wunderschönes Mädchen umkrempeln geholfen hat, um die überall von ihr wahrgenommene Hässlichkeit unter Beweis zu stellen. Die scheinbar unwiderlegbare Logik in dieser Gedankenkette warf Ursula aus dem Gleichgewicht, und alle ihre Überlegungen, wie man Ivy wieder ins Krankenhaus einliefern könnte, brachen in sich zusammen. Die Stimme versagte ihr, und sie war gezwungen, Gwennan beim Schwadronieren über ihr neues Steckenpferd zuzuhören: Daytrading mit Internet-Aktien. Sie mache richtig Schotter, sagte sie. Der Trick sei, sich nicht vom Stress überfordern zu lassen. So gesehen seien ihre buddhistischen Übungen unermesslich hilfreich gewesen.

Ursula nickte vor sich hin.

«Ich leg jetzt auf.»

«Schön», entgegnete Gwennan. «Oh, hör mal. Lass mich wissen, wenn sie mit Ivys Seite an die Börse gehen. Ich will von Anfang an dabei sein.»

Und jetzt, verloren auf den endlos verzweigten und sich in den Tiefen verlierenden Gängen der South-Slope-Mall, malt sich Ursula ihre Mutter aus, wie sie vorm Computer im Arbeitszimmer ihres Einfamilienhauses hockt und sich Anteilsscheine an ihrer jüngsten Tochter angelt und wieder abstößt. Was für ein folgerichtiger Schritt es doch wäre, würden rings um den Erdball Leute in das Abbild eines durchgeknallten Mädchens investieren, das sich seine Zigaretten mit ihrem Geld anzündet, würde es huckepack auf ihnen und würden sie huckepack auf ihm und alle zusammen huckepack auf einem völlig verblendeten Börsenstier reiten, das Ganze ein Schneeballsystem, das jeder durchschaut, aber teils zynisch, teils abergläubisch auszubeuten hofft, wenn er nur früh genug einsteigt und rechtzeitig, bevor der Wahnsinn ein Ende nimmt, aussteigt, um gerade noch eben seine Schäfchen ins Trockene zu bringen.

Zögernd ersucht Ursula ihre Gliedmaßen um weitere Fortbewegung, doch die sind vollends entkräftet. Sie lässt sich auf die nächste Bank fallen und sieht den Einkäufern zu, wie sie aus beiden Richtungen eintrudeln. Auf einer beleuchteten Reklamefläche gleich neben ihr zeigt ein Werbeplakat für Calvin Klein eine sehr magere Schwarze, die sich vor weißem Hintergrund eine Crackpfeife anzündet. Jenseits des Gewühls, hinter der Glasfassade des «Schwarzenegger-Fitnesscenters für postmoderne Körperkultur», müht sich eine Reihe Mallbesucher nach der anderen in silbernen «Nautilus»-Maschinen ab, ihr Übergewicht abzuarbeiten. Draußen vorm Center dräut vier Meter hoch und an den Schultern beinahe ebenso breit die glieder- und kopflose Bronzeskulptur der Filmikone, Muskeln zwischen andere Muskeln gequetscht und scheinbar ungeordnet übereinander geschichtet wie mammuthafte Ablagerungen kleckernden Kerzenwachses. Eine längliche Bronzetafel biegt sich um den Sockel der Skulptur und trägt die Worte:

DU MUSST DEIN IMAGE ÄNDERN

Ein Halbwüchsiger rempelt gegen ihre Knie und nuschelt eine Entschuldigung, während er von seiner Freundin fortgezerrt wird. Seine ganze Aufmerksamkeit gilt einem Werbeplakat in einer Leuchtvitrine, das eine Frau in Kunstlederbikini zeigt. Seine Augen fallen auf ihre Brüste, sie schauen weg, dann auf ihre Beine, weg, Haar, weg, dann wieder auf die Brüste, ein zwanghaftes Oszillieren des Blicks. Ursula fragt sich, ob die Teile jemals ein Ganzes in seinem Hirn bilden werden oder ob ihm überhaupt etwas daran liegt, solange er nur für späteren Gebrauch diese bestimmten Brüste bestimmten Lippen Haar Brüste Beine Brüste im Gedächtnis behält. Ursula ist noch immer in ihrer Hoffnungslosigkeit befangen und folgt den Jugendlichen mit den Augen, bis sie in einem Geschäftseingang verschwinden.

SPIELOTHEQUE

Ihr waren schon Zweifel gekommen, ob sie es jemals finden würde. Das Ladenlokal wirkt ziemlich klein und liegt in einer Sackgasse, wo ein namenloser Gang auf eine naturbelassene Höhlenwand stößt. Sie steht auf und folgt den Jugendlichen ins Innere.

Der Lärm ist atemberaubend. Tuten, Krachen, Summen, Kreischen. Als genügte der Krawall aus den Maschinen noch nicht, vielleicht auch um ihm zu begegnen und einen Freiraum für ihre eigene Identität zu behaupten, tragen viele der Kids Kopfhörer, und zwar nicht über den Ohren, sondern um den Hals, und aus den winzigen Lautsprechern lecken flüchtige Rhythmen in den Kubikmeter Luft unmittelbar vor ihnen. Sie weiß, dass sie den Krach noch Stunden hören wird, nachdem sie wieder aufgebrochen ist, und dass er nur verklingen wird, um sich in nächtlicher Stille wieder einzuschleichen, wenn sie allein im Bett liegt und auf Schlaf wartet. Sie weiß, dass er sich verbinden wird mit jenem anderen mechanischen Lärm, der blechernen Melodie des Labyrinthspiels, die sie in Javiers Behelfszelt in seinem verwüsteten Arbeitszimmer gehört hat. Und sie weiß, dass sie in ihren Träumen auf der Suche nach ihm weiter durch Labyrinthe innerhalb Labyrinthen irren wird.

Sie geht an einer Art Schützenstand mit Pistolenautomaten vorbei: Ein paar schwarze Jungen liefern sich eine Schlacht mit dem Vietcong, nebenan bekriegt ein asiatischer Junge arabische Terroristen. Weiter den Gang hinunter kämpft sich ein untersetzter Junge mit olivfarbener Haut und in einem Hemd aus Polyester, ein Araber wohl, durch ein Heer blasser Zombies, die ein Militärlager heimsuchen. Die Zombies schneiden Fratzen und kreischen, sobald Schusswunden in ihren Körpern auftauchen. Anschließend brechen sie zu Häuflein aus ungesund bläulichem Fleisch zusammen und sind ein zweites Mal tot. Der Junge schneidet seinerseits Fratzen, knirscht mit den Zähnen, zieht an manchen Stellen das Gesicht in die Länge und kneift es an anderen zusammen. Ein grüner Troll mit angezogenen Knien plumpst von der oberen Bildschirmkante, die Zähne gebleckt und Klauen ausgefahren. Der Junge macht einen Satz zurück. Die Mattscheibe wird rot, das Bild erstarrt, und ein Countdown setzt ein. Ohne zu zögern steckt er seine Chipkarte erneut in den Schlitz, um das eigene Leben zu retten und den Kampf fortzusetzen.

Die Spielhalle ist viel größer, als es von außen schien. Ursula biegt ab und geht einen Korridor mit Rennfahr-Automaten hinunter – Lenkräder und Gaspedale, kurvenreiche Landstraßen und Zielgeraden, die auf Fluchtpunkte an bonbonfarbenen Horizonten zustreben. Eine Horde weißer Bengel duckt sich auf radlosen Motorrädern nach vorn, kippt zum Geräusch aufheulender Motoren nach links und nach rechts und wieder nach links, während die Bildschirme ihre käsigen, fettigen, knopfäugigen Gesichter anstrahlen. Sie biegt wieder ab und bahnt sich ihren Weg einen weiteren Gang hinunter, vorbei an Nahkampfvideospielen auf der einen Seite und zwei ganzräumigen Simulatoren auf der anderen, von Seilen abgesperrte Gehäuse, die auf Hydraulikhebern bocken und sich verdrehen. Der größte Zulauf ballt sich um diese beiden Apparate, man steht Schlange und verfolgt auf den Außenmonitoren den soeben laufenden Einbruch in planetarische Verteidigungssysteme.

Sie hält nach Javier Ausschau, sieht aber nichts anderes als linkische, eigenbrötlerische Kinder, bis zum Platzen mit Koffein und Zucker und Popmusik und Kölnischwasser und Parfüm und Haargel und Pickelcreme und wachstumshormonell behandeltem Rinderhack und frühreifem Geschlechtstrieb und kostspieligen, vergänglichen, gewalttätigen Sublimationen voll gestopfte Körper. Es ist alles Teil der Verschwörung, erkennt sie, alles versucht die Kinder zu überzeugen, dass sie hier sind, um für ein Leben voller Abenteuer und Glamour und Heldentum geschliffen zu werden, während sie in Wirklichkeit hier sind, um für die Wiederholung des immer Gleichen geschliffen zu werden, für ein Leben am Einwurfschlitz, um mit Vierteldollarmünzen den Aufpreis für die endlose Kette künftiger schäbiger Phantasien zu berappen, die ganze lebenslange Lasershow glamouröser Erniedrigung und regelmäßiger Neuheiten und gut gelaunten Mordens und weltweiter Einsamkeit.

Kader bei der Grundausbildung für die Leichten Zeiten.

Sie wendet sich um auf der Suche nach einer Tür. Nirgendwo Ausgangsschilder. Die Menge drückt gegen sie. In jede Richtung ein Spießrutenlauf vorbei an Bildschirmen.

ORDNUNG Die junge Wilde pflegte immer irgendwas zu machen, Sachen zu fertigen, und jetzt macht sie immer weniger. Die letzten Tage über bestand ihre einzige Tätigkeit darin, die hölzernen Planken einer Parkbank abzuschlagen, um sie zu Scheiten für ein Lagerfeuer zu zerhacken. Ursula konnte mitverfolgen, wie Tag für Tag eine weitere Banklänge verschwand und ein weiterer nackter Metallring zurückblieb, was die Gesamtlänge der miteinander verbundenen Bänke verkürzte und die junge Wilde, die ihrem Vorrat an Feuerholz folgte, jeden Tag ein paar Meter weiter an Ursula heranführte. Nur noch wenige Tage, genau gesagt neun, bis sie Seite an Seite säßen und die junge Wilde gezwungen wäre, Ursulas Vorhandensein zur Kenntnis zu nehmen. Sollte sie sich dem weiterhin widersetzen, würde Ursula sie mit einem Korb voll steinzeitlicher Leckereien versuchen – frittierten Taranteln, gekochten Pterodactylus-Eiern, einer gebratenen Bisonkeule ... Aber heute hat sie nichts gehackt, hat sie sich den ganzen Tag noch nicht bewegt, und nun sinkt die Sonne herab, und die Bank bleibt ihre neun Tage lang.

Eine Frau kommt durch das Westtor in den Park spaziert – rotblonde Haare, blaubeerfarbener Parka und gebügelte Blue Jeans. Vor dem grell im Sonnenlicht leuchtenden Schnee erscheinen ihre Beine lang und spindeldürr. Sie geht auf die junge Wilde zu und wirft dabei nervöse Blicke in beide Richtungen. Bis auf den einen oder anderen Autofahrer, der die Shields Street entlangschlittert, ist niemand in der Nähe. Ursula schaut hinunter zur jungen Wilden, die im Schneidersitz auf der Bank hockt, das Kinn auf den Fingern ruhen lässt, die das Stielende ihres Beils umklammert halten, Augen geradeaus und wahrscheinlich so leer wie die fauligen Höhlen im graufelligen Kopf des Hundes, den sie jetzt als Hut trägt. Einen Moment lang dreht sich die junge Wilde seitwärts und schaut in Richtung der sich nähernden Frau, starrt dann aber wieder ins Nichts, was sie offenbar anregender findet. Die Frau kommt an Ursula vorbei, wechselt im Vorübergehen einen vorsichtigen, fast flehenden Blick mit ihr, geht jetzt langsamer, nähert sich der jungen Wilden, und das sorgsam verstrubbelte Haar streift ihren Mantel, während ihr Kopf hierhin und dorthin ruckt. Wenige Meter von der jungen Wilden entfernt bleibt sie stehen und gibt einen kurzen Laut von sich – *Ahh*. Der Laut fällt so kurz aus, weil sie das Silbenende verschluckt. Gleichzeitig hebt sie den Arm und zeigt mit einem zitternden Strickhandschuhfinger auf die junge Wilde, die erneut aufblickt, um wieder das Interesse zu verlieren und wegzuschauen.

Ah-ohhhhhhhhh.

Es ist eine Art Wimmern, das jetzt von der rotblonden Frau ausgeht. Sie weicht ein paar Schritte zurück, stolpert beinahe, schwenkt dann um und rennt denselben Weg zurück, den sie gekommen ist. Die junge Wilde lässt keine Regung erkennen.

Sieht sie *so* fratzenhaft aus? Vielleicht hat sich Ursula schlicht an ihr rotes, narbenverkrustetes Eidechsengesicht gewöhnt. Vielleicht birgt das Gesicht auch etwas Neues, das zu sehen Ursula noch nicht wieder dicht genug herangekommen ist. Eine Made, die ein Loch durch ihre Wange frisst. Eine brandige Nase, die sich vom Gesicht abzulösen beginnt.

Vielleicht ist sie krank. Vielleicht hat sie deswegen in letzter Zeit nicht mehr viel getan.

Vielleicht auch nicht, vielleicht ist sie einfach die fleißige, bestens auf den Winter vorbereitete Ameise, hat sie alle ihre Vorräte sorgfältig verstaut und nichts mehr zu tun, als auf den Frühling zu warten, damit sie sich dann langsam auf den nächsten Winter vorbereiten kann. Womöglich war es heute zu warm, um an Feuerholz zu denken. Es ist tatsächlich unnatürlich warm gewesen, und die Sonne schien, selbst als früher am Tag eine frische Schneedecke vom Himmel herabwehte. Ursula schwitzt sogar ein wenig in ihrem für Arktisexpeditionen geeigneten Mantel. Tristes Olivgrün. Nicht ihre Farbe. Auch keine sonderlich gute Tarnung, aber sie hat das Versteckspiel schon lange aufgegeben. Es gibt ohnehin nirgendwo eine Stelle, um sich zu verstecken. Ursula hat angefangen, ihre eigenen kleinen paranoiden Anwandlungen zu pflegen, das Weltall als eingegrenzten panoptischen Schreckensort zu verstehen, in dessen Mitte eine kosmische, vieldimensionale Ausgabe von Chas Lacouture kauert und die menschliche Spezies mit einer Zillion schwieliger Augen beobachtet, die blutleeren, fadendünnen Lippen zu einer höhnischen Möbiusschleife ewiger Verachtung gekräuselt, während er die Einschaltknöpfe einer Zillion obskurantenhafter Javiers drückt, damit sie umherlaufen und davon schwärmen, die Welt sei ein relativistischer Freudenort unbegrenzt formbarer und wuchernder Wirklichkeiten, ein riesiger Laufstall zu keinem anderen Zweck, als in einem jeden von uns den göttlichen Funken der Schöpferkraft anzufachen und die menschliche Vorstellungsgabe ins Allmächtige zu steigern. Das Leben als Paranoikerin ist zwar etwas düster und beengt, hat sie festgestellt, es entbehrt aber nicht seiner tröstlichen Seiten wenigstens ist sie auf diese Weise nie allein, nie bedeutungslos und sich immer während gewiss, dass es da draußen jemand gibt, der sich genügend aus ihr macht, um etwas Zusammenhang in dieses Leben zu tragen, es als ausdrückliche Ordnung anzulegen, als folgerichtige, nachvollziehbare Hölle.

Der andere Trost liegt natürlich darin, dass es überflüssig ist, irgendetwas Bestimmtes mit seinem Leben anfangen zu wollen, da alles sowieso zum Scheitern vorherbestimmt ist. In einer Welt, in der ohnehin nichts gelingt, ist das Nichtstun keine Frage von Faulheit mehr, sondern eine von Stolz und einzig möglicher Ausdruck eigener Würde. Vermutlich könnte sie sich dem Buddhismus zuwenden oder dem Bridgespiel oder dem Daytrading. Es gibt alle erdenklichen Formen des Nichtstuns. Fürs Erste aber scheint diese hier so gut wie jede andere zu sein.

Ohnehin sieht sie nicht, was sie sonst noch groß ausrichten könnte. Ohne Mithilfe ihrer Autorität verkörpernden Mutter hat sie keine Chance, Ivy zurück ins Hospital zu schwatzen. Sie kann nicht einmal mehr mit Ivy telefonieren, ohne dass ihr Gespräch digital in alle vier Winkel der Welt übertragen und selbst zum Teil des öffentlichen Dramas wird. Ivy verlässt nie die Wohnung, und selbst das Sichtfeld der Kameras in ihrem Schlafzimmer und Bad verlässt sie nur ganz selten. Bewaffnete Wachen stehen gleich vor der Eingangstür, und Lebensmittel wie alle andere Zufuhren einschließlich Geld – vor allem Geld, immer mehr davon – werden angeliefert. Soweit es Ivy betrifft, ist ihr Schlafzimmer der Mittelpunkt des Weltalls. Und selbst wenn sich Ursula entschließen sollte, es ein für alle Mal mit Ivy sein zu lassen, nämlich Chas seinen Willen mit ihr zu lassen und ihr ihren Willen mit sich selbst, wohin sollte sie sich wenden, ohne dass Ivy nicht sofort zur Stelle wäre, auf dem nächsten Bildschirm Phrasen drösche und Ursula an das Ungeheuer erinnerte, das zu erschaffen sie mitgeholfen hatte?

Und dann ist da noch Javier. In Mid City zu bleiben, stellt ihre einzige echte Chance dar, ihn wiederzusehen, falls er noch hier ist oder falls er zurückzukehren beschließt. Aber sie hat beinahe schon alle Hoffnung auf die eine wie die andere dieser beiden Möglichkeiten aufgegeben. Er hat seine Wohnung verkauft. Er hat schriftlich gekündigt. Und jetzt ist er fort. Einmal mehr hat er sein ganzes Leben hinter sich gelassen, alle, die er kannte, und alles, was er aufgebaut hat. Nur ist er diesmal älter und hat mehr zurückgelassen als je zuvor, und sie glaubt einfach nicht, dass er die Kraft findet, um ganz von vorn ein völlig neues Leben zu beginnen.

Irgendwo beginnt die Alarmanlage eines Autos ihr monotones Lärmen.

Die zittrige Welle.

Das kehlige Stottern.

Die tanzenden Oktaven.

Die hoffnungsvollen Kiekser.

Sie rätselt, wie viele Leute rund um die Welt in diesem Augenblick dieselben Lautmuster hören und wie viel mehr Enttäuschung, Beklemmung und Sehnsucht mit jeder neuen Schallwelle geboren werden. Sie stellt sich vor, wie Javier, in welchem gesichtslosen Hotelzimmer auch immer, einen Autoalarm hört. Sie stellt ihn sich auf dem Bett seines Hotelzimmers sitzend vor, die unausweichlichen Laute der Alarmanlage dringen durchs Fenster herein und wickeln ihn immer fester in ihr seidenes Leichentuch. Er ist gelähmt, aber noch bei Bewusstsein. Nie wieder wird er sich bewegen. Er weiß das und wartet darauf, verschlungen zu werden. Alle Tatkraft ist auf die Bewegung seiner traurigen, verängstigten Augen zusammengeschmolzen und die sich vertiefende Furche auf seiner Stirn.

Javier sitzt also da, irgendwo. Ursula sitzt also da. Die junge Wilde sitzt also da.

Die Sonne verteilt sich als blutig zerlaufenes Ei über eine gezackte Dachlandschaft.

Ein Streifenwagen fährt am Westtor den Bordstein hoch und kriecht ihnen über das Kopfsteinpflaster des Wegs entgegen. Als er sich nähert, erkennt Ursula vorne zwei Polizisten und jemanden im Fond, die Rotblonde, auch das Gesicht nun gerötet und verweint. Sie wischt sich mit einem Papiertaschentuch Tränen und Rotz aus dem Gesicht, während der Wagen an Ursula vorbeigleitet und knapp vor der jungen Wilden auf ihrer Parkbank stehen bleibt. Die beiden Cops steigen aus, die Hände an den Waffen. Die junge Wilde starrt geradeaus, als sei sie entschlossen, beide durch Willenskraft zu eliminieren. Einer der Cops ist eine kleine untersetzte Frau mit dunklem Haar, das hinten und seitlich unter ihrer Mütze hervortritt. Der andere Cop, ein Mann, sagt etwas zu der jungen Wilden; sie reagiert nicht. Doch als er einen weiteren Schritt auf sie zu macht, schnellt sie in einer einzigen Bewegung auf der Bank hoch und schwingt das Beil über den Kopf, zum Hieb bereit. Gleichzeitig ziehen beide Cops ihre Waffen, und aus dem Wageninneren dringt der unterdrückte Aufschrei der Rotblonden.

Ursula ist auf den Beinen und rennt ihnen entgegen, ohne zu wissen, was sie tun wird. Der männliche Cop sieht in ihre Richtung, seine Waffe noch immer auf die junge Wilde gerichtet. Sein Kopf zuckt zwischen beiden hin und her. Rasch tritt er ein paar Schritte zurück, weg von dem Mädchen, schwenkt um und zielt mit seiner Waffe auf Ursula. Er brüllt ihr Befehle zu. Seine Stimme ist gepresst, heiser und klingt, als könnten die Stimmbänder reißen.

Ursula bleibt stehen, hebt die Hände. Hinter dem Pistolenlauf die runden Augen des Cops, sein vierschrötiges Gesicht, die Unterlippe entblößt die untere Reihe seiner gelblichen Zähne, die für so einen großen fleischigen Kopf seltsam klein sind. Die Zähne des Cops machen sie eher traurig als ängstlich. Wenn sie sich bewegt, wird sie erschossen, aber sie weiß, dass ihre Lage sich nicht wirklich wesentlich von manch anderer unterscheidet, in der sich jeder tagtäglich wiederfinden kann: springt man auf die Geleise, stirbt man; steuert man in den Gegenverkehr, stirbt man. Sie wird sich wahrscheinlich nicht bewegen, und er wird wahrscheinlich nicht schießen. Alle vier stehen einen Augenblick lang still, Ursula und die junge Wilde mit über den Kopf erhobenen Armen, die beiden Cops mit vorgestreckten Armen, das Ganze symmetrisch wie eine Skulptur, und dann fängt der weibliche Cop zu schreien an.

«SOFORT runter mit der Waffe. Lassen Sie die Axt los. Sollen wir Sie erschießen?»

Die junge Wilde lässt das Beil nicht fallen. Sie geht etwas in die Hocke, setzt vielleicht zu einen Satz nach vorn an.

«Nicht schießen», sagt Ursula. «Sie weiß nicht …»

«Weiß *was* nicht?», schreit sie der Cop mit den kleinen Zähnen an.

Ursula stockt. *Weiß nicht, was Sprache ist? Weiß nicht, was eine Schusswaffe ist?* Kann ein Mensch solche Dinge willentlich vergessen? Ursula weiß nicht, was die junge Wilde weiß oder nicht weiß.

«Ist sie verrückt?», fragt der Cop. «Kennen Sie diese Frau? Hat sie 'nen Knall?»

Sie denkt, dass sie Nein sagen wird, aber über ihre Lippen kommt ein Ja. Ihr Herz windet sich hinter den Gitterstäben ihrer Brust. Sie sieht zur jungen Wilden hoch und würde sich am liebsten entschuldigen. Die junge Wilde starrt auf die Polizistin, die ihre Waffe auf sie richtet und nun langsam zurücktritt. Ihr entstelltes Gesicht ist jetzt merkwürdig ausdrucksstark. Die Lippen sind zu einem kleinen engen Ring aufgeworfen, die Brauen tief nach unten gezogen. Die Augen glühen. Was darin liegt, ist Wut.

«Was ist mit Ihnen?», fragt der männliche Cop. «Haben Sie auch 'nen Knall?»

«Nein, Officer.»

«Was fällt Ihnen ein, so auf mich loszurennen? Sind Sie lebensmüde oder was?»

«Es tut mir Leid», sagt Ursula.

«Wenn ich nicht mehr mit der Waffe auf Sie ziele, ziehen Sie dann irgendwelche Streitäxte aus Ihrem dicken Mantel da?»

«Nein, Officer.»

Die Waffe senkt sich, bleibt aber in seiner Hand, als er rückwärts zum Streifenwagen geht und sich das Funkmikro angelt. Ursula lässt langsam die Hände sinken, während er Unterstützung anfordert.

«Was hat sie getan, Officer?», fragt Ursula.

«Mit der Axt nach einem Polizeibeamten ausholen reicht Ihnen nicht?»

«Ja, aber –»

«Wie wär's mit den Hund dieser Dame killen und als Hut tragen?»

«Aha.»

«Genau. *Aha.*»

Die ehemalige Hundehalterin sieht sie durchs Rückfenster des Streifenwagens an. Sie weint nicht mehr, aber ihr Gesicht ist immer noch aufgedunsen und gerötet. Ursula schaut wieder zur jungen Wilden hinüber. Der Hundeschädel thront nun in keckem Winkel auf ihrem Kopf, die schrumplige schwarze Nase und die ausgehöhlte Schnauze zeigen nach oben, und das graue Fell von Hals und Rücken bedeckt den Nacken der jungen Wilden wie die Mütze eines Fremdenlegionärs. Bei genauerem Hinsehen kann Ursula auch anderswo Flickwerk aus grauem Fell ausmachen – rings um die Unterarme und auf dem eng anliegenden Mantel, den sich die junge Wilde aus verschiedenen Fellen genäht hat. Die Pelzstulpen und Stiefel scheinen frei von grauem Hundehaar zu sein, sie sind vorwiegend braun und schwarz.

Nun, da die Polizistin zurückgetreten ist und ihre Waffe ein wenig hat sinken lassen, gerinnt das Narbengewebe im Gesicht der jungen Wilden wieder zu einem Ausdruck der Ruhe und verliert ihr Blick sich ein wenig, als seien die Einzelheiten des Cops so abstoßend, dass sie nur den groben Umriss ertragen kann. Während in der Ferne die Sirenen lauter werden, lehnt sich der männliche Cop an den Streifenwagen, beobachtet die junge Wilde mit hochgezogenen Brauen und kratzt sich mit der freien Hand den Nacken. Er schreitet nicht gleich ein, als die Rotblonde aus dem Fond des Streifenwagens klettert und einen Schlagstock am falschen Ende hält. Er bewegt sich noch immer nicht, nur sein Gesicht zeigt Verwirrung an, als die Frau schreiend auf die junge Wilde zuprescht, ein Wirbel aus rotblonden Haaren und blaubeerfarbenen Jeans, die Lederschlaufe des in die Höhe gereckten Schlagstocks fliegt ihr wie ein Banner hinterdrein.

Die junge Wilde wendet sich der Angreiferin zu, und der räudige Hundekopf dreht sich mit. Sie springt von der Bank und schwingt schon beim Aufkommen das Beil. Aber die Blaubeerblondine stürzt sich zu rasch unter den Bogen, den das Beil beschreibt, und die Klinge saust über ihre mit Gänsedaunen gepolsterte Schulter hinweg, während zugleich der Schlagstock auf die Flanke der jungen Wilden trifft. Sie packen sich gegenseitig an ihren Waffen führenden Armen. Die junge Wilde lässt das Beil fallen und greift nach den Haaren der Blaubeerblondine; die Blaubeerblondine tritt der jungen Wilden vors Schienbein, und als sie in den Schnee stürzen, kreischen beide noch lauter. Sie wälzen sich, ein Büschel rotblonden Haars fliegt umher, und auch der Hundekopf bleibt im Schnee zurück, eine eingefallene Masse aus Augenhöhlen, Nasenlöchern und Fell.

Die Cops regen sich nicht, warten vielleicht auf die beiden zusätzlichen Polizeiwagen, die sich nun über die Parkwege nähern.

Einen Moment lang übertönen ihre Sirenen das Kreischen der Kämpfenden, dann bleiben die Autos stehen, die Sirenen ersterben, aus jedem Wagen steigen zwei weitere Cops, und gemeinsam treten die sechs dazwischen. Einen Augenblick lang kann Ursula die beiden auseinander gezerrten Frauen sehen, dann verschwinden sie wieder unter den blauen Hosen und schwarzen Lederjacken. Die Frauen haben aufgehört zu schreien, und nun sind die Cops mit Geschrei an der Reihe, brüllen Anweisungen und Drohungen, bis sie alle auf einmal aufstehen und junge Wilde und Blaubeerblondine mit Handschellen an Händen und Fußgelenken bäuchlings liegen lassen. Die junge Wilde windet sich und zerrt an ihren Fesseln. Über Wangen und Hals ziehen sich tiefe blutende Schrammen von Fingernägeln. Ursula kann das Gesicht der Blaubeerblondine nicht erkennen, aber ihr Haar ist ein einziges schneeverklebtes Knäuel, und ihr Körper zuckt vor ersticktem Schluchzen.

«Was geschieht jetzt mit ihr?», fragt Ursula den ersten Cop, dessen kleine Zähne wieder inmitten seines roten, keuchenden Gesichts zu sehen sind.

Er sieht zu ihr hinab und überlegt. «Wenn sie auf Droge ist, holen sie sie runter. Wenn sie nicht auf Droge ist, setzen sie sie drauf.»

Ein anderer Cop in Hörweite grinst über den Witz. Ursula stellt sich die junge Wilde in einem stumpf grünen Klinikkittel vor, in einem stumpf grünen Flur beim Schlangestehen für ihren täglichen Pappbecher voll farbenfroher Pillen. Es wird nicht lange dauern, bis sich die richtige Zusammenstellung von Pillen findet und es ihr möglich wird, sich ohne fremde Hilfe anzuziehen, auch wenn die Sachen nicht zueinander passen, und jeden Nachmittag drei Stunden lang ziellos auf den Straßen umherzuwandern. Schließlich wird sich vielleicht sogar eine noch bessere Kombination von Pillen finden, die genau die richtigen Knöpfe drücken – eine neonblaue Pille, um bei ihr den Wunsch nach einem Schaufensterbummel auf der Haro Avenue zu wecken, eine gelb fluoreszierende Pille, um den Drang auszulösen, sich im «Bally's»-Fitnesscenter zu schinden, eine atomorange Pille, die ihr Interesse am Surfen im Internet anregt, eine smaragdgrüne Pille, damit sie einen tannengrünen offenen Saab fahren will. Und alles, was ihr an diesem Punkt noch fehlen wird, ist die eine Pille, die es endgültig fertigbringen würde, sie wie alle anderen werden zu lassen: die Pille, die es ihr gibt, einen Hund zu lieben, ihn mehr zu lieben, als sie je einen Menschen lieben könnte, einen Hund so sehr zu lieben, dass sie nie einen Menschen zu lieben bräuchte, so sehr, dass sie ihr Leben aufs Spiel setzen würde für ihn oder auch nur die Idee von ihm, für das reine, leuchtende, ungetrübte Prinzip des Hundes, den sie liebt.

JELLY-BEANS Das Thema heute Abend in der Ricky-Lake-Show ist Weltuntergangsmode, und die Prostituierten schlendern in einteiligen Hosenanzügen aufs Set, die mit kniehohen Thermo-Tarnstiefeln und passenden, bis über die Ellbogen reichenden Handschuhen kombiniert sind. Letztere lösen beim Studiopublikum erregten Beifall aus. Und als plüschartige Capes mit winterlich grauweißem Camouflagemuster und besonders hohen Kragen die Zusammenstellung ergänzen, wird hörbar nach Luft geschnappt. Doch als eine große Schwarze in galvanoplastischem Gummimantel mit veloursgefütterter Rupfenkapuze auf die Bühne tritt und den Mantel zurückwirft, um einen silbernen figurbetonten tief ausgeschnittenen Strahlenschutzanzug zu enthüllen, erheben sich einige von ihren Sitzen, um besser sehen zu können, und lösen damit eine Kettenreaktion aus, die zur stehenden Ovation anschwillt. Die groß gewachsene Hure präsentiert derweil ungerührt die übrigen Accessoires: eine elegante Infrarotschutzbrille mit Gläsern, die nicht größer sind als ihre Augen; ein tief hängendes Hüfthalfter, das ihre Körpermitte betont und aus dem sie einen verchromten 38er Special zieht; und schließlich einen Hartplastikhelm mit gewölbtem Plexiglasvisier, der im Scheinwerferlicht leuchtend schillert, als sie ihn aufsetzt. Er lässt ihr dunkeläugiges knochiges Gesicht aussehen wie eine erlesene Delikatesse unter einem Glassturz. Die Lieferanten für Wintermoden haben sämtlich apokalyptische Motive aufgegriffen; ob es ein nuklearer Winter oder lediglich eine Eiszeit wird, ist ungewiss, aber einig ist man sich darin, dass der Weltuntergang kalt sein wird und selbstverständlich sehr, sehr glamourös.

Die Zuschauer im Studio klatschen Beifall, während sie die Prostituierte verzückt und vereinzelt sogar unter Tränen angaffen.

Überblendung auf einen Werbespot für den Lexus, ein Trickfilm à la van Gogh. Der Wagen rast durch einen Wald windgepeitschter grüner Bäume und riesiger blauer Dahlien unter einem gelben Feuerrad von Sonne. Die Farben stimmen nicht, aber der Pinselstrich ist getroffen, und einen Augenblick lang erinnert sich Ursula an das Gefühl, das sie als Kind verspürte, als sie sich die Sonnenblumen anschaute, unentwegt darauf starrte und sie mit ihrem Blick bezwang und entschlossen war, von einem Kunstwerk berührt zu werden, und zum ersten Mal im Leben berührt *war*, und es ganz anders war, als sie erwartet hatte. Es war um vieles seltsamer. Es gab ihr das Gefühl, klein, verletzlich und demütig ergeben zu sein. Es vermittelte ihr, dass menschliches Leben etwas Beiläufiges darstellte in einem für weitaus Größeres als uns geschaffenen Weltall, welches so unglaublich viel wilder, befremdlicher, schrecklicher und schöner war, als wir je würden begreifen können.

Im Werbespot fährt eine aufreizende Karrierefrau in azurblauer Abendgarderobe das Auto. Sie findet innere Befriedigung in der sanften Biegung der Landstraße und der kontrollierten Kraft des Motors, während die verschiedenen technischen Systeme des Wagens sie vor dem draußen tobenden Chaos schützen. Ein ebenfalls im Stil van Goghs gehaltener technischer Trickfilm führt vor, wie die elektronisch geregelte Federung sie vor den Bodenwellen schützt, das getönte Glasschiebedach und die Klimaanlage sie vor dem unerbittlichen göttlichen Sonnenlicht beschirmen und das eigens auf den Innenraum zugeschnittene Bose-Stereosystem den Wahnsinn grenzenloser Stille von ihr fern hält. Die aufreizende Karrierefrau fährt in den strudelnden, strahlenden Sonnenuntergang davon. Es ist ein Happy End, ein warmes, sicheres Gefühl, eine schöne Frau in einem schönen Auto in einer schönen Landschaft in einem hässlichen Fernsehgerät in einem hässlichen Wohnzimmer in einer hässlichen Welt mit so wenig Schönheit, dass es geradezu Verrat am Seelenheil wäre, das Angebot des Werbespots nicht aufzugreifen, sich nicht an Schönheit zu nehmen, was es nur gibt und wo immer sie zu kriegen ist.

Sie erhebt sich von ihrem niedrigen Sofa und wartet darauf, dass das Schwindelgefühl nachlässt. Letzte Nacht hat sie nicht mehr als ein oder zwei Stunden geschlafen. Nachdem die junge Wilde am Nachmittag zuvor von der Polizei fortgeschafft worden war, blieb Ursula im Park und spielte mit den Hinterlassenschaften des Mädchens. Ein Weinbeutel aus einem Fahrradschlauch fand sich da; ein Blasrohr aus dem Ständer einer Stehlampe; Pfeile aus Nadeln, Radiergummis und Federn; eine Sammlung Messer, Zangen, Nähnadeln und Garn. Ursula trank aus dem Weinbeutel, pustete Pfeile in den nächsten Baumstamm, schnitzte an Kleinholz herum. Als es Mitternacht wurde und die Polizei den Park absperrte, trug sie die Habseligkeiten des Mädchens hinaus vors Tor und legte sich in den improvisierten Schlafsack. Warm genug war er ja, aber er stank nach Schweiß und Fäulnis und am Fußende stach ein rechtwinkliges Stück drahtigen grauen Fells, das nur zu leicht wieder zu erkennen war, ins Auge. Bei einbrechender Dämmerung schulterte sie die Siebensachen der Wilden, ging heim, schaltete den Fernseher ein, und jetzt sitzt sie immer noch davor.

Sie geht in die Küche und öffnet die Tür zur Speisekammer, wo sie nicht etwa Lebensmittel oder Kochutensilien aufbewahrt, so etwas gibt es in ihrem Haushalt praktisch nicht, sondern vielmehr die Überreste ihres früheren Lebens – ihre Künstlermaterialien, Bücher und Dias. Sie greift in einen Karton mit alten Skizzenbüchern und zieht eines aufs Geratewohl heraus, eines aus ihrer Highschool-Zeit. Sie schaltet das Deckenlicht ein und fängt an, die Seiten durchzublättern. Es ist lange her, seit sie sich irgendetwas Eigenes angeschaut hat, das vor ihrer Triptychen-Phase entstanden ist, vor jenen wie besessen wiederholten Utopien und Dystopien und fegefeuerhaften Zwischenreichen; und es überrascht sie, wie farbenfroh und ausgefeilt diese früheren Arbeiten sind. Sie hatte sie so nicht in Erinnerung. Sie kann kaum glauben, dass es eine Zeit gab – die noch gar nicht so weit zurückliegt –, als sie in derart vielen Farbtönen und Einzelheiten zu denken und fühlen imstande war. Sie geht sie noch einmal langsamer durch und erinnert sich an die Empfindungen, die sie damals auszudrücken versuchte – ein Gefühl für die lebendige Bewegtheit aller Dinge und für Bewusstseinsstufen, die der zivilisierten Gesellschaft unbekannt waren: das Bewusstsein subatomarer Teilchen, das Bewusstsein von Organen, von Bienenstöcken, von Städten, Wäldern, Ozeanen, Milchstraßen. Sie malte sich aus, Kunst nicht für die Gegenwart zu machen, sondern für die Zukunft, für eine künftige Gesellschaft, die derlei Dinge verstehen würde, und Leute, die verstehen würden, dass sie weder einmalig noch unabhängig sind, sich aber an diesen Tatsachen nicht stören würden, weil sie als Kernsatz ihres Daseins wüssten, dass sie nicht allein sind.

Schon komisch, denkt sie, dass dieser ganze überschwängliche Mystizismus Javiers auch einmal ein Teil von ihr gewesen ist, ein seither aufgegebener und vergessener Teil.

Sie findet, wonach sie gesucht hat. Ein Modellbauskalpell. Sie geht zurück ins Wohnzimmer und bleibt vor dem Bücherregal stehen, das sie kurz nach ihrem Einzug secondhand gekauft hatte und das noch immer kaum ein Buch enthält, dafür aber eine überbordende Kleinkolonie von Actionfiguren, ausgestopften Tieren, Vogelstimmenuhren, Briefbeschwerern in Kreiselform und Horoskopheften von der Supermarktkasse. Wo er auch hinging, pflegte Javier Impulskäufe und Schnickschnack dieser Art für sie einzusammeln. Nun fehlen ihr diese kleinen Aufmerksamkeiten. Ihr fehlen sein brüchiges, verletzbares Lächeln und die Art, wie er beim Reden ihre Hand festhielt und wie sich seine Augen, nicht anders als die eines Kindes, beim ersten Anzeichen von Ärger verschleierten – ein ansteckender Zustand, hat sie festgestellt, da ihre eigenen nun unweigerlich dasselbe tun. Sie tun es jetzt, während ihr der Bruch zwischen ihr und Javier durch den Kopf geht. Sie fragt sich, wie viel ihrer eigenen Neurose im Spiel war beim Zorn darüber, dass er jene Bilder gezeichnet hatte. Schon möglich, dass er nicht in Ivy verliebt war. Schon möglich, dass er ihre Schönheit, ihre Jugend schätzte, möglich sogar, dass er sie anziehend fand, ohne in sie verliebt zu sein. Männer treffen diese Unterscheidung doch dauernd. Vielleicht glauben sie ja aufrichtig daran. Und auf ihre Art machten diese Zeichnungen nur die Verbindung deutlich, die Ursula von Anfang an zwischen Ivy und der jungen Wilden geahnt hatte. Auf seine Art war Javier einfach nur hilfreich gewesen und hatte Ursulas eigenen Gedanken zu Ende geführt.

Sie stellt sich vor, auf die Suche nach ihm zu gehen. Stellt sich vor, ihn zu finden und sich auf das Vorhaben seiner Verjüngung zu verpflichten. Er würde der Mensch werden, der er gewesen war, und sie würden wie zuvor ihre Beziehung fortsetzen. Schließlich würde sie ihn heiraten, sich ihm in ewiger, mystischer Bindung anschließen, einen Teil ihres eigenen Selbst opfern, um einen Teil des seinen zu übernehmen und fortan nicht mehr Ursula an sich sein, sondern die Hälfte der Verschmelzung beider, die sie alles teilen und so tief in das Leben des jeweils anderen eintauchen würden, dass sie nie wieder allein wären; sie würden zusammen alt werden, die Straßen entlanggehen, Zeugen der sich fortwährend entfaltenden Schönheit der Welt sein und ihre Liebe zur Menschheit, zueinander, zu sich selbst vervollkommnen.

Sie spult die Filmrolle im verdunkelten Theater ihres Denkens weiter ab, bis in der Ferne die Alarmanlage eines Autos losgeht und ihr die Klinge in ihrer Hand einfällt. Ihr Plan besteht darin, sich in den linken Unterarm zu schneiden. Die Stelle, die aufzuschneiden sie sich förmlich verzehrt, liegt in der Magengrube, denn dort kommt all der Schmerz her. Vor drei Tagen noch hätte sie Leibschmerzen nicht eigentlich als Schmerz bezeichnet, nicht als körperlichen Schmerz, aber vorgestern wurde es schwierig, die beiden Arten von Schmerz zu unterscheiden, und seit gestern kann sie keinen Unterschied mehr feststellen. Es ist ein Schmerz, er ist hier, und er ist unerträglich. Manchmal fühlt er sich wie ein Tumor an, der aus der Vertiefung des Solarplexus herausgeschnitzt werden müsste. Dann wieder fühlt er sich wie gestaute Flüssigkeit an, der es ein simpler Einstich erlauben würde, von selbst herauszusickern. Aber sie hat zu große Angst, sich die Klinge in den Leib zu treiben. Die Sache ist neu für sie, und sie will sich nicht gar zu böse verletzen. Wenn sie woanders einen Einschnitt vornimmt, der sehr wehtut, und der Schmerz sehr stark ist und eine Weile anhält, könnte der Leibschmerz, dem dann ihre Aufmerksamkeit entzogen wäre, verkümmern und vorläufig abklingen. Sie weiß nicht sicher, weshalb, spürt aber, dass es so sein wird. Jedenfalls ist es den Versuch wert. Sie hat sich für den Unterarm entschieden, weil eine Narbe dort sie nicht allzu auffällig entstellen, es aber vermutlich trotzdem sehr wehtun würde.

Der Autoalarm endet mit zwei gedämpften Zwitschertönen. Sie

setzt sich aufs Sofa und zieht das Sweatshirt aus, das sie seit ein paar Tagen trägt. Ihre Unterarme hat sie bereits rasiert, um sicher zu sein, dass sie sieht, was sie tut. Das Fläschchen mit Alkohol steht auf dem Couchtisch bereit. Sie öffnet es und gießt etwas Alkohol über die Klinge, lässt ihn auf den Tisch kleckern. Es ist gut, jetzt endlich einen Plan zu haben. Wenn das hier getan ist, dann hat sie, vielleicht die Kraft und Geistesgegenwart, um ihr Leben in Ordnung zu bringen, ihre Wohnung aufzuräumen, sich zu waschen und umzuziehen, einen neuen Job zu finden, eine hübschere Wohnung, neue Möbel, einen oder zwei nette, normale Freunde.

Beinahe auf der Stelle beginnt die Alarmanlage wieder mit ihrer vertrauten Melodie. Diesmal singt sie mit.

Die zittrige Welle.

Das kehlige Stottern.

Die tanzenden Oktaven.

Die hoffnungsvollen Kiekser.

Noch immer singend, greift sie zur Klinge. Zögert aber und fragt sich, wie die Narbe aussehen wird. Sie steht auf, die Klinge weiter in der Hand haltend, und geht um den Schreibtisch herum an ihren kleinen Heimarbeitsplatz. Auf dem Monitor läuft ein Bildschirmschoner, Middle City wird von unablässig einschlagenden Meteoriten vernichtet. Sie drückt die Leertaste, und die Mattscheibe wird zu einem Fenster auf das Schlafzimmer ihrer Schwester. Ivy sitzt auf dem Fußboden auf einem Haufen Geld und trägt ein kurzes rosa Morgenjäckchen. Ihr Haar ist mit zerknüllten und zu Schleifchen verknoteten Dollarscheinen durchflochten. Rechts vom Bildfenster rollt eine lange Liste mit Namen aufwärts, die durch eine Reihe Überschriften ihren verschiedenen Graden des Mäzenatentums zugeordnet sind:

Ivys schamanische Gefährten (ab 5000 $)

Ivys Seelenkrieger (2500 $ - 4999 $)

Ivys Zeitkundschafter (1000 $ - 2499 $)

Ivys Glamourschocktruppen (500 $ - 999 $)

Ivys Liebhaber früherer Leben (100 $ - 499 $)

Ivys Seelenvertraute (50 $ - 99 $)

Ivys Stammesmitglieder (5 $ - 49 $)

Zumeist sind die Fördermitglieder Einzelpersonen, aber auch ein paar junge Internet-Firmen haben Beiträge gezahlt, wahrscheinlich eine Form von Reklame. Unter dem Rolltext der Namensliste fließt in waagerechter Laufschrift eine Botschaft:

Kämpfe mit ... Hilfst du Ivy, hilft sie dir ... Kämpfe mit ...

Über der Liste flackert unterdessen das Zählwerk: 446 737 Leute sehen Ivy zu, wie sie sich eine brennende Zwanzigdollarnote vors Gesicht hält, um damit ihre Zigarette anzuzünden; 446 802 Leute sehen sie den brennenden Geldschein in eine große metallene Salatschüssel werfen, die mit Asche und Kippen gefüllt ist; 447 010 Leute sehen sie einen weiteren Schein anzünden, auf die Kamera zugehen, bis ihre nackte Taille den Bildschirm füllt, sehen dabei zu, wie sie mit der flammenden Banknote einen rituellen Kreisbogen um die lange Narbe unterm Bauchnabel schlägt. Die Narbe ist schmal und rosa. Hat etwas Vulgäres und Zartes. Ist unauslöschlich und ätherisch. Hässlich und schön.

Ivy dreht sich um, macht einen Schritt von der Kamera weg, bückt sich vor und zieht sich die Unterwäsche runter.

Sie zieht das Höschen wieder hoch, richtet sich auf, tritt ab.

447 181 Leute sehen zu.

Ursulas Finger umklammern den Griff des Skalpells. Ein glühender Stahlblock pulsiert in ihrem Bauch. Sie wird ihn herausschneiden und sich wieder leicht und kühl fühlen. Sie wird zu einem nagelneuen Menschen werden, einem besseren Menschen, transzendent, mystisch, spirituell, von Zynismus entkleidet, der Mensch, der sie schon immer sein wollte. Wie die junge Wilde, wie Ivy, wird sie ein unmittelbares, unreflektiertes Dasein inmitten ihrer Traumwelten führen und sich in ihren Lügen so einfach und vollkommen einrichten wie ein Goldfisch in seiner Goldfischigkeit, ein Kiesel in seiner Kieseligkeit, ein Rhododendron in seiner Rhododendrozität.

Sie hebt die Klinge, doch im selben Augenblick dreht sich Ivy um und starrt sie an. Sie sieht auf einmal müde und alt aus wie ein alter ausgelaugter, auf Lebenszeit in seinem Käfig eingesperrter Elefant. Ihre Schwester starrt in die Kamera, Einzelbild auf Einzelbild leerer, dunkel umrandeter Augen, und mit einem Frösteln stellt Ursula sich zum ersten Mal die Frage, ob sie sich nicht die ganze Zeit über völlig in Ivy getäuscht hat, in ihr und auch in der jungen Wilden. Was, wenn die beiden gar nicht einfach und vollkommen in ihren Wahnvorstellungen lebten? Was, wenn tatsächlich keine der beiden nur im Geringsten an ihre Wahnvorstellungen glaubte? Was, wenn Distanz und nicht Untertauchen der eigentliche Ansporn zu Wahnvorstellungen wäre? Was, wenn beide ihr jeweiliges Leben mit noch mehr Distanz betrachteten als Ursula ihr eigenes; was, wenn sie nicht an zu viele Dinge glaubten, sondern an zu wenige, an gar nichts glaubten, in einem Zustand reinen Unglaubens lebten, dem Boden unter ihren Füßen, der Luft zum Atmen, dem Atmen selbst, dem Vorhandensein anderer Menschen, dem eigenen Vorhandensein, dem Ursprung der eigenen Gedanken keinen Glauben schenkten, was, wenn sie dauerhaft und total aus ihrem eigenen Leben verbannt wären, das Dasein in Gänze als Sammlung reiner Lügen ansähen, als Lügen in Lügen über Lügen rings um Lügen und nirgends irgendeine Wahrheit auffindbar …? *Ist es das, was Chas mit Postironie meint?*

Ursula betrachtet die kleine Klinge in ihrer Hand, und eine animalische Furcht steigt in ihr empor. Sie sieht sich in der Wohnung um, die sie nicht mehr erkennt. Sie setzt sich in Gang. Ihr Spiegelbild im Badezimmer bringt sie abrupt zum Stehen. Halbnackt. Das Haar an manchen Stellen verfilzt, an anderen zerzaust. Die Augen weit aufgesperrt, das Gesicht teigig, die Nase gerümpft vor Ekel über den eigenen Geruch, ein säuerlicher Schweißgestank. Sie kann nicht glauben, was sie da sieht. Sie kann nicht glauben, dass sie es selbst ist. Was, wenn sie selbst verrückt wird? Was, wenn es schon zu spät wäre, um noch etwas aufzuhalten? Was, wenn sie schon längst verrückt wäre?

Bebend holt sie Luft, und dann noch einmal.

Die Alarmanlage des Autos legt wieder los. Dass sie verstummt war, hatte sie nicht wahrgenommen.

Die zittrige Welle.

Das kehlige Stottern.

Die tanzenden Oktaven.

Die hoffnungsvollen Kiekser.

Sie hebt den linken Arm, drückt das Skalpell tief in die Haut und zieht. Fünf Zentimeter. Zieht rasch die Klinge weg.

Eine Sekunde lang geschieht nichts. Lange genug, dass sie darüber lacht.

Also, jetzt liegst du im Trend, denkt sie. Eine kleine Modesklavin.

Das Blut perlt. Tröpfelt. Schwillt zu einem pulsierenden Rinnsal an.

Das haben sie gewollt? Das haben Ivy und die junge Wilde gewollt?

Der Schmerz wallt auf, und dann versteht sie; den wirklichen Schmerz, das wirkliche Vorhandensein ihres Körpers, lächerlich bedürftig, blutend, in einem hässlichen Raum. Was einstürmt, ist die Wirklichkeit selbst.

Sie beißt die Zähne zusammen. Wieso müssen alle Frauen, die sie kennt, sich selbst so sehr hassen?

Sie stöhnt vor Schmerzen, ein fast zum Schrei gesteigertes Stöhnen, und dann fängt sie an zu weinen und drückt das zusammengeknäuelte Sweatshirt auf die Schnittwunde.

Heftiges Klopfen lässt sie aufschrecken. Die Tür. Sie erstarrt und hält den Atem an.

«Ursula! Alles in Ordnung mit dir?»

Javier.

Sie sieht sich in ihrem zugemüllten Wohnzimmer um.

Javier.

«Ursula!»

«Bestens. Mir geht's bestens!»

Das Blut sickert durch den Stoff.

Sie fragt sich, ob sie zu tief geschnitten, eine Arterie oder so was getroffen hat. Wie dumm sie doch ist. Sie hätte sich über diese Sache genauer informieren sollen.

«Du klingst aber nicht so, Ursula.»

«Ich hab gerade zu tun», sagt sie mit zittriger Stimme. «Komm später wieder, okay?»

«Ursula, ich geh nicht weg, bis du diese Tür geöffnet hast und mir von Angesicht zu Angesicht sagst, dass es dir gut geht.»

«Javier, geh einfach –»

Unsicher kommt sie auf die Beine, strauchelt und stößt gegen den Couchtisch.

«Ursula?»

«Mir geht's gut», ruft sie. «Bin nur gestolpert, alles bestens!»

«Mach die Tür auf, Ursula.»

Seine Stimme ist ruhig und bestimmt. Er wird nicht gehen.

«Einen Augenblick», ruft sie laut.

Sie rennt zum Schreibtisch und holt eine Rolle Kreppband aus der Schublade. Dann rennt sie ins Badezimmer und knüllt einen dicken Packen Toilettenpapier zusammen. Sie hat das Sweatshirt auf den Boden fallen lassen, und das Blut tröpfelt nun ihren Arm und die Flanke hinunter. Sie drückt den Packen auf den Unterarm und wickelt das Band mehrfach fest ringsherum. Sie stopft ein Handtuch ins Waschbecken, dreht das Wasser auf, lässt es sich vollsaugen und benutzt es dann als Schwamm, um sich abzuwischen. Blut klebt auf dem Bund ihrer Zimmermannshose.

«Ursula?»

«Eine Sekunde.»

Sie läuft ins Schlafzimmer, zieht ein Button-down-Hemd aus dem Wäschekorb und schlüpft hinein, während sie zur Tür eilt. Gerade will sie öffnen, als ihr das blutige Skalpell auf dem Couchtisch ins Auge fällt, wo sie es hingeworfen hat, um das Sweatshirt aufzuheben. Sie rennt zurück und schnappt es sich, sieht sich um, läuft zum Schreibtisch und verstaut es in der Schublade, rennt zurück zur Tür und öffnet.

Javier in tannengrünem Wollmantel, schäfchenwolkenweißem Schlips und himmelblauem Hemd. Alles säuberlich gebügelt. Das Haar tatsächlich gebürstet und zu einem kurzen Pferdeschwanz gebunden. Gelassene Miene, mitfühlende, besorgte Augen.

«Ähem, das ist Eeven», sagt er.

«Tschuldige? Was?»

Sein Blick weist nach unten. Vor ihm steht ein kleiner schwarzer Junge, der ihm nicht viel weiter als bis zur Taille reicht und nun verlegen die Augen niederschlägt.

Javier wiederholt den Namen des Jungen und buchstabiert ihn für sie. Der Junge ist schmächtig, schmal in den Schultern, der Kopf dagegen vergleichsweise riesig, ein seltsamer schwebender kleiner Planet, größtenteils Afrofrisur, der in seiner Mitte ein winziges puppenhaftes Gesicht birgt mit einer ganz kleinen Nase und einem Mund, nicht größer als ein Vierteldollar.

«Er ist zehn», fügt Javier hinzu.

Langsam hebt das Kind den Blick. Seine Augen sind denen Ivys auffallend ähnlich, sie haben zwar nicht dieselbe Farbe, stehen aber ebenso weit auseinander, so weit, dass es fast überrascht, wie gleichzeitig der Lidschlag kommt, beinahe hätte sie erwartet, dass sie sich unabhängig voneinander bewegen.

Sie rafft die Hemdbrust zusammen und presst den Arm an den Oberkörper.

Javier geht hinter dem Kind in die Hocke. «Ich hab dir ja gesagt, dass sie schön ist», flüstert er ihm ins Ohr.

Sie verschränkt die Arme und kämpft mit den Tränen, während der aberwitzige Schmerz in ihrer Armbeuge pocht.

«Ich bin sein großer Bruder», sagt Javier. «Es ist dieses Programm für die innerstädtischen Viertel. Ich hab mich schon vor Monaten beworben. Es war ziemlich zermürbend – Einführungen, Hintergrundchecks, Befragungen. Sogar meine Wohnung haben sie sich angesehen. Zum Glück hatte ich damals noch eine. Jedenfalls ging es schließlich glatt. Damit bist du jetzt so eine Art große Schwester.»

Aus Taillenhöhe schauen beide zu ihr auf, Javier bewundernd und Eeven furchtsam, und machen ihr die eigene Erscheinung doppelt bewusst. Sie streicht sich die Haare aus den Augen und versucht, ihr Gesicht in eine Form zu bringen, die einem Kind nicht zwangsläufig Albträume bereitet.

«Ursula», bemerkt Javier, «du hast dich geschnitten.»

Panisch sieht sie an sich hinab. Sie kann an ihrem Hemd kein Blut erkennen.

«Zeig mal», sagt er, steht auf und nimmt ihre rechte Hand. Jetzt sieht sie, dass ihr Daumen blutet. Sie muss das Skalpell am falschen Ende aufgehoben haben, als sie es eben eilig verstecken wollte. Javier untersucht ihre Hand, bettet sie in seine. Er leckt sich den Daumen und wischt damit das Blut von ihrem Daumen ab, bettet dann ihre Hand in seine beiden und untersucht den Schnitt. Der Junge sieht zu, die Hände der beiden wenige Zentimeter vor seinen Augen.

«Nur ein kleiner Ritzer», sagt Javier. «Kein Grund zur Sorge. Ich hol dir ein Pflaster. Hast du welche im Badezimmer?»

Sie nickt wie hypnotisiert vom Trost, den seine Hände verströmen. Am liebsten würde sie sich in diesen Händen zusammenrollen und ein Jahr lang schlafen. Aber als er loslässt und an ihr vorbeigehen will, fällt ihr das blutige Handtuch ein.

«Nein! Ich werd's holen!», sagt sie.

Sie zieht sich ins Badezimmer zurück, taumelnd vor Furcht und Freude, jeder ihrer Sinne überlastet und verwirrt. Sie traut dem Geschehen, traut ihrem eigenen Verstand nicht recht. Ihr Verstand bewirkte, dass sie sich mit einem Modellbauskalpell aufschlitzte, und ließ dann Javier wie eine Art Heiligenerscheinung an der Tür auftauchen. Doch nein, ihr Verstand hatte nichts damit zu tun. Er ist zurückgekommen. Er ist wirklich da draußen. Und er sieht wirklich gut aus, sieht aus, als sei nie etwas Böses in der Menschheitsgeschichte vorgefallen.

Sie prüft ihren Behelfsverband. Er scheint so weit in Ordnung. Sie gestattet sich einen weiteren Blick in den Spiegel und einen weiteren Schreck darüber, was sie zu sehen bekommt. Während sie den linken Arm, so fest es geht, an den Oberkörper presst, wäscht sie sich das Gesicht, knöpft das Hemd zu, fährt sich mit einer Bürste durchs Haar, versteckt das Handtuch im Unterschrank des Waschbeckens und klebt sich, beinahe hätte sie es vergessen, ein Pflaster um den Daumen. Das alles erledigt sie so rasch sie kann, ein wenig besorgt, er könnte nicht mehr da sein, wenn sie herauskommt.

Aber er ist da mitsamt dem merkwürdigen Jungen, und beide sitzen nun Seite an Seite auf ihrem Sofa. Javier hat einen Beutel Jelly-Beans hervorgeholt und noch etwas anderes, irgendeine rote Frucht von der ungefähren Größe einer Apfelsine, und legt jetzt beide Esswaren vor sich auf den Couchtisch. Ursula bleibt in der Badezimmertür stehen und beobachtet Javier, wie er das Kind etwas fragt, sich die Antwort aufmerksam anhört und etwas entgegnet. Er strahlt Kraft, Beständigkeit und Ruhe aus. Sein Gesicht ist gütig, seine Stimme besänftigend, seine ganze Aufmerksamkeit auf den Jungen gerichtet. Dann sieht er hoch, und seine Augen leuchten auf, als er sie erblickt. Angesichts dessen, was sie gerade im Spiegel gesehen hat, kann sie das beim besten Willen nicht verstehen. Sie rätselt, ob er wieder zu seiner alten Art zurückgefunden hat, wieder in jedem das Beste und die Welt an der Schwelle zu einer wundersamen Verwandlung sieht. Um seinetwillen hofft sie es.

Javier reißt den Beutel mit den Jelly-Beans auf, bietet Eeven welche an und wirft sich selbst ein paar in den Mund. Er hält Ursula den Beutel hin, und zu ihrer Überraschung stellt sie fest, dass sie ausgesprochen hungrig ist. Sie setzt sich neben ihn, nimmt eine Hand voll, und für die nächste Minute hocken die drei da und kauen.

«Tut mir Leid, dass es hier so furchtbar unordentlich ist», sagt sie zu dem Jungen.

«Nich schlimm», flüstert er, einen Klumpen Jelly-Beans im Mund.

«Tut mir auch Leid, dass es so eine Müllkippe ist.»

«Es ist gar nichts», beteuert Javier. «Diese Wohnung. Diese Stadt. Nur ein Rastplatz. Wir sind unterwegs raus hier.»

«Sind wir?», fragt sie. Herrgott, wie sie das hofft.

«Wirst schon sehen.»

«Werde ich?»

Er nickt, wirft sich noch ein paar Jelly-Beans in den Mund und legt den Arm um sie.

«Ich rieche schlecht», warnt sie ihn.

Er zieht sie näher zu sich, und sie schmiegt sich an, ihr Kopf ruht an seiner Schulter. Eeven scheint sich nun gefasst zu haben und es völlig in Ordnung zu finden, dazusitzen und Jelly-Beans mit ihnen zu kauen. Er scheint sich nichts aus dem Zustand ihrer Wohnung und ihrer Person zu machen; und das, zusammen mit den Jelly-Beans in ihrem Magen, hilft Ursula, sich gleichfalls zu fassen.

Die drei schlucken im selben Moment, und dann nimmt Javier die rote Frucht und reißt sie auf, es ist ein Granatapfel, und alle starren auf die glänzenden Samenhäufchen. Er pult einen Kern los, steckt ihn in den Mund, mahlt eine Weile mit dem Unterkiefer, nimmt den Kern dann heraus und zeigt Eeven, wie er die fleischige rote Haut mit den Zähnen abgeschabt hat. Eine Hälfte der Frucht gibt er Eeven und hält die andere Hälfte zwischen Ursula und sich. Sie bohrt nach ein paar Kernen, und er tut es ihr gleich, und beider Finger reiben in der Frucht aneinander. Sie steckt sich die Kerne in den Mund, saugt an ihrem süßlichen, wässrigen Fleisch. Eeven beobachtet sie und macht es ihnen dann vorsichtig nach, und die drei sitzen da und mahlen eifrig mit den Unterkiefern.

«Und was schmeckt dir besser?», fragt Javier einen Augenblick später Eeven. «Granatäpfel oder Jelly-Beans?»

Ohne das leiseste Zögern zeigt Eeven auf den Beutel mit den Jelly-Beans.

Javier wendet sich Ursula zu. «Was meinst du?»

«Außer Konkurrenz», sagt sie und langt in den Beutel.

Er nickt. «Ich hatte schon immer gewaltige Achtung vor der Jelly-Bean», sagt er und hält ihnen eine vor Augen. «Sie ist wirklich eine magische Sache, die Jelly-Bean. Weißt du, was das Wort bedeutet, Eeven? Magisch?»

Eeven nickt.

«Erklär es mir.»

«Wenn denen da Blitze aus'n Augen rauskommen und du *huaaah* machst und versuchst Karate, aber sie fliegen in die Luft hoch», erwidert Eeven. Trotz der Dramatik seiner Bildersprache kommen ihm die Worte selbst eigentümlich unmoduliert über die Lippen, dicht, hastig und atemlos monoton.

Javier kratzt sich den Kopf und sucht Rat bei Ursula. Sie springt ihm nicht zur Seite. Doch dann nickt er, ein Licht geht in seinen Augen an, und er wendet sich wieder dem Kind zu.

«Ja», sagt er. «Ja, das stimmt. Es ist eine übernatürliche Kraft. Jelly-Beans haben eine übernatürliche Kraft. Sie sind supersüß und haben ganz verschiedene Farben und Geschmäcker und lassen sich viel, viel leichter essen als Granatäpfel. Granatäpfel sind nicht mal halb so süß und richtig fies zu essen, und es gibt sie nur in einer Farbe und einem Geschmack. Und weißt du was, ich hab in meinem Leben bisher nur einmal einen Granatapfel gegessen. Aber viele, *viele* Tüten Jelly-Beans.»

Sie spürt, dass er teils redet, um das Kind zu unterhalten, teils aber auch, um sie zu beruhigen, und es klappt. Seine Stimme, die Wärme seines Körpers, das zufrieden neben ihnen kauende Kind, all das findet sie unermesslich beruhigend. Sie knabbert weiter an ein paar Granatapfelkernen, spuckt sie in die hohle Hand und legt sie auf den Tisch.

«Aber weißt du, die Sache ist die», sagt er, «ich hab erkannt, dass ich Granatäpfel trotzdem lieber mag. Jelly-Beans mögen ja magisch sein. Aber Granatäpfel sind exquisit. Weißt du, was das Wort bedeutet? Exquisit?»

Eeven nickt.

«Das weißt du? Sag's mir.»

«Wenn denen ihre Augen *schwschwschwsch* machen und du schneidest denen ihre Hand ab aber denen ihre Hand macht *wuup* um deinen Hals und du schneidest denen ihren Kopf ab aber denen ihr Kopf macht *gniau* und beißt dich in die Nase», sagt er ganz nüchtern.

Javier grübelt über die Antwort. Ursula lacht.

«Na schön», sagt er, «hab verstanden. Schätze, der Unterschied ist wirklich nicht groß. Aber einen Unterschied gibt es, glaube ich. Einen großen Unterschied, der den ganzen Unterschied ausmacht. Du konsumierst einen Granatapfel nicht einfach, weißt du? Du schließt ein Abkommen mit ihm. Du verstreust seine Kerne. Du machst sein Leben zu einem Teil von deinem, und er macht dein Leben zu einem Teil von seinem.»

Eeven schaut zu, wie Javier sorgfältig die Kerne vom Tisch klaubt und sich in die Tasche steckt. Er sieht Ursula an, mit seinem alten, schiefen Lächeln, die Augen ungetrübt und hell. Er scheint völlig im Frieden mit sich zu sein. Sie merkt, dass sie ihn noch nie so gesehen hat, weder manisch noch depressiv, sondern irgendwie voll und ganz ausgeglichen. Er sieht es alles, denkt sie, sieht alle Traurigkeit der Welt, kann sie aber ertragen, sie in Zaum halten, und als sie das begreift, hebt sich die Last in ihrem Leib und macht einer heiteren, vergnügten, beinahe zügellosen Hoffnung Platz.

«Ich frage mich, wie sie sein wird, die nächste Generation», meint er zu Ursula. «Die überhaupt nichts Exquisites mehr hat, nur noch Magie. Was glaubst du, wie sie sein wird?»

Sie denkt darüber nach. «Ziemlich so wie wir wahrscheinlich.»

«Wie wir», stimmt er zu. «Nur mehr noch.»

Die drei sitzen Seite an Seite auf dem Sofa, sagen nichts und starren auf die geöffnete Frucht in Javiers Hand und das glänzende Geschmeide darin.

FISCHIG James T. Couch lehnt sich in seinem Stuhl zurück, die blassen, nackten Arme über dem weißen Handtuch gefaltet, das eng um seinen Brustkorb gezurrt ist. Die beiden auf seine Brustwarzen tätowierten Augen starren Ursula aufgerissen und irre an, während seine richtigen Augen hinter den dicken Gläsern sie in aufgerissener und irrer Imitation der Tätowierung betrachten. Sein ebenso aufgerissenes und irres, Zähne glanzvoll bleckendes Lächeln verleiht ihm, alles in allem, den Ausdruck eines Papierdrachens im chinesischen Zirkus.

«Ihren besten Chianti», ruft er dem Ober mit dem Bürstenschnitt zu. «Und mir ist heute fischig zumute, glaube ich. Bringen Sie mir einen Fisch. Egal welche Sorte. Ihre Wahl. Und bringen Sie meiner liebenswürdigen Freundin irgendein großes dickes Steak. Sie sieht aus, als hätte sie schon eine Weile nichts Anständiges mehr gegessen.»

Der Ober nickt mit dem fleischigen Kopf und wirbelt davon.

«Also, Ursula», sagt Couch. «Ursula, Ursula, Ursula.» Er kratzt sich mit seinen Spinnenfingern die nackte Brust. «Ich bin so froh, dass du einverstanden warst, dich mit mir zu treffen. Wir müssen ein paar *furchtbar* ernste Angelegenheiten besprechen. Die jüngsten Entwicklungen auf der Website hast du gesehen, nehme ich an.»

Zwei Salate schweben auf die Tischplatte herab. Couch kaut bereits. Worauf, weiß Ursula nicht, bis sie plötzlich den Brotkorb sieht. Die Welt ist brüchiger und sprunghafter geworden, hier und da fallen Augenblicke durch die Risse wie stets, wenn sie nicht geschlafen hat. Seit Javier gestern auftauchte, ist sie zu aufgeregt zum Schlafen gewesen, zu ungeduldig, sie fühlt sich, als habe sie Jahre verschlafen und sei jetzt endlich aufgewacht, und sie will keinen weiteren Moment vergeuden. Sofort nachdem er aufgebrochen war, um Eeven nach Hause zu bringen, ging sie unter die Dusche, wechselte den Verband, zog sich ein paar saubere Sachen an und ging Möbel kaufen. Sie hat ein neues Sofa gekauft und einen großen kissenartigen Sessel, zwei kleine Brücken, einen neuen Couchtisch, einen neuen Küchentisch, ein Bett mit Matratze und Spiralfederrost, neue Bettwäsche und viele andere Sachen, die kleinen Küchen- und Badezimmerutensilien, die sie sich schon ewig besorgen wollte. Aber dann hatte sie es immer wieder vor sich hergeschoben aus Furcht vor der vielen Zeit, die es kosten würde, doch tatsächlich war alles nach wenigen Stunden erledigt, und für einen geringen Aufpreis lieferte der Laden das Ganze noch am selben Abend bei ihr ab. Die Rechnungssumme verteilte sie auf zwei Kreditkarten und zahlte den Lieferanten einen Hunderter extra, damit sie ihre alten Möbel an den Straßenrand stellten. Als die neuen Sachen sämtlich an Ort und Stelle waren, fing sie an, die Wohnung zu putzen, wie sie noch nie zuvor geputzt hatte, sie schrubbte die Oberseiten der Schränke und hinterm Klo und all die übrigen Stellen, wo keiner hinschaut und die sie bislang gerne übersehen hatte. Sie musste einhändig putzen und hielt den linken Arm eng an den Leib gepresst, um die Heilung zu beschleunigen. Sie arbeitete die ganze Nacht durch, in Gesellschaft eines Kofferradios, das sie vom einen Raum in den nächsten mitnahm. So lange hatte sie schon keine Popmusik mehr genossen, dass sie überrascht war, es immer noch zu können. Die Melodien waren unsäglich und süß wie Zuckerwatte, sie stopfte sich mit ihren klebrigen Sehnsüchten voll und sang während der Arbeit mit.

Sie hörte erst nach Sonnenaufgang auf zu putzen, fühlte sich aber immer noch unglaublich gut. Ihre Wohnung war rein und neu wie der Tag. Sie hatte zwar noch manches nötig, hübschere Fenstervorhänge oder frische Farbe an den Wänden, aber Ursula wusste nun, dass sie derlei im Handumdrehen erledigen konnte, und für den Augenblick genügte es vollauf. Dieser Ort war nur ein Rastplatz, wie Javier gesagt hatte, aber deshalb musste es ja kein unerfreulicher sein. Sie konnte es kaum erwarten, dass Javier das sah. Vielleicht würde er sich darin ja so sehr zu Hause fühlen, dass er Lust bekäme einzuziehen, wenigstens bis sie neue Jobs bekämen und sich etwas Besseres leisten könnten. Sie war versucht, quer durch die Stadt zum Pangloss zu gehen, wo er, wie sie nun wusste, die ganze Zeit über abgestiegen war, und ihn hierher zurückzuzerren, damit er einen Blick auf alles werfen könnte. Aber er hatte ihr gesagt, dass er sich um ein paar Dinge kümmern müsse – es sei an der Zeit, sich auf die Zukunft vorzubereiten, sagte er –, und sie hatten sich für übermorgen zum Mittagessen im Hotel verabredet. Die Aussicht auf Warterei enttäuschte sie ein wenig, aber es war gut zu wissen, dass er sich ebenfalls um angefallene Dinge kümmerte, seine Sachen in Ordnung brachte. Und bald könnten sie sich gemeinsam der Welt stellen, gemeinsam nach Arbeit suchen, mit Eeven gemeinsam in den Zoo und zu Baseballspielen gehen, sich gegenseitig beim Wiederaufbau des jeweiligen Lebens helfen. Es war ihr sogar egal, ob sie Liebhaber sein würden. Sie konnten Freunde sein. Auch das wäre schön. Er war ein guter Freund. Er hatte sie nicht im Stich gelassen. Genau wie er an jenem Morgen versprochen hatte, nachdem sie sich zum ersten Mal geliebt hatten.

Sie versuchte gerade herauszufinden, wie sie den Tag am produktivsten gestalten konnte, als Couch anrief und sie beschwor, alles stehen und liegen zu lassen und mit ihm zu Mittag zu essen. Es sei dringend, ein ausgesprochener Notfall. Sein Tonfall war von spielerisch aufgesetzter Nervosität, er dementierte die Worte absichtlich, als wollte er die bloße Vorstellung veralbern, dass abgehärtete Kultursnobs wie er über ihre Jobs die Fassung verlieren könnten. Schließlich beschloss sie, den Worten eher als dem Tonfall zu trauen, und stimmte einem Treffen mit ihm zu.

«Erde an Ursula», sagt Couch und bewegt eine Hand auf ihre Augen zu und zurück. «Gehe ich falsch in meiner Annahme? Scheint mir fast so. Du hast gar nicht zugeschaut, oder? Ivy vernichtet das Geld. *Vernichtet* es.»

Er schaufelt sich die dunklen öligen Blätter in den Mund und lächelt beim Kauen.

«Ja, sicher», sagt sie. «Sie zündet ihre Zigaretten mit Zwanzigdollarscheinen an.»

«O nein, nein, nein», lacht er. «Das war vor zwei Wochen. Seither ist sie weitaus *schöpferischer* geworden. Sie errichtet kleine Lagerfeuer aus Zwanzigern und setzt sie mit ihrem großen goldenen Feuerzeug in Flammen. Sie schichtet Zwanziger zu kleinen Stapeln, um rauszufinden, wie viele sie auf einmal durchreißen kann. Und wer sich zur rechten Zeit einklickt, kann zusehen, wie sie sich ihren kleinen Hintern mit Zwanzigern abwischt und sie die Toilette runterspült!»

«Das muss ziemlich unterhaltsam sein», entgegnet Ursula.

«Unterhaltsam. Das ist es. So ist es», pflichtet ihr Couch bei und baggert mit einem Stück Brot eine Schneise durch die Olivenöllache auf seinem Teller. Eine Frau mit tiefschwarzem Haar, die einen langen blutroten Kittel trägt, nimmt neben ihm auf einem kleinen Klapphocker Platz und fängt an, seinen linken Bizeps mit einem alkoholgetränkten Wattebausch einzureiben, während er weiterisst. Ihre Nase ist korrigiert; länglich, aber aufstrebend wie sonst nur kurze Nasen.

«Aber es wird noch besser», fährt er mit vollem Mund fort.

«Neulich kamen zwei FBI-Agenten im Büro vorbei. Die sind höllisch wütend!»

Ursula schaut auf. «FBI-Agenten?»

«Sie drohen damit, Chas hinter Gitter zu bringen!»

Couch strahlt sie verzückt an, und sie spürt, wie sie das Lächeln erwidert, während sich plötzliche Schwindel erregende Leichtigkeit ihrer bemächtigt.

«Tun sie das?»

Er nickt.

Sie kann es kaum fassen. Endlich kommt jemand zu Hilfe.

«Sie glauben also wirklich, was er mit Ivy anstellt, ist ungesetzlich?»

Couch lacht schallend. «Oh, das ist nun *wirklich* gut. Aber um deine Frage zu beantworten ... *zum Henker nein*, du dumme Gans. Nicht, was er mit Ivy anstellt. Was Ivy mit dem Geld anstellt! Sie vernichtet Zahlungsmittel. Was nicht nur unanständig ist, sondern auch unpatriotisch, äußerst ungesetzlich und, wie die Bundesfritzen das sehen, ein Akt von Wirtschaftsterrorismus ist! Und sie wollen Chas zur Verantwortung ziehen. Sie halten ihn für einen Kommunisten! Sie wollen ihn auf dem Elektrischen grillen wie die Rosenbergs!»

«Für einen Kommunisten», wiederholt Ursula und tastet sich an die Vorstellung heran.

Couch gluckst. «Chas! Ein Kommunist! Voll krass, oder?»

Sie schüttelt den Kopf und lacht. Trotz ihrer Ernüchterung kann sie nicht anders, als die Sache komisch zu finden.

Die Frau befächert den Arm von Couch mit einem dünnen Stück Pappe, um den Alkohol verdunsten zu lassen, greift dann auf dem neben sich abgestellten Chromgefährt nach einer Tube Gleitgel, drückt sich einen Klecks auf die Fingerspitze mit dem rubinroten Nagel und verreibt ihn auf derselben Stelle. Couch wirft einen Blick auf seinen Arm, dann lässt er ihn den Kittel der Frau hinabwandern.

«Kann er sich denn nicht einfach entschuldigen und den ganzen beknackten Stall dicht machen?», fragt Ursula.

«Tja, könnte er, aber dann hieße er nicht Chas. Er schindet Zeit, redet mit den Anwälten. Jeder zusätzliche Tag, den er die Sache am Laufen hält, bringt steigende Zuschauerzahlen und spielt mehr Geld ein. Er stellt seine Theorie unter Beweis. Alles andere ist ihm egal. Ihm ist egal, dass es nicht ewig so weitergeht. Ihm ist egal, dass die Geldgeber abspringen und die letzten Stammkunden uns fürchten lernen wie der Teufel das Weihwasser. «Gap» hat uns gerade wie eine heiße Kartoffel fallen lassen, und das, nachdem sie meinten, sie würden unserem Bericht über die ‹Verschwörung gegen die Kinder› Wort für Wort Folge leisten. Wir werden im Quasselradio schlecht gemacht, in Talkshows – *Herrje* – sogar das *e!*-Netzwerk findet uns gruselig. Was für die Quote ja alles ganz hübsch und synergetisch sein mag, aber wenn die Moralapostel-Industrie uns gründlich abgefrühstückt hat, werden sie uns an die kamerageilen, Kommunisten fressenden Karrierepolitiker weiterreichen, und diese Leute drehen uns dann richtig durch den Wolf. Der Zeitpunkt dafür könnte nicht schlechter gewählt sein, Ursula. Chas hat wirklich sein Sparschwein geschlachtet, um diese Website anzupreisen. Er hat die Firma verschuldet, und das nicht nur bei mir persönlich, sondern auch bei mehreren weitaus weniger nachsichtigen Gläubigern. Im Augenblick fliegt in diesem Zimmer genug Geld rum für ausreichenden Schuldendienst, um uns über Wasser zu halten. Aber wenn Ivy es weiter das Klo runterspült und Chas dazu noch einen kostspieligen und lang gezogenen Rechtsstreit heraufbeschwört, werden du, ich und Ivy nicht mal mehr einen Nachttopf zum Pinkeln haben, falls der Kessel platzt.»

Mit theatralischem Schwung führt er eine Papierserviette über die hohe, gerötete Stirn, was ihn von etwas parodistisch absetzt, das Ursula deutlich als ernsthafte Angst erkennt. Die rot bekittelte Frau drückt einen Bogen Seidenpapier auf den Bizeps von Chas und glättet es mit den Fingern. Als sie es abzieht, bleibt die Zeichnung auf seinem Arm haften: eine Frau in knappsten Shorts, mit langen Beinen, hohen Pfennigabsätzen, ohne Hemd, die Brüste geformt und gepunktet wie ein Paar Würfel, und mit einem stachligen Schwanz, der sich aus ihrem Hintern schlängelt.

«Tja», sagt Ursula. «Aus irgendeinem Grund hört Ivy auf dich. Kannst du sie nicht davon überzeugen, auf etwas geringfügig weniger Aufrührerisches umzusteigen? Kannst du sie nicht davon überzeugen, dass sie die Welt mit Makramee oder Korbflechten oder so was retten kann?»

«Sie vertraut mir nicht mehr», seufzt Couch.

«Wieso nicht?»

«Sie meint, ich *kähosionierte* mit den Imagineers. Ich muss dir wohl nicht erzählen, wie sehr es mich getroffen hat, sie das sagen zu hören.»

«Tja, was soll ich da tun? Glaubst du, sie wird auf mich hören?»

Couch hebt beide Hände. «Nehmen wir einfach mal an», setzt er langsam an, «wohlgemerkt nur um der Überlegung willen, dass ich eine todsichere kleine Idee hätte, eine Idee bezüglich einer kleinen Ansprache, die du an Chas richten könntest. Und nun nehmen wir einfach mal an, dass diese todsichere kleine Ansprache *gar nicht anders kann*, als unseren lieben alten Boss davon zu überzeugen, es sei in seinem ureigensten Interesse zurückzutreten, verstehst du, die Firma zu übertragen – natürlich für eine symbolische Abfindung, ich meine, wir sind ja keine *Ungeheuer* oder so was –, jedenfalls den Stab weiterzureichen sozusagen, seinen Platz im Laden für eine neue Führungskraft zu räumen.»

Vor Ursula beginnt Dampf von einem Steak *au poivre* aufzusteigen, das soeben eingetroffen ist. Eine dünne blonde Kellnerin in weißer Bluse und Schürze hantiert mit Fischmesser und Gabel über dem Teller von Couch und schneidet sein Filet in einzelne Bissen, während er Ursula durch den Dampf hindurch mustert. Er hat einen Plan, denkt sie. Einen hinterhältigen, dem Klang nach. Und er braucht ihre Hilfe, um ihn durchzuziehen.

«Neue Führungskraft», sagt sie. «Meint das dich?»

Couch gibt eine kleine Pantomime der Bescheidenheit zum Besten, senkt den Blick auf seinen Teller und blinzelt. «Nun ... ich bin wirklich geehrt, dass du in diesem Zusammenhang an mich denkst, Ursula. Und mehr noch, muss ich dir übrigens ein Lob für deinen gesunden Geschäftssinn aussprechen.»

«Klar doch», sagt sie und spielt auf kaltblütig. «Damit würdest du es doch richtig nett treffen, oder, James? Würdest nicht nur die Firmenleitung bekommen, sondern auch noch das ganze Geld, das du ihm geliehen hast – und es war eine ziemliche Menge Geld, nicht wahr? An die fünfhunderttausend Dollar, wenn ich mich recht entsinne. Aber das ist vermutlich nur ein Fliegenschiss für einen reichen Mann wie dich, der einen ganzen See besitzt und so. Vermutlich würdest du doch das Darlehen glattweg vergessen und das Geld verwenden, um Ivy für ihre Dienste zu entlohnen?»

«Ich ... äh ... na ja, Ursula, tatsächlich bin ich nicht ganz so reich, wie sich das gerade anhörte. Oder annähernd so flüssig.» Er zerrt an einem imaginären Kragen, lockert eine imaginäre Krawatte, während die rot bekittelte Frau an seiner Seite damit fortfährt, die Zeichnung auf seinem Arm trockenzufächeln. «Ich hab das Darlehen aus Verzweiflung eingeräumt. Tatsächlich musste ich meinen See mit einer zweiten Hypothek beleihen, um es überhaupt einrichten zu können. Siehst du, dieser See, tja – aber nein, ich will dich nicht mit meinen kleinen finanziellen Sorgen langweilen.»

«Nicht doch, James, bitte, sprich dich aus. Ich bin deinetwegen hier.»

Er schenkt ihr ein verhältnismäßig banges, nur die untere Zahnreihe bloßlegendes Lächeln. «Nun, dieser See – siehst du, als mein Großvater in die Jahre kam und, ganz klar, mehr als nur ein bisschen verkalkte, verwandelte er sich plötzlich in einen dieser abgedrehten Naturschutztrottel und fügte eine dieser grauenhaften Klauseln zur Erleichterung von Naturschutzmaßnahmen ein, derzufolge das Seegrundstück niemals unterteilt werden darf. Natürlich halte ich eine Rotte Anwälte auf Trab, damit sie die Sache kippen. Ich bin mir ziemlich sicher, dass sie es schaffen werden, das könnte aber noch ein paar Jahre dauern. Der langen Rede kurzer Sinn, jedenfalls hab ich meinen Kreditrahmen ausgeschöpft, und wenn ich das Darlehen nicht zurückkriege und noch was dazu, werde ich die Immobilie verkaufen müssen, bevor die Klausel gestrichen ist, was bedeutet, dass ich am Ende mit nicht einmal einem Zwanzigstel ihres wahren Werts dastünde. Du verstehst, was für … was für eine *Schande* das wäre, oder? Natürlich werde ich sicherstellen, dass Ivys Arbeit zu gegebener Zeit angemessen vergütet wird. Darauf hast du mein Ehrenwort. Vor allem kommt es jetzt aber darauf an, dass die Website geschlossen wird und du deine Schwester zurückbekommst.»

Couch bedenkt sie mit dem aufrichtigen Gesichtsausdruck eines Welpen, während ihm die Kellnerin in der weißen Schürze ein gestärktes weißes Lätzchen um den Hals bindet.

Ursula zuckt die Achseln und verbirgt, wie sehr die Aussicht sie erregt. «Wenn das FBI sich einmischt», sagt sie, «bekomm ich Ivy doch sowieso zurück, oder?»

«Das könnte Monate dauern, Ursula. Wer weiß, an was für Sachen sie dann erst glauben wird.»

Das könnte stimmen, aber sie gibt sich Mühe, unbeeindruckt von diesem Einwurf zu erscheinen. Couch erforscht ihr Gesicht mit offenkundiger Sorge, während die rot bekittelte Frau seinen Stuhl in eine halb liegende Stellung kippt. Unterdessen spießt die blonde Kellnerin ein Stück Fisch auf die Gabel und führt es, einen Löffel zum Auffangen von Säften darunterhaltend, an Couchs Mund. Er kaut rasch und schluckt.

«Und natürlich hättest du deinen Job wieder», sagt er.

«Um für dich zu arbeiten? Nein danke. Nein, ich bin besser dran, denke ich, wenn ich mir die Hände einfach von euch allen reinwasche.»

Couch hustet. Die Kellnerin wischt ihm den Mund ab. «Verstehe», murmelt er.

Die Frau im roten Kittel zieht die linke Armlehne hoch in Stellung und lenkt seinen Arm in die richtige Lage. Darauf öffnet sie eine hölzerne Lackdose, die auf einem Silbertablett steht, und zieht mit einer langen silbernen Zange einen sich windenden Blutegel daraus hervor. Sie setzt den Blutegel auf Couchs Schulter, gleich über der Zeichnung. Sofort heftet er sich dort fest, während Couch den Vorgang beobachtet und jetzt unverhohlen besorgt dreinschaut. Er schweigt einen weiteren Augenblick lang und wendet sich ihr dann wieder mit seinem unmöglichen Grinsen zu.

«Weißt du, Ursula, an dieser kleinen Idee von mir hat mich das eine beunruhigt, dass ich nämlich wirklich nicht weiß, ob ich genug … na ja … soziale Kompetenz habe», sagt er und lächelt dabei breit, «um meine Firma nach außen hin selbst zu vertreten. Ich bin eigentlich furchtbar schüchtern. Und deshalb der Typ, der hinter den Kulissen besser aufgehoben ist. Du nun andererseits, du hast diesen Schwung, der dich zu einer guten Gallionsfigur für einen Laden wie diesen machen würde. Wie wäre das, du als Direktorin und Miteignerin von ‹Tomorrow Limited?›»

Ursula starrt ihn an und vergisst völlig, dass sie ganz unbeeindruckt wirken wollte.

«Du machst Witze», ist alles, was sie hervorbringt.

Die rot bekittelte Frau bringt einen weiteren Blutegel unter der Zeichnung auf Couchs Arm an.

«Wie du siehst», erwidert Couch schwach auflachend, «befindest du dich in ausgezeichneter Verhandlungssituation. Ohne dich kann ich diese Masche nicht abziehen, und ich weiß nicht, was ich dir sonst noch bieten könnte. Natürlich ist die Firma in ihrem gegenwärtigen Zustand nicht gerade ein Vermögen wert. Wir würden von einer gewissen Verschuldung ausgehen, und es könnte anfangs Blut, Schweiß und ein paar Tränen kosten, um unseren Kundenstamm zurückzugewinnen. Aber mit etwas Ärmelhochkrempeln besteht kein Grund, weshalb wir nicht binnen zwei Jahren wieder schwarze Zahlen schreiben sollten.»

Er betrachtet sie forschend. Sie lässt ihn warten, greift zu Messer und Gabel und schneidet ihr Steak an. Zum ersten Mal seit Tagen, Jahren, vielleicht überhaupt spürt Ursula, dass sie ihr Leben völlig im Griff hat. Sie weiß, sie wird ihm bei der Durchführung seines Plans helfen, welcher es auch sei, solange nur die mindeste Aussicht besteht, dass dabei die Website geschlossen wird und Ivy zurück in ihre Obhut gelangt. Darüber hinaus weiß sie, dass sie in der Lage ist, Couch für ihre Dienste bezahlen zu lassen. Sie weiß aber auch, dass sie keine Lust hat, eine Trendagentur zu leiten, ob zusammen mit James T. Couch oder sonst wem. Mit dem Marketing ist sie fertig. So viel weiß sie sicher, selbst wenn sie nicht die leiseste Ahnung hat, was sie stattdessen tun will.

Sie sieht sich im Raum um, spielt auf Zeit. An einem nahe gelegenen Tisch liegt eine Frau mittleren Alters mit blonden Ringellocken bäuchlings auf einer gepolsterten, schräg abfallenden Bank. Ihr erdfarbener Sweater ist bis übers Kreuz hochgezogen; ein weißes Handtuch wie das von Couch liegt über den Rückseiten ihrer Schenkel und lässt eine Gesäßbacke frei. Während ein Ober die gelockte Frau mit Löffeln voll Suppe füttert, zieht ein stämmiger Mann in rotem Kittel eine Metallstange aus einer mit glühenden Kohlen gefüllten Karre. Am Ende der Stange glüht ein Brandeisen leuchtend orange. Es strahlt zu hell, als dass die Form zu erkennen oder auch nur auszumachen wäre, ob es sich um Schrift oder ein Bildsymbol handelt. Die Stange mit beiden Händen fest umklammernd, drückt der rot bekittelte Mann das Brandeisen auf die Gesäßbacke der Frau. Sie gibt einen Schrei von sich, der nicht wirklich laut oder lang genug ausfällt, um das Geräusch brutzelnden Fleisches zu übertönen, und der Anblick erinnert Ursula derart lebhaft an ihren eigenen Schnitt in die Haut, dass ihr Unterarm vor Schmerz pocht. Der Mann zieht das Brandeisen weg, und bevor Ursula das Muster der roten Schwiele erspähen kann, schmiert er die Wunde dick mit weißer Salbe ein. Es sieht so kühlend und lindernd aus, wie der Mann die Salbe in die Haut streichelt, dass Ursulas eigener mitfühlender Schmerz umgehend verklingt.

Dann lächelt sie, weil sie auf einmal die Antwort weiß.

«Javier», sagt sie. «Ich möchte Javier zum Direktor.»

Couch stößt ein bellendes Lachen aus, das abrupt versiegt, als sie nicht mitlacht, und er sieht, dass sie es ernst meint.

«Javier? Ursula, schau mal, Javier ist ein guter Außendienstagent, aber, na ja, weißt schon, ein Direktor muss Zuversicht verbreiten können, strategische Entscheidungen treffen, weißt ja, so was halt.»

«Du hast ihn in letzter Zeit nicht mehr gesehen», entgegnet sie ruhig und schneidet sich ein weiteres dickes Stück Steak ab. «Er hat sich verwandelt, James. Es ist unglaublich. Du würdest ihn kaum wieder erkennen. Er ist gefestigt, verantwortungsvoll, vollauf bemüht, sich fit für die Zukunft zu machen, er beteiligt sich sogar an einem Programm für die Innenstadtbezirke, kümmert sich um einen Jungen. Ich mein's ernst, James. Javier wäre perfekt. Und du hast selbst gesagt, die Kunden könnten ihn leiden.»

Couch denkt darüber nach. «Tja, das ist wahr. Seine freundliche Art würde gewiss ankommen. Und ich könnte mich vermutlich immer noch um die vertrackteren geschäftlichen Winkelzüge kümmern.» Er grinst. «Na klar. Direktor Javier. Damit komm ich zurecht, Ursula. Ich bin ein vernünftiger Mann.»

«Und wir müssen uns über meine Vergütung für geleistete Dienste unterhalten …»

Sein Grinsen schmilzt zu theatralischem Schmollen zusammen.

«… die ich umgehend einfordern werde.»

Die Frau im roten Kittel schaltet eine Tätowierpistole ein und drückt die Schnellfeuernadel in Couchs Arm.

«Ähem», sagt er, «wie umgehend?»

Es fließt kein Blut, nur Tinte, und eine klare Flüssigkeit quillt aus den Punktierungen der Haut. Der Mann blutet nicht.

«Hol dein Scheckheft raus», sagt sie.

GESCHÄFT Chas steht ihr in weißem Bademantel gegenüber, Hals und Gesicht gerötet, dicke Tränensäcke unter den Augen, das graue Haar zurückgekämmt.

«Wir müssen reden», verkündet Ursula. Ihr klopft das Herz. Sofern sie nicht wieder blutet, ist der Verband in ihrer Armbeuge schon schweißgetränkt. Er mustert sie misstrauisch. Dreht sich dann um und geht durch zur Küche.

Sie tritt hinter ihm ein. Seine Wohnung ist schmucklos, modernistisch, richtig schick eben, hat nur wenige Trennwände und offenen Raum in beinahe lähmender Überfülle. Ein auf ganzer Länge der Wand verlaufendes Fenster geht über den Vulkankrater hinweg auf die Spitze des Black Tower, der im Augenblick die Unterseite einer vereinzelten Wolke anstupst wie ein ans Himmelskinn gehaltener Revolverlauf. Auf dem Küchentisch aus Edelstahl türmen sich Imbiss-Pappkartons. Ein Gestell zum Gewichtheben glänzt im Sonnenlicht. In der gegenüberliegenden Ecke hockt ein sehr großer Monitor auf einem weiteren Arbeitstisch aus Edelstahl. Auf dem Bildschirm wird eine Zeichentrickausgabe von Middle City langsam durch sauren Regen zersetzt.

Sie nimmt am Frühstückstresen Platz. Er kehrt ihr den Rücken zu, während er an der Kaffeemaschine hantiert. Sein großer Felsklotz von Kopf springt vor, als würde er langsam von den ausladenden, aber gekrümmten Schultern abrutschen. Er sieht noch erschöpfter aus, als er ihr im Büro vorkam. Sie fragt sich, ob er ebenso wenig geschlafen hat wie sie in letzter Zeit und ob es die jüngsten Schwierigkeiten der Firma oder Ivys Auftritte rund um die Uhr sind, die ihn auf den Beinen gehalten haben.

«Nur zu», murrt er. «Red schon.»

«Ich bin gekommen, um dir ein Angebot zu machen, Chas», sagt sie. «Kein schlechtes, unter den gegebenen Umständen. Und ich denke, am Ende unseres Gesprächs wirst du einsehen, dass du es nicht ablehnen kannst.»

Chas hebt den Blick nicht vom durchsickernden Kaffee, wird aber starr.

«Ein Angebot», sagt er. «Was für ein Angebot?»

«Ein Angebot, deine Firma zu kaufen.»

Er kehrt sich ihr zu, und sie blickt rasch in ihre neue, eigens für diese Gelegenheit gekaufte Aktenmappe, versucht, ihr das Selbstvertrauen abzugewinnen, das sie sich verzweifelt von ihr erhofft hatte. Sie holt einen Stoß Papiere und einen Bankscheck heraus und legt beides nebeneinander auf den Tresen. Sie sammelt sich für einen stählernen Blick und schaut hoch. Doch sein Blick ist stählerner als alles, was sie aufbieten kann. Wie ein Brecheisen, das ihr die Hirnschale aufstemmt. Ihre Augen wandern eilig zurück auf die Papiere.

«Ich habe hier einen Scheck über hunderttausend Dollar», spult sie nervös die einstudierten Worte ab. «Soweit ich weiß, hast du fünfzigtausend Dollar in Ivys Schlafzimmer gesteckt. Also ist das hier ein Scheck über den doppelten Betrag.»

Am Rand ihres Gesichtsfelds sieht sie ihn sich nähern. Er steht ihr gegenüber und legt die Hände flach auf den Tresen.

«Ja», sagt er monoton. «Das ist doppelt so viel, wie ich in dieses Zimmer gesteckt habe. Und ein Bruchteil dessen, was die Firma wert ist.»

«Wie dem auch sei», kontert sie, «der voraussichtliche Käufer ist nicht bereit, höher zu gehen. Es wird viel Arbeit kosten, die Firma von den vielen Schulden zu befreien, die du ihr mitsamt dem miesen öffentlichen Ruf eingebrockt hast. Die Firma wird womöglich noch eine ganze Weile lang keinen Ertrag mehr abwerfen.»

Sie fühlt, wie er sie dumpf anstarrt.

«Mein voraussichtlicher Käufer», sagt er leise. «Wer wäre das denn?»

«Das wäre James T. Couch», antwortet sie. «Wie du aus dem Scheck ersehen kannst.»

In der anschließenden Stille lädt sich ihr Nacken statisch auf, was sie schon einmal gespürt hat, als sie durch Gelände fuhr, in dem kurz danach der Blitz mehrfach einschlug.

«Und weshalb», sagt Chas, «hat James T. Couch ausgerechnet dich geschickt, meine Zeit mit diesem lächerlichen Angebot zu verschwenden?»

Weil sich der ölige Dreckskerl vor Schiss in die Hosen macht, denkt sie, sagt aber stattdessen: «Weil ich die Einzige bin, die die unheilvollen Folgen einer Weigerung deinerseits angemessen zu unterstreichen in der Lage ist.»

Er lehnt sich hinab und nähert seinen Kopf dem ihren bis auf wenige Zentimeter. Seine verengten Augen bohren sich ihr in den Blick.

«Diese ‹unheilvollen Folgen›», sagt er langsam. «Erklär mir das bitte, Ursula.»

«Du bist im Bilde, nehme ich an, dass das FBI eine Anklage gegen dich wegen mutwilliger Vernichtung von Zahlungsmitteln anstrengt.»

«Offen gesagt wünschte ich mir, sie würden mich strafrechtlich verfolgen», sagt er. «Aber sie werden es nie tun. Sie wissen, wenn sie's tun, machen sie nur kostenlos Reklame für uns. Das Geld würde lastwagenweise eintrudeln.»

«Weshalb sie wahrscheinlich vorbereiten, dich stattdessen wegen Kidnapping einzubuchten.»

Verblüfft legt Chas den Kopf schief. «Kidnapping?»

«Sie halten Ivy für die neue Patty Hearst», sagt sie. «Und dich halten sie für die Kommunistensau, die ihr eine Gehirnwäsche verpasst und sie zu Akten von Wirtschaftsterrorismus angestiftet hat.»

Er starrt sie an. Ihr stockt der Atem, sie wagt es nicht, sich zu bewegen, um sich nicht irgendwie durch Körpersprache zu verraten.

Er schüttelt den Kopf, kauft es ihr nicht ab.

«Das ist komplette Eselei», knurrt er sie an.

Sie zuckt zusammen, hält aber seinem starren Blick stand.

«Was für ein Haufen Pavianärsche», fährt er fort. «Wenn ich nur dran denke, dass diese Stinkstiefel von unseren Steuergeldern leben.»

Er kauft es ihr doch ab, begreift sie. Ihre Geschichte fügt sich nahtlos in seine allgemeine Auffassung von menschlicher Verstandesgabe ein.

«Für mich klingt das weit weniger nach Eselei», sagt sie, und die Nervosität verleiht ihrer Stimme eine scharfe Note. «Vielmehr klingt das für mich ziemlich dicht dran an der Wahrheit. Und sie haben gesagt, dass sie mit meiner Hilfe keine Schwierigkeiten hätten, die Anklagepunkte stichhaltig zu machen. Sie setzen mich unter Druck, gegen dich auszusagen, Chas. Und weißt du, es fällt mir furchtbar schwer einzusehen, wieso ich das nicht sollte.»

Chas lehnt sich nervös nach vorne. Der Vorwurf scheint ihn doch mehr zu schmerzen, als sie erwartet hatte. «Hör zu, Ursula. Egal, was du am Ende von mir denkst, eins musst du verstehen: Außer, dass ich Couch auf sie angesetzt habe, damit er sie wieder zum Modeln überredet, habe ich nichts mit den Ideen zu tun, die deine Schwester im Kopf hat. Wenn überhaupt, dann hat *sie mich* auf Ideen gebracht.»

«Nun, weißt du, Chas, ich hab mit dir und Ivy ziemlich eng zusammengearbeitet, und ich habe so langsam eine ganz andere Erinnerung an die Ereignisse als du!»

Ihr Ton ist zusehends schrill vor Aufregung geworden, und am Ende, als ihre Angst in Wut umschlug, brüllte sie ihm ins Gesicht.

«Du erpresst mich», stellt er überrascht fest.

«Ich will meine Schwester zurück!», schreit sie, fiebriges Beben in den Worten. Sie ist halb verrückt vor Aufregung. Ein Teil von ihr hofft sogar, dass er über sie herfallen wird, nur damit sich ihre innere Anspannung irgendwie lösen kann. Sie würde sich ihrer Haut schon nach Kräften wehren. Bevor er mit ihr fertig wäre, würde sie ihm Narben beibringen, an denen er sein Leben lang etwas hätte.

Aber er fällt nicht über sie her. Zu ihrer vollständigen Verwirrung kräuseln sich seine dünnen Lippen zu einem schiefen Lächeln, und seine Augen funkeln, als er ein geräuschloses Lachen von sich gibt, einen schwachen Luftstoß. Dann macht er kehrt, geht zurück zur Kaffeemaschine und gießt zwei Tassen ein.

«Mit Sahne und Zucker?», fragt er.

Sie ist zu durcheinander, um gleich zu antworten. Er dreht sich um und schaut sie fragend an.

Sie schluckt und sucht ihre Stimme. «Ja. Danke.»

Er öffnet den Kühlschrank, holt einen Karton fettreduzierte Kaffeesahne heraus und gießt etwas davon in beide Tassen.

«Ich hab vor eine Weile angefangen, Sahne zu nehmen», teilt er ihr mit. «Hilft ein wenig. Ich glaub, ich krieg ein Geschwür. Hab zu hart gearbeitet, wie es aussieht. Alles viel zu ernst genommen.»

Er trägt ihre Tasse zusammen mit Zuckerdose und Teelöffel hinüber, stellt alles behutsam vor ihr ab, holt dann seine eigene Tasse, trägt sie um den Tresen herum und setzt sich auf den Hocker neben ihr.

«Hübsche Aktenmappe», bemerkt er und streichelt das Material sanft mit den Fingerspitzen. «Sehr geschäftsmäßig. Schafleder?»

Sie nickt und merkt, wie sie errötet.

«Angemessen», sinniert er. «Ursula van Urden. Wölfin im Schafspelz.»

Er führt die Tasse an die Lippen. «Einen kleinen Urlaub könnte ich sowieso vertragen», sagt er und nimmt einen Schluck. «Junge. Die erste Tasse Kaffee. Macht wirklich einen klaren Kopf.»

Sie sagt nichts. Seine plötzliche Beflissenheit ist erschreckend. Es ist irgendeine Falle, die sie nicht sehen kann, von der sie aber weiß, dass sie da ist, eine riesige Stahlschere unter ihren Füßen, weit geöffnet, um sie in zwei Hälften zu schnipsen. Tosende Elektrizität versengt ihr die Nerven und findet keinen Ausgang. Sie spürt Chas' warme Leibesfülle gegen ihre Flanke drücken, während die beiden ihr Gewicht verlagern, sich in derselben Pose einrichten, die Unterarme auf dem Tresen, Schultern hochgezogen, und die Herdplatten anstarren.

«Okay», sagt er in ruhigem, nachdenklichem Tonfall. «Ich sehe, dass du mich hier in Schwulitäten bringen kannst. Ich sehe, dass du mit dieser Pleitenummer bis ans bittere Ende gehen wirst, wenn du musst. Was tun wir also?»

Sie versteift sich und spürt den heraufziehenden Muskelkater. Die Falle ist da und wartet aufgespannt, es kann nicht anders sein. Aber was kann sie tun? Sie greift nach dem Kaffee, sieht aber ihre Hand zittern und zieht sie rasch zurück. Es gibt keine Wahl mehr. Sie muss nach vorn.

«Du brauchst nichts weiter zu tun, als diese Papiere zu unterschreiben, dann hast du es hinter dir», sagt sie.

Er nickt und beugt sich ihr mit ganzem Oberkörper entgegen, um ihr ins Gesicht zu sehen.

«Und wenn ich sagen würde, dass ich etwas Zeit zum Nachdenken bräuchte?»

Sie blickt ihn an. «Du hast keine Zeit mehr, Chas. Wenn du diese Papiere nicht jetzt unterschreibst, werde ich schnurstracks aus diesem Büro und gleich hinüber ins Phillips-Bundesgebäude zu meiner Verabredung gehen.»

«Verstehe», sagt er, der Blick vollkommen ruhig. «Und was macht dich so sicher, dass du es bis zu meiner Tür schaffen wirst?»

Das sagt er so sanft – beinahe verführerisch, mit dem verhaltenen, gekräuselten Lächeln auf den Lippen –, dass sie einen Augenblick braucht, um die Drohung zu verarbeiten. Dann macht ihr Herz einen Satz und schlägt von innen gegen die Brust. Und in ihrem völligen Entsetzen kann sie nicht anders, als zu lächeln, ihr verängstigtes, schuldbewusstes, stets zu den ungeeignetsten Gelegenheiten zutage tretendes Lächeln.

«Komm schon, Professor», sagt sie in Einklang mit dem Lächeln und verzweifelt um eine ruhig klingende Stimme bemüht. «Mach hier nicht auf harten Burschen.»

Lächelnd starren sie einander an. Nach einer Minute beginnt Ursula, sich einzugestehen, dass sein Lächeln tatsächlich echt wirkt. Diese Entdeckung verwirrt sie mehr denn je, aber auch ihre Angst legt sich etwas, und sie atmet wieder freier.

Chas nickt, als würde er irgendeinen Wandel ihres Gesichtsausdrucks anerkennen, und lacht dann. Er greift nach den Papieren und fängt an, neben den Kreuzchen zu unterzeichnen, ohne vorher auch nur ein Wort zu lesen.

«Die Sache ist die, Ursula», sagt er beim Unterschreiben, «du weißt gar nicht, *wozu* ich noch fähig bin.»

Die Worte fallen nüchtern und bleiben unerklärlich. Aber er unterschreibt.

«Tja», sagt sie mutig, «du hast auch nicht gewusst, wozu ich fähig bin.»

«Doch», widerspricht er mit einem Anflug von Reue im Lächeln. «Das wusste ich. Kindchen, du bist eine Löwin. Ich hab's dir gesagt. Ich wusste es die ganze Zeit.»

Mit Schwung unterzeichnet er das letzte Papier.

«Nichts für ungut, Ursula», sagt er, und zu ihrer Verblüffung sieht sie die Aufrichtigkeit in seinen Augen. «Und richte meinem würdigen Gegner James T. Couch meine besten Glückwünsche für seine neue Firma aus.»

Er nimmt den Scheck, betrachtet ihn belustigt, faltet ihn säuberlich einmal und steckt ihn in die Brusttasche seines Bademantels.

EIS Im Taxi sitzen Ursula und James T. Couch dann ganz still und starren geradeaus. Langsam wendet ihr Couch den Kopf zu. Sie schaut auf sein Gesicht und sieht vor allem sein unnatürlich strahlendes Gebiss.

«He, Ursula.»

«Was?»

«Siehst ziemlich gut in dem Anzug da aus. Das ist der von Javier, stimmt's?»

Sie nickt.

«Könnte glatt *Bin dick im Geschäft* draufstehen. Ist auch sehr sexy.»

Sie hat nichts darauf zu antworten. Auch ohne ihn plätschern ihre Gedanken munter vor sich hin. Sie kann es noch immer nicht ganz fassen, dass sie Chas derart die Stirn geboten hat. Immer wieder spult sie die Vorgänge der letzten halben Stunde vor ihrem inneren Auge ab und hat jedes Mal dieselben Schwierigkeiten, daran zu glauben. Sie sucht weiter nach der Falle und wundert sich, weshalb sie nicht zugeschnappt ist. Er hat ihr Angst einzujagen versucht. War das die Falle? Sie kann sich, ganz ehrlich, nichts anderes vorstellen, was er unter den Umständen hätte tun können, doch so recht glaubt sie noch immer nicht dran. Aber das muss die Falle gewesen sein. Und sie ist ihr ausgewichen. Sie hat ihn «Professor» genannt. Das war gut. Damit hat sie ihm gezeigt, dass sie keine Angst hat. Die sie natürlich hatte. Grauenhafte Angst. Das muss er gesehen haben. Dennoch hat sie ihm die Stirn geboten. Kein bisschen Boden hat sie aufgegeben. Und er sah, dass sie sich nicht abschrecken lassen würde. Und er nahm seine

Niederlage mit Würde hin. Und er gratulierte ihr sogar. Er schien wirklich stolz auf sie zu sein. Alles andere kann sie nicht so recht glauben, aber sie muss zugeben, dass er wirklich stolz auf sie war, das las sie in seinem Gesicht. Das also hatte sich ereignet. Oder nicht? Doch. Es konnte nicht anders sein. Die unterschriebenen Papiere sind gleich hier, sicher in ihrer Aktenmappe verwahrt. Und sie ist ebenso hier, sicher im Fond eines Taxis auf dem Weg zum Pangloss, sicher im Taumel ihres neu gefundenen Machtgefühls, die Schwester bald befreit, Geld auf der Bank, ein Direktorenposten für Javier. Es geht wirklich ab.

«He, Ursula. Kann ich dich was fragen?»

«Was?»

«Hast du es jemals im Taxi *gemacht*?»

Die Augenbrauen kriechen über seine Brille hinaus. Das wattstarke Lächeln heizt ihm die Wangen auf.

«Nicht dass ich wüsste.»

«Oho! Dann muss ich dich betrunken machen, ist es das?»

Im Rückspiegel schnellen die Augen des Taxifahrers in ihre Richtung.

«Da müsstest du mich viel mehr als betrunken machen, James.»

«Schön. Was noch? Brauchst es nur zu sagen!»

«Verschaff mir eine Lobotomie – das könnte deine Chancen verbessern.»

«Touché!»

Er schüttelt den Kopf, lächelt noch immer. «Oh, tut mir Leid. Intrigen bringen nun mal mein Blut in Wallung.»

Das Taxi biegt in die Conein Avenue ein, und Ursula versucht, den Kopf kreisen zu lassen, aber das ist zu schmerzhaft; ihre Schultern sind verspannt und hart wie Stahlkabel. Erregung steigt in ihr hoch, als sie an das bevorstehende Wiedersehen mit Javier denkt. *Direktor Javier.* Sie fragt sich, wie er die Nachricht aufnehmen wird. Er wird sie anfangs nicht glauben. Sie wird ihn davon überzeugen müssen, dass es wahr ist. Er wird von ihr zu Couch blicken und der Sache allmählich Glauben schenken und anfangen, sein herzzerreißendes Lächeln zu lächeln, und seine Augen werden sich mit Tränen füllen, wie es ihre allein schon beim Gedanken an die Szene gerade tun.

Das Taxi wird langsamer und fährt vorm Pangloss an den Randstein. Draußen scheint es dunkler zu sein als beim Einsteigen ein paar Minuten zuvor. James zieht einen Zwanzigdollarschein aus seiner Brieftasche und drückt ihn in die ausgestreckte Hand des Fahrers. Die Fuhre macht 19 Dollar 65. «Rest für Sie, mein Freund, ham' Sie sich verdient», sagt er und klopft dem Mann auf sein Steak von einer Schulter. Er schiebt Ursula hinaus auf den Gehsteig, hüpft hinterher und schlägt die Tür gerade rechtzeitig zu, um die Flüche des Fahrers zu dämpfen.

«Du bist ja ein richtig aalglatter Absahner, James.»

«Zu gütig von dir», erwidert er und hakt sich bei ihr ein, während sie sich auf den Weg durch die riesenhafte Innenhalle des Hotels machen. Ein gläserner Aufzug trifft ein; sie gehen an Bord, und auf der Stelle rauscht die Hotelhalle in die Tiefe, ein lebendes Mandala aus Einkaufen, Speisen, Müßiggehen. Sie blicken hoch, sehen das Deckengewölbe auf sich zustreben, und die roten, grünen und blauen Sonnen gleißen im künstlichen Himmel fröhlich vor sich hin wie ein galaktischer Videobeamer.

Im vierzigsten Stock steigen sie aus und machen sich auf den Weg über den im Bogen geschwungenen hängenden Wandelgang, während gleich unter der Balkonbrüstung die Produktschau auf laufendem Band Schritt mit ihnen hält; eine klobige Platinuhr und ein silbergefasster, beschlagfreier Rasierspiegel fahren frohgemut auf ihren dunklen Samtkissen neben ihnen her. Tief unten am

Boden der Halle glänzt der polierte Stahl des Pangloss-Restaurants im Kunstlicht. Jede seiner vier Seiten ist der Flanke eines riesigen silbrigen Wohnanhängers nachgebildet. Als sie vor Javiers Tür treten, macht sich Couch an Ursula heran und schiebt seine Hand ihr Kreuz hoch. Sie fasst hinter sich, drückt die Hand fort und klopft.

Keine Antwort. Sie klopft wieder.

«Javier?»

Sie warten einen weiteren Augenblick lang, dann probiert Couch den Türknauf. «Ist offen», flüstert er. Er versetzt der Tür einen Stoß und lässt sie nach innen schwingen.

«Javier?», ruft sie.

Sie treten ein. Eine Zimmerflucht mit weißem Teppichboden, weißen Möbeln und perlweißen Wänden. Der Aussicht aus den raumhohen Fenstern kommt die eigentümliche Lage des Hotels mitten auf der Conein Avenue zugute; über die Schlucht der Bürogebäude hinweg blickt man hinauf zum Gipfel des Vulkans. Am höchsten Punkt der Avenue, oben auf dem Kraterrand, stellt sich das rheumatisch gebeugte Standbild Gottes steif vor den Himmel. Kürzlich ist ihm der Ruß vom Gesicht abgewaschen worden, was sein Antlitz – die hervorquellenden Augen, die borstigen Brauen, die beiden übergroßen Schneidezähne – zum ersten Mal seit Jahren sichtbar macht. Der lichtdurchlässige, segelohrige Schädel pulsiert, im hellgrauen Tageslicht kaum wahrnehmbar, wie üblich mit mattrotem Schein.

Couch stößt einen leisen Pfiff aus und sieht sich um.

«Alter Schwede. Geile Hütte», sagt er, zieht sich den maßgeschneiderten Ledermantel aus und wirft ihn aufs Sofa. Sein wenig vorteilhaftes, purpurfarbenes Muscle-Shirt verkündet schlicht und unerklärlich *SCHUBI-DUBI*.

«Wie *kann* der Mann sich das nur leisten?», ruft er aus. «Das wüsste ich zu gern. Der Schuppen hier kommt ihn doch auf mindestens vierhundert täglich.»

Ursula hat sich das selbst gefragt. Wahrscheinlich zehrt er von den Einkünften aus dem Verkauf seiner Wohnung. Aber er dürfte das Geld ziemlich schnell durchbringen. Sie geht ins Schlafzimmer und ruft seinen Namen.

Das Bett ist gemacht, das Zimmer leer.

«Ja-vie-er», hört sie Couch rufen, dann an eine Tür klopfen. *«Bist du da drin?»*

Ein großer Pappkarton mit offenen Deckeln steht auf dem weißen Toilettentisch. Sie geht hin, schaut hinein und findet mehrere Gegenstände vor: Einen Laptop. Ein paar Schachteln mit Lernprogrammen und Computerspielen. Einen schlappohrigen silbernen Roboterhund. Ein paar silbrige Kinderturnschuhe in Hightech-Optik. Eine Tüte Jelly-Beans. Einen an sie adressierten Umschlag.

«Ursula», ruft Couch. «Ähem, ich … ich hab ihn gefunden.»

Etwas ist komisch an seiner Stimme. Wie er gezögert hat.

Die eisige Sichel der Furcht durchschneidet sie.

«James?», fragt sie laut und bewegt sich auf seine Stimme zu.

«Hier drin.»

Die Tür zum Badezimmer steht offen, gleich dahinter steht Couch und blickt nach links unten.

Sie zwängt sich dazwischen und fängt dann an zu schreien, hält aber abrupt inne, außerstande, das Gesehene vollständig zu verarbeiten. Javier liegt in der Jacuzzi-Wanne, völlig eingetaucht in Eiswürfel. Die einzigen nicht vollständig bedeckten Stellen an ihm sind die angezogenen Knie und das tote, fahlgraue Gesicht. Leere Plastikbeutel, die einmal die Eiswürfel enthielten, liegen rings um die Wanne auf dem Fliesenboden verstreut.

«Was zum *Henker*», murmelt Couch.

Javiers Augenlider öffnen sich flatternd, fallen zu, und Ursula kreischt.

«O Gott», sagt Couch. «Er lebt ja noch.»

«Hol ihn da raus!», schreit sie.

Couch schüttelt den Kopf, zwinkert immer noch ungläubig, bückt sich dann und beginnt, sich durchs Eis zu graben. Er zieht Javiers Arme an die Oberfläche, erst einen, dann den anderen, hält sie fest und fängt an, den Körper herauszuziehen, mühsam gegen das Gewicht des Eises ankämpfend. Ursula kommt zu Hilfe, schaufelt die Eiswürfel beiseite, und Couch wuchtet den Rumpf schließlich ins Freie. Er ist bekleidet mit schwarzem Anzug, weißem Hemd und scharlachrotem Seidenschlips, alles durchweicht von dem geschmolzenen Eis. Der Kopf, säuberlich gekämmt und gegelt, kippt auf die Seite.

«Javier! Javier!», ruft sie.

Couch ohrfeigt währenddessen mehrmals das blutleere Gesicht.

Seine Lider flattern wieder auf. Die bläulichen Lippen bewegen sich.

«Was sagt er?», fragt Couch.

Ursula neigt ihm ein Ohr zu, kann aber nichts verstehen.

«Hilf mir, ihn aus der Wanne zu ziehen.»

Gemeinsam wuchten und zerren sie Javiers schlaffen Leib ganz heraus, seine Fersen knallen auf die Fliesen, bevor sie ihn auf dem Kachelboden ablegen. Couch stößt mit dem Fuß ein leeres Tablettenfläschchen um, das unters Waschbecken kullert. Er bückt sich und liest es auf.

«Schlaftabletten», sagt Couch mit seltsamem, sorgenvollem Grinsen im Gesicht. «Schätze … schätze, ich ruf mal einen Krankenwagen.»

Sie kniet sich neben Javier, reibt ihm das Gesicht, versucht, es aufzuwärmen. Sie lockert seinen Schlips, reißt das Hemd auf, presst ihre Hand auf seine klamme Brust. Sein Körper ist kalt und schlaff. Sie klettert obenauf und presst sich der Länge nach an ihn. Sie legt ein Ohr an ihn, die Hände an seinen Hals. Sie kann keinen Puls spüren. Sie beginnt unkontrolliert zu zittern.

«Ursula», flüstert er.

Sie schaut zu seinem Gesicht hoch, weiß nicht, ob er wirklich gesprochen hat. Sie legt ihr Ohr an seine frostigen Lippen und spürt, dass sie sich bewegen.

«Ich kann dich nicht verstehen», schluchzt sie.

Diesmal hört sie es.

«Frier mich ein», flüstert er.

BETEN Javier schläft, umgeben von Maschinen, die seine Lungen ventilieren, über den Tropf seine Venen versorgen, mit sanften Klangwellen sein Stammhirn anregen, auf irgendeinem elektromagnetischen Rechenbrett jeden Herzschlag dem Gedächtnis erhalten. Jahrtausendelang, denkt Ursula, hat unsere eigensinnige, einsame Spezies von einem Wesen geträumt, das unser Dasein hinreichend wertschätzt, um unsere Herzschläge zu zählen, und hier wäre es nun, wenn man so will. Vielleicht ist der Tag nicht mehr weit, da wir Maschinen haben werden, die unsere guten Taten zu zählen in der Lage sind, zu spüren, wenn wir mal in einem Stimmungstief stecken, um einzuschreiten und uns mit farbenfrohen Ablaufdiagrammen haarfein zu zeigen, wie einzigartig wir sind; uns vollkommener zu lieben vermögen, als es uns jemals geglückt ist, einander zu lieben oder uns selbst.

Er ist hirntot, sagen die Ärzte. Ursula weiß allerdings, dass das nicht stimmt. Sein armes, törichtes Hirn ist überfrachtet. Er ruht es bloß aus.

Die Erfrierungen, heißt es, hielten sich in engsten Grenzen. Er könnte ein paar Zehen verlieren.

Es passiert immer in der Aufschwungphase. Nicht während der Depression an sich, sondern hinterher. Wenn die Kraft vorhanden ist, den Plan zu schmieden und ihn auszuführen.

Sein Brief an sie war nicht der Abschied eines Selbstmörders, darauf beharrte er jedenfalls. Es handelte sich um eine Reihe von Anweisungen zur Dauer-Tiefkühlung seines Körpers. Er habe alle Vorkehrungen getroffen, sie müsse nichts weiter tun als die beiliegende Telefonnummer anrufen, und die Jungs von Cryonics würden zum Tatort eilen, ihn in Trockeneis packen und mit ihm zu ihrer Anstalt flitzen, wo sie ihn nach sorgfältigem Entzug aller Körperflüssigkeiten und Wiederauffüllung mit Frostschutzmittel in einem Tank mit flüssigem Stickstoff lagern würden. Er erklärte ihr, dass der Vorgang höchst wissenschaftlich und er nicht verrückt sei. Er habe angeordnet, nach fünfhundert Jahren wieder belebt zu werden, zu welchem Zeitpunkt, dessen sei er sich sicher, die Leichten Zeiten Altertumsgeschichte und seine eigenen, hoffnungsvolleren Vorhersagen verwirklicht sein würden. Er habe nicht Unrecht gehabt, versicherte er ihr, sondern sei nur etwas vorschnell und seiner Zeit ein wenig voraus gewesen.

Der Inhalt des Kartons sei für Eeven bestimmt, schrieb er, nur ein paar Kleinigkeiten, die er mit seiner letzten unausgeschöpften Kreditkarte besorgt habe.

Schließlich wolle er sie wissen lassen, dass er sie nicht im Stich gelassen und auch für sie eine Einfriermaßnahme gebucht habe. Er wünsche ihr in der Jetztzeit ein langes und glückliches Leben. Nach ihrem Tod aufgrund von Altersschwäche solle sie sich einfrieren lassen. Ihr Tank käme gleich neben seinen, und wenn der Tag gekommen sei, würden sie gemeinsam wieder belebt, die Techniker der Zukunft würden ihr Altern umkehren, und sie beide würden Hand in Hand aus der Anstalt hervortreten, hinein in ein ganzes, völlig neues Leben voll Helligkeit und Freude. Er bete darum, dass sie diese Anweisungen befolgen möge, schrieb er, denn auf diese Weise handele es sich bloß um einen Augenblick, bevor er sie wiedersehen werde.

Als sie den Brief zum ersten Mal las, saß sie im Krankenwagen und hatte keinen Gedanken dafür übrig. Beim zweiten Mal saß sie hier allein bei ihm und weinte stundenlang. Nicht allein, weil sie sah, wie sehr er sie liebte – obwohl das ausgereicht hätte –, sondern auch, weil die Vorstellung, den Schmerz eines vollständigen zweiten Lebens zu durchmessen, ihr nicht nur nicht zusagte; es grauste ihr vielmehr davor. Noch in seinem Versuch, sich umzubringen, hatte Javier mehr Liebe zum Leben entfaltet, als sie selbst je empfunden hatte. Sie hatte Leben eigentlich immer mit Leiden gleichgesetzt und spürte nun zum ersten Mal, wie verkehrt das war und wie traurig. Hätte sie ein Dutzend Leben, hundert, tausend, wäre ihr wahrscheinlich doch kein einziges etwas wert. Wahrscheinlich würde sie den armen Javier jedes Mal aufs Neue ins Elend und in die Selbstzerstörung treiben.

Auf der Intensivstation gibt es kein Fenster, aber der anschwellenden Geschäftigkeit auf der Station entnimmt Ursula, dass es wahrscheinlich später Morgen ist. Das Flurlicht wirft Schatten auf den Vorhang, der Javiers kleinen Bereich abteilt, und Ursula sieht sie vorbeigleiten – die sich munter bewegenden Gestalten der Schwestern, die trägen Gestalten der Pfleger, die Karren vor sich herschieben, die aufgelösten, schlurfenden Gestalten von Patienten, die ihren Tropf auf kleinen quietschenden Rädern mit sich führen. Wenn er nur aufwachen würde. Sie ist sich ziemlich sicher, nun bereit zu sein, das Leben zu lieben. Ist er erst einmal aufgewacht – das kann jetzt jede Minute geschehen, da ist sie ganz sicher –, wird es nicht mehr so furchtbar schwer sein, glaubt sie. Im Zwielicht meint sie immer wieder seine Lider flattern, seine Lippen sich bewegen zu sehen. Sie beugt sich über ihn und hält das Ohr an seinen Mund, lauscht auf das Geräusch seines Atems, wartet darauf, dass er spricht.

Auf dem Vorhang zieht sich ein gedrungener Schattenriss in die Länge. Eine Hand erscheint, teilt den Vorhang einen Spalt breit, und das gerötete Gesicht einer Krankenschwester, die Ursula von gestern wiedererkennt, wird sichtbar.

«Mrs. van Urden», sagt sie. «Ich habe mich gefragt, ob Sie mit Ivy van Urden verwandt sind?»

Lügen wäre am einfachsten, aber der Tonfall der Krankenschwester deutet etwas an, das über bloße Neugier hinausgeht.

«Wir sind Geschwister», sagt Ursula und richtet sich auf.

«Ich hatte mir das fast gedacht. Sie sehen einander so ähnlich. Ich frage aus dem Grund, sie ist in den Morgennachrichten. Sie hat eine Bombe. Es läuft im Fernsehen im Wartezimmer.»

ERINNERN Polizisten schieben die äußere Absperrung beiseite, und der Streifenwagen, der Ursula zum Einsatzort bringt, kriecht hindurch, kommt aber nicht viel weiter. Sie haben den Häuserblock zwar für Autoverkehr abgesperrt, aber die Fußgänger strömen weiterhin unvermindert ein, mischen sich unter die Feuerwehrleute, Sanitäter und Nachrichtenteams, von denen einige an geparkten Autos lehnen, andere in Hauseingängen und rings um dampfende Lüftungsrohre von Wäschereien Wärme suchen. Alle starren hoch zu Ivys Fenster und warten darauf, dass etwas passiert. Das Treiben auf der Straße überwältigt Ursulas müde Sinne. Sie kann kaum noch die Augen gezielt auf etwas richten. Ihr scheint, dass Feierlaune in der Luft liegt. Sie wird den Gedanken nicht los, die Polizei habe sie versehentlich auf ein Nachbarschaftsfest gefahren.

Ivys Drohung, sich mitsamt annähernd zwei Millionen Dollar in die Luft zu sprengen, war anscheinend seit der letzten Nacht in der Welt, breitere Aufmerksamkeit löste sie aber nicht vor acht Uhr dreißig heute Morgen aus, als Ivy durch den Computerbildschirm hinaus in die Wirklichkeit trat, indem sie eine kleine, selbst gebastelte Bombe zusammen mit mehreren hundert Zwanzigdollarscheinen aus dem Fenster warf. Einziges Opfer der Explosion wurde ein unbesetzter, falsch geparkter Jaguar. Größter Nutznießer des Geldregens wurde eine Gruppe halbwüchsiger Hausbesetzerpunks, die draußen auf der Straße gelagert hatten, vielleicht in der Annahme, dass so etwas passieren könnte. Die Punks, die todernst ganze Hände voll halb versengter Banknoten schwenkten, wurden gerade interviewt, als Ursula ins Wartezimmer kam. Sie erkannte sie aus dem Banister-Park wieder; es waren dieselben, die mit der jungen Wilden Lebensmittel und Rohmaterial gegen ihre handgefertigten Kleidungsstücke und Waffen getauscht hatten, die sie nun unter ihren langen Armeemänteln trugen. Einer der Jungen hatte einen Glücksbringer aus dem Glas einer Bierflasche und Fellstreifen um die Schienbeine seiner Tarnhose gewickelt; ein anderer hatte eine schwarze Baseballmütze mit angenähtem Eichhörnchenpelz auf, die höhnisch grinsende Fratze und kleinen, klauenbewehrten Vorderpfoten über den Schirm gespreizt; und ein Mädchen mit leuchtend violetter Kriegsbemalung im Gesicht stützte sich auf einen knorrigen Holzstab mit dornenstarrendem Metallkopf. Dann schaltete der Bericht um zur Internet-Liveeinspeisung: Ivy lieferte sich mit der Kamera ein Blickduell, und ein einzelnes riesiges grünes und leicht unscharfes Auge füllte die Mattscheibe.

Unterwegs durch die Menge, an jeder Seite einen Polizeibeamten, gelangt Ursula nun an die innere Absperrung. Dahinter, im Raum zwischen einer schlampig geparkten Limousine und einem Lieferwagen des Bombenkommandos, stehen James T. Couch und neben ihm ein zweiter Mann. Sie vergleichen ihre Trenchcoats miteinander. Couch weist den anderen auf Ursula hin, und der Mann macht den Cops an der Absperrung Zeichen, sie durchzulassen.

«Wie geht's ähem ... Javier?», fragt Couch mit seinem nervösen Lächeln auf Höhe der unteren Zahnreihe.

«Er sieht gut aus», erklärt sie. «Er schläft. Er ist einfach nur so müde.»

Er wirft ihr einen seltsamen Blick zu und nickt mit in die Oberlippe versenkter unterer Zahnreihe. Der andere Mann kommt näher. Er hat ein erschöpftes, katzenhaftes Gesicht mit langer flacher Nase. Sie bemerkt an seinem Trenchcoat einen augenfällig steilen Kragen, der rings um die Wangen hochgeschlagen ist wie die Kutte eines Vampirs.

«Folgen Sie mir bitte», sagt er in beiläufigem Tonfall, dreht sich um und führt sie zu einem Gebäude auf der anderen Straßenseite von Ivys Loft.

«Was geschieht jetzt?», fragt sie.

Der Katzenmann öffnet die Tür und geht ihnen voran eine Treppe hoch. «Wir haben die Person hier oben, die gemeinsame Sache mit Ihrer Schwester macht», sagt er. «Und wir haben jetzt ein paar Erkenntnisse über die Bomben.»

«Ich bring ihn um», murmelt sie Couch zu. «Dieses Schwein.»

«Wen denn?», flüstert er.

Sie würdigt ihn keiner Antwort. Der Mann bringt sie in die nach vorn gehende Wohnung, noch eine umgewandelte Fabriketage, die mit Männern angefüllt ist, einige in Polizeiuniformen, andere in verknitterten Jacken und Schlipsen, manche in Sweatshirts und Turnschuhen. Ein Sofa, ein Klavier und ein paar Topfpflanzen mit großflächigen Blättern sind hastig an die Wand geschoben worden, um Zugang zu den Fenstern zu schaffen, von denen aus die Straße und gleich gegenüber die Fenster von Ivys Loft einsehbar sind. Eine unbemannte Kamera mit langer Brennweite ist auf einem Stativ am Fenster aufgestellt.

«Die Schwester ist da!», ruft der Mann, und ein fetter Mann mit geröteter Haut und hoch gekämmten grau melierten Haaren tritt auf sie zu. Er streckt die Hand aus.

«Miss van Urden, ich bin äh ... Agent Dellaqua. Ich äh ... koordiniere die Situation.»

Der Mann hat eine langsame, zerstreute Sprechweise und dunkle Ringe unter seinen wässrigen Augen, von denen eines ein wenig schielt und links an ihr vorbeischaut. Er bringt sie zu einem langen Esstisch aus Mahagoni, der beladen ist mit Funkausrüstung, Clipboards, Kaffeebechern aus Styropor und zwei Notebooks, auf deren Bildschirmen Ivy direkt in die Kamera spricht. An den Computern sitzen zwei Männer in dunkelblauen Jacken. Auf den Ärmeln steht in gelben Blocklettern FBI, darunter, in kleinerer, glänzend blauer Drucktype, VTU.

«Ihre Schwester hat vier selbst gebastelte Bomben bei sich zu Hause», sagt Dellaqua. «Sie sind klein und primitiv, haben aber auf jeden Fall genug Sprengkraft, dass sie sich in die Luft jagen kann.»

Verwirrt sieht Ursula sich um, und ein Knoten aus Hilflosigkeit steigt ihr die Kehle hoch.

Ihr fällt sein gewundenes Lächeln ein und das Verführerische in seiner Stimme. *Die Sache ist die, du weißt gar nicht, wozu ich noch fähig bin.*

«Vier?», fragt sie mit gebrochener Stimme. «Chas hat vier Bomben ins Schlafzimmer meiner Schwester geschafft?»

Dellaqua blinzelt und schaut von ihr zu Couch und wieder zurück.

«Nicht Chas», klärt Couch sie auf. «Sonja.»

Er macht eine Kopfbewegung zum Küchenbereich hin, wo weitere Männer an Arbeitsflächen und Geräten lehnen und grimmige Blicke auf Sonja Nielsen werfen, die auf einem Holzstuhl sitzt, die Hände mit Handschellen auf den Rücken gefesselt. Sie trägt eine Uniformjacke mit je drei schwarzweißen Federn an den Schultern, ein langes schwarzes Kleid und Kampfstiefel. Sie lässt den Kopf hängen, und ein Schopf langer schwarzer Haare verbirgt ihr Gesicht.

«James», flüstert sie. «Wie können sie glauben, Sonja hätte das getan? Es war offensichtlich Chas. Sieh dir das arme Mädchen an. Sie haben ihr Handschellen angelegt.»

«Falls Sie irgendwelche Angaben über Chas Lacoutures Verwicklung in diese Sache machen können, würden wir das sehr begrüßen», sagt Dellaqua. «Wir sind uns bei Miss Nielsen ziemlich sicher. Wir haben Augenzeugen, Rechnungen über die Grundstoffe und ihr eigenes Geständnis, dass sie die Materialien gekauft und die Sprengkörper gebastelt hat.»

«Das ist hirnverbrannt. Wie sollte Sonja Sprengstoff herstellen?»

Das Wort hirnverbrannt stößt Dellaqua sauer auf. Kalt starrt er auf Ursula herab. «Diese Bomben haben zwei Inhaltsstoffe. Der eine ist Zucker. Der andere ist ein Zeug, das man in jedem Heimwerkerladen bekommt. Das Rezept lässt sich auf mehreren tausend Internetseiten abrufen.»

«Aber ... warum?», fragt Ursula. «Warum sollte sie das tun?» Sie späht in den Küchenbereich und versucht, einen Blick auf Sonjas Gesicht zu erhaschen.

«Weil Ivy sie darum bat», entgegnet Dellaqua. «Und weil sie wollte, dass ihre Namen unauflöslich verbunden bleiben. Jedenfalls sagt Miss Nielsen das. Es war ein Selbstmordpakt. Sie hatte vor, dabei zu sein, wenn Ivy sie ausgelöst hätte, aber wir nahmen sie fest, als sie das Gebäude verließ, um Frühstück einzukaufen.»

Couch seufzt und schüttelt den Kopf. «Ich hab dir doch gesagt, dass Sonja auf Ivy abschmiert», murmelt er und gluckst nervös.

«Möglicherweise hat Ivy Gehirnwäsche angewandt», fährt Dellaqua fort. «Sie zeigt ein paar klassische Symptome, aber unsere Experten müssen das noch genauer prüfen.»

«Ivy soll *Gehirnwäsche* angewandt haben?», wiederholt Ursula empört.

Sonja schaut auf und sieht Ursula, was die anderen Köpfe in der Küche veranlasst, sich ihr ebenfalls zuzuwenden. Ihre Augen blicken düster und starr. Ihr kleiner Mund bildet einen geraden Strich. Nach Gehirnwäsche sieht sie in Ursulas Augen überhaupt nicht aus. Der Eindruck von Hilflosigkeit ist wie weggewischt. An seiner Stelle sieht Ursula etwas, das nur als der wilde Look in Reinkultur beschrieben werden kann.

Sonja fixiert wieder den Fußboden. Agent Dellaqua fährt fort zu reden, kratzt sich den Kopf und schaut ängstlich umher.

«Andererseits sind Ivys Ziele nicht so harmlos. Eindeutig politisch.»

Ursula starrt Dellaqua an, ihr Blick irrt zwischen dem schielenden Auge und dem übrigen Gesicht hin und her.

«Was soll das heißen, politisch?»

«Vernichtung von Zahlungsmitteln ist ein ernstes Verbrechen. Ihre Schwester versucht unsere Wirtschaft zu untergraben.»

«Aber das ist doch lächerlich.»

Dellaqua mustert sie mit seinem intakten Auge. «Geld ist das Herzblut unserer Gesellschaft», sagt er. «Selbst völlig symbolische Angriffe können Nachahmungstäter auf den Plan bringen. Vertrauenskrisen sind möglich, Kettenreaktionen, deren Ausmaß wir uns gar nicht vorstellen können. Steht Ivy Ihres Wissens mit irgendwelchen Organisationen oder Gruppen in Kontakt?»

«Ob sie Kommunistin ist, wollen Sie das wissen?»

«Und wer sind eigentlich diese Leute, diese Trendscouts?»

«*Wir* sind das», brüllt sie. «Wir, James, Chas. Wir sind nicht politisch. Wir sind Geschäftsleute. Agent Dellaqua, ich bitte Sie, sie ist einfach nur schizophren. Sie ist keine Terroristin.»

«Der seelische Zustand Ihrer Schwester ist mir bekannt. Aber Sie müssen auch sehen, dass der Terrorismus heutzutage überall lauert. Das hängt förmlich in der Luft. Die Leute können Terroristen sein und wissen es gar nicht.»

«Können wir sie bitte da heraushofen und uns später über Politik unterhalten?»

«Das versuche ich doch», sagt er und blickt sie erschöpft und gequält an. «Ich habe den ganzen Morgen mit ihr telefoniert. Sie sagt, um zwölf Uhr Mittag sprengt sie sich in die Luft, womit wir noch anderthalb Stunden hätten. Sie hat verlangt, mit Ihnen persönlich zu sprechen. Ich habe ihr angeboten, Sie könnten sie anrufen – darum habe ich Sie auch herholen lassen – aber sie war misstrauisch und meinte, wir würden sie übertölpeln wollen. Dann hat sie das Telefonkabel aus der Wand gerissen. Bevor sie sich beruhigt hat, können wir ihr nur, wie alle anderen, auf dem Computer zuschauen.»

«Lassen Sie mich reingehen und mit ihr reden», sagt Ursula. «Ich kann das alles beenden.»

Dellaqua schüttelt den Kopf. «Im Augenblick bedroht Ihre Schwester nur sich selbst. Ich neige dazu, diese Situation nicht zu ändern.»

Sie unterdrückt den Wunsch, den Mann zu erdrosseln. «Sir, bitte», sagt sie stattdessen. «Sie wird auf mich hören. Ich weiß, wie man mit ihr reden muss.»

Dellaqua betrachtet prüfend ihr Gesicht. «Ihr Freund hier, äh … Mr. Couch, hat mir die letzte Stunde über genau dasselbe versichert. Er sagt, sie vertraue Ihnen. Sie könnten sich irgendwie in ihre Wahnvorstellungen hineinversetzen; und Sie beschützten sie vor … wie heißen die?»

«Imagineers», sagt Couch.

Dellaqua sieht sie wieder an. «Stimmt das?»

«Es stimmt.»

Dellaqua blickt zur Seite und reibt sich am Kinn. Er wendet sich einem Mann am Fußende des Tisches zu. «Verkabelt sie», sagt er. «Sie geht rein.»

Ein junger Ermittler mit schütteren Hippie-Koteletten und Schweißflecken unter den Achseln kommt hinüber und bittet sie, sich die Bluse aus dem Rock zu ziehen. Einen Sender zu tragen scheint ihr ein dämlicher Einfall zu sein – die Ermittler können einfach bei der Netzübertragung mithören wie eh schon; und sollte Ivy den Sender an ihr entdecken, weiß niemand, was für Wahnvorstellungen das bei ihr bestärken würde –, aber sie beschließt, keine Zeit mit Einwänden zu vergeuden. Während der Ermittler mit den Koteletten ihr das Sendegerät mit Klebeband an den Rücken heftet, sieht sie die blauen Buchstaben auf den Ärmeln der Männer am Computer.

«Was heißt das eigentlich, VTU», fragt sie, ohne einen der Männer direkt anzusprechen.

«Virtuelle Terrorismus-Unit», flüstert ihr Couch zu. «Sexy, was? Das ist nicht mehr das gute alte FBI von anno dazumal, so viel ist klar. Bald werden die sich allein mit Merchandising finanzieren.» Er wippt auf dem Absatz und schaut sich anerkennend im Loft um.

Dellaqua kommt wieder herüber und weist sie ein, was sie sagen soll, und was lieber nicht, wobei er in jeder Hinsicht zu Ambivalenz rät, ihr aufträgt, bestimmt, aber höflich zu bleiben, achtungsvoll, aber nicht nachsichtig, vernünftig, aber nicht herausfordernd und so weiter und so fort. Jede zusätzliche zwiespältige Anweisung trägt zu ihrer Furcht bei, sodass sie zum Zeitpunkt, da der Sender geprüft ist und Dellaqua seinen Vortrag gehalten hat, schwitzt und das Blut in den Ohren pochen hört. Er führt sie dann hinüber zu den Bildschirmen. Ivy schweigt jetzt, sitzt auf dem Bett und schreibt mit ihrer Zigarette Botschaften in die Luft. Das meiste des kitschigen Familie-Feuerstein- und Schöne-neue-Welt-Mobiliars ist verschwunden, und bis auf den Computer und die festgeschraubten Kameras ist ihr Zimmer auf beklemmende Weise ähnlich dem eingerichtet, das sie als Kind hatte – ein schmales Bett, ein kleiner Schreibtisch, ein Toilettentisch mit großen runden Holzknäufen, alle an gleicher Stelle wie einst. Dellaqua schaltet auf eine Deckenansicht des Zimmer um, womit er sich eine kürzlich eingeführte Neuerung auf der Website zunutze macht, und weist Ursula auf die vier halblitergroßen, mit explosivem Pulvergemisch voll gestopften Thermoskannen hin, deren Zündschnüre in Löchern stecken, die in die Verschlusskappen gebohrt wurden. Die Thermoskannen liegen flach auf Serviertellern in einem Bett aus noch mehr grauem Pulver wie Hauptgerichte in ihren Soßen. Neben jedem der Teller brennt in einem Silberleuchter eine Kerze. Eine Bombe befindet sich neben der Zimmertür, eine am Fenster, die dritte im Bad und die vierte neben dem Bett auf dem Fußboden.

«Hören Sie», sagt Dellaqua. «Wenn Sie die Möglichkeit bekommen ...»

Er hält inne, mustert sie von oben bis unten, wobei seine Augen einen Moment lang an ihren Brüsten hängen bleiben, und fährt dann fort. «Vergessen Sie nicht, dass Sie ein äh ... größeres Mädel sind als Ihre Schwester. Wenn Sie sich einfach ganz eng um sie klammern und sie festhalten, sind unsere Männer durch die Tür, die Kerzen gelöscht und ihr beiden Mädels seid in zehn Sekunden sicher da raus. In Ordnung?»

Sie nickt, und Dellaqua verbringt eine Minute damit, seine Anzugjacke zu suchen, einen überraschend knitterfreien Zweireiher, den er nahe der Tür vor einem Spiegel zuknöpft. Er strafft die Schultern und fährt mit geübter Hand über seine hochgebauschte Frisur.

«Gehen wir», sagt er.

Couch reckt den Daumen in die Höhe, und Dellaqua begleitet sie die Treppe hinunter und über die Straße. Zu beiden Seiten der Absperrung entlädt sich Blitzlichtgewitter, und die Leute rufen ihr etwas zu, aber sie kann in dem allgemeinen Lärm nichts verstehen. Und selbst den Lärm hört sie nur aus der Ferne. Sie ist erschöpft, kaum noch bei Bewusstsein, steht unter Schock und fühlt sich wie kurz vorm Einschlafen, wenn die Traumgedanken sich einnisten. Kaum spürt sie noch ihre Beine; es fühlt sich eher an, als würde sie als Teil einer riesenhaften Produktschau auf dem Laufband vorwärts gerollt. Sie schwebt am Pulk der Straßenpunks vorbei, die sie in schweigsamer Erwartung betrachten. Umgekehrt betrachtet sie die Punks und stellt mit einer trägen Woge aus Freude und Stolz fest, dass ihr gefällt, wie sie aussehen: auffällig, herausfordernd und in ihrer ungeschlachten, wilden Art sogar schön. Im Schutz ihrer Sonnenbrille mustert sie auch den Rest der Menge und ist erstaunt, wie farbenfroh, wie unterschiedlich sie sind und doch im Ganzen so harmonisch; alle in Wintermänteln, doch jeder Mantel in Schnitt, Farbton und Gewebe einmalig; alle mit strahlenden, neugierigen, zuversichtlichen Gesichtern, doch welch eine kaleidoskopische Vielfalt an Zuversichtlichkeit – Zuversicht, einen letzten flüchtigen Blick auf Ivy van Urden in ihrem Fenster werfen zu können; Zuversicht, dass Ursula so lange mit ihr reden wird, bis sie in Sicherheit ist; Zuversicht, selbst zu Heldentaten berufen zu sein; Zuversicht, eine leuchtende Explosion zu erleben; Zuversicht, in den Trümmern Geld ergattern zu können. Während sie Zeugin dieser Schwindel erregenden, fast schon schauerlich schönen Collage aus Zuversichtlichkeit wird, kann Ursula einen Augenblick lang nicht anders, als ihre kleine Schwester dafür zu bewundern, dieses ganze Spektakel auf die Beine gestellt zu haben, und sie kann außerdem Chas nicht uneingeschränkt dafür hassen. Chas, der, selbst wenn er nicht unmittelbar beteiligt war, von den Bomben gewusst haben muss und gewusst haben muss, als er die Papiere unterschrieb, dass es bald kein Zimmer voller Geld mehr geben werde und keine Firma, um die sie und Couch ihn betrügen könnten, und keine Ivy, der er in ruhigen, sonnigen Morgenstunden beim Zurechtmachen zusehen konnte. Ihr fällt ein, was er an jenem Tag im Büro sagte über Leute, die man zugrunde gehen lassen solle, wenn sie das wollten. Was für eine schreckliche, entartete Vorstellung, welch katastrophal entgleister Individualismus. Aber ganz ohne Liebe ist sie nicht. Es ist eine launische, verzerrte Art von Liebe. Zu einer launischen, verzerrten Art von Welt.

Dellaqua führt sie an den Polizeiposten am Eingang zu Ivys Gebäude vorbei und die Treppe hoch. Gleich draußen vor der offenen Wohnungstür stehen vier Männer in frisch gebügelten schwarzen Uniformen, Helmen und kugelsicheren Westen, zwischen denen ein in passendem Schwarz gehaltener eiserner Rammbock aufrecht lehnt. Hinter ihnen stehen drei Feuerwehrleute mit Feuerlöschern griffbereit zur Seite und einem Wasserschlauch, der sich zum Fenster auf die Fluchttreppe hinausschlängelt.

Dellaqua geleitet Ursula ins Eingangszimmer des Lofts. Die Möbel, die Couch für die Wohnung ausgewählt hat, bringen sie beinahe zum Lachen: ein mit leuchtend blauem Fell bezogenes Sofa; wulstige silberne Stehleuchten an langen, sich krümmenden Ständern; ein runder Esstisch mit einer hypnotisierenden schwarzweißen Spirale obenauf. Der Granittresen weist tatsächlich Gebrauchsspuren auf – einen großen Porzellanmörser mit Stößel, eine Mixerschüssel, zwei leere Zuckertüten. Einen Augenblick lang erfreut sie sich an der wunderbaren Vorstellung, die beiden Mädchen hätten tatsächlich irgendetwas gebacken, doch dann entdeckt sie die Bohrmaschine und das Kabelband, und die Bomben fallen ihr ein. Neben dem Bohrer steht eine kleine Pappschachtel, sie ist offen, und auf der Verschlusslasche ist ein kleiner Comic gedruckt: Unkräuter fliehen in Panik aus einem akkurat geharkten Beet. Unter der Oberfläche der Pflanzenerde sendet der Markenname KaOX glänzende Strahlen in alle Richtungen. Auf dem Boden rund um den Tresen liegen weitere leere Schachteln und Zuckertüten herum.

«Nicht vergessen», flüstert Dellaqua. «Nutzen Sie jede Gelegenheit. Sie drücken sie an die gegenüberliegende Wand, halten sie da fest, wir funken die Männer an, und in null Komma nichts sind sie drin.»

«Ich hör euch da draußen!», schreit Ivy hinter ihrer Zimmertür.

«Ihre große Schwester ist hier», ruft Dellaqua. «Sie möchte reinkommen und mit Ihnen reden.»

«Ursula? Bist du da draußen?»

Sie holt Luft.

«Ich bin hier, Ivy», sagt sie. «Lässt du mich rein?»

Sie und Dellaqua stehen bewegungslos da und warten auf ihrer Antwort.

«He, Arschgesicht!», schreit sie. *«Ich sperr die Tür für meine Schwester auf. Versuch keine faulen Tricks! Ich schieß uns alle zum Mond!»*

Faule Tricks, zum Mond schießen, denkt Ursula und fragt sich, in welcher von tausend austauschbaren Fernsehserien genau Ivy sich gerade wähnt. Zweifellos wäre sie ziemlich enttäuscht, würde sie Dellaqua oder seiner glanzlosen Mannschaft von Angesicht zu Angesicht gegenüberstehen. Sie passen eher zu Ursulas Vorstellung von Vertretungslehrern an der High School als zu der von Gesetzeshütern.

Sie hört das Geräusch von Schlössern, die entriegelt werden.

«Okay, Ursula, komm langsam rein. Langsam!»

Ursula geht durch den Raum und öffnet die Tür. Dahinter hockt Ivy über einer der bunt karierten Thermosflaschen, über die sie ihre brennende Zigarette hält. Das Licht vom Fenster über ihr wird durch eine dicke Decke gedämpft, die an einer Gardinenstange hängt. Die Haufen aus Geldscheinen rascheln leicht im Luftzug von der offenen Tür.

«Sperr sie hinter dir zu», sagt sie.

Ursula dreht sich um. Dellaqua steht auf der anderen Seite des Hauptraums mit verschränkten Armen da. Keiner der übrigen Männer ist zu sehen. Sie schließt die Tür und verriegelt sie.

«Schön», sagt Ursula und wendet sich wieder Ivy zu. «Nun sind wir sicher. Du kannst da jetzt weg.»

Ivy lehnt den Kopf zurück ans Fensterbrett, behält die Bombe zwischen den nackten, abgemagerten Beinen und zieht an ihrer Zigarette. Sie trägt ihre übliche Garderobe, seit sie im Netz auf Sendung ist: weißes Baumwollhöschen, ein Unterhemd mit V-Ausschnitt und keinen BH, wodurch sich die Brustwarzen über den verschränkten Armen deutlich abzeichnen. Der zerfranste Pony hängt ihr in die Augen, und die übrigen Haare sind ausgewachsen genug, um sich mit einem Gummiband im Nacken zusammenbinden zu lassen. Das derart geraffte Haar nutzt sie als eine Art Patronengurt für mehrere der pastellfarbenen Zigaretten, die locker über beiden Ohren stecken.

«Ivy», sagt Ursula, tritt behutsam über die Banknotenhaufen und setzt sich auf die Bettkante, «wenn du so dicht dranbleibst, könnte das Ding aus Versehen hochgehen. Komm und setz dich zu mir aufs Bett.»

Ivy bewegt sich nicht. «Du siehst hübsch aus, Ursel», sagt sie.

Zum ersten Mal fallen Ursula die Kameras wieder ein. Sie sieht sich um und ortet sechs, eine in jeder Ecke, eine kleine oben auf dem Computermonitor und eine in der gegenüberliegenden Ecke unter der Decke. Fast gegen ihren Willen drückt sie das Kreuz durch; sie spürt, wie sich ihre Gesichtsmuskeln versteifen; ihr kommt in den Sinn, dass Millionen Menschen gerade ihre Brüste anstarren. Ivy dagegen kratzt sich entspannt den Unterarm. Haarwuchs von zwei Wochen zeigt sich auf ihren Beinen, und die Akne ist in ihr Gesicht zurückgekehrt – zwei Pickel heben sich deutlich von ihrem Kinn ab.

«Möchtest du eine Tasse Tee?», fragt Ivy.

Ursula schaut sich um. «Hast du eine Kochplatte hier drin? Das könnte gefährlich werden.»

Ivy steht auf, steigt über die Bombe hinweg und geht, die Hände ausgestreckt, als trüge sie ein Tablett, auf Ursula zu. «Bitteschön.»

«Oh. Na schön, Ivy.» Ursula tut so, als nähme sie eine imaginäre Tasse vom Tablett herunter. «Danke.»

«Milch?», fragt Ivy, lächelt dabei strahlend und deutet mit dem Kopf zwischen ihre Hände.

«Nein danke», entgegnet ihre Schwester und erwidert das Lächeln.

«Zucker?»

«Nein, ohne alles ist genau richtig.»

«Zitrone?»

Ursula wird allmählich warm, sie greift in den Raum, auf den Ivy mit den Augen hinweist, und tut, als würde sie einen Zitronenschnitz aus einer Schale nehmen und ihn dann in ihren Tee ausdrücken. Sie strebt nach Glaubwürdigkeit. Es macht beinahe schon Spaß. Es erinnert sie an die Spiele, die sie als Kinder zu spielen pflegten.

«Wie ist er?», fragt Ivy.

Ursula führt die Hand an den Mund, macht eine Kippbewegung, schluckt und leckt sich die Lippen. «Gut. Schmeckt prima.»

Ivy nickt.

«Trinkst du keinen?»

«Nein», antwortet Ivy. «Ich werde keinen trinken. Denn es gibt keinen!» Sie wirft die Hände hoch. «Du steckst so voll Scheiße, Ursula. Sieh dich doch an!»

Ursula blickt vor sich auf ihre Hände, die noch immer geziert in der Schwebe hängen, als hielten sie eine Tasse Tee fest.

«Warum steckst du so voll Scheiße?», ruft Ivy. «Warum ist aus dir so eine Blenderin geworden? Sieh dich doch an, wie du da stocksteif und stieselig in deinem blauen Anzug hockst. Von Kopf bis Fuß für die Kameras aufgedonnert! Dein großer Tag als Star!» Sie gibt ein langes gackerndes Lachen von sich und schreit dann: «Du siehst wie eine blöde Gans aus!»

Ursula lässt die Hände sinken, und ihre Augen füllen sich mit Tränen. Auf einmal begreift sie, dass die ganze Welt sie gerade so sehen muss – als weniger erfolgreiche, alternde, kamerasüchtige Schwester, die noch die Zeit fand, sich wie eine Barbiepuppe herauszuputzen, während ihre jüngere Schwester mit Selbstmord droht. Wie soll sie erklären, dass sie dieses Kostüm seit gestern getragen hat. Erklären könnte sie das nie. Es würde sich nach einer Entschuldigung anhören. Und um dem Ganzen die Krone aufzusetzen, fängt sie auch noch zu weinen an.

«Ursie!», sagt Ivy in völlig anderem Tonfall. «Hey, nicht weinen! Sei nicht traurig. Bitte.» Ivy lässt sich aufs Bett fallen und legt die schmächtigen Arme um sie. «Hey, ich wusste nicht, ob du es bist. Ich dachte, sie hätten dich gekriegt. Ich dachte, du seist eine von ihnen. Ich dachte, sie hätten einen Chip in deinen Kopf gepflanzt. Aber du bist es! Ich bin so froh, dass du es bist!»

Ivy umarmt sie fest, und Ursula weiß, dass dies der Augenblick ist und sie nichts weiter zu tun braucht, als Ivy zu ergreifen und gegen die Wand zu drücken, und die Tür wird zu Boden krachen, dieses Possenspiel wird vorüber und sie zum Schluss doch noch die Heldin sein. Aber selbst als Heldin wird sie immer noch die blöde Gans bleiben; nie wird sie diese Demütigung abschütteln. Sie lässt die Arme nutzlos hängen, wird eine noch blödere Gans, hört in Gedanken Agent Dellaquas Flüche, sieht die Experten in den Abendnachrichten weitschweifig und in allen Einzelheiten ihr Versagen erklären. Es ist ihr egal. Sie will nicht mehr nach dort draußen hin zurück, weder jetzt noch irgendwann.

«Ich bin so froh, dass du hier bist», flüstert Ivy. «Jetzt kannst du mir helfen.»

Ursula wischt sich mit dem Ärmel ihres Zweitausendfünfhundertdollaranzugs den Rotz von der Nase. «Dir helfen?», nuschelt sie.

«Hilf mir, meine Botschaft zu übermitteln. Würdest du das tun, Ursula? Wirst du mir helfen? Zusammen können wir's schaffen!»

Ursula schaut hoch. Ivys Lächeln ist so zuversichtlich, dass Ursula nicht anders kann, als es mit einem verheulten eigenen Lächeln zu erwidern. Sie wischt sich die Augen aus. «Was soll ich denn tun?»

«Hier», sagt Ivy fröhlich. «Leg dich neben mich aufs Bett.»

Ivy legt sich auf den Rücken. «He, Arschgesicht!», brüllt sie zur Decke. «Keine faulen Tricks! Ich hab ein saugroßes Feuerzeug und eine brennende Kerze und eine verdammte Bombe gleich hier neben dem Bett!» Sie wendet sich wieder Ursula zu und klopft mit der Hand neben sich aufs Laken. «Genau hier», sagt sie sanft, «auf den Rücken, so wie ich.»

Gehorsam legt sich Ursula auf den Rücken. Ihr fällt auf, dass die Decke mit kleinen fluoreszierenden Aufklebern in Form von Sternen, Monden und Sternschnuppen bedeckt ist.

«Okay», sagt Ivy. «Jetzt schau direkt in die Kamera da oben.» Sie zeigt auf die Kamera unter der Decke. Ursula starrt das leuchtende, eingesunkene, glasige Auge an.

«Jetzt beobachten sie uns alle», flüstert Ivy.

«Ich weiß, Ivy.»

«Sie sehen uns auf der ganzen Welt.»

«Ich weiß.»

«Du siehst auch wirklich hübsch aus», sagt sie.

Ursula sinkt und hebt sich das Herz in der Brust. «Danke, Ivy.»

«Wir übermitteln jetzt die Botschaft, in Ordnung?»

«In Ordnung.»

«Schaust du in die Kamera?»

«Ja.»

«Ich auch. Okay …»

Ivy holt tief Luft und beginnt, mit klarer, ruhiger Stimme in die Kamera zu sprechen.

«Vermutlich fragt ihr euch, weshalb meine Schwester Ursel und ich euch heute alle hier versammelt haben», fängt sie an. «Der Grund ist, dass wir euch etwas sehr, sehr Wichtiges zu sagen haben.»

Sie zieht sich eine frische Zigarette aus den Haaren, obwohl die alte noch zwischen ihren Fingern brennt, und steckt sie mit der Stichflamme aus dem goldenen Feuerzeug an, dem Geschenk von Chas. Ohne aufzustehen, streckt sie die Hand bis zum Nachttisch aus und drückt die alte Zigarette in einem Aschenbecher aus. Sie nimmt einen hastigen Zug und fährt fort.

«Wir sind hier, um euch zu sagen, dass wir über euch Bescheid wissen. Wir wissen, wie ihr manchmal euer Leben betrachtet und euch komisch fühlt. Als wäre es gar nicht euer Leben. Als wäre es das Leben von jemand anderem. Egal, was ihr macht. Ihr habt das Gefühl, es sei alles verkehrt, als solltet ihr überhaupt nicht hier sein, als solltet ihr woanders sein, ihr wisst aber nicht, wer ihr seid oder was ihr tun sollt. Ihr wisst nur, dass sich alles verkehrt anfühlt. Und das macht euch traurig. Es tut uns Leid, dass ihr so traurig seid. Aber ihr werdet weniger traurig sein, wenn ihr wisst, aus welchem Grund ihr euch so fühlt, wie ihr es tut. Und deshalb haben wir euch hierher gebracht. Um euch den Grund zu sagen.»

Ivy saugt an ihrer Zigarette, zieht die Knie an und schlingt die Arme um die Unterschenkel.

«Der Grund lautet, ihr *gehört* hier nicht hin. Keiner von uns. Wir kommen alle von woanders her, von einem ganz anderen Ort als diesem.»

Ivy hält inne. Ursula dreht den Kopf und betrachtet das Profil ihrer Schwester. Ihre Züge sind gelöst, alle unnatürlichen Spannungen und Befangenheiten verflogen. Sie scheint völlig in Frieden mit sich.

«Wir kommen aus einer anderen Zeit», sagt Ivy. «Die weit zurück in der Vergangenheit liegt. Wir waren ein großer Stamm, ein mächtiger Stamm. Wir jagten und sammelten. Wir beteten zu den Geistern. Wir lebten im Einklang mit dem Land. Wenn ihr nur scharf genug nachdenkt, werdet ihr euch daran erinnern. Erinnert ihr euch? Ich erinnere mich. Ich erinnere mich an alles. Ich kann euch alles darüber erzählen, und dann erinnert ihr euch auch daran. Wir ritten auf Mammuts mit wolligem Fell und überflogen die Schluchten mit Hängegleitern, die wir aus den Häuten von Flügelrochen fertigten. Manche von uns wohnten in Häusern, die wir hoch oben in die Redwoodbäume bauten, andere alle zusammen in riesigen Tipis, groß wie eine Stadt, und einige in warmen, geräumigen Höhlen, die wir in die Flanken der Berge gruben. Und wenn wir glücklich waren, tanzten wir, und waren wir traurig, wälzten wir uns am Boden, mehr brauchten wir nicht, um wieder glücklich zu sein. Und dann tanzten wir wieder.»

Sie denkt einen Augenblick lang nach, schmaucht ihre Zigarette und fährt fort.

«Wir hatten große Musikinstrumente. Erinnert ihr euch an die großen Musikinstrumente, die wir hatten? Wir hatten Hörner so groß wie Schulbusse und Harfen aus den Knochen von Dinosauriern und Trommeln, so groß wie ein Teich. Und dann tanzten wir auf den teichgroßen Trommeln und baumelten an den Saurierharfen, und hundert von uns bliesen in die Schulbushörner, und so machten wir unsere Musik. Fangt ihr jetzt an, euch zu erinnern? Fühlt sich das für euch nicht ganz einfach gut und richtig an? Fühlt sich das nicht viel besser an als alles, was ihr bisher hattet? Denkt einfach weiter darüber nach. Je mehr ihr darüber nachdenkt, umso mehr werdet ihr euch erinnern. Versprochen.»

Sie streckt die Beine wieder aus und führt eine Hand an Ursulas Kopf.

«Was für schönes Haar du hast», sagt sie.

«Danke», erwidert Ursula, während die sanften Finger ihrer Schwester sich zärtlich in ihrem Haar verflechten und wieder lösen. Es erinnert sie daran, wie Javier sie im Bett streichelte, ihr mit seinen langen Fingern durchs Haar fuhr, die Wange hinunter, und ihr Worte ins Ohr flüsterte, die so hoffnungsvoll waren wie jene, die Ivy gerade ausspricht. Zum ersten Mal gesteht sie sich selbst gegenüber ein, dass Javier fort ist. Er ist wirklich fort. Sie fühlt Tränen die Wangen hinunterlaufen, als Ivy ihre Ansprache fortsetzt.

«Die Erinnerung fällt schwer, denn die Leute aus der Zukunft wollen nicht, dass wir uns erinnern», sagt sie. «Sie holten uns aus der Vergangenheit, schafften uns hierher, in diese Zeit, und gaben jedem von uns ein neues Gedächtnis. Sie brauchten in dieser Zeit irgendwen, dem sie etwas verkaufen konnten, denn alle echten Leute aus dieser Zeit begingen schon Neunzehnhundertachtzig Selbstmord, weil das Leben damals so beschissen war. Also zogen die Leute aus der Zukunft los und holten uns aus der Vergangenheit und verpflanzten uns hier in die Gegenwart, damit wir das Werbefernsehen einschalten und Sachen kaufen und die Zukunft bei Kasse halten. Erinnerst du dich jetzt, Ursula?»

Ivy blickt sie mit erwartungsvoll leuchtenden Augen an.

«Noch nicht», gesteht Ursula ein. «Ich würde aber gern. Es klingt nach einer schönen Erinnerung.»

Ivy nickt verständnisvoll und wendet sich wieder der Kamera zu.

«Das ist jetzt sehr wichtig», sagt sie. «Schaut tief in eure Seelen und versucht, euch an die alten Gebräuche zu erinnern. Wir waren ein großer Stamm und lebten in Einklang mit dem Land. Versucht, euch zu erinnern. Ihr habt eine Gehirnwäsche bekommen, aber versucht, euch zu erinnern und die alten Gebräuche zurückzuholen. Sie werden versuchen, euch aufzuhalten. Sie werden euch Geld geben, und sie werden euch das Geld wegnehmen. Sie werden euch zu Ruhm verhelfen, und sie werden euch den Ruhm wegnehmen. Das werden sie immer wieder tun. Sie werden euch ständig im Kreis drehen und schwindlig machen. Aber wir waren ein großer Stamm. Wir müssen das alles hier vergessen und zurückkehren, nach Hause zurück, wo wir hingehören. Wenn wir uns alle zusammentun und zur Rückkehr entschließen, können sie nichts mehr tun, um uns aufzuhalten. Es gäbe nichts mehr, was sie noch tun könnten.»

Ivy schweigt einen Augenblick lang.

«Okay», flüstert sie Ursula ins Ohr. «Ich bin fertig.»

Ursula holt tief Luft. «Schön, Ivy. Was nun?»

Ivy kratzt sich am Kopf. «Weiß nicht. Wie wär's mit Kentucky Fried Chicken? Gleich um die Ecke ist einer. Hast du Lust?»

«Gut.»

Ivy steht auf. «Schätze, ich sollte mir eine Hose anziehen.» Sie greift unters Bett, schnappt sich eine Jeans, stopft sich mühsam hinein, zieht sie hoch und schlägt den Bund um. Sie steigt in ein Paar Turnschuhe und bückt sich erneut nach vorn, um die Fersen hineinzuzwängen.

«Wir werden Geld brauchen», sagt Ivy. «Hast du welches?»

Ursula lacht und wischt sich mit dem Ärmel die Augen. «Du stehst bis zu den Knöcheln in Zwanzigern.»

«Ach, das Zeug hier? Das ist nicht echt.»

Ivy klingt selbstsicher genug, dass Ursula zu zweifeln beginnt und noch mal genauer hinschaut. Das Geld ist ohne jede Frage echt. Unverwechselbar. Der typische Geruch, überwältigend ... und jetzt, wo sie sich darauf konzentriert, direkt widerwärtig.

«Keine Sorge, Ivy», erwidert sie. «Ich hab Bares dabei.»

Die beiden gehen Hand in Hand zur Tür, und Ivy entriegelt die Schlösser. Ganz in der Nähe von Ursula brennt eine Kerze in einem hohen Silberleuchter neben einer der Thermosflaschen auf pulverbedecktem Teller. Ivy öffnet die Tür, und ohne nach unten zu schauen, holt Ursula in etwas weitem Bogen zum Schritt aus und stößt die Kerze um. Als sie Ivy nach draußen folgt, vernimmt sie das befriedigende Zischeln der Flammen.

GESCHENK «Ich hab eine Frau in der U-Bahn gesehen, die mit einem bärtigen Akademiker flirtete», sagt Chas, und über das Telefon klingt seine Stimme noch trockener und schärfer. «Sie säuselte ihm zu, sie habe eine Schwäche für *Forschernaturen.*» Er sieht sie völlig ausdruckslos, mit roten Ringen um die Augen, durch die dicke, fettverschmierte Glasscheibe an.

«Ich hab eine Frau gesehen, die Babysocken als Ohrwärmer trug», entgegnet Ursula.

Chas denkt einen Augenblick lang darüber nach.

«Ich hab einen Penner gesehen, der an einem kandierten Apfel zu lecken versuchte, den er gefroren im Schnee fand», sagt er und fährt mit Daumen und Zeigefinger über die Stoppeln links und rechts des Spitzbarts. «Seine Zunge blieb dran kleben.»

Ursula zwirbelt die Schnur ihres Hörers. «Ich hab einen glatzköpfigen Bodybuilder gesehen, der sich misstrauisch nach beiden Seiten umsah, bevor er einem Freund seinen Pez-Drageespender zeigte. Es war ein Sammlerstück», sagt sie.

Chas lacht in sich hinein, ein fast lautloses Krächzen.

«Welchen Spender denn?», fragt er.

«Den mit Goofy. Wieso?»

Er zuckt die Achseln. «Ohne Grund, ohne Grund. Reine Neugier.»

Die kleinen Abteile erstrecken sich über die ganze Länge des Raums. Links und rechts von ihr sitzen Frauen und reden über Telefon mit ihren Ehemännern, Brüdern, Vätern, Söhnen.

«Sie lassen dich raus, Chas. Sie können nichts machen. Keiner sagt gegen dich aus.»

Chas wirkt von der Nachricht unbeeindruckt. «Dachte ich mir schon.»

«Sie erheben auch keine Anklage gegen Ivy», sagt Ursula.

«Oder gegen dich?»

Schulterzucken. «Sie haben sich die Aufzeichnung angesehen und entschieden, dass es ein Unfall war.»

«Unfall», wiederholt er nachdenklich. «Zu dumm für Couch, so ein Unfall. Sein ganzes Geld.»

«Tja, wirklich zu dumm», stimmt sie zu. «Schätze, irgendwo da draußen liegt ein See, den man nie parzellieren wird.»

Chas betrachtet sie bewundernd, und sein gekräuseltes Lächeln erscheint.

«Allerdings sorge ich mich nicht allzu sehr um James», fährt sie fort. «Er macht schon wieder die Runde und quatscht Kunden an, baut die Firma noch mal ganz von vorn auf.»

Er nickt. «Hört sich nach Couch an.»

Sie sitzen eine Minute lang schweigend da.

«Ivy und ich wollen verreisen», sagt sie. «Für eine Weile raus aus der Stadt kommen.»

Vielleicht weiß er, dass sie es ihm nicht verraten würde, oder er hält es selbst für besser, es nicht zu wissen. Wie dem auch sei; er fragt nicht nach dem Ziel.

«Das wird ihr gefallen», antwortet er.

«Wie steht's mit dir, Chas? Was hast du jetzt für Pläne?»

Er drückt die Fingerspitzen zusammen und betrachtet angewidert den Dreck unter seinen manikürten Nägeln. «Ich dachte, vielleicht Japan», sagt er. «Daher weht der Wind. Sie rüsten auf, um die Popkultur ebenso zu beherrschen wie vor einer Generation den Elektronikmarkt. Während wir hier reden, schreiben sie die englische Sprache neu.»

Er greift hinter sich und zieht aus dem Bund seiner orangefarbenen Gefängnishose einen dünnen Stoß weißen Papiers hervor, der in der Mitte säuberlich zu einem Büchlein gefaltet ist. Vorsichtig hält er es bei den oberen Ecken, vielleicht um es sauber zu halten.

«Ich möchte, dass du dies Kyle Dice von Nestlé gibst.»

Er hält die Papiere an die Glasscheibe. Sie sind mit einer genauen, winzigen Handschrift bedeckt, die sich Zeile für Zeile in gleichmäßigen Abständen hinzieht und auf allen Seiten dieselben unsichtbaren Ränder sorgfältig einhält.

«Ich wüsste zu schätzen, wenn du es zuerst abtippen könntest», setzt er nach. «Aber Hauptsache, es erreicht ihn baldmöglichst.»

Ursula schüttelt verwundert den Kopf. Selbst jetzt hat Chas noch seine Eisen im Feuer.

«Du führst deine Geschäfte also einfach vom Knast aus weiter», meint sie. «Wie ein Drogenkönig.»

«Nein, keine Geschäfte. Ich erwarte keine Bezahlung. Es ist ein Geschenk.»

«Ein Geschenk?»

Er nickt, blättert die Seiten um und betrachtet sie mit einem Ausdruck, der fast zärtlich wirkt. «Zu sehen, wie dieses Produkt die Regale erobert, wird mir Lohn genug sein. Eigentlich», sagt er und schaut hoch, «war es in Wirklichkeit dein Einfall, Ursula. Ich hab mich bloß drangehängt.»

«Mein Einfall?», fragt sie. «Ich kann mich an keinen Einfall von mir erinnern.»

«Scheiße», sagt er trocken.

Sie wartet auf nähere Ausführungen. Er macht keine.

«Scheiße», wiederholt sie.

«Ja. Aber nicht bloß Scheiße. *Nestlé* Scheiße. Die ideale Kinderkost. Es könnte klappen. Da bin ich sicher.» Seine Kristallaugen blitzen hinter der Scheibe. «Ich will, dass die Leute Scheiße fressen …», sagt er nachdenklich und nickt vor sich hin, als habe er gerade die vernünftigste und tröstlichste aller utopischen Visionen von sich gegeben. «… Dann wird meine Aufgabe hier erfüllt sein.»

CYBORGS

SCHNITTSTELLE Ursula schließt die Tür des Stützpunkts hinter sich, überquert die kleine Lichtung und wuchtet dabei ihren Rucksack über die Schulter. Der Regenwald begrüßt sie mit seinem schweren, süßlichen Aroma von Orchideen und Pflaumen. Das Atmen ist hier eher ein Trinken und das Gehen mehr ein Schwimmen, besonders gleich nach Morgengrauen, wenn sich die kühlen Nebel aufwärmen und in sanften Spiralen durch die Äste unterhalb des Laubdaches und die dunklen Spaghettifäden der Schlingpflanzen empor zum leuchtend grünen Baldachin zehn Stockwerke über dem Boden schrauben, wo sich die Blätter zu gezackten, kristallinen Mustern verzahnen, geädert von der Helligkeit des Himmels und den Blüten noch höherer Bäume, und Funken von Gelb, Magentarot, Veilchenblau durchs Blattwerk blinzeln wie Sterne, die man bei Tageslicht sehen kann. Aufzuschauen löst bei ihr dieselben Gefühle aus wie schon seit zehn Monaten jeden Tag, eine Mischung aus Schwindel, Demut, Trauer und Hoffnung – Trauer natürlich, weil all dies verschwindet und trotz aller Wirklichkeit, die das wimmelnde Leben hier verkörpert, ebenso gut ein gemalter Hintergrund sein könnte; Hoffnung aber schlicht deshalb, weil ein Ort wie dieser tatsächlich möglich ist.

Sie sucht sich ihren Weg auf einer Pakafahrte zwischen den Bäumen hindurch und fühlt sich so winzig wie eine Termite inmitten hohen Schilfrohrs. Sie befindet sich nicht einmal wirklich auf dem Erdboden, sondern vielmehr auf Wurzelhöhe – die riesigen Bäume hier stehen auf ihren Wurzeln wie auf Zehenspitzen. Das unablässige Summen der Insekten ist lauter als Feierabendverkehr und durchsetzt vom Kreischen der Papageien, dem Gebrüll der Brüllaffen und dem Gezwitscher kleiner Vögel, die unter dem Laubdach vorbeifliegen. Auf den Krach war sie nicht gefasst gewesen, doch jetzt kann sie es sich nicht mehr vorstellen, in einem stillen Zimmer zu wohnen, ohne Leben, das mit anderem Leben in lärmendem Austausch steht, und dieser Lärm ist nicht allein einer der Geräusche, sondern auch des Sichtbaren und des Geruchs, Lärm von Geschöpfen, die mit den glänzenden Edelsteinen ihrer Färbung und verlockenden Düften ihrer Absonderungen nach Freunden und Gatten rufen. Mode ist überall, ist in jedem Lebewesen bis hinunter zum kleinsten Insekt gespeichert. Selbst Geschöpfe ohne Hirn haben einen Sinn für Mode und tatsächlich einen besseren als wir Übrigen. Nichts ist modischer als eine Blume; sie ist die makelloseste Werbung, die vollkommenste Übermittlerin von Sehnsüchten. Kein Wunder, dass sich die Frauen vom Stamm der Yanomami Blumen in die Ohren stecken.

Eine riesige vielfarbige Motte flattert vorbei. Hätte sie ihren Kescher mitgebracht, hätte sie sich den Falter für alle Fälle geschnappt, nun aber ist sie es ebenso zufrieden, ihn um ein paar schlanke Stämme kreisen und weiter oben in einem Fächer aus Palmblättern verschwinden zu sehen.

Sie bleibt am Fuß eines enormen Feigenbaums stehen, der langsam von den Wurzeln einer Würgerpflanze eingeschnürt wird. Der Zweikampf hat sich wahrscheinlich schon hundert Jahre hingezogen und würde sich unter gewöhnlichen Umständen weitere hundert Jahre fortsetzen, bevor der Feigenbaum einginge. Doch in diesem Fall werden Angreifer wie Verteidiger binnen derselben Viertelstunde vernichtet sein.

Ebenso gut kann sie gleich hier anfangen. Sie kniet zwischen den ausgespreizten, mit Flechten überzogenen Wurzeln nieder und untersucht den Waldboden. Ein paar fußmattengroße Blätter liegen im Glanz einer Regenpfütze verstreut. Ihre Finger heben eines davon an den Rändern auf und halten es gegen das im Laubdämmer verschwommene Licht, das durch die Löcher im Blatt fällt – die Fressmuster von Blattschneiderinsekten – wie durch fehlende Scheiben in einem Buntglasfenster. Sie legt das Blatt beiseite und erforscht die dünne Schicht ockerfarbene Erde, die sich unter fein gesponnenem Wurzelgeflecht und weißen Pilzfäden verbirgt. Ein Nashornkäfer kämpft darum, eine Feige zu bewegen, die zehnmal so groß ist wie er. Sie hebt ein weiteres Blatt auf, und darunter bleibt ein schwarzer Frosch mit gelb fluoreszierenden Rallyestreifen einen Augenblick lang sitzen, bevor er nicht allzu beunruhigt davonhüpft. Genau wie zu Hause signalisieren die Leuchtfarben: Vorsicht! Raubtiere wissen, dass diese Frösche mit ihrem Gift töten, wenn man sie frisst. Die Yanomami kochen und trocknen die Haut und stecken sie an die Spitzen ihrer Pfeile, die sie durch ausgehöhlte Stelzwurzeln einer Palmenart blasen. Ein einzelner Pfeil genüge, sagen sie, um ein Paka in wenigen Minuten zu lähmen.

Sie reißt einen Placken Moos von den untereinander verklammerten Wurzeln und findet, wonach sie gesucht hat; wenigstens ein Dutzend verschiedene Geschöpfe krabbelt an der Unterseite des Mooses herum. Behutsam legt sie den Placken hin und gräbt das Sammelbesteck aus ihrem Rucksack. Mit einer langen, löffelförmig auslaufenden Pinzette nimmt sie sich zuerst die größte Spezies vor, eine Sorte leuchtend roter Pflanzenkäfer. Drei davon sammelt sie der genetischen Vielfalt wegen auf und versiegelt sie in einem gemeinsamen Kunststoffbehälter.

Als Nächstes stellt sie einer spatenförmigen Schabe nach. Sie sind schnell, genau wie ihre städtischen Verwandten, und einen Moment lang erwägt sie, die Sammlung ohne sie anzulegen. Vielleicht lassen sämtliche anderen Sammler die Schaben ebenfalls aus, einfach ihrer Vorurteile wegen, und ebnen so den Weg für einen künftigen schabenfreien Urwald. Wo sie schon dabei sind, könnten sie gleich die Mücken und Zecken mit auslassen. Im Stützpunkt witzeln sie immer alle darüber, sie wissen aber auch, dass jede verlorene Spezies den Untergang zehn weiterer bedeutet, die sich von ihr ernähren.

Sie arbeitet sich voran, hinunter zu den weit zahlreicheren kleineren Käfern. Selbst nach all diesen Monaten weiß sie noch immer nicht genügend in Insektenkunde Bescheid, um sicher zu sein, dass nicht einige der kleineren nur Babyausgaben der größeren sind, die sie bereits hat. Sie weiß ebenso wenig, ob dieses oder jenes einzelne Geschöpf, das ihr heute einzusammeln gelingt, nicht bereits von einem halben Dutzend anderer Sammler aufgelesen wurde. Allerdings wäre das unwahrscheinlich – ein einzelner Baum kann bis zu zehntausend verschiedene Spezies von Insekten beherbergen. Hätte sie gewollt, hätte sie ihre gesamte Zeit hier mit der Arbeit an diesem einen Baum verbringen können, sich von den Wurzeln bis ganz nach oben zu den Ästen der Krone gearbeitet, wo die Spinnenaffen an ihren Schwänzen gehangen und sie beobachtet hätten, wie sie mit Hilfe von Seilen und Flaschenzügen und mit ihrem Kescher Wespen und Schmetterlinge eingefangen hätte. Auf Höhe des grünen Baldachins zu arbeiten ist vertrackt und erfordert eine Menge Übung. Fast alle Sammler gelangen von Zeit zu Zeit bis hinauf nach oben, aber einige haben sich auf die Aufgabe spezialisiert und arbeiten täglich in den hoch gelegenen Ästen. Ivy gehört zu diesen Spezialisten. Die vergangenen zehn Monate über hat sie ausgedehnte Netzwerke aus leuchtend gelben Nylonseilen errichtet, die zwischen einzelnen Baumgruppen auf unterschiedlicher Höhe die Stämme hinauf und hinunter verlaufen und sich von einem Baum zum nächsten spannen. Morgens schwebt sie empor, wird von einem Benzinmotor auf ihren Hochsitz gezogen und verbringt den Tag damit, nach ihren Fallen zu sehen, hinaus zu den schlanken Zweigen zu robben und mit dem Mund Eier aus ihren Nestern zu pflücken, wie eine Mischung aus Tarzan und James Bond an Seilen zwischen den Bäumen hinunterzugleiten, Vögel und Schmetterlinge zu sammeln und schillernde Moosarten und Pflanzen, deren Wurzeln nie bis hinab zum Erdboden vordringen. Ivy leistet gute Arbeit. Sie gilt als die Beste und ist unerhört stolz darauf. Ihr Verstand bleibt ein unstetes Wettersystem, doch die Behandlung mit Arzneimitteln scheint sie, verbunden mit der Achtung und Unterstützung ihrer Kollegen, in letzter Zeit vor den Stürmen abzuschirmen.

Ursula zieht die Abwechslung vor und macht wie die meisten Sammler lieber das, was gerade anfällt, als sich zu spezialisieren. Gelegentlich schlägt ihr einer ihrer Einsatzleiter vor, wenn möglich, mehr Raupen oder Würmer oder Grashüpfer zu finden. Manchmal wird ihr aufgetragen, auf gerader Linie zu gehen und alles einzusammeln, was ihren Weg kreuzt. Ein anderes Mal wird ihr ein Kanister Insektenspray ausgehändigt, das hinauf in die windstille Luft entlassen wird, um ein ganzes Geschwader Insekten auf ihre Sammelplane prasseln zu lassen. Zu Ende jeden Tages nehmen die Einsatzleiter eine flüchtige Bestandsaufnahme vor, kritzeln ein paar Worte auf ihre Klemmbretter und verstauen die Proben in wasserdichten Kisten, damit sie flussabwärts geschifft und in riesigen Gefriertruhen im Hauptquartier des Projekts Arche gelagert werden können. Ziel ist, so viele Spezies wie möglich zu sammeln. Dabei ist es nicht so entscheidend, ob sie im Zuge dessen tausendmal das gleiche Insekt einsammeln. In der Zukunft wird sicher noch Zeit genug sein, sie alle auszusieben. Oder noch besser, es wird einen Roboter geben, der darauf programmiert ist, die Aufgabe mit erstaunlicher Geschwindigkeit zu erledigen, einen gewaltigen Roboter mit eingebauten Zyklotronen,

Mikroskopen, Kameras, Ausrüstung für digital erzeugte Bilder, einer eingebauten Bibliothek, die sämtliche bekannten Gene enthält, einer eingebauten Nanogarage voller Nanogabelstapler, Nanokräne, Nanoplanierraupen, Nanobogenschweißgeräte, einem gut bestückten Vorrat an Grundbausteinen des Lebens, einem eingebauten Urtümpel, einer Petrischale, einem Aquarium, Vogelkäfig, Terrarium, Gewächshaus und ein paar nur für den Showeffekt eingebauten Plasmabirnen, die purpurfarbenes und blaues Strahlengewitter entfachen. Und wenn die Zeit gekommen ist, wird der Bürgermeister der Welt ein Band durchschneiden, die Menge jubeln, eine multikulturelle Mannschaft von Technikern den Einschaltknopf drücken und der Roboter sich an die Arbeit machen, den Regenwald am Amazonas neu zu erschaffen, stückweise auf einen frisch gerodeten, gut drei Millionen Quadratkilometer großen Streifen Brasilien zu verfrachten oder im Fall höherer Gebote andernorts in ein klimageregeltes Kanada oder klimageregeltes China oder an einen klimageregelten Nordpol. Zum Schluss wird kein Mangel an amazonischen Regenwäldern herrschen – es werden genug da sein zum Spazierengehen.

Etwas bewegt sich. Ursula richtet den Blick hinter einen Baumstamm und macht dort einen Yanomami-Indianer aus, der sich auf sie zubewegt, einen Bogen in der einen Hand und einen leuchtend roten, blauen und gelben Ara in der anderen. Er hält den toten Vogel ausgestreckt von sich, um das Gleichgewicht zu halten, während er über einen umgestürzten Baum steigt. Er ist nackt und sein Geschlecht dunkler als die umgebende Haut. Gesicht und Körper sind mit den Schlangenmustern des Stamms der Patahamateri bemalt. Als er näher kommt, erkennt sie ihn.

«Hi, Walter», ruft sie.

Walter winkt. «Yo, Ursula, wie läuft der Käferklau?» Er geht neben ihr in die Hocke. Aus der Nähe sieht sie, dass sein langer, blasser Körper mit mehr roten Stichen und Kratzern als üblich bedeckt ist.

«Der Käferklau läuft wie geschmiert», antwortet sie. «Dank dir – sieht so aus, als füttertest du jeden zweiten Schmarotzer in diesem Urwald.»

Walter nickt lachend, kratzt an einem Stich auf der Brust und verschmiert dabei das Muster aus Samenpaste.

«Hab gehört, du verlässt uns bald?», fragt er.

«Morgen.»

«Zurück ins Großstadtleben, hm?» Seine Stimme klingt spöttisch.

Ursula nickt und legt sich eine Erklärung zurecht, aber Walter fragt nicht nach.

«Komm doch mit und sag dem Stamm auf Wiedersehen. Dan bringt eine neue Zeremonie rüber. Könnte ganz cool werden.»

«Dan? Ich dachte, Günter sei euer Schamane.»

«Seine Malaria ist richtig schlimm geworden vor zwei Wochen. Er musste den Fluss runter.» Walter klatscht sich auf den hageren Nacken und betrachtet seine Hand.

«Was ist das für eine Zeremonie?»

«Wir ehren die Geister der toten Stammesmitglieder.»

«Wieso? Ist irgendwer aus eurem Stamm gestorben?»

«Na ja», sagt Walter und rutscht vor Unbehagen auf den Hacken hin und her. «Nicht in *letzter* Zeit. Wir nehmen Verbindung mit *früheren* Mitgliedern auf. Du *weißt* schon ...»

«Oh, ihr ehrt die *echten* Patahamateri», sagt Ursula. Es ist ein wenig grausam, das ist ihr klar, aber sie kann es sich nicht verkneifen.

Walter stochert mit dem Ende seines Bogens im Laub herum. «Wir ziehen es allerdings vor, uns nicht für *unecht* zu halten.»

«Ah, sicher. Tut mir Leid.»

«Nun, ich mach mich besser auf den Weg.» Er richtet sich auf, und sie hat seinen Penis auf Augenhöhe vor sich. Walter ist ziemlich gut bestückt. Zweifellos stellt der Zugewinn fürs Ego, den ihm seine Nacktheit einträgt, einen gewissen Ausgleich für die vielen Kratzer und Stiche dar. «Kommst du mit?», fällt ihm als nachträglicher Gedanke ein.

«Klar.»

Walter dreht sich um, präsentiert den Flaum auf seinen zusammengekniffenen Hinterbacken und geht los. Ursula verstaut ihr Besteck wieder und folgt nach. Sein blondes Haar hat einen Topfschnitt nach Art der Yanomami, der rasierte Nacken leuchtet rosa. Der goldene Farbton seiner Haare zieht Dutzende von Bienen an, die er ständig mit der freien Hand verscheuchen muss.

«Wird es ein echter Yanomami-Ritus werden?», erkundigt sich Ursula.

«Na ja, sie hatten mit religiösen Zeremonien nicht viel im Sinn», sagt Walter. «Wir bekamen das Gefühl, es sei eine gute Zutat. Aber es sind jede Menge authentische Seiten dran – Gesänge und Tänze und so was alles. Jedenfalls sind wir uns ziemlich sicher, dass sie authentisch sind. Dafür haben wir wirklich genug hingeblättert.»

Dass die echten Yanomami dabei wenigstens etwas Geld herausschlagen, ist das einzig fraglos Gute an diesem ganzen Mummenschanz. Die Bruchbudendörfer des Ansiedlungsprogramms sind schauerlich: Die ehemaligen Stammesangehörigen haben keine Arbeit und nichts zu tun. Die Männer und Jungen wechseln sich bei der Jagd nach kostenloser Pornografie am Internetanschluss des Dorfs ab, während die Frauen und Mädchen den ganzen Tag an der Holzfällerpiste herumlungern, um Geld betteln und sich an die Holzfäller prostituieren. Ironie der Geschichte, dass dunkler Lidschatten, Rouge und Lippenstift von Avon, für die sie jetzt so teuer bezahlen, auf ihren runden, kindlichen Gesichtern weit wilder aussehen als die farbenfrohe Samenpaste und die Blumen, die sie früher trugen. Der einzige Glanzpunkt in ihrem Leben sind die Neo-Yanomami wie Walter, wenn sie aus dem Urwald hervortreten und nach authentischem Volkstum, Kräuterarzneien, Nahrungsquellen und vor allem nach religiösen Zeremonien fragen. Angetan mit T-Shirts, schlampig genähten abgeschnittenen Jeans und Röcken versammeln sich die Dorfbewohner um die nackten, leuchtend bemalten Amerikaner oder Europäer, und haben sie sich endlich halb totgelacht, teilt ihnen der nackte weiße Mann mit, er wolle einen Ritus kaufen, und der Älteste unter ihnen nickt weise, handelt einen Preis aus und erläutert dann die infrage kommenden Gesänge und Bewegungen. Ob er ihm nun echte Bräuche vermittelt oder sich auf die Schnelle welche zusammenreimt, bleibt offen. Die Neo-Yanomami gaben es schon vor langem auf, die echten Yanomami zu drängen, ihre Hütten zu verlassen und zu ihnen in den Urwald zu ziehen. Die echten Yanomami, insbesondere die Jugend, betrachten jetzt Nacktheit, gemeinschaftliche Lebensweise und Indianertum als peinlich, ja sogar beschämend.

Walter und Ursula betreten das nachgestellte Patahamateri-Dorf, eine große Lichtung, die von einem *Shabono* umgeben ist, einem einzigen kreisförmigen, strohgedeckten Dach, das vom Boden aufsteigt und von Stangen aus Palmholz hochgestemmt wird. Unter dem keilförmigen Dach leben etwa achtzig Neo-Patahamateri gemeinschaftlich, ohne dass auch nur eine Wand sie voneinander trennte. Sie lümmeln sich in Hängematten, und das schlaffe weiße Fleisch ihrer Hintern drückt sich durchs Netzgeflecht, als wären es eingeschnürte Käserollen. Obwohl ihr Anblick Ursula mit der üblichen Mischung aus Mitleid und Unlust erfüllt, ist sie froh, gekommen zu sein, und sei es auch nur, um ein letztes Mal den strohgedeckten Bau selbst zu sehen. Wie der Regenwald ringsum wird das *Shabono* binnen zwei Jahren nicht mehr sein. Aber wenigstens wird Ursula die Erinnerung daran mit sich zurück in die Stadt nehmen können. Und wenn sie dann, in irgendeiner gesichtslosen Wohnung, die sie gefunden hat, zwischen Wänden leben wird, die dick genug sind, um sie von ihr nicht einmal bekannten Nachbarn abzusondern, ohne deren Gegenwart gänzlich auszugrenzen – dann wird sie an das *Shabono* denken und sich erinnern, dass es einst Leute gab, die nie allein waren, ihr ganzes Leben in Gesellschaft ihres Stamms verbrachten, und dass ihnen das Kraft schenkte und ein tiefes Verständnis ihrer gegenseitigen Abhängigkeit, und, ja, mitunter sogar Glück. Und sie weiß, dass die Leute, sobald sie ihnen davon erzählt, mit den Augen rollen und entgegnen werden, es höre sich an wie die Hölle, und sie würden nie mit der eigenen Familie zusammenleben wollen. Aber Hölle, das sind nicht unbedingt die anderen, durchaus nicht – die Hölle besteht darin, von Leuten umgeben zu sein, die keinen Anteil aneinander nehmen; es ist wie das Verdursten am Ufer eines verseuchten Flusses. Die Hölle ist der Großraum Mid City und sind zehntausend weitere Stadträume, die ihm aufs Haar gleichen, Ground Zeros urbaner Verdichtung, ein jedes umgeben von hundertfünfzig Quadratkilometer Einheitsbrei aus Einfamilienhäusern und Ausfallstraßen, als sei unsere Spezies derart von der Angst vor einem atomaren Weltuntergang erfüllt, dass wir die Apokalypse unbewusst mit anderen Mitteln ausleben und dem Tod mit unserem Dasein ein lebendes Denkmal setzen würden.

Und morgen wird sie zurückkehren.

Mitten in der Lichtung des *Shabono* lodert ein großes Lagerfeuer – bei Tageshitze eine aberwitzige Verschwendung. Nahe dem Feuer bereiten sich ein Dutzend Stammesmitglieder auf die Feier vor und schmücken sich gegenseitig mit weißen Daunen das Haar. Walter und Ursula gehen auf die Gruppe zu.

«Kommt mir schräg vor, so eine Feier bei Tageslicht abzuhalten», sagt sie. «Haben sie euch gesagt, es solle um diese Zeit sein?»

«Eigentlich haben sie nichts weiter dazu gesagt. Aber nachts können wir schlafen. Tagsüber müssen wir die Zeit irgendwie ausfüllen.»

«Müsst ihr Leute nicht jagen? Oder bestellt ihr einfach Takeaway beim Chinesen?»

«Heutzutage, bei den vielen Rodungen, hüpfen einem die Tiere schon fast in den Kochtopf.»

Ursula zeigt auf das Lagerfeuer. «Und vermutlich macht ihr euch keine übertriebenen Sorgen wegen der Holzverschwendung?»

«Wo oben im Norden der halbe Wald abbrennt? Was sollte *das* hier für einen Unterschied machen?»

Er hat natürlich Recht, aber Ursula fühlt sich trotzdem unwohl in der Kostümfestatmosphäre des Dorfes. Die Hälfte dieser Neo-Stammesmitglieder meint es wahrscheinlich ernst mit der Bewahrung einer Kultur und Lebensweise, soweit es ihnen bei ihren verdrehten Auffassungen möglich ist; bei der anderen Hälfte handelt es sich lediglich um die neueste Ausgabe von Ökotouristen. Der gesamte Regenwald, was davon übrig ist, füllt sich stetig mit nach Nervenkitzel süchtigen Zeitgenossen, von Wochenendcampern bis zu Weltuntergangskulten. Ursula kann das niemandem wirklich verübeln. Sie kann sich nicht einmal dazu bringen, die Leute zu hassen, die herkommen, um die verbliebenen Leoparden zu jagen, nicht einmal die Bauernfänger, die Regenwaldluft auf Flaschen ziehen oder Baumblätter in Kunststoff einschweißen. Sie kann es den Leuten nicht verübeln, diesen Ort erfahren zu wollen, wie beschränkt ihre Fähigkeit dazu auch sein mag. Schließlich ist Konsum eine Art von Liebe, denkt sie, und die einzige Art, zu der die meisten unter uns überhaupt etwas taugen.

«Yo, Walt.» Der Schamane tritt ein paar Schritte auf sie zu. Seine Halbglatze ist mit weißen Daunen bedeckt und das Gesicht mit einem senkrechten, mittig verlaufenden orangefarbenen Streifen braun angemalt. Er ist klein, von rundlicher Statur und sein großer, haariger Bauch mit kurzen impressionistischen Pinselstrichen gesprenkelt. Sein Penis ist dicker als lang, als habe er Muskelmasse entwickelt durch die tägliche Übung, dem erdrückenden Gewicht des Bauchs zu widerstehen.

«Yo, Dan. Kennst du Ursula schon?»

«Yo, Ursula», sagt er und hebt eine fleischige Hand. Der Zufall will es, dass *Yo* ein echtes Wort der Yanomami ist und der Begrüßung dient. Nicht weiter überraschend, dass es eines der wenigen Wörter der Yanomami ist, die hier Fuß gefasst haben.

Dan wendet sich wieder Walter zu. «Hast einen Vogel erwischt, wie ich sehe.»

«Hat sich mir vor den Pfeil geworfen.»

Der Schamane nickt gravitätisch und führt sie zurück zum Rest der Gruppe, der nun im Schneidersitz im Kreis hockt. Allesamt sind sie schon angemalt und mit Daunen bekrönt. Die Unterlippen der Frauen sind an den drei traditionellen Stellen durchstochen, und in den Löchern stecken Stäbchen; Stängel von roten und gelben Blumen ziehen sich durch die großen Löcher in den Ohrläppchen. Ihre Brüste machen schon Anstalten, sich der Schwerkraft zu ergeben, und die Warzenhöfe neigen sich dem Erdboden zu. Die Inhaberin der gerade angestarrten Brüste winkt, und Ursula hebt peinlich berührt den Blick. Der Name der Frau lautet Giselle, sie waren schon einmal ins Gespräch gekommen. Giselle macht für sie und Walter Platz.

Walter fängt an, den Vogel zu rupfen, und teilt Federn aus, welche die Stammesangehörigen in eine Paste tunken und sich fächerförmig an die Schultern heften. Dan tritt mit einer langen

Stelzwurzel und einer hölzernen Schale voll Pulver in die Mitte des Kreises. Er lässt sich nieder, nimmt etwas Pulver zwischen die Fingerspitzen und zieht es die Nase hoch, pfropft das Zeug darauf in ein Rohrende und hält es einem Stammesmitglied entgegen, der es sich an die Nase führt. Dan bläst ins andere Rohrende, während das Stammesmitglied Luft einzieht. Dann füllt er das Rohr aufs Neue und hält es Giselle entgegen.

«Was ist das für eine Droge?», fragt Ursula.

«Gemahlene *Ebene*-Samen», antwortet Walter. «Ein Halluzinogen.»

«Heftiger Trip», krächzt Giselle und massiert sich die Kehle.

Das Rohr erreicht Ursula, die es ausschlägt. Es wandert weiter zu Walter.

«Freust du dich denn nun auf deine Rückkehr?», fragt Giselle.

Ursula schaut Giselle ins regenbogenfarben geschmückte Antlitz. «Ich weiß, dass ich diesen Ort vermissen werde», sagt sie.

«Warum bleibst du dann nicht und trittst dem Stamm bei?»

Ursulas Augen folgen dem Rauch, der vom Feuer aufsteigt. Der Himmel beginnt sich zu beziehen, er saugt die Feuchtigkeit des Waldes für den Nachmittagsregen auf.

«Giselle», entgegnet sie, «wohin wollt ihr gehen, wenn der Wald verschwunden ist?»

«Was wollen sie schon tun, uns mit ihren Bulldozern überfahren?», sagt Giselle, aber ihre Augen können einen Anflug von Unsicherheit nicht verhehlen, als habe sie ihre Frage im Ernst gestellt. Doch dann lächelt sie, öffnet ihre Schleusen für die anschwellende Verzückung durch den *Ebene*-Samen. «Sie sollen's versuchen», beschließt sie. «Sie kriegen die Fresse voll mit unseren Pfeilen.»

So albern diese Leute sich benehmen; Ursula weiß, dass es sich um keine leere Drohung handelt. Sie *werden* diesen Ort verteidigen, wie sie nur können. Sie werden aus ihren Körpern Glieder einer menschlichen Kette machen und stets bis zum letzten Baum kämpfen. Und nachts werden sie fest schlafen, weil sie sich der seltensten aller Gewissheiten unserer modernen Zeiten sicher sind: dass sie mit ihrem Leben der Welt zwar nicht unbedingt helfen, aber sie wenigstens auch nicht irgend schlechter machen. Aus diesen Gründen ist die Einladung zum Bleiben mehr als ein klein wenig verlockend, doch Ursula weiß, dass dies nicht ihr Stamm ist. Ihr Stamm, da ist sie sich ziemlich sicher, findet sich fernab in Middle City und in anderen Städten, Vorstädten und Ortschaften – ein Stamm aus verstreuten, vereinzelten Individuen, ein Stamm, der noch nicht weiß, dass er ein Stamm ist. Aber mit etwas Glück wird sie zumindest ein paar Gleichgesinnte finden. Und in der Zwischenzeit wäre da noch ihr Vorhaben. Im Stützpunkt besitzt sie eine kleine Schachtel mit ein paar Proben, die sie über die letzten Monate hinweg im Regenwald aufgelesen hat – wattige Kokons, durchsichtige Gespinste, blutrote Wurzelgeflechte, fahlweiße Pilzfäden. Wichtiger noch, sie hat ihre Skizzenkladde angefüllt mit Entwürfen für die geplante neue Arbeit, kein Gemälde diesmal, sondern eine Installation. Die Gespinste, stellt sie sich vor, werden bestricken. Dic Kokons werden besänftigen. Die Wurzeln und Fäden werden die Gespinste mit den Kokons verbinden. Es wird ein so atemberaubendes wie unheilschwangeres Gefüge sein, aber kein letztlich unverständliches, kein unausweichliches. Auf einem vorgelagerten Aussichtspunkt – sie stellt sich eine Plattform am hinteren Ende des Raums vor – wird die Arbeit mit einem einzigen Einblick, in einem einzigen Augenblick der Erkenntnis restlos begreiflich sein. Auf diese Weise wird sie stärkend wirken, glaubt Ursula. Auf diese Weise wird sie den Leuten den Mut verleihen, all die übrigen Gebilde verstehen und bewältigen zu wollen, denen sie in ihrem Leben begegnen und die auf den ersten Blick zu komplex und heimtückisch scheinen, um je bewältigt zu werden.

In der Hocke fängt der Schamane mit einer tiefen Stimme zu singen an, die sie ihm nicht zugetraut hätte:

«Aaaah kraschiii, aaah kraschiii, aaah kraschiii ...»

Ohne Vorwarnung beginnen die Stammesangehörigen um sie herum verzückt zu kreischen, in die Höhe zu springen und rings um die Mitte des *Shabono* zu rennen, während sich die roten Federn auf ihren Schultern sträuben und Daunen von den Köpfen wehen. Einige schlagen mit den Armen wie mit Flügeln und geben schrille Laute von sich. Andere schwenken die Arme überm Kopf, als hangelten sie sich von Liane zu Liane. Ein Mann kriecht in Zeitlupe über den Boden, dreht ganz langsam den Kopf und lächelt wie ein Faultier. Die meisten Imitationen sind beklemmend genau. Selbst Giselles Rolle als Blattschneiderameise kann sie erkennen.

Dann fuchteln sie einer nach dem anderen wild herum und brechen am Boden zusammen wie vom Blitz getroffen. Aus den einzelnen Familientrakten des *Shabono* kommen weitere Stammesmitglieder hervor und tragen die schlaffen Körper zum Schamanen zurück, der zu singen fortfährt, während er ums Feuer geht und dabei einen Stock entzündet, der mit irgendeiner Art Blatt umwickelt ist. Der Stock wird nicht richtig entflammt, er glüht vielmehr an der Spitze und schmort wie Weihrauch. Er geht zu den hingestreckten Stammesgenossen, singt reihum über ihnen und schwenkt dabei den qualmenden Stock. Nacheinander erwachen sie wieder zum Leben, setzen sich langsam auf und starren suchend ins Feuer, erfüllen es, vermutet sie, mit welcher persönlichen Bedeutung auch immer. Bis vor kurzem hielt Ursula es für unwahrscheinlich, dass sich die Leute ihre eigenen Religionen zusammenstückeln und ihnen anschließend auch nur den geringsten wahrhaftigen Glauben schenken könnten. Doch der Augenschein überführt sie offenbar des Irrtums. Vielleicht ist sie nicht allein Zeugin der Geburt einer neuen Religion geworden, sondern einer neuen Art von Religion, einer ironischen Religion – die niemals vollständige Wahrheit beansprucht, sondern stets nur verhältnismäßige Schönheit, und die keinesfalls Erlösung verspricht, sondern sie allein als heilsame Idee vorträgt. Vor einem Jahrhundert gab es Leute, die in der Kunst die Verschmelzung der Begriffe dieses vermeintlich unüberwindlichen Oxymorons suchten, und zweifellos hat die Kunst einen Anteil an der Rezeptur. Aber vielleicht lassen sich auch aus den Gepflogenheiten der Konsumgesellschaft Lehren ziehen, wie man eine ironische Religion schmiedet – vielleicht lässt sich lernen, dass wir wählen und die Macht und die guten wie die schlimmen Folgen unserer stetig sich erweiternden Palette von Wahlmöglichkeiten handhaben müssen. Vielleicht, denkt sie, kommt noch einmal der Tag, da die wahre ironische Religion gefunden und die Menschheit von genügend Liebe, Vorstellungskraft und Verantwortlichkeit erfüllt ist, um ihr eigener Gott zu werden und aus ihrer Welt ein Paradies zu machen, ein Paradies richtig getroffener Wahlen. Gern malt sie sich aus, dass es eine solche Welt sei, in der Javier einmal erwachen wird. Sie weiß, dass sie um seinetwillen ihren Beitrag leisten wird, um dieser Zukunft auf die Sprünge zu helfen.

Mit ein wenig eigener neuzeitlicher Baukasten-Religion hatten sie, Chas und James T. Couch ihm Lebewohl gesagt. Sie suchten die Gefrierklinik auf, ohne genau zu wissen, was sie dort erwartete. Was sie vorfanden, war seltsam unspektakulär, aber immerhin sauber und gut geführt, ein Gewerbekeller, der rund hundert aufrecht stehende zylindrische Tanks aus Edelstahl beherbergte. Ein Anstaltsleiter führte sie zu jenem, in dem, so versicherte er, Javier bei einer Temperatur von minus 196 Grad Celsius aufbewahrt wurde, der Temperatur flüssigen Stickstoffs. Er wies auf das Thermometer hin, erläuterte die ausgeklügelte Verbindung von rechnergestützter und persönlicher Überwachung und die verschleißfreie Verkabelung auf der Rückseite, die den Tank mit einem betriebseigenen Notstromgenerator verband. Der Anstaltsleiter war natürlich Techniker und kein Priester, weshalb er nach erfolgter Beschreibung der Betriebsvorgänge seine Pflichten als erfüllt betrachtete, ihnen alles Gute wünschte und mit Javiers Tank allein ließ.

Eine Weile lang sagte keiner etwas.

Die Oberfläche der Tanks war glatt und sonst nichts.

Einer Schnittstelle mit Javier kam das Thermometer noch am nächsten, seine Anzeige zog ihre Blicke auf sich, auf die Zahl *-196*, die ein paar Sekunden lang verharrte, bevor sie erlosch und umgehend wieder erschien. Über kommende Jahrzehnte und vielleicht gar Jahrhunderte würde das schon alles sein, was irgendwer über den Mann im Inneren wissen konnte oder auch musste.

Chas war es dann, der das Schweigen brach.

«Ich hab einen Bengel mit einer Frisur wie ein Reifenprofil gesehen», sagte er und starrte mit seinen durchdringenden Augen den Tank an. «Auf seinem schwarzen T-Shirt stand: ‹Mein Name steht nicht in der Zeitung, aber dafür steht mir was ganz anderes.›»

Er verschränkte die Arme und wartete.

-196 … flackerte die Anzeige. *-196* … *-196* …

Als Nächster sprach Couch.

«Ich hab neulich im Park ein höchst appetitliches Cyborg-Girlie gesehen, das einen Mantel mit Zierknöpfen aus Minidisks und eine fiberoptische Halskrause trug.»

Er schaute den Tank ironisch nach Beifall heischend an, und

eine Augenbraue kroch dabei über den Rand der TV-Brille hinaus.

-196 … -196 … -196 …

«Ich hab einen Pudel mit Rastalocken gesehen», sprudelte Ursula hervor und musste beim Gedanken daran schmunzeln. «Nachher hab ich auf einer Website für Hundeliebhaber nachgesehen. Es ist eine eigene Züchtung und gar kein Pudel. Er heißt Puli.»

Sie verstummte und errötete vor Heiterkeit. Sie war sich ziemlich sicher, dieser kleine Infoschnipsel war zu viel. Javier würde nicht widerstehen können, im selben Moment würde er die Augen aufschlagen, der Deckel des Tanks würde sich zu drehen beginnen, und er käme heraus, um von all den supercoolen Sachen zu schwärmen, die sie parat hatten.